河北大學"燕趙文化學科群"資助項目

# 河間七子詩文徵

朱惠民題

劉青松　馬合意　輯校

中國社會科學出版社

## 圖書在版編目（CIP）數據

河間七子詩文徵／劉青松，馬合意輯校．—北京：中國社會科學出版社，2020.5
ISBN 978－7－5203－6129－3

Ⅰ．①河⋯　Ⅱ．①劉⋯②馬⋯　Ⅲ．①古典文學—作品綜合集—中國—清代　Ⅳ．①I214.91

中國版本圖書館 CIP 數據核字（2020）第 042865 號

---

| | |
|---|---|
| 出 版 人 | 趙劍英 |
| 責任編輯 | 王　琪 |
| 責任校對 | 鮑鳳英 |
| 責任印製 | 王　超 |

---

| | |
|---|---|
| 出　　版 | 中國社會科學出版社 |
| 社　　址 | 北京鼓樓西大街甲 158 號 |
| 郵　　編 | 100720 |
| 網　　址 | http：//www.csspw.cn |
| 發 行 部 | 010－84083685 |
| 門 市 部 | 010－84029450 |
| 經　　銷 | 新華書店及其他書店 |
| 印　　刷 | 北京明恒達印務有限公司 |
| 裝　　訂 | 廊坊市廣陽區廣增裝訂廠 |
| 版　　次 | 2020 年 5 月第 1 版 |
| 印　　次 | 2020 年 5 月第 1 次印刷 |
| 開　　本 | 710×1000　1/16 |
| 印　　張 | 19.5 |
| 字　　數 | 302 千字 |
| 定　　價 | 99.00 圓 |

---

**凡購買中國社會科學出版社圖書，如有質量問題請與本社營銷中心聯繫調換**
電話：010－84083683
版權所有　侵權必究

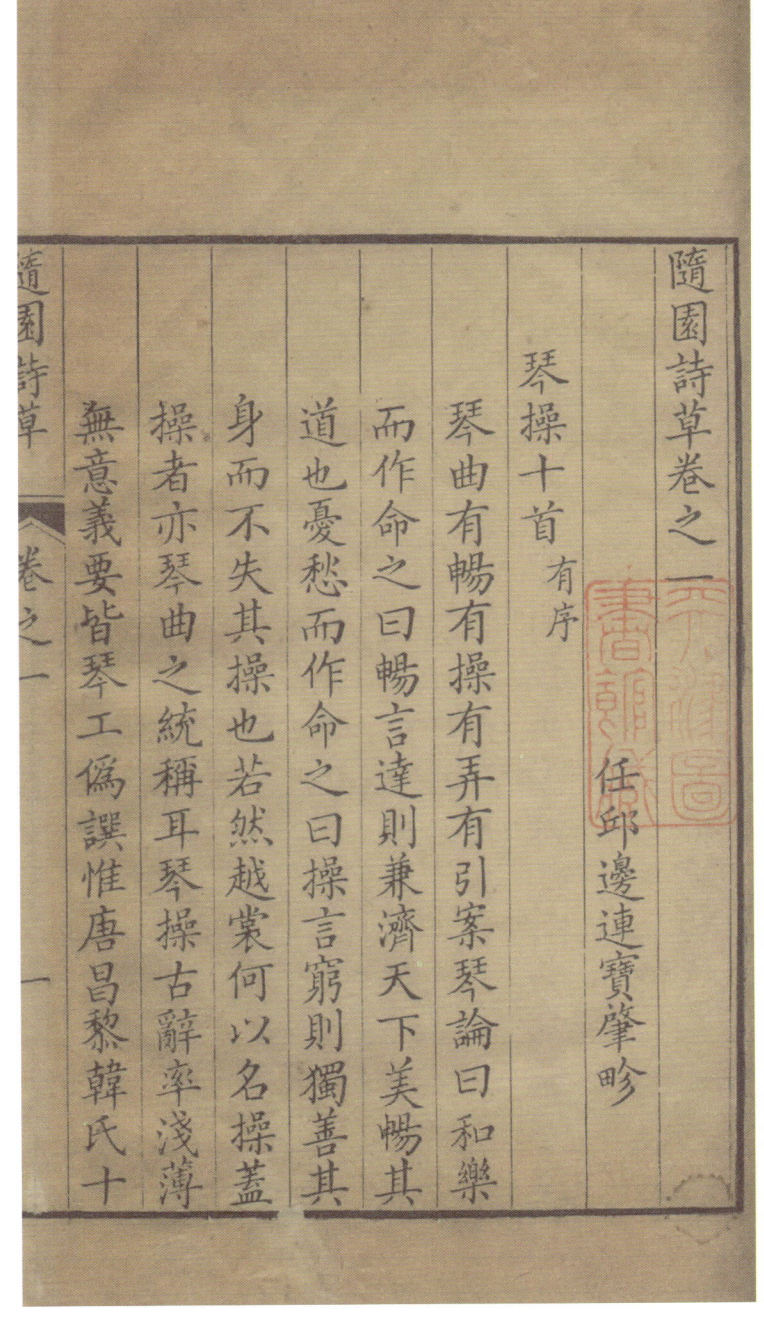

邊連寶《隨園詩草》（天津圖書館藏）

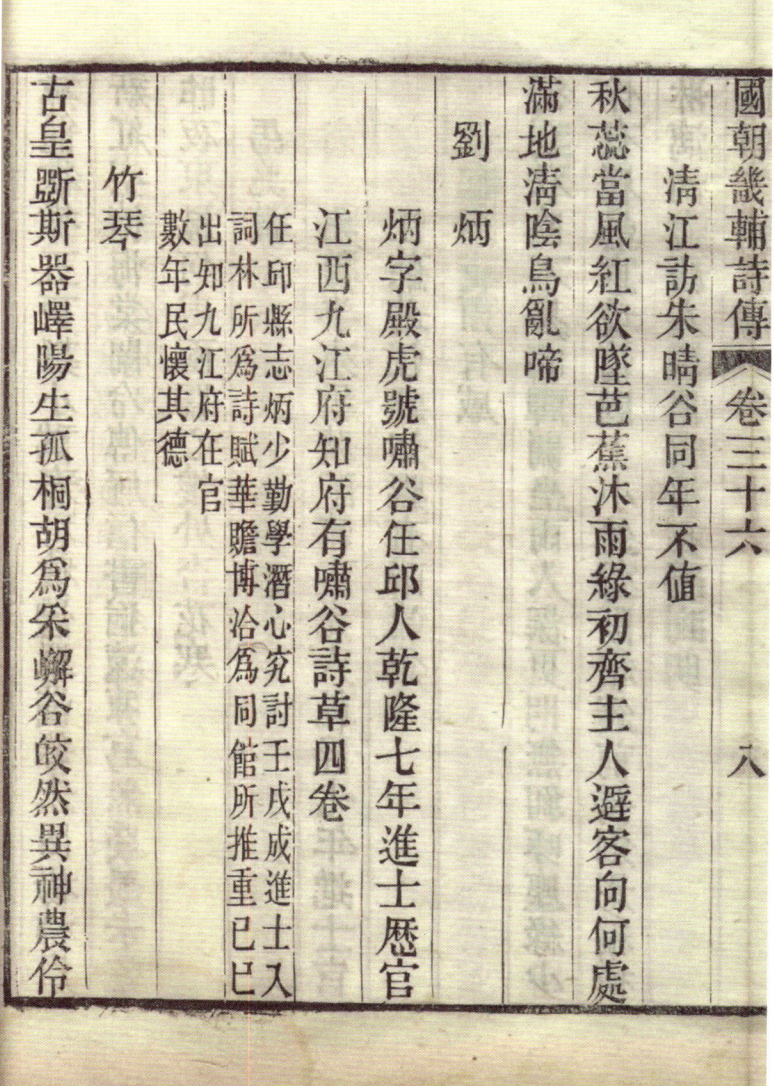

## 劉炳

炳字殿虎號嘯谷任邱人乾隆七年進士歷官江西九江府知府有嘯谷詩草四卷

任邱縣志炳少勤學潛心究討壬戌成進士入詞林所為詩賦華贍博洽為同館所推重已巳出知九江府在官數年民懷其德

### 竹琴

古皇覩斯器嶧陽生孤桐胡為朵嶬谷皎然異神農伶

### 清江訪朱晴谷同年不值

秋蕊當風紅欲墜芭蕉沐雨綠初齊主人避客向何處滿地清陰鳥亂啼

本紀每雞人伺漏傳更籤於殿中

## 戈岱一首

山川出雲〔禮孔子閒居清明在躬志氣如神嗜欲將至有開必先天降時雨山川出雲鄭元注清明在躬志氣如神謂聖人也嗜欲將至謂其王天下之期將至也神有以開之必先為之生賢知之輔佐若天降時雨山川先為之出雲矣〕

一氣通山澤祥雲釀太和從龍流決渫觸石起
嵯峨搖曳臨明鏡霏微點翠螺白宜春海照青
愛夏峯多登登魚鱗映梢樹影拖遲來疑似
墨動處尙如波遙識輪囷象欣覩糺縵歌為霖

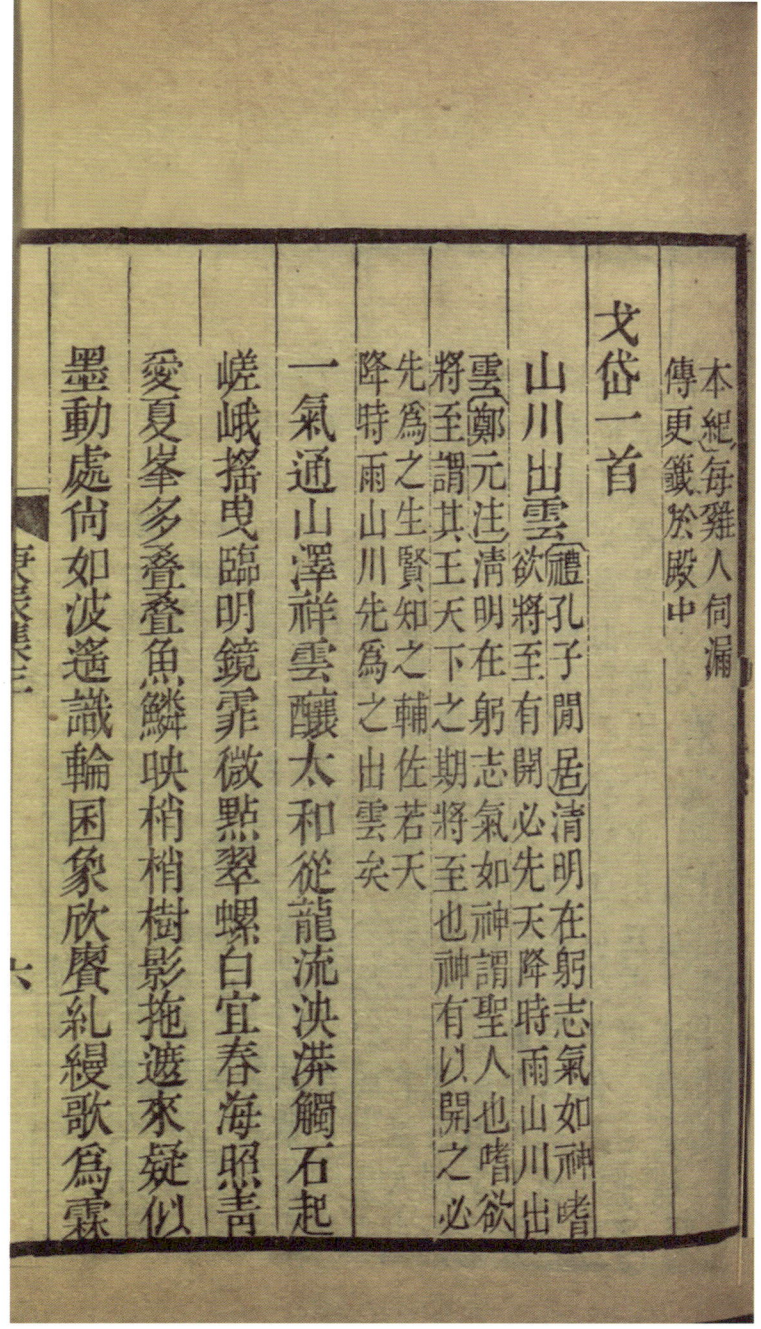

戈岱詩（《庚辰集》）

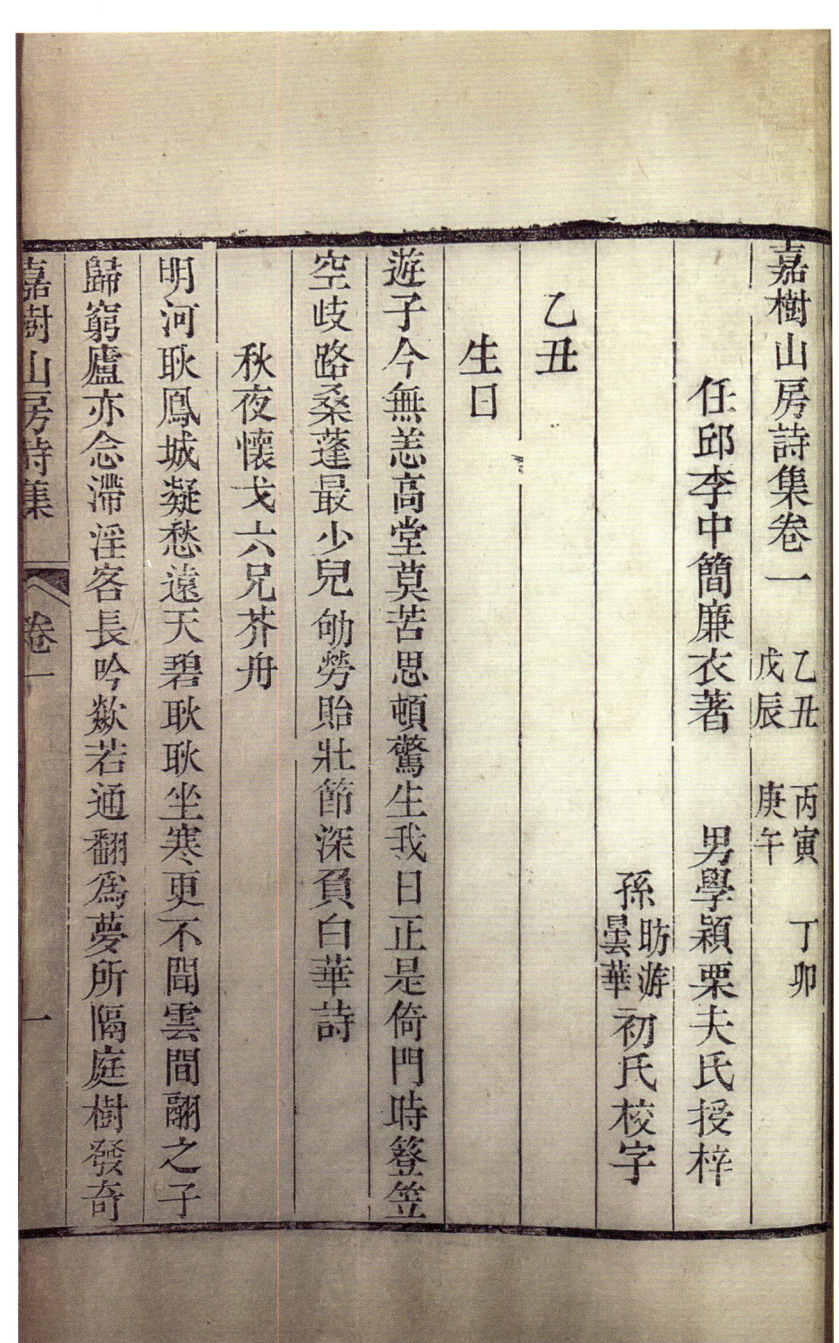

嘉樹山房詩集卷一

任邱李中簡廉衣著　　男學穎栗夫氏授梓
　　　　　　　　　　孫昉游
　　　　　　　　　　　曇華初氏校字

乙丑　丙寅　丁卯　戊辰　庚午

乙丑

生日

遊子今無恙高堂莫苦思頓驚生我日正是倚門時簪笠

空歧路桑蓬最少兒劬勞貽壯節深負白華詩

秋夜懷戈六兒芥舟

明河耿耿鳳城凝愁遠天碧耿耿坐寒更不間雲間鬩之子

歸窮廬亦念濡淫客長吟欷若通翻為夢所隔庭樹發奇

李中簡《嘉樹山房詩集》（河北大學圖書館藏）

國朝畿輔詩傳卷三十八

長洲陶樑鳧薌輯　　天津梅成棟樹君校

邊繼祖

繼祖字佩文號秋崖任邱人怡子乾隆十三年進士歷官翰林院侍講學士有澄懷園詩集二卷

題高咸一表弟過庭小照

高陽才子荀家龍君尤矯矯司雲風小年落筆妙天下
老輩咋舌驚兒童金臺選士如選駿萬里蹴踏皆英雄
昆友後先領鄉薦清文紙貴何其工兄也引對明光宮

左孺人傳

左孺人姓王氏字淑昭雄縣人贈刑部侍郎炘女適河間副都御史敬祖子印奇明末炘避亂江左生孺人于六合間
三藩之變所在土氛搶攘孺人從父洄關轉徙于兵戈寇盜間一日走山中將托宿居人家孺人曰是非吾親故雖顛沛造次不可不遠嫌竟挽父止破廟中母孫幸兄又継孝孺人孱然弱息事老父撫兩弟一妹十指衣食而猶手不釋卷蓋孺人自七八歲時即酷嗜書至是盡通經史唐宋諸大家古文尤嫻于詩詩出入元和長慶體己而冠亂

戈濤《坳堂文集》殘卷（天津圖書館藏）

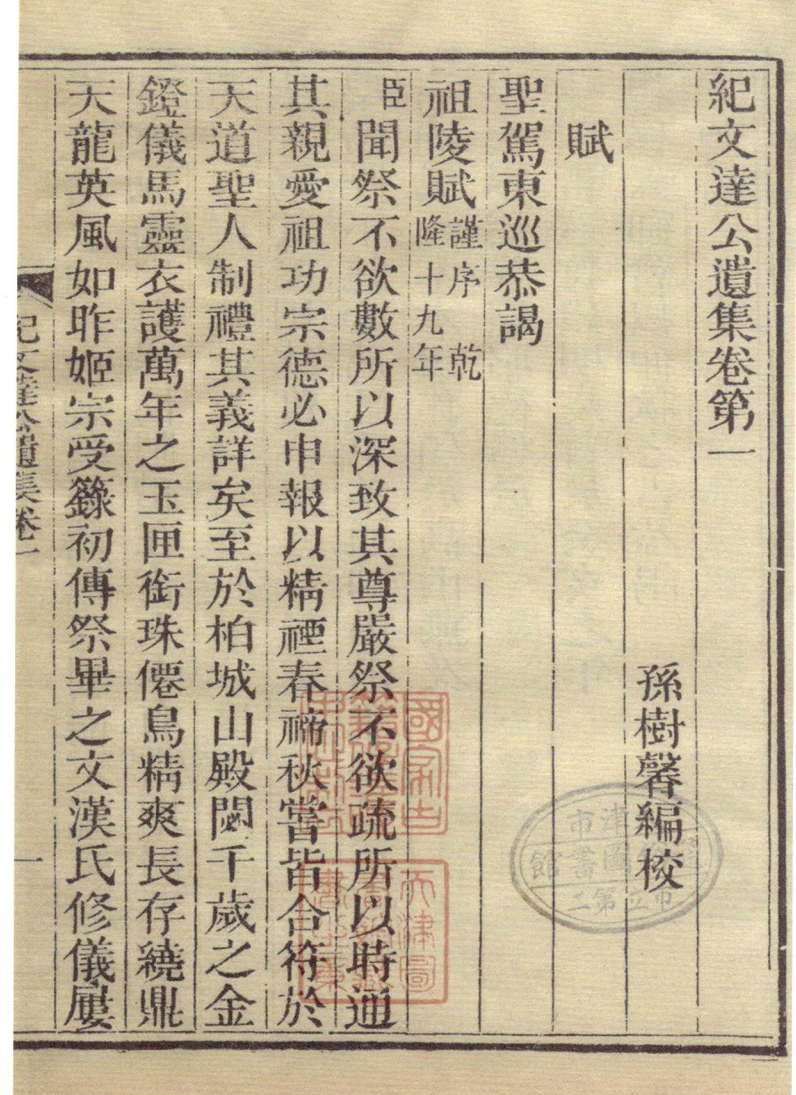

紀文達公遺集卷第一

孫樹馨編校

賦

聖駕東巡恭謁
祖陵賦謹序 乾隆十九年

臣聞祭不欲數所以深致其尊嚴祭不欲疏所以時通其親愛祖功宗德必申報以精禋春祔秋嘗皆合符於天道聖人制禮其義詳矣至於柏城山殿閟千歲之金鎧儀馬靈衣護萬年之玉匣銜珠儵鳥精爽長存繞鼎天龍英風如昨姬宗受籙初傳祭畢之文漢氏修儀屢

紀文達公遺集（天津圖書館藏）

# 序

　　元代以後，雖然北方文學整體上遜色於南方，但有兩個時期北方還是出現過聲勢煊赫的文學群體，爲天下所矚目的。一個是明弘治、正德年間（1488—1521）李夢陽、何景明、徐禎卿、邊貢、康海、王九思及王廷相七人結成的文人群體，史稱"前七子"；另一個是清代乾隆間京畿一帶的著名文士群體，見載於法式善《試墨齋詩集序》："我畿輔之地，沿燕趙遺風，悲歌慷慨，使酒挾劍，奇氣鬱勃，皆能搖撼星斗，鏤刻腎肝也。朱文正、紀文達兩相公，朱竹君、翁覃溪兩學士，王芥子、李文園、邊秋崖、戈芥舟諸先輩，余皆獲侍其杖履，聞所議論，東南人士無不奉爲依歸。"孫星衍序李中簡《嘉樹山房文集》，亦稱"先生在詞館，與同里朱笥河先生兄弟及紀曉嵐大宗伯齊名相切劘，一時文譽冠冕海内"。再加前輩的黄叔琳、後輩的舒位，直隸一省的文學彬彬之盛，炳耀於時。可惜的是，正如前人所說，北人敦樸，不事標榜，這個顯赫一時的文學群體後來竟消沉不彰，以致於法式善也不能不慨歎，諸公"生平著述，膾炙人口，惜無人發凡起例，勒成卷帙！"

　　二百多年過去，燕趙後學劉青松、馬合意兩先生終於編成《河間七子詩文徵》一帙，稍微彌補前賢的遺憾。書中收錄的清代河間府七位文學家，包括任丘邊連寶、劉炳、李中簡、邊繼祖，獻縣戈濤、紀昀，景州戈岱，都是乾隆朝的著名文士，當時有"河間七子"之稱。

　　中國歷史上的文學群體，最早以"建安七子"著稱。後世因之，每舉"七子"爲齊名并稱的成數。明有前後七子，弘治時以慶陽李空同居其首，嘉靖間則歷城李滄溟爲之魁，人所共知。清代更有燕臺七子、吴門七子、粵東七子，女詩人也有蕉園七子，無不享譽一時。考古來作家齊名并稱的緣由，起初都是一時聲名頡頏的群從，如竟陵八友、初唐四杰、大曆十才子、咸通十哲、永嘉四靈、南園五先生之類。到清代，則要不出兩種情形：一是出於選集，如燕臺十子、金臺十子、江左十五子、吴門七子、粵東七子等；一是出自詩歌品題，如翁方綱作《粵東三子歌》，而有張維屏、譚敬昭、黄培芳三子，法式善作《三君咏》而有嘉慶間舒位、孫原湘、王曇三家齊名。

河間七子始稱瀛州七子，其得名據朱珪《嘉樹山房詩序》説是"秀水錢文端公，視畿輔學政時，按瀛州，稱得士，有懷瀛州七子詩"。原詩見錢陳群《香樹齋詩續集》卷三，題作《瀛海舟次寄懷邊徵君連寶劉太守炳戈編修岱李編修中簡邊檢討繼祖戈庶常濤紀孝廉昀七子皆河間郡人》，首云："七載衡文地，星旌指近畿。非予樹桃李，此郡本芳菲。"雖然他謙稱七子并非自己用心栽培，但其得名却肯定緣於他這首詩，這從本書附録中論及"河間七子"的資料可以得到證明。

清代畿輔之詩，初盛於廣平申涵光、殷岳、張蓋廣平三子，開河溯詩派。至中葉獨盛於河間一府，錢陳群兩督順天學政（1735—1741），於河間府得才士七人，其寄懷之詩出而世皆知七子之名，到民國間遂有佚名所輯《河間七子詩鈔》。不過該書所收大體不出《國朝畿輔詩傳》的範圍，可能因爲文獻不足徵，又以邊中寶替代邊繼祖、戈源替代戈岱，與錢陳群所揄揚的七子略有出入。劉青松、馬合意兩位有鑒於此，根據錢詩所稱七子，輯録其詩文，編爲《河間七子詩文徵》一編，庶己正本清源，還歷史之舊觀。

清人最重鄉邦文學傳統，同郡文士多互通聲氣，爲嚶鳴之友。從本書附録的傳記和評論資料來看，河間七子的學術和詩文創作足以代表清代中葉畿輔甚至整個北方的文化成就，是不用懷疑的。這一群體的交際網絡，彼此間的唱酬、題咏，都是考察清代中葉北方文學和文化的重要問題。長期以來，除了紀昀文集有孫致中等先生編纂、邊連寶集由劉崇德教授主持整理，戈濤集由劉青松先生整理過，其餘四人的作品都不曾整理行世，甚至散佚不傳。劉青松、馬合意兩先生在多年訪求、整理桑梓文獻的基礎上，遴選有別集流傳的幾家作品，輯録別集散佚的幾家詩文，按類編排，各注明所據，除了選録詩文之外，還搜集若干傳記和詩話資料附録於後，爲鄉賢詩文的保存和流傳做出有力的貢獻。通觀全書，體例可謂妥善，便於讀者參考。

本書的兩位編者，青松先生獻縣籍，任教於河北大學文學院；合意先生任丘籍，任職於任丘市圖書館，平夙都留意桑梓史料，發掘、整理有關文獻。青松先生除著有《〈白虎通〉義理聲訓研究》之外，還曾輯校戈濤《坳堂詩文集》，與人合作主編《獻縣歷代詩鈔》；合意先生編著過《李中簡行實輯考》《任丘金石文徵》，校點邊連寶《病餘長語》及乾隆、道光《任丘縣志》。這些工作，無論對於河北地方文獻保存還是地域文化、文史研究都是很有意義的貢獻。

中國歷史悠久，地域廣袤，漫長的歷史歲月積累了無比豐富的地域文化和歷史文獻。這些資料都靠專業文史學者去研究，是很難面面俱到的，各地文史工作者不同層次不同類型的研究工作正是最好的接濟和補充，隨着各級政府對地方文化建設的重視和投入不斷提升，近年地方文史研究工作也有長足的發展，地域文獻整理更是成績斐然，不斷有省市縣各級地方文獻集成的叢書刊行，爲學界提供了豐富的文獻資料和更加便利的閲讀條件，作爲長年從事古代文學和文獻的學者，受惠之餘當然對從事相關工作的學人和出版社深爲感謝，充滿敬意。劉青松、馬合意兩位也是我尊敬的學人，多年來不斷收到他們整理地方文獻的成果，對他們孜孜不倦的工作熱情和嚴謹態度感佩不已。

若干年前，馬合意先生爲從事相關研究，曾專門申請來中國社科院文學所訪學，我忝爲合作教授，多有交流。近年承他爲我主持的《清代文人事迹編年匯考》項目撰寫多篇稿件，一直保持聯繫。他和青松先生編就《河間七子詩文徵》，寄來全稿讓我看看，并希望寫個前言，我覺得這是一個很有意義的課題，他們的整理工作很有價值，流覽之餘很樂意將自己閲讀的感想寫在這裡，與讀者們分享一下，同時借此機會對兩位作者及所有黽勉從事地方文獻整理和研究的學者表示感謝，并期待他們有更多的成果問世。

二〇二〇年五月二十日白下蔣寅謹序。

# 總　　目

## 邊連寶

**詩** ………………………………………………………………（3）
　冬夜讀書二十韵 ……………………………………………（3）
　贈別潘晋逸 …………………………………………………（3）
　雜感 …………………………………………………………（4）
　次昌黎《縣齋有懷》韵寄呈戈芥舟 ………………………（4）
　村居冬夜 ……………………………………………………（5）
　和芥舟秋日過我茗飲之作 …………………………………（5）
　衡山圖 ………………………………………………………（5）
　苦雨書懷二十四韵 …………………………………………（6）
　叠浪岩 ………………………………………………………（6）
　彩虹鏡 ………………………………………………………（6）
　雲林清話圖 …………………………………………………（7）
　讀東野詩 ……………………………………………………（7）
　放歌行 ………………………………………………………（7）
　空城雀 ………………………………………………………（7）
　將進酒 ………………………………………………………（8）
　沈石田《蜀道圖》 …………………………………………（8）
　龍挂 …………………………………………………………（8）
　贈戴通乾廣文次昌黎《贈崔評事》韵 ……………………（9）

薄薄酒學山谷二首 …………………………………（9）

讀長吉 ………………………………………………（10）

讀義山 ………………………………………………（10）

芥舟過訪 ……………………………………………（10）

贈元敬之 ……………………………………………（11）

春歸 …………………………………………………（11）

題高古狂指頭五鷹 …………………………………（11）

董德全過訪臨別贈以詩 ……………………………（12）

商喜《八駿圖》 ……………………………………（12）

寄宋蒙泉庶常兼呈李露園孝廉 ……………………（12）

以詩代柬答于南溟兼呈芥舟 ………………………（13）

科君岱爲廉衣高弟，讀余《茗禪吟》，知其嗜茗也，托芥舟
　　轉致佳茗二器。因爲長句酬之，兼呈廉衣、芥舟
　　兩太史 …………………………………………（13）

贈胡稚威兼呈董曲江 ………………………………（14）

題嘯谷《春流垂釣圖》 ……………………………（14）

任縣守歲 ……………………………………………（15）

夜雨 …………………………………………………（15）

僻地 …………………………………………………（15）

晚吹 …………………………………………………（15）

暮冬 …………………………………………………（15）

孤雲 …………………………………………………（15）

懷友十章 ……………………………………………（15）

村居九日 ……………………………………………（17）

秋蝶 …………………………………………………（17）

讀李鐵君集 …………………………………………（17）

初秋雜興 ……………………………………………（17）

野望 …………………………………………………（17）

秋夜 …………………………………………………（18）

| 登穀 | (18) |
| 秋盡 | (18) |
| 寒水 | (18) |
| 飲酒 | (18) |
| 拜史閣部墓 | (18) |
| 寄九兄 | (18) |
| 聞王孔昭欲過訪詩以促之 | (19) |
| 晚途即事是日抵清風店 | (19) |
| 七夕 | (19) |
| 宮詞 | (19) |
| 奉懷錢香樹先生 | (19) |
| 效唐人病馬詩呈香樹先生 | (20) |
| 春日懷九兄 | (20) |
| 赴秋闈道上口占 | (20) |
| 渡淮 | (20) |
| 揚州 | (20) |
| 渡江 | (20) |
| 妙高臺眺望 | (21) |
| 晚行感懷 | (21) |
| 杏花 | (21) |
| 寫愁 | (21) |
| 茗禪吟 | (21) |
| 秋燕 | (22) |
| 自笑 | (22) |
| 贈劉殿虎時罷九江郡歸 | (23) |
| 過西樓村故居有感 | (23) |
| 秋漁咏 | (23) |
| 寄懷劉漢良明府 | (23) |
| 小集 | (24) |

寄呈芥舟…………………………………………（24）

六十………………………………………………（24）

送秋崖侄提學廣東二首……………………………（24）

論詩………………………………………………（25）

病中詠懷…………………………………………（25）

銜杯………………………………………………（25）

俠客行……………………………………………（26）

清明………………………………………………（26）

昭君………………………………………………（26）

淮安晚發…………………………………………（26）

廿四橋……………………………………………（26）

夜景………………………………………………（26）

儀徵早發…………………………………………（26）

渡江………………………………………………（26）

雄州懷古…………………………………………（27）

題《漁洋集》……………………………………（27）

早景………………………………………………（27）

文………………………………………………………（28）

天官論……………………………………………（28）

禮制陰陽論………………………………………（30）

陳平論（上）……………………………………（31）

陳平論（下）……………………………………（32）

辨惑論……………………………………………（33）

盜解………………………………………………（34）

《任邱縣志》序…………………………………（34）

戈芥舟《盤山游草》序…………………………（36）

李立軒詩序………………………………………（36）

《唐文讀本》序…………………………………（37）

《隨園制義》自序………………………………（38）

寄錢容齋夫子書 …………………………………… (40)
賀李子敬下第書 …………………………………… (40)
上王罕皆先生書 …………………………………… (42)
答秦紫峰書 ………………………………………… (43)
與戈芥舟書 ………………………………………… (44)
豕鳥說 ……………………………………………… (46)
秋崖說 ……………………………………………… (46)
刑科掌印給事中芥舟戈公傳 ……………………… (47)
亦珊李公傳 ………………………………………… (49)
徵士對鏡公家傳 …………………………………… (51)
高海觀小傳 ………………………………………… (54)
竹岩老人生傳 ……………………………………… (55)
《重修邊氏族譜》序 ……………………………… (57)
關帝廟碑記 ………………………………………… (59)
吳公築德州鹽店口記 ……………………………… (60)
憂懼箴（并序） …………………………………… (61)
朋游箴 ……………………………………………… (61)
彈織女文（并序） ………………………………… (62)

## 劉 炳

詩 …………………………………………………… (67)
  竹琴 ……………………………………………… (67)
  湖口留別 ………………………………………… (67)
  題邊隨園徵君《茗禪圖》 ……………………… (68)
  重葺翰林院落成，聖駕臨幸錫宴，賦詩恭紀 … (68)
  長堤烟柳 ………………………………………… (68)
  十里荷香 ………………………………………… (68)
  白洋夜月 ………………………………………… (69)

棗林晚渡 ……………………………………………（69）
　　水月桃花 ……………………………………………（69）
　　金沙落照 ……………………………………………（69）
　　維揚舟中還寄湖口 …………………………………（69）
　　恭和御制瀛臺賜宴元韵四首 ………………………（69）
　　自題小照詩句 ………………………………………（70）
文 …………………………………………………………（71）
　　五公山人墓表 ………………………………………（71）
　　候選守備濟川公墓誌銘 ……………………………（73）
　　正定分訓天民公家傳 ………………………………（76）
　　石鐘魁星閣記 ………………………………………（78）

## 戈　岱

詩 …………………………………………………………（83）
　　山川出雲 ……………………………………………（83）
文 …………………………………………………………（84）
　　戈氏南譜存疑 ………………………………………（84）
　　四修族嗣譜文 ………………………………………（87）
　　《興業縣志》序 ……………………………………（89）

## 李中簡

詩 …………………………………………………………（93）
　　詠懷 …………………………………………………（93）
　　雙鳥篇 ………………………………………………（94）
　　赴真定途次河間車中成詠 …………………………（94）
　　滹沱早發 ……………………………………………（94）
　　題《秋山獨眺圖》爲紀曉嵐 ………………………（94）
　　秀水道中作 …………………………………………（95）
　　題《茗禪圖》爲邊徵君趙珍 ………………………（95）

登中山寺中元洞 …………………………………… （95）
送張惕庵前輩罷官歸閩中四首 …………………… （95）
秋懷 ………………………………………………… （96）
曉發阿都田，渡河過拉幫坡，微雨，暮宿郎岱 …… （97）
禹州道中懷李空同 ………………………………… （97）
夜雨叠前韵和倪太僕兼懷邊二秋崖 ……………… （97）
《花墅對床圖》詩三十韵（有引） ………………… （97）
牧童詞 ……………………………………………… （98）
華嚴庵夜雨題壁 …………………………………… （98）
送張穀詒之官嶺南兼寄張希周前輩 ……………… （98）
《檢書圖》爲盧抱經 ………………………………… （99）
襄陽曲 ……………………………………………… （99）
飛雲岩和芥舟 ……………………………………… （99）
關嶺 ………………………………………………… （100）
龍池紀游 …………………………………………… （100）
水車行 ……………………………………………… （101）
觀雪浪石作 ………………………………………… （101）
遂平館中雜花 ……………………………………… （101）
贈朱石君方伯同年二十韵 ………………………… （102）
古意爲陸青來太守五十壽 ………………………… （102）
村望二首 …………………………………………… （102）
懷邊十趙珍 ………………………………………… （103）
贈朱筠園兼寄令弟斐瞻 …………………………… （103）
五月二日泛舟天寧門，至法海寺看竹，小憩程園，遂游
　　平山堂，暮歸 …………………………………… （103）
天寧寺題壁示具如上人 …………………………… （103）
韶光寺 ……………………………………………… （103）
玉屏逢葉毅庵編修入京 …………………………… （103）
送二兄歸里 ………………………………………… （104）

| 山寺 | （104） |
| 定西嶺觀瀑 | （104） |
| 喜晴 | （104） |
| 賦得花塢夕陽遲 | （104） |
| 哭錢香樹太傅師四首 | （104） |
| 秋日游南塍 | （105） |
| 奉送香樹錢夫子謝病歸禾中四首 | （105） |
| 舟興 | （105） |
| 過琉璃河 | （106） |
| 丙子秋，偕魏大象三典試山左。先是，張樊川、林穆庵二君實主西闈，皆戊辰同譜。樊川有詩四章，既撤棘，撫事興懷，用廣其意，示同事諸公兼呈未堂、蒙泉二前輩 | （106） |
| 送戴東原南歸 | （106） |
| 房陵驛早發 | （107） |
| 過沅州 | （107） |
| 入滇 | （107） |
| 景東守歲 | （107） |
| 鎮遠入舟 | （107） |
| 重過圓津庵 | （108） |
| 喜揚州藥根上人來京過訪即用見贈元韵 | （108） |
| 家岩野起部三弟兩過荒齋不值，屢承惠茶，賦謝 | （108） |
| 早行 | （108） |
| 雨發東湖驛 | （108） |
| 賈公祠拜屈賈遺像 | （108） |
| 楚南試院秋懷示同事諸君子 | （109） |
| 讀邊隨園先生詩集題後 | （109） |
| 虎街 | （109） |
| 五月朔日，芥舟六兄來園廬止宿，予適入城，未晤。既返，得留題二絕於壁間，悵然因和 | （109） |

重宿龍泉精舍題壁 …………………………………（109）
題蔣莘畬編修《歸舟安穩圖》四首 ……………（110）
送朱筠園南歸兼寄令弟梅崖 ……………………（110）
保陽夜雨感舊 ……………………………………（110）
長安驛喜雨 ………………………………………（110）
紅葉 ………………………………………………（110）
哭芥舟戈六兄 ……………………………………（111）
作《芥舟傳》成，檢其遺集重感 ………………（112）
重過圓津庵觀芥舟題壁感賦 ……………………（113）
柳絮二首 …………………………………………（113）

## 文 ………………………………………………（114）

《書》古今文論（上）……………………………（114）
《書》古今文論（下）……………………………（115）
諸葛忠武侯論 ……………………………………（115）
"春王正月"解 ……………………………………（116）
忿說 ………………………………………………（117）
觀海說 ……………………………………………（118）
《儒林宗派》序 …………………………………（118）
《訓士學行略》序 ………………………………（119）
《讀孟論文》贈言 ………………………………（120）
清音亭記 …………………………………………（121）
嶗山華嚴庵游記 …………………………………（122）
南塍草堂記 ………………………………………（123）
《枝巢集》序 ……………………………………（124）
朱筠園《溪音集》序 ……………………………（124）
《香桂園詩集》序 ………………………………（125）
《碧腴齋詩》序 …………………………………（126）
《歸震川集選》題辭 ……………………………（127）
《方望溪集選》題辭 ……………………………（127）

答陸朗夫書 …………………………………………………（127）
芥舟先生小傳 ………………………………………………（128）
藥根上人小傳 ………………………………………………（130）
適舒氏長女學溫哀辭 ………………………………………（131）

## 邊繼祖

**詩** ……………………………………………………………（135）
題高咸一表弟過庭小照 ……………………………………（135）
奉題給諫前輩太老先生《七芳圖》遺墨并請敬堂老先生
　誨定 ………………………………………………………（135）
賦得誤筆成蠅 ………………………………………………（136）
梭化龍 ………………………………………………………（136）
高樹早涼歸 …………………………………………………（136）
射中正鵠 ……………………………………………………（137）
題業師肇畛叔茗禪小照 ……………………………………（137）
題劉嘯谷夫子玉照 …………………………………………（137）
和亨山大兄口贈元韵 ………………………………………（137）
題《澄懷八友圖》 …………………………………………（137）
挽勾山先生步李廉衣韵 ……………………………………（138）
題家漪園先生傳後 …………………………………………（138）
題岳忠武祠 …………………………………………………（138）
恭和御制《題宜照齋》元韵 ………………………………（138）
聽風 …………………………………………………………（138）
和紀曉嵐《題晴沙所繪藍筆牡丹》韵 ……………………（139）
題朱石君畫 …………………………………………………（139）
題成哲親王《寒江獨釣圖》 ………………………………（139）
恭和御制《南天門攬勝軒作》元韵 ………………………（139）
**文** ……………………………………………………………（140）
水圍賦 ………………………………………………………（140）

《光復堂詩稿》序 （142）
《北田集》序 （143）
《志學編詩》序 （144）
《排律試帖詩合編》序 （144）
《排律試帖詩合編》凡例 （145）
《敦本堂家訓詩》跋後 （146）
皇清例授儒林郎州同知觀天舒公墓志銘 （147）
皇清誥授招勇將軍江西南安營參將又白蘇公洎原配誥贈淑人
　李氏繼配誥封淑人盧氏合葬墓志銘 （148）
贈兵部主事漁山邊公墓志銘 （149）
皇清例贈修職郎樂亭縣教諭謐園戈公暨元配張孺人合葬
　墓志銘 （151）

# 戈　濤

詩 （155）
歲杪寄邊隨園 （155）
望盤山 （155）
由石門歷萬松寺至盤谷禪院 （155）
訪東澗僧不遇 （156）
上谷歸途避雨夏調元村居 （156）
《秋山獨眺圖》爲曉嵐題 （156）
題《瀛州書院圖》 （156）
《劉嘯谷先生寫真圖》贊 （157）
懷化驛宿陳秀才書齋留題 （157）
自懷化驛山開路夷達羅舊 （157）
羅舊再宿 （157）
老鷹崖 （157）
飛雲岩 （158）
蘋果詩 （158）

癸未臘月尹亨山觀察濟東賦詩贈別……………（159）

送高元石歸蜀……………………………………（159）

西川行送吳右襄…………………………………（159）

荆門行……………………………………………（159）

入滇歌……………………………………………（160）

古槎行爲梁階平前輩作…………………………（160）

九日偕周挹源、李召林荇洲登瀛臺集香泉社四首…（161）

自玉石莊達天成寺五首…………………………（161）

尋古中盤…………………………………………（161）

別盤山……………………………………………（162）

送劉嘯谷之任九江………………………………（162）

過雄縣懷邊徵君…………………………………（162）

過正定……………………………………………（162）

奉使過河間夜宿…………………………………（162）

送鮑敬亭先生致仕歸里…………………………（162）

丙子夏過圓津庵二首示粲一上人………………（163）

淇縣………………………………………………（163）

新野………………………………………………（163）

雨夜………………………………………………（163）

江行………………………………………………（163）

題張氏山居………………………………………（164）

屏陵道中…………………………………………（164）

蠻鄉………………………………………………（164）

殊方………………………………………………（164）

鎮遠樓居…………………………………………（164）

雄邑東村和邊隨園………………………………（164）

送周觀光…………………………………………（165）

自洛陽寄隨園……………………………………（165）

丙寅臘月郊行鷟田寄隨園………………………（165）

秋燕 …………………………………………………（165）
趙州道中 ………………………………………………（166）
過宿江 …………………………………………………（166）
沅州 ……………………………………………………（166）
蠻山 ……………………………………………………（166）
贈董清平蠻庵 …………………………………………（166）
周挹源挽詩 ……………………………………………（166）
奉題戰節母王太夫人傳後 ……………………………（167）
訪李文園中簡不遇題壁 ………………………………（167）
盧生祠 …………………………………………………（167）
由陪口入歸宗寺歷開先觀瀑布過三峽至栖賢禪院 …（167）
題邊隨園《茗禪圖》 …………………………………（168）
題邊隨園藏郭詡畫卷後 ………………………………（168）

文 …………………………………………………………（169）
請丁銀仍歸地糧疏 ……………………………………（169）
賦役序 …………………………………………………（170）
田制論 …………………………………………………（172）
復唐河議 ………………………………………………（174）
滹沱河考 ………………………………………………（175）
列女序 …………………………………………………（177）
擬應劭上《漢儀》疏 …………………………………（178）
明論 ……………………………………………………（178）
馮道論 …………………………………………………（179）
與尹亨山書 ……………………………………………（179）
《邊隨園稿》叙 ………………………………………（180）
《隨園詩》序 …………………………………………（181）
《杜律啓蒙》叙 ………………………………………（182）
周蔞亭詩序 ……………………………………………（183）
《默堂詩》叙 …………………………………………（184）

《癸酉江西鄉試録》後序 …………………………（185）
《丙子雲南鄉試録》序 ……………………………（186）
左孺人傳 ……………………………………………（187）
丹崖左公傳 …………………………………………（188）
故友夏君調元傳 ……………………………………（189）
盧孝子傳 ……………………………………………（190）
愚谷朱公傳 …………………………………………（191）
邊徵君傳 ……………………………………………（193）
王仲穎先生傳 ………………………………………（194）
尹健餘先生傳 ………………………………………（196）
禮部侍郎胡公家傳 …………………………………（197）
節婦程孺人傳 ………………………………………（200）
送鮑敬亭先生致仕歸里序 …………………………（201）
送杜補堂太守歸廣陵序 ……………………………（202）
送尹亨山分守濟東序 ………………………………（203）
張君縠貽墓志銘 ……………………………………（204）
河間會館碑記 ………………………………………（206）
新建街道公署記 ……………………………………（207）
《街道條例》序 ……………………………………（207）
《獻縣志》後序 ……………………………………（208）

## 紀　昀

詩 ……………………………………………………（213）
　擬古二首 …………………………………………（213）
　贈戈芥舟二首 ……………………………………（213）
　食棗雜咏 …………………………………………（213）
　送內子歸寧 ………………………………………（214）
　送汪劍潭南歸 ……………………………………（214）
　題同年謝寶樹小照 ………………………………（214）

馮實庵侍御繪《種竹圖》賦贈 …………………………………（214）
題汪鋭齋《蕉窗讀易圖》 …………………………………………（215）
伊雲林光禄《左手寫經圖》 ………………………………………（216）
倪鴻寶先生《小桃源詩》真迹，用覃溪前輩韵題後 ……………（216）
曉發泰安，距泰山二十五里，不及登 ……………………………（216）
盤門舟次別申圖南，時圖南公車北上 ……………………………（217）
過嶺 …………………………………………………………………（217）
交坑夜泊 ……………………………………………………………（217）
自題《秋山獨眺圖》 ………………………………………………（218）
歲暮懷人各成一咏 …………………………………………………（218）
戈仙舟太僕鑿井得硯 ………………………………………………（218）
與周暗章圍棋遂成長句 ……………………………………………（218）
寄壽徐筠亭先生 ……………………………………………………（219）
松岩老友遠來省予，偶出印譜索題，感賦長句 …………………（219）
已卯秋，錢塘沈生寫余照，先師董文恪公爲補《幽篁獨坐圖》，
　　今四十年矣，偶取展觀，感懷今昔，因題長句 ……………（220）
題羅兩峰《歸帆圖》 ………………………………………………（220）
題吴香亭《古藤詩思圖》 …………………………………………（221）
蝶翅硯 ………………………………………………………………（221）
題陸耳山副憲遺像 …………………………………………………（221）
張南華先生《夏木清陰圖》爲伊墨卿題 …………………………（222）
題田綸霞司農《大通秋泛圖》爲馮鷺庭編修 ……………………（222）
桂未谷《簪花騎象圖》 ……………………………………………（223）
劉石庵相國藏經殘帙歌 ……………………………………………（223）
以詩投諸友索和，竟日無耗，走筆戲促 …………………………（223）
忻湖佑、申東田各以和章見示，春澗詩亦踵至，叠前韵
　　賦謝 ……………………………………………………………（224）
建陽城外謝叠山賣卜處 ……………………………………………（224）
竹下閑行有懷 ………………………………………………………（225）

次韵張晴溪孝廉游盤山 …………………………………（225）
王菊莊《藝菊圖》 ……………………………………（225）
蘇虛谷墨竹 ……………………………………………（225）
送朝鮮使臣柳得恭歸國 ………………………………（225）
送朝鮮使臣樸齊家歸國 ………………………………（225）
爲伊墨卿題劉文正公墨迹 ……………………………（225）
送桂未谷之任滇南 ……………………………………（226）
陳簡肅公墓下作 ………………………………………（226）
過景城憶劉光伯 ………………………………………（226）
即景 ……………………………………………………（226）
寄董曲江 ………………………………………………（226）
對雨有作呈錢少司寇 …………………………………（227）
送郭石洲歸洛陽 ………………………………………（227）
題雪溪墨竹 ……………………………………………（227）
懷朴齊家 ………………………………………………（227）
壬戌會試閱卷偶作 ……………………………………（227）
有感 ……………………………………………………（228）
留別及門諸子 …………………………………………（228）
却寄舊寓葛臨溪、姚星岩、王觀光、吳惠叔四子 …（228）
舟泊常州聞湖南撫軍將至 ……………………………（228）
夜泊吳江 ………………………………………………（228）
任邱晤高近亭，因懷邊徵君隨園 ……………………（229）
和蒙泉秋感 ……………………………………………（229）
即目二首 ………………………………………………（229）
寄贈露園四首 …………………………………………（229）
書贈毛副戎 ……………………………………………（230）
題陳氏韞玉《西齋遺稿》 ……………………………（230）
又悼田白岩中儀 ………………………………………（230）
富春至嚴陵山水甚佳 …………………………………（230）

釣臺有感 …………………………………………（230）
再題《桐陰觀弈圖》 ……………………………（230）
忻州刺史守愚汪君重修元遺山先生墓詩 ………（231）
自題《桐陰觀弈圖》 ……………………………（231）
德州夜坐，悼懷亡友李秋崖國柱成二絕句 ……（231）
雄縣題館舍壁 ……………………………………（231）
寄懷蔣春農舍人 …………………………………（232）
斷碑硯歌爲裘漫士先生作 ………………………（232）

# 文 ……………………………………………………（233）
欽定《四庫全書》告成恭進表 …………………（233）
奏爲酌改考試《春秋》出題用傳條例以勸經學事 …（238）
《唐人試律說》序 ………………………………（238）
《後山集鈔》序 …………………………………（239）
《玉溪生詩說》序 ………………………………（240）
《瀛奎律髓刊誤》序 ……………………………（241）
《冰甌草》序 ……………………………………（242）
《愛鼎堂遺集》序 ………………………………（243）
《冶亭詩介》序 …………………………………（244）
郭茗山詩集序 ……………………………………（245）
《香亭文稿》序 …………………………………（246）
《月山詩集》序 …………………………………（247）
《袁清愨公詩集》序 ……………………………（247）
《雲林詩鈔》序 …………………………………（248）
《二樟詩鈔》序 …………………………………（249）
田侯松岩詩序 ……………………………………（250）
《清艷堂詩》序 …………………………………（251）
《把緑軒詩集》序 ………………………………（252）
《鏤冰詩鈔》序 …………………………………（252）
《鶴街詩稿》序 …………………………………（253）

《詩教堂詩集》序 …………………………………………（254）
《曹綺莊先生遺稿》序 ……………………………………（255）
記李守敬事 …………………………………………………（256）
艾孝子傳 ……………………………………………………（257）
書劉石庵相國臨王右軍帖後 ………………………………（258）
書陸青來中丞家書後 ………………………………………（258）
日華書院碑記 ………………………………………………（259）
與存吾太史書 ………………………………………………（260）
與朝鮮洪耳溪書 ……………………………………………（260）
再與朝鮮洪耳溪書 …………………………………………（261）
答朝鮮洪耳溪書 ……………………………………………（262）
與朝鮮洪薰谷書 ……………………………………………（263）
朝議大夫睿智陳公暨元配馮太恭人墓志銘 ………………（263）
皇清誥封中憲大夫江南常鎮通道原任遵化州學正竹岩邊公
　　暨配謝孟恭人合葬墓志銘 ……………………………（265）

**附録　河間七子資料** ………………………………………（268）

**後記** …………………………………………………………（288）

► 邊連寶 ◄

# 詩

## 冬夜讀書二十韵

人嫌冬夜長，我愛冬日短。道心逐晝消，俗腸憑夜浣。堁戶折風刀，窒隙拾月卵。焚香驅穢濁，數息調驟緩。酸馺生橡桪，苦馨嗅薜椀。抱膝覓新吟，蘸筆竄舊篆。冥理探幽磽，古義抵微窾。竇塞人迷方，機發灰動琯。似遠忽乍親，將來還中斷。眉蹙方詰屈，顏霽已平坦。雛初慘申韓，契終逾鮑管。韜精難覆藏，譎態自輸款。斑管絕疑讀，牙籌晰溷算。稍疲支顴腮，助勇唊餅鏾。吟弄愜新歡，傲睨抒宿蕰。尺尋勿已而，寸進又豈但。離群絕庸攀，追古務刻赶。畢箕收柄舌，牛女欲漱盥。暖酒且孤斟，裹書不再攤。膏油費夜煎，妻孥糾晝懶。

## 贈別潘晉逸

與君敦古處，相好如弟昆。固非以富貴，亦不以賤貧。結交自有道，形迹非所論。憶昔初識面，祇在傾蓋間。君謂我免俗，我謂君不群。暗中兩摸索，遂成膠漆緣。我時來上谷，徑直造君門。君見輒大喜，洋洋動面顏。卧我以床榻，飲我以酒樽。君時出門去，阿婦供饔飱。阿婦亦賢慧，知為君所親。殷勤具盤膳，黽勉典釵裙。世上同懷者，邈若越與秦。同懷而相好，豈復加此云。我上有老母，爾亦有嚴親。我今被徵召，別爾入都闉。爾亦膺薦辟，轉盼入霄雲。相期各努力，以慰堂上人。

---

\* 邊連寶詩選自《隨園詩集》（稿本），中國人民大學圖書館藏。

## 雜　感

同雲色沉沉，陰風鳴策策。霜霰隨風零，稍稍入窗隙。燈暗僅照幬，火寒不暖席。中有兀坐人，慘慘心不懌。趨時志不寧，謀道身則瘠。二者將奚從，交戰令心窄。守賤非近遭，歸愚亦前畫。千秋鑒此誠，顧頷奚足惜。

身世何莽莽，中心亦怏怏。嘉遇不一來，駛年動屢往。撫事抱真悲，觀生淡奢想。衰白復益今，意氣頓殊曩。取酒澆我愁，我愁逐酒長。由來近日愁，非酒能滌蕩。

霜風刷林木，一夜净如掃。中有枯死蟬，軀殼尚完好。精魄化异物，但虛存其表。爲爾涕汍瀾，中心憂如搗。逝者盡如斯，豈獨爾輩夭。

## 次昌黎《縣齋有懷》韵寄呈戈芥舟

聊叙吾平生，用博子悲咤。人腐乃誤儒，年裸休罪稼。裸年穀不登，腐儒福所謝。拘囚隼在鞲，枯槁草染麝。驅羸將敝策，絓驂欲息駕。抱璞遭荆刑，命名忝趙價。前途險已明，後遇難覆射。點鬼羸韓窮，論詩輪李霸。細述耳須傾，極擬言豈詐。昔余年尚嬰，先公世已下。耽餓我無憐，招忌人有罵。銜悲口生石，迸泪目決灞。嘗膽志逾堅，坐芒身少暇。車螢朝徹帷，蘇錐夜刺髂。瑣瑣目已空，岳岳心能跨。文思俟拾遺，位欲極僕射。千年鼓笙簧，百世啖臠肉。頻年遭弃遺，壯懷成虛假。悲塵淺南溟，恨水低西華。深杯寡醒晨，愁夢無歡夜。彈冠慶游揚，推轂乏姻婭。登天纔拾階，聳霄又斷靶。忸怩稱陸厨，拉雜燒李架。鍛翩在辰年，點額歸丑蜡。平通叨餘榮，荒謬得寬赦。有戰即遁逃，無抵不隙罅。涼宇蔭嚴冬，燠館烘炎夏。謀生計已窮，畫策籌難借。去矣嗟何及，來者吁可怕。盛名悉已熟，佳什投非乍。前讀既已驚，後誦旋尤訝。八斗天自殊，一經家有藉。浮雲任驥籥，羊角足鵬化。而我獨蓬蒿，此生老桑柘。濡水可誅茅，吾邱并置榭。抱膝非葛廬，問字豈楊舍。隱霧慚豹澤，銜鼠避鴟嚇。隨緣亦小適，非分不妄迓。趺坐觀涅槃，煉氣配嬰姹。婉孌不自媒，媪嫗豈復嫁。

## 村居冬夜

戀枝有餘葉，轂觫燥且乾。微風一披拂，墮地聲珊珊。羇魂寡所泊，聞此亦淒酸。淒酸竟何那，甘飲長恨端。冬月光泠泠，萬里碾寒玉。木雕瘦影直，森然一束束。擁鼻吟廣庭，噤痒生寒粟。凜然難久留，入户仍躑躅。

## 和芥舟秋日過我茗飲之作

與爾結金蘭，相好忘庚甲。匪惟鹽駝歡，直同魚水洽。感激鼓應桴，招邀風動箑。有盞必雙斟，無韻能孤押。牛耳無定執，雞壇亦屢歃。互築累所卑，交注餉厭乏。羲娥御移西，絺綌衣更夾。玉葉剪琉璃，幨溪染絨鞈。霍翏觬蓁蓁，霖霂聆霎霎。將迎倒屣履，過從省筆札。汲泉爇榾柮，榰户驅鵝鴨。悶稽羽經裁，愁免墮術壓。嚘哑蚓號穴，砅訇波轉峽。甌净還屢雪，槍嫩祇一掐。幽香但微吸，元味無重呷。興酣結轣轆，狂發胠篋匣。飽李君讓池，收龐我在柙。坐慚陶韋韵，空點韓樊法。

## 衡山圖

衡岳鎮炎方，掃空翠突兀。祝融聳處尊，絕頂指溟渤。其餘七十峰，參差互凹凸。拱揖盡朝宗，圭璧赴金闕。紫蓋獨不然，恥爲衆峰没。勢轉向東傾，偃蹇懶參謁。欽爾烟霞姿，別具傲睨骨。大度亦休休，包荒無面訐。文叔洎子陵，高風兩超越。雷池乍隱竑，風穴忽飄颭。雲氣㴱洞中，知有仙靈窟。恭惟魏夫人，族姓本閥閱。冥契耽真玄，塵踪弃埲堁。托劍欻化形，瑞靄捧羅襪。紫虛位上真，蠑螈頻嗟咄。願充青鳥役，永托仙壇橛。故人寄此圖，太歲在單閼。大旱金石流，煩燠患暑暍。披對已灑然，兩腋凉飆發。陡將熱惱身，提貯玉壺波。清夢繞洞庭，高興坐超忽。安得挂席游，擊汰臨滑笏。帆勢隨湘轉，九面望𡸔矹。興趣協滄洲，瀟灑送日月。無計出塵氛，有懷空鬱勃。極目陟坡陀，楚天拖一髮。

## 苦雨書懷二十四韵

霪霖苦無休，日夜常相繼。電光耀自他，日影吐還蔽。霎霎入眼愁，殷殷聒耳碎。不耐卷簾看，但爲移榻避。新苔漬衣履，夙膏潤襆被。烟鬱爨薪穢，螢化腐草積。蔓涎蝸粘扉，高躍蟆上砌。迷壘燕栖櫳，趁巢鳥塌翅。濃氛蔭緑窗，老眼怯細字。苦妨稺誦勤，稍取黑甜味。方抱爲魚憂，仍逞建瓴勢。雷旋發震方，雲更起兌地。坐見天瓢傾，遥想銀塘沸。牛馬辨已難，螻蟻穴可潰。版築檥村農，巡邏走津吏。鄉國望欲迷，音耗杳難寄。寧親女願虛，穫麥兒踪滯。羈懷苦無悰，清醪欣有饋。三杯顏微䵒，一斗心已醉。挽鬚泥①老翁，含飴唤孩稚。前庭聊游衍，晚景頗蒼翠。階樹氣籠葱，盆池影搖曳。吸露清肺渴，解醒嗅荷氣。豈即免憂煩，暫用袪感喟。

## 叠浪岩

小兒特狡獪，作意弄奇巧。戲將岩嶽崎，叠爲浪浩渺。峰奔真若流，瀾狂幸未倒。愚公疑罷移，精衛填竟了。緣木求鰻魚，②點波誤鳬鳥。虎豹雖遁藏，③蛟蜃愁俶擾。誰將橋三峽，激上峰五老。水衣被岡巒，石髮像荇藻。堅不受犁耰，慎毋蓺粳稻。阮屐一任登，許瓢未堪舀。剛柔忽混合，融結互裏表。雕鎪未云窮，俗冗輒相嬲。坐覺詩腸枯，也緣酒喉燥。捃摭成短吟，所幸無雷剿。

## 彩虹鏡

傍岩小具區，衆壑流所匯。左右夾明鏡，界以五彩蠆。波光既上漾，雲影亦下墜。川泳與雲飛，居然兩易位。苔磯坐片時，領略濠濮意。魚鳥來親人，此心真有會。

---

① 自注："去聲。"
② 自注："鰻魚能緣木食藤花。"
③ 自注："攝山無虎。"

## 雲林清話圖

流雲飛敗絮，縹緲無滯迹。繚繞桐柏間，下覆談玄客。裊裊麈尾風，聆之了無獲。大道本希夷，難從聲響索。

## 讀東野詩

人皆病苦澀，我頤獨爲朶。其味美於回，誦如咀諫果。郊寒而島瘦，故與時相左。寒瘦厭不爲，肥熱亦云夥。

棗芰有何佳，曾屈癖所好。洪惟我東野，萬劫不可到。幽幽鳴秋蟲，正以寒入妙。我笑蘇子瞻，兩耳無聰竅。①

## 放歌行

星河牢落青天高，長吟擊節悲且豪。丈夫會應有變化，安得鬱鬱困蓬蒿。君不見寧戚飯牛人不識，短布單衣無顔色。叩角悲歌氣慨慷，一朝奮起相齊國。當其夜半飯牛時，安知大臣在牛側。又不見淮陰尺蠖方局蜷，厄遭梟獍惡少年。胯下甘心受汚辱，乞食漂母尤堪憐。謂當早晚填溝壑，龍驥萬里忽高騫。漢王蕭相皆拱手，煌煌金印大如斗。熊羆百萬供指揮，滅齊下趙如拉朽。我亦湖海一壯夫，昂藏七尺非侏儒。若不致身青雲上，羽翼文治岩廊趨。便應揮手謝人事，騎鯨長嘯游蓬壺。胡爲不仙亦不貴，坐效阮藉哭窮途。空挾文字五千卷，日爲人作筆墨奴。勸君且進一杯酒，世上區區亦何有。闔閭城外虎氣騰，延平津上龍精吼。人間豈少冗賤官，蛇行匍匐牛馬走。終當一語結深知，坐取公卿如唾手。

## 空城雀

不巢人家幕，不穿人家屋。不飲太液水，不啄太倉粟。生長空城裏，日暮空城曲。王孫手挾金彈子，上林鳥雀逐彈死。空城從不識金彈，君道何如上林苑。

---

① 自注："東坡《讀東野詩》云：'奈何將兩耳，聽此寒蟲號。'"

## 將進酒

羲和轡斷望舒死，烏兔兩丸跳不起。昆明池畔聚劫灰，小兒彈指聲中耳。昨上昆侖謁王母，鷄皮鶴髮成老醜。麻姑十指短且禿，萼綠飛瓊都白首。度索山頭仙果稀，東方曼倩被枷杻。彭祖巫咸今在無，漢寢秦封骨應朽。茂陵驪山堆黃土，石馬凋零銀雁腐。將軍誰是水中龍，丞相何如厠內鼠。人間世上有夷跖，黃泉地下無堯桀。斑斕蠹史賺群愚，窈窕螺杯藏俊杰。鸚鵡杯，鷓鴣杓，莫消停，且斟酌。遮莫胸中萬斛愁，爲君方寸平華霍。

## 沈石田《蜀道圖》

盤盤折折上九天，裊裊娜娜下九淵。中央斷絕兩峰峻，天梯石棧相鈎連。竹篾縛橋駕深谷，乘危馭朽寒生粟。天迴地轉雲氣昏，嚦嚦嘯號玄猿哭。濺濺砯汃浩呼汹，千岩萬壑雷霆動。楓杉櫧栢幾千株，蒙籠蔽翳何鬱蓊。中國人蜀有兩道，一爲峽江一劍閣。劍閣草昧自蠶叢，不比峽江爲禹鑿。蠶叢至開明，三萬八千歲。人烟不與中國通，五丁力士開蒙昧。蒙昧雖已開，仍踞天下險。李白樂府有挂漏，左思蜀都空點染。試閱啓南此畫圖，庶幾毫髮無遺憾。吃口偷兒不足齒，淋鈴浪子殊可鄙。千載之下爲君愁，憶我窮酸杜子美。同谷歌罷入成都，橐囊橡栗携妻子。青泥坂蜿蜒，石櫃閣巑岏。大劍小劍崛拔地，五盤七盤迴插天。窮幽索隱歷艱險，始栽四松營水檻。畫圖胡僅止於此，不寫錦江浣花里。

## 龍挂

老夫亭午飯方罷，兒童喧呼看龍挂。出門矯首向西南，大衆歡呌共驚詫。隆隆之雷浩浩風，龍腥來自風雷中。頭顱菌蠢尾蜿蜒，銜銜拿攫撑虛空。須臾鬐鬣紛駮騀，鱗中掣出金蛇火。一聲霹靂飛上天，空中疑有驪珠墮。

## 贈戴通乾廣文次昌黎《贈崔評事》韵

作詩贈君苦不敏，寸衷如縷攄難盡。晤君兩度已十年，蒼茫身世殊堪軫。憶昔識君丁未冬，朔雲浩蕩風淒緊。蒙君惠我寶劍行，陸剸虎兕水截䗡。我時亦有贈君篇，蒲牢聲裏號蚯蚓。掉斧班門我大愚，投瓊報李君微哂。君時行李正困乏，長篇磊落嚇俗尹。峒裏鵝毛禦臘泯，坐令章甫縫掖窘。蜣蜋奪糞易蘇丸，參差無怪相矛盾。自兹一別兩茫茫，我埋輪轂君解靷。已聞獻璞黷卞和，更見妒能刖孫臏。越今乙卯再相逢，各言所歷互矜閔。君困寒氈思奮飛，我仍絳帳誰推引。戀直軟美不相丁，方鑿圓枘難鬥笋。可憐黑白太分明，胡不知雄守其牝。西北天駒自渥窪，東南美幹富梧箇。俱是天家有用材，但嫌生硬不柔忍。衣裳楚楚笑蜉蝣，枝葉榮榮憐糞菌。莫使真鋼化指柔，終教凡鳥怯疾隼。聖主當陽御六龍，閎澤旁流及動蠢。物色行看起釣屠，愁憂休令凋肝腎。丈夫遭際自有時，豐約循環理自準。清夜挑燈抱膝吟，戀枝餘葉隨風隕。天街鼓響自登閎，大界月明無域畛。臨岐相勖崇明德，千載休同草木泯。

## 薄薄酒學山谷二首

酒薄薄如水，婦醜醜如鬼。酒薄如水存酒味，一杯一杯可取醉。婦醜如鬼勝獨宿，七十無妃傲犢牧。緩步可以當車，晚食可以當肉。裋褐可以傲華袞，蝸廬不必羨華屋。無辱何必有榮，免禍勝如多福。漆以飾割，木以直伐。蘭以馨焚，翠以采殺。雄雞羽美自斷羽，恐中犧牲登於俎。靈龜之腸以靈刳，安得曳尾在泥塗。華亭鶴唳無望矣，東門黃犬得再乎。吁嗟乎！悲夫主父烹緣五鼎食，衛尉禍胎一斛珠。何如酌薄酒，擁醜婦，歌呼嗚嗚，其樂只且。

薄酒可以㷋面，醜婦可以補綻。飲酒何必瓊漿，娶婦何必姬姜。有酒有酒如澠淮，不到劉伶墳上來。銅雀臺上美人舞，西陵兩眼眯黃土。印纍纍兮綬若若，何如啓期行帶索。鳳笙鼉鼓龍吟笛，何如歌聲出金石。建牙吹角下高堂，翠旗羽纛凌風翔。何如灞橋風雪驢子背，卬角奚奴古錦囊。吾聞之能加我於膝者，能墜我於淵。朝令生羽毛，暮令生瑕瘢。已矣乎！富貴功名難強得，董項陶腰不可折。不如薄酒飲足三萬六千日，生與醜婦同室，死與醜婦同穴。

## 讀長吉

紹述淹蹇魁紀公，孫樵潦倒大明宮。癖王身預甘露變，不合雕刻蝦蟆蟲。隴西王孫李長吉，萬象森羅供呼吸。奴背錦囊果下駒，乾端坤倪盡收拾。剡方刳圓鎪羲舒，擔囊負篋走且趨。造化小兒嗷嗷哭，太乙列缺追亡逋。真宰却被毛帚刷，合將六極行誅殺。那是緋衣駕赤虬，天遣耶叉引羅刹。詩卷百千萬億年，浮生三百廿四月。君不見尋章摘句蠹魚翁，厚福叢軀壽而達。

## 讀義山

詩家大成集浣花，含蓄百氏無垠涯。大歷以後稍靡弱，剽掠剿襲空紛拿。元白韓李名相亞，元輕白俗喧淫哇。獨有昌黎玉溪叟，杜陵鎔鑄雙鏌鋣。下及北宋起異議，江西派別西昆家。牛李蜀洛立門户，黨枯雠朽相疵瑕。余謂二子雖异派，鈎盤簡潔分梳爬。同出昆侖向碣石，仍歸一綫無等差。荆公許李窺杜奧，可云老眼無蒙遮。韓碑學韓便學杜，籌筆雖杜其何加。五言大篇愈雄渾，惶惑萬怪奔洪河。勢如武鄉圖八陣，烏蛇龍虎相攫撾。又如淮陰將百萬，各就班部嚴歡嘩。其餘艷體不無謂，宜濾精液捐滓渣。楚雨含情各有托，注脚自下何明耶。擬似應絶段十二，俠邪豈比溫八叉。余素主韓不主李，筆如牛弩私矜誇。詎知韓體便枵腹，中乾外强徒查牙。不持寸鐵白手戰，終遭窘辱難騰那。題詩跋後用自警，兼示學子持頹波。

## 芥舟過訪

黃昏忽傳高軒過，當關報道河間戈。倒曳屣履襪不結，出門諦視欣無訛。精神頓豁積悶釋，灑如四體離沉痾。粲然一笑携手入，寒溫禮數捐煩苛。高呼稚子解巾帶，衣沾霧露泥污靴。鋪床拂席置羹飯，濁酒稍稍資顏酡。快談不覺天欲曙，星斗磊落城烏吪。清晨飯罷告欲去，脱軸取轄投寒波。却暖昨夜所餘酒，一杯相屬聽我歌。丈夫在世稀會面，來日苦少去苦多。君應早晚入仕宦，不比老醜終岩阿。祇今一歲纔一晤，奚論他日岐關河。安得與君如鹽駏，出則聯步居同窠。疾病老死不相弃，朝嘲暮咏紛遮羅。坐令萬物受雕刻，搜剔蓋載窮羲娥。嗚乎！人生得此死無恨，何必清廟賡猗那。

## 贈元敬之

静海元子真豪士，謂書但記人名耳。因弃儒術學俠客，朱家郭解不足役。萬里常求馬五花，千金不惜骰一擲。酒痕醉墨滿弓衣，夜來射殺南山石。中年折節學為農，躬耕何必不英雄。未應豪氣除湖海，豈合壯節栖蒿蓬。秋高馬健頭駊騀，願君為我洗寒餓。平原一撒海東青，駕鵝坐向雲中墮。弓如霹靂馬如飛，耳後生風鼻出火。

## 春　歸

梨花零落桃花暮，榆莢飛飛渡溪去。東風似欲買春回，亂撒沈郎錢滿路。老夫携杖逐東風，抵死留春春不住。一聲鵾鳩喚春歸，試問春歸向何處。

## 題高古狂指頭五鷹

霜刮天膜徹宿壅，老木椏杈枝上聳。豪鷹五輩何所來，西風萬里發秦隴。一鷹掞影摩青霄，一鷹闞翼低黃茅。其餘三隻并奇絶，眼溢金光骹卓鐵。參差上下立枝頭，猛氣雄姿蓄未發。飛栖下上聯以眸，五鷹相覷如有謀。聲勢互倚氣愈橫，群扉何以當清秋。竹雜杉兔不足擊，溪虎野羊俱辟易。圖南倘遇大鵬雛，毛血應灑平燕赤。古狂先生腕力遒，米家老癲應遜籌。蓮房帚尾屏不用，奇氣直出十指頭。但寫野鷹意亦好，恐將臂韛損奇矯。君不見，自古在昔出世雄，誰從繳鏃營一飽。

## 董德全過訪臨別贈以詩[①]

董君精熟青烏學，携藝遨游無住着。本將技術豢妻孥，却賤金刀重然諾。僕被疲驢燕趙間，曳裾跂履公侯前。倘逢慷慨賤貧士，爲卜牛眠不計錢。黄金如山買君顧，君乃掉頭不肯駐。問君抵死欲何爲，爲渠驕蹇無禮數。秋深訪我新安城，一夕論心萬古情。攀留數日不可得，携手河梁泪滿纓。信陵君歿千年矣，更向何處覓知己。臨歧脱贈繞朝鞭，勸君歸老侯嬴里。

## 商喜《八駿圖》

八駿之名昉穆滿，後來畫手競奇罕。非貙非虎非狻猊，詭形譎狀驚恒眼。竊意駿祇馬中傑，無勞作意爲怪幻。商喜八駿祇是馬，不過馬中之駿者。權奇倜儻一何雄，骨格不出曹韓下。一馬立睡兩馬齕，兩馬狂奔仍互嚙。一馬癢倩老樹搔，後軒前輕尻爲高。一老一稚爲子母，啝啝有聲飲母乳。詭形譎狀復何有，超妙入神自老手。雙耳四足蹄不方，[②] 别有精神可不朽。乃知古聖形體也祇似常人，何必蛇身而牛首。

## 寄宋蒙泉庶常兼呈李露園孝廉

燕京市上訪李八，因晤太史宋蒙泉。蒙泉與我神交久，握手一笑三千年。僕才豈如陳大士，君量應過張受先。長安小兒拘禮數，君能略脱真豪賢。呼童入市取濁酒，座中爲出洪鐘篇。[③] 軒轅張樂洞庭野，噌吰鞺鞳殷岩淵。君更索讀我試草，謂當一舉衝青天。吾兄無乃阿所好，今果大謬不其然。見難不止古所戒，當求半頃桑麻田。手把犁鋤向南畝，男耕婦饁相周旋。衣裁大布飯粗糲，老死免作溝渠填。吾兄聞此應不信，顧名思義疑當钃。珍易作畛趙作肇，如雲衢爲耘渠焉[④]。

---

① 自注："河南人，精於堪輿。"
② 自注："唐詩：'郎馬蹄不方，何處覓郎蹤。'"
③ 自注："宋以近作《智覺寺大鐘歌》見示。"
④ 自注：余字趙珍，近作肇畛，從金壇王先生例也。

公等努力贊大業，生民清廟勤雕鎪。僕在草莽咏勞苦，土鼓葦籥應承宣。國風雅頌相間作，樂備一代成宮懸。坐躋昭代陟三五，南面拱默揮琴弦。文章報國無貴賤，手筆何必盡許燕。君試持此示李八，或不目我爲輕狷。

### 以詩代柬答于南溟兼呈芥舟

芥舟翔步青雲裏，晴嵐埋骨窮泉底。困頓窮約不得死，惟有余與南溟而已矣。日者來書言及斯，令我泪下淫淫不能止。又云一生頭顱約略止於此，身後之事當料理。著書立説俟千秋，應與石火電光爭駃駛。古聖遺經易春秋，曾經二十餘年究終始。行當早晚勉成之，卒業之後還持似。我覽書至兹，不覺蹶然起。此誠不朽之盛業，咄哉勉旃未可已。但慚老眼花，未能窮源委。晴嵐惜已化異物，皇甫元晏今無幾，書成還示子戈子。

### 科君岱爲廉衣高弟，讀余《茗禪吟》，知其嗜茗也，托芥舟轉致佳茗二器。因爲長句酬之，兼呈廉衣、芥舟兩太史

茗禪居士胡爲乎，性甘枯淡辭膏腴。一病三年百味絶，形如老衲清而癯。無復食案飣魚肉，惟餘茗碗供跏趺。顧渚旗槍散瓊蕊，南泠滴瀝鳴真珠。大官庖厨日揮灑，窮儒唇吻難沾濡。茗禪詩刻到處送，問其所以堪軒渠。大拙奇醜應自匿，胡爲投遞沿門閭。絶似僧藍事抄化，手持緣簿游通衢。但乞有力大檀越，哀多益寡施些須。乞者雖勤應者少，買用不售空嗟吁。腸胃但作蚯蚓叫，支離愈見形骸枯。長白公子閥閲族，好事頗與常人殊。嗜痂自具千載癖，不獨羊棗菖蒲菹。何處讀我茗禪咏，因封白甄馳蓬廬。老夫衰朽甘晝寢，有人剥啄驚華胥。吾友芥舟爲介紹，月團百片將雙魚。取水盥手開封裹，題署宛在無模糊。論色不數壽眉白，比細翻覺針鋒粗。柴門反關頭籠帽，松烟裊裊風吹爐。柘羅銅碾日有事，芝麻白土當捐除。因思吾友戈與李，蒼頭具癖皆如吾。近者聯翩入館閣，石室金匱勤編摹。官茶籯筐不可吃，舌本乾燥黑甜餘。二子於君并膠漆，不獨執友兼師徒。盍致薄少

與二妙，手玻璃碗拈吟鬚。生民清廟事雕刻，賡歌揚拜侔唐虞。勝向菜園澆藜莧，但教孩稚哦之無。

## 贈胡稚威兼呈董曲江

生平怕喧如怕虎，不愛邑居愛村塢。年來作客客郡城，轉嫌寂寞無與語。自知老醜不入時，端居閉戶面墻堵。時有群鴉噪晚檐，絕無佳客揮清麈。近得平原董曲江，淹通可與商今古。渠處極東我極西，以里計之約四五。出門絕少果下駒，縱邀良覿不能屢。竭來我友胡先生，望宇對衡不數武。快如夸父大渴時，陡向鄧林涌甘乳。先生矯矯人中龍，與余兩世四同譜。向在長安見幾回，忽忽告別終成阻。近承敦請修郡書，安車重聘來容與。時因過從接論談，江河浩浩莫能禦。一瓢一盍略斟酌，未測其深深幾許。昨者偶及地輿圖，蠻髳荒徼都覶縷。歷代异同沿革間，朗若指螺悉可數。志書義例更森嚴，誓發潛德誅奸侶。居然具體小麟經，褒譏一字侔袞斧。知君不索爾朱金，況我家貧貧且窶。顧聞古義於祁奚，內外親仇悉可舉。惟我曾伯長白公，煌煌大節足千古。事類留侯博浪椎，一擊不中歸高祖。外及曾祖及先公，悉具本末堪采取。祈取如椽者大筆，大書特書光宙宇。千秋萬歲仰末光，海枯石爛無朽腐。笑我不如祝豚蹄，一片猪肝慚地主。翻被招邀至再三，飽德醉酒醑且酤。早晚應謀潤筆資，衣衫釵釧丐妻女。盍簪并致曲江來，談諧嘲咏消殘暑。藏鈎射覆兼樗蒲，意氣相當對旗鼓。却道從今不厭喧，那拘城市與草莽。

## 題嘯谷《春流垂釣圖》

君家自是釣鰲手，溟渤鯨鯤可立取。無端恰遇石尤風，風飄浪打東西走。乍時鹿角腥盤筵，縱鼇吞舟復何有。一輪明月送君歸，真作春流垂釣叟。春江流水何瀰瀰，中有鱣魦與鱷鯉。裊裊竹竿細細風，敲針屈曲垂香餌。漫云逸興寄濠梁，白髮椿萱待甘旨。宦情已逐春冰薄，天懷應似春流活。那須僕僕自垂綸，舍旁會有雙鱗躍。

## 任縣守歲

省覲來南國，蹉跎逼歲華。小兒看爆竹，老母受盤花。三十明朝過，歡娛此夜賒。屠蘇聊共酌，何事更長嗟。

## 夜　雨

風雨逼窮秋，瀟瀟晚未休。雁聲雲外濕，燭影夜深愁。有婦供多病，無人補敝裘。嚴霜明日降，南國夢悠悠。

## 僻　地

僻地人烟少，蕭晨物象清。天空孤鳥沒，日落遠山明。時序一何駛，吾心漸不驚。一杯桑落酒，憑仗送浮生。

## 晚　吹

晚吹蕩林薄，凌空一葉飛。天光寒已夕，雲影淡何依。歲月有遷遞，雪霜無是非。於中覓消息，斟酌可忘機。

## 暮　冬

紆鬱無欣趣，蹉跎逼暮冬。三餐須擘畫，一褐已蒙茸。壁鑿鄰家火，風來雪外春。可憐班定遠，當日亦書傭。

## 孤　雲

靜與玉蟾逐，淡將銀漢同。晚風吹不去，天宇祇如空。霖雨知何日，蕭條亦有終。由來無住着，呼吸任鴻濛。

## 懷友十章

### 劉司州

抵死仇紈褲，謀生去井疆。或能辭顚頷，直可閱炎涼。砧杵千家月，蕭疏兩鬢霜。饒君多道力，容易耐回腸。

### 高用賓

里選曾推轂，花封再剖符。邊疆鄰象卉，异産駭猪都。萬里風波險，三年歲月徂。北堂雙白髮，夢繞洞庭湖。

### 夏西村

每向朋儕内，憐君是古歡。衣冠存檢樸，耕鑿識艱難。晚節甘淪落，低頭惜羽翰。西郊游賞處，偏憶酒杯寬。

### 張晴嵐

何日隨花縣，幾年別帝都。艱難仗執友，鹽米累妻孥。湖海君飄梗，乾坤我守株。翻憐金馬客，差可較侏儒。

### 王希陶①

窮瞀囚張籍，丹青老鄭虔。清癯骨一把，脱灑句如仙。自判河津郡，相違十七年。邇來消息斷，翹首海西偏。②

### 李露園③

向作神交客，今爲夢裏人。廿年纔會面，十載又沾巾。迢遞弓高道，蕭條青女晨。偶拈春草句，紆鬱氣難伸。

### 李綬遠

賢聲齊卓魯，列傳入循良。劇郡階操券，岩疆政擅場。荔枝瑶柱嫩，紫笋武夷香。曾念文園否，秋來消渴長。

### 潘晋逸

羈銜渾擺脱，丰骨自嶙峋。但慕朱家俠，焉知原憲貧。雁聲傳紫塞，霜氣徹秋旻。一札無由達，西風自愴神。

### 祝巨川

祝子殊英少，皎然玉樹姿。百年吾已半，一第爾非遲。筮仕例應捷，④夙心方有期。古人千載志，珍重在臨岐。

---

① 自注："晚年病目，幾至失明。"

② 自注："希陶，滄州人，滄州舊隸河間，每於試期相晤，自雍正己酉後改屬天津，於今十七年矣。"

③ 自注："《見懷詩》有'相期春草下吟鞭'之句。"

④ 自注："巨川充八旗教習，中式後例得即用。"

### 李子敬

子敬天下士，聲稱藉藉聞。髫齡識豹鼠，壯節感風雲。銜蹶未爲失，霜蹄本出群。名山千載業，會待爾平分。

### 村居九日

步屧秋沙軟，登高暮景寒。霜澄波色净，風戰葉聲乾。白酒緣初斷，黃花興未殘。空餘筋力在，何處好追歡。

### 秋　蝶

蝶影下花藥，花秋蝶亦秋。粉沾朝露濕，翎帶夕陽愁。香蕊一生活，清霜八月休。秦宮應不悔，老死在温柔。

### 讀李鐵君集

筝琶喧末俗，久已闃瑶琴。夫子篤於古，遺音乃在今。心游懷葛上，迹屏岩泉深。日暝烟嵐重，孤踪何處尋。

### 初秋雜興

勳業烏頭外，光陰羊胛中。百年隨露電，萬事付苓通。暑謝疏團扇，凉歸驗候蟲。已拚虚杜擲，不遣酒杯空。

蛩吟苔覆草，鯈躍水明沙。棗實垂檐角，蘺梢綻豆花。薄游隨竹杖，樂事數田家。他日菟裘老，陽坡好種瓜。

鄙人忙爲口，澤國味多腴。帶乙烹魚婢，和匡臇蟹奴。推恩到臧獲，同室得歡娛。笑問鳴鐘者，雙匙得插無。

妙譽慚龍尾，奇痴似虎頭。吟成裁錦貯，釀熟脱巾篘。擬入焚香浦，① 時登曝畫樓。聊從吾所好，身世任悠悠。

### 野　望

秋色鬱崢嶸，秋天一雁橫。荒烟迷古戍，落日淡孤城。身世隨蓬

---

① 自注："倪迂事。"

轉，愁懷逐望生。哀笳何處發，淒切不勝情。

## 秋　夜

敗葉窗前墮，孤鴻天外驚。寒燈耿獨夜，老耳怯秋聲。架上書空帙，床頭劍不鳴。霜中餘促織，札札竟何成。

## 登　穀

儉薄微登穀，蕭條又履霜。年荒偏健飯，歲暮未縫裳。籬菊欣初綻，沉痾得小康。一樽聊獨遣，何必待重陽。

## 秋　盡

秋盡百蟲寂，霜嚴萬植枯。天圍平野闊，雁入大荒孤。晚節身何補，西風病又蘇。十年筇竹杖，到處信君扶。

## 寒　水

寒水清難唾，晴雲薄似紗。鷹飢窺兔窟，蝶晚戀菘花。夕露麻鞋濕，西風草笠斜。孤吟殊冷淡，祇此是生涯。

## 飲　酒

壘魂殊難遣，樽罍強自寬。戟喉村酒辣，沁齒老齏酸。鴛瓦霜應遍，泥爐火亦寒。杜陵遙酹汝，吾道果艱難。

## 拜史閣部墓

古冢鬱嶕嶢，磷光燭斗杓。群凶傾大廈，一柱折崇朝。白骨歸何處，青天賦大招。衣冠應自舉，夜向孝陵朝。

## 寄九兄

弟病已難支，尪羸不自持。百年終有恨，一面竟無期。南國魂飛日，西風葉落時。去年當此際，正和送行詩。

### 聞王孔昭欲過訪詩以促之

落落孤村靜人迹，蕭蕭籬壁動天風。數椽茅屋似封繭，一卷杜詩如守宮。過我空聞乘逸興，遲君不至寄詩筒。欲爲訪戴應須早，寂莫愁懷待爾攻。

### 晚途即事是日抵清風店

謾怪塵容太瘦生，風雲變換旅魂驚。震雷又度千山雨，斜照微分半壁晴。僧泛紫茶留客住，柳排青眼送人行。尋常愛讀湖州句，惟有清風不世情。

### 七夕

罨畫高樓倚翠螺，憑欄堅坐看銀河。蟬吟秋調欺孤客，風動微凉妒夾羅。着葉有光知露下，入雲無影見鳥過。天孫遮莫無邊巧，將奈狂奴不乞何。

### 宮詞

鳳輦遙傳入建章，殿前七十二鴛鴦。玉階秋冷裁明月，寶帳春濃醉海棠。錦瑟倚歌排雁柱，晶盤行鱠斫鱗霜。懸知正殿鋪筵處，絳節仙人捧玉皇。

景陽樓上叩晨鐘，蝴蝶君王不再逢。井轉轆轤牽玉虎，門開閶闔啓銅龍。霓裳欲換薰香懶，雲鬢纔梳照鏡慵。昨夜月明何處好。平陽歌舞艷芙蓉。

### 奉懷錢香樹先生

華國文章經國才，崇階曾拜少銀臺。萬方封事黃門奏，三輔人倫玉尺裁。桐杖久隨廬翣去，霓旌應逐浦帆來。鴉啼鈴閣無消息，午夜寒芒矚上臺。

日向高原望旆旌，東山不起奈蒼生。扁舟曾載鬱林石，朵殿應遲革履聲。范蠡湖邊劈紫蟹，裴休宅畔破霜橙。何由得侍滄浪釣，黃葉西風無限情。

### 效唐人病馬詩呈香樹先生

意氣當年許渥窪，可憐此日瘦查牙。雪埋月旋侵官印，土蝕連錢暗五花。病骨料難邀錦障，蹇蹄誰復換嬌娃。自慚辜負孫陽甚，嘶向天邊玉箸斜。

### 春日懷九兄

春水茫茫欲拍堤，萋萋芳草綠將齊。千林殘雪鶯聲澀，萬里閑雲雁影低。宦海有波同塞馬，靈臺無染笑醯雞。清明欲近人歸也，好共攜壺過柳溪。

### 赴秋闈道上口占

慚愧棘闈十上身，更從苦海問迷津。謾愁塵世無知己，祇恐青山解笑人。草窟吟蛩聲未老，秋濠官柳綠猶新。僧藍老去渾相識，茗碗殷勤勸客頻。

### 渡　淮

西風一葉渡淮船，衝破琉璃萬頃烟。帆帶歸鴉投浦樹，櫓搖秋夢入江天。浮家泛宅三生願，洗耳臨流此日緣。何處柁樓吹暮笛，驪龍正抱頷珠眠。

### 揚　州

垂老幡然作壯游，竭來淮海古揚州。萬家燈火連瓜步，一片蒲帆下石頭。南浦烟霜蓮芡老，西風砧杵雁鴻秋。蕪城不少興亡恨，吊古還應上酒樓。

### 渡　江

岷峨下注向東傾，直到荊揚怒未平。勢蹴三山連蜃氣，波搖兩岸亂鐘聲。好風剪渡金山寺，宿霧遙開鐵瓮城。我是瓜牛廬裏客，茲游真足冠平生。

### 妙高臺眺望

佳名不枉妙高臺，豁達江天四望開。輕毳浮空孤鳥没，大聲吹地早潮來。漂搖身世波間梗，少壯心期刼後灰。目力窮時東極盡，遥遥一髮似蓬萊。

### 晚行感懷

何事羇魂怯晚途，疏星淡月映人孤。驢摇項鐸聲相續，火照孤村影乍無。南國青山隨旅夢，北堂白髮倩人扶。再來又是經年別，愧煞巢栖樹上烏。

### 杏　花

亂向東風笑靨然，偎桃傍柳倍新鮮。半疏半密千林雪，輕暖輕寒二月天。是處鞦韆何裊娜，誰家簫鼓最喧闐。茸茸細草承趺坐，倒盡金尊未忍還。

### 寫　愁

壯懷濩落漸成癲，過眼蜉蝣總蔑然。入肆狂呼下吏飲，登床酣枕古人眠。身如韝臂拘鷹隼，吟似春山響杜鵑。碧落茫茫十萬里，問君何處寄愁天。

### 茗禪吟

當年自許酒中仙，此日惟參茗內禪。世味嘗來半盞水，勛名看去一絲烟。鐘傳鄰寺聲初歇，月到中天影欲圓。岑寂風光堪入定，又携竹䉛上蒲團。

第一泉烹雀舌頭，玄霜碧乳膩磁甌。幽香半縷須彌國，世界三千汗漫游。塵念頓從當下失，真如應向個中求。趙州和尚婆心在，豈但爲人潤渴喉。

謾怪朝朝瀹茗頻，一杯兼欲渡迷津。誰能領略三千斛，管取飛騰丈六身。涵澹自堪生定慧，籧篨尚可去貪嗔。劉伶但解誇狂藥，蜾蠃螟蛉亦等倫。

参同消息在茶鐺，大樂真堪配姹嬰。水火相持聽有響，坎離既濟瀉無聲。颼颼何減濤千壑，清徹還如碧一泓。蓬嶠由來即此是，舜仙又擬贈先生。①

深院簾垂揚晚颼，盧家紗帽籠頭時，兩三杯後渾無着，八九年來漸不疑。得兔忘蹄真脱灑，刻舟求劍太支離。問君茗裏禪何處，笑向春風總莫知。

## 秋　燕

鱗次輕雲卵色天，羽毛憔悴失翩躚。銜泥辛苦曾三月，鬻子恩勤又一年。偶向花叢仍旖旎，乍窺柳眼尚纏綿。張家樓畔休煩絮，人伴秋霜正獨眠。

無邊芳草已凄其，顛雨斜風八月時。姊妹行中音下上，雌雄隊裏羽差池。塞鴻好待爲愁侶，山雀從今莫浪欺。回首故人應悵望，簾鈎同坐説相思。

春來秋去候難違，社鼓鼕鼕送爾歸。謾向風前話離緒，好從月底刷征衣。路經朱雀橋邊巷，宿傍石頭城畔磯。爲囑客途須鄭重，九秋豪鶻正高飛。

檐前白露欲爲霜，砧杵聲中草木黄。故壘千家辭玳瑁，彩雲一片落瀟湘。蘆花飛雪湖光闊，丹葉飄楓江路長。一縷紅絲懸望切，栖遲休戀水雲鄉。

## 自　笑

病來萬事破除休，祇有吟情苦逗遛。一字未安芒在背，千篇已就雪盈頭。騷壇但得爭詩霸，墓道何妨勒醉侯。自笑半生緣底事，不辭拚命鑄吳鈎。

────────

① 自注："余近又號舜仙。"

## 贈劉殿虎時罷九江郡歸

宦海風波浪接天，潯陽買得下江船。掉頭那識粗官貴，遮道空嗟刺史賢。十載來歸仍故我，一麾出守豈徒然。休言囊橐蕭疏甚，滿貯香墟頂上烟。

新詩字字燦璣珠，繪得西江好幅圖。古貌崚嶒揖五老，烟鬟窈窕媚雙姑。清風明月原無價，和汝倡予自不孤。未識香山白社裏，可能容得一狂夫。

載酒題襟處處同，於今又續往年踪。清時不敢吟叢桂，好眼誰當識爨桐。聊把一樽供嘯傲，尚餘三徑寄蒿蓬。東山群屐風流甚，魏闕江湖總謝公。

萊彩蹁躚不厭貧，洋洋捧檄更何人。高堂自合供瀡髓，宣室終當問鬼神。猿鶴北山休悵望，廟堂大業待經綸。他年直待成功後，纔是耆英會裏身。

## 過西樓村故居有感

幽恨填膺不可裁，泥鴻雪爪又重來。半生隨我償書債，一夕從玆赴夜臺。愁見柳綿仍駘蕩，遙憐燕壘已摧頹。風前欲剪招魂紙，綉濕葳蕤未忍開。

## 秋漁咏

半規已落孤霞沒，湖上清風吹石髮。砂瓶瓦盞酌茅柴，醉向船艙白板歇。鷗魂鷺夢清迥同，蓼渚蘋汀聲影絕。醒來曠望闃無人，萬頃蘆花浸秋月。

## 寄懷劉漢良明府[①]

六載交情謝醲醴，由來未謝古人風。知君眼着驪黃外，不索儂於

---

[①] 自注："時客杭州。"

禮數中。極目南天芳草綠，回頭東郭露桃紅。①西泠四序皆圖畫，遙識奚囊句已充。

蘇公堤接白公堤，裊裊吟鞭信馬蹄。風揚藕花香爛縵，簾垂畫舫雨淒迷。酒簾引去家家醉，詩思催來處處題。曾念故人相憶否，蒼茫雲樹夕陽底。

## 小　集

憶從結髮被詩牽，搖膝支頤五十年。老驥已無千里志，古人幸有一燈傳。避愁僅得鄉名醉，抱疴難將硯作田。小集編成休屢讀，一回展卷一潸然。

## 寄呈芥舟

渌水瀛臺屢陟臨，石蘿妙遠②日追尋。共君商榷千秋業，愜我生平一片心。咫尺即今多間隔，霄泥不獨判升沉。眼前蠓蠛營朝夕，積薏憑誰豁夙襟。

一自新城張儷幟，百年壇坫走滕邾。定知感慨今猶昔，敢道英雄君與孤。大力自堪斡溟漲，小臣竊願效微軀。廓清直是吾儕責，莫遣江河更下趨。

## 六　十

寒燈獨對淚潸潸，六十龍鍾一病鰥。藥銚薰人濃似酒，羊裘壓骨重於山。丹砂自揣原無分，粗糲於今也駐顏。收拾遺編且韞櫝，有人千載定追攀。

## 送秋崖侄提學廣東二首

從來五管盛人文，玉尺初膺寵命新。驛路爭看學使者，板輿敬捧太夫人。③鮫宮龍戶荒陬外，洋舶番艘大海濱。試向貪泉聊一酌，定

---

① 自注："去年三月別於東郊。"
② 自注："兩齋名，君屋'妙遠'，我屋'石蘿'。"
③ 自注："新例：學臣許携眷。"

知君不厭清貧。

　　水源木本早鍾祥，久識貽謀祖澤長。當日窮經老户牖，於今報國有文章。棘闈校藝懸冰鑒，燕寢開樽對佛桑。吾道其南真不寐，應知暖眼日相望。

### 論　詩

　　個事無營争得過，閑窗抱膝日長哦。逃禪難并抛文字，學古愁仍落臼窠。體貌循聲天趣减，雲飛川泳化機多。乾坤錦綉昂頭見，大塊文章永不磨。
　　紛綸古籍腹中藏，百煉千研化作霜。懶向陳人拾剩唾，直從靈府發奇光。錢歸掌握都從貫，金入爐錘那不祥。具得别才思廢學，蒼生誤盡笑滄浪。
　　人言窮極乃工詩，此理於今信不疑。紈褲原非風雅料，勛名但作鼎鐘資。孤臣孽子懷君父，思婦勞人念别離。約略都從窮裏得，千秋一刻更奚辭。
　　先生問俗采風詩，心畫心聲近轉疑。但説鴞身無鳳喙，也防媸骨裏妍皮。少陵忠孝真千古，太白風流亦一時。謾訝鈐山文體變，渠家底裏是青詞。

### 病中咏懷

　　有何前後與因緣，天上浮雲山上烟。偶聚一家成眷屬，先離苦海最輕便。囪然墮地惟雙手，溘爾歸空亦兩拳。差喜勾當自家事，雄文積有數千篇。

### 銜　杯

　　銜杯直至蓋棺後，搜句不忘屬纊時。遥憶酒囊詩句咏，① 何殊白老陸翁爲。幕間客燕將辭壘，樹杪涼蟬已罷嘶。天上玉樓成也未，我將自薦脱毛錐。

---

① 自注："余向有句云：'平生到手惟詩句，至死難盈是酒囊。'"

## 俠客行

贈君一古劍，兩刃明霜雪。莫將龍虎精，輕染庸人血。

## 清　明

白楊蕭颯古原空，祭掃人歸落照紅。骨到黃泉無貴賤，大家消受紙錢風。

## 昭　君

玉貌凋殘朔漠風，龍沙萬里戍樓空。自關妾命薄如紙，不願官家殺畫工。

## 淮安晚發

燈火河塘十萬家，櫓聲人語兩嘔啞。千帆并向東南發，五兩風痕一向斜。

## 廿四橋

咫尺雷塘路不遙，月明無復玉人簫。李花也逐楊花盡，那更傷心廿四橋。

## 夜　景

月輪低亞玉繩斜，料峭尖風戰齒牙。萬卉埋頭都睡熟，祇應凍醒玉梅花。

## 儀徵早發

鼕鼕戍鼓響津頭，杳杳鐘聲出寺樓。好是曉風殘月裏，夢隨飛棹下真州。

## 渡　江

一條天塹落雲間，萬古滔滔逝不還。欲問南朝香艷迹，隔江笑指秣陵山。

## 雄州懷古

　　爲愛寒溪一棹輕，沿溪上下覓鷗盟，盧侯故壘今何處，荒葦寒烟亞古城。

　　蒸土爲城鐵作關，美人樓上掌傳宣。易京何似桃源路，金卯當塗不計年。

　　距馬河流接白溝，滔滔不滌石郎羞。千年話柄兒皇帝，那道區區十六州。

　　牢落三關古戰場，延昭事業瓦橋霜。可憐野調盲弦裏，附會猶能説六郎。

## 題《漁洋集》

　　牛耳文壇四十年，至今尸祝奉群賢。瓣香祇在滄浪氏，不墮狐禪是正傳。①

　　白雪樓高作比鄰，本來面目却清新。何須依傍葫蘆樣，優孟黃初以上人。

　　博奧直窮文字初，鶴經牛譜任畋漁。可憐構思含毫際，不奈胸中萬卷書。

　　左司文章海外山，風吹纔到又吹還。問君相去曾多少，祇在攀躋分寸間。

　　元白張王盡小巫，可曾夢到浣花無。君家七古強人意，祖杜宗韓兄大蘇。

　　殘膏剩馥丐荒傖，真色生香莫與爭。買櫝還珠成底事，年來撏壞玉溪生。

## 早　景

　　叢樹連雲碧色沉，曦光逗處早蟬吟。夜來風雨荒唐甚，打落槐花一寸深。

---

①　自注："嚴氏論詩以妙悟爲宗旨。"

# 文\*

## 天官論

　　知理所可知而不知事所不可知，聖人之知如是而已。《春秋》二百四十二年之間，恒星不見、星隕如雨者一，日食者三十六，彗星見者三。天道變於上，而星辰日月不得其行，必非無故而然也。求之於其前，必有其所以致之者矣；考於其後，必有其所以應之者矣。此其理之可知者也。若夫以某事而致某星之變，以某星之變而得某事某災之應，確鑿言之，欲其有針芥之合而毫無所謬，則事之不可盡知者也。惟其理可知、事不可知，故聖人之於經也，但著其變之之迹而略其所以致之與所以應之之故，著其變之之迹以爲是必有以致之、必有以應之也，則後之人君將有所鑒戒而不敢以逞。略其所以致之、所以應之之故，以爲是但可以理求而渾觀瑣瑣者，固不足深究，且究之有時不驗，而反不足以懲也。則後世之狂巫瞽史穿鑿附會、祈禳厭勝之說，不得出於其間。嗚乎！此其所以爲聖人之知也與。

　　吾觀天官家言，其說至繁碎不可紀極，要其所以致之、所以應之者，無不確鑿言之。求其針芥之投而無所謬，是聖人之所不能知者，彼固無不知也。而其受病之處，要皆拘於《洪範》之說，而不知變《洪範》之法。以五事分配五行，故其以"肅乂晢謀聖"而致"雨暘寒燠風"之時若，以"狂僭豫急蒙"而致"雨暘寒燠風"之恒若，莫不各從之以其類，然不過聊示之例，以明其理之不誣已耳。故蔡氏以爲失得之機、感應之微，非知道者不能識。若謂某事得則某休徵

---

\* 邊連寶文選自邊連寶著、賀培新選録《隨園文鈔》（稿本），國家圖書館藏。

應，某事失則某咎徵應，則亦膠固不通而不足與於造化之妙矣。故漢人五行災異之說病正坐此，而歷代天官家繁碎不可紀極之說病亦坐此。其說曰：星辰，水也；水於五德爲知，於五事爲聽，智虧聽失者罰出辰星。熒惑，火也；火於五德爲禮，於五事爲視，禮虧視失者罰出熒惑。歲星，木也；木於五德爲仁，於五事爲貌，仁虧貌失者罰出歲星。太白，金也；金於五德爲義，於五事爲言，義虧言失者罰出太白。填星，土也；土於五德爲信，於五事爲思，仁義禮智以信爲主，貌言視聽以心爲政。故四者皆失，則填星爲之動，此其所以致之之說也。其說又以凡星之在天者，其於州國、宮官、物類之象各有所屬，其伏見早晚、虛實廣狹及合散犯守、凌歷鬥食、彗孛飛流，莫不於其所屬者各有所應。其爲條目至繁，要皆不出五行生克之數，此其所以應之之說也。且夫術家之說，必萬發萬中而後可信其說之誠，然萬一不中，則其餘之中者皆爲偶然之事。如前二說者，果能萬發萬中而一無失乎哉？況中者十一，不中者十九乎！此其所以謬也。

　　嗚乎！《春秋》《洪範》皆聖人之書也，以聖人之所不能言者獨確鑿言之，以求遠勝於聖人，若是者命之曰妄。以聖人聊示之例，而但明其理之不誣者，遂株株然守之，以至於繆轕繆亂而不可以通，若是者命之曰愚。妄與愚合，命之曰陋。然則天官家言可一言以蔽之曰：陋而已矣。雖然，其所以致之、所以應之者究竟如何？曰：和氣致祥，乖氣致戾，爲和爲乖，是其所以致之者也，其他則吾不知也。國家將興，必有禎祥，國家將亡，必有妖孽，爲興爲亡，是其所以應之者也，其他則吾不知也。況乎贏縮遲速之間，偶值氣數之小愆，天必不能矯拂其自然之節度以就司天者之繩尺。又或不必有所以致之，不必有所以應之者哉？又況商以桑穀昌、以雉雛大，宋以法星壽，鄭以龍衰，魯以麟弱，白雉亡漢，黃犀死莽，日食星變，固天之所以仁愛人君而不欲驟躋於危亡者。由斯以談，則或有其所以致之，又不必其有所以應之。故曰"太上修德，其次修政，其次修救，其次修禳"，此又上天不言之至意。而自太史遷而外，天官家言罕有及之者，此其所以尤陋也。嗚乎！知理所可知而不知事所不可知，聖人復起，不易吾言矣。

## 禮制陰陽論

　　禮制之取象於陰陽也，有理所當然者，有勢所不得不然者，有求之理勢皆不必其然者。

　　理所當然者，如冬至祭天，夏至祭地，春分朝日，秋分夕月，左祖右社之類是也。冬至陽也，夏至陰也，日陽也，月陰也，祖人陽也，社鬼陰也，求鬼神必於其類，非其類則不享且不格，故曰此理之當然者也。勢所不得不然者，如冠員象天，履方象地之類是也。冠履之象天地也。非冠履之象天地也，頭足固象天地也；設頭不員而足不方，冠履之制又烏得偲偲然取必於天地之似哉？至求之理勢不必其然，見於經傳者往往而是。如春秋教以《禮》《樂》，冬夏教以《詩》《書》是也。説者曰：《詩》《樂》陽也，故宜春夏；《書》《禮》陰也，故宜秋冬。然《詩》《禮》之中又各有陰陽，如正風雅陽也，變風雅陰也，則必夏學某詩，冬學某詩，而後可也。吉禮、賓禮陽也，凶禮、軍禮陰也，則必春習某禮，秋習某禮，而後可也。又如有事於宗廟，王牽牲、后薦粢是也。説者曰：牲，天產也，屬陽也，故王牽之；粢，地產也，故后薦之。然牲之中又有陰陽，如羊屬火爲陰，牛屬土爲陽，必王牽某牲，后牽某牲，而後可也。一牲之中又各有陰陽，如肝屬木爲陽，肺屬金爲陰，則必爲王薦某牲某藏，后薦某牲某府，而後可也。況黍、稷、稻、梁、麥、苽又各有陰陽耶！又如吉事爲陽尚左手，凶事爲陰尚右手是也。夫凶事之宜尚右固也，然豈獨手有陰陽？耳亦有陰陽，則必凶事之聽偏廢左耳，而後可也。維鼻亦有陰陽，呼陽也，吸陰也，則遭凶事者必吸而不呼，然後可也。不用吾之說，則彼之說闊略而不全，用吾之說以全彼說，則繆亂錯雜而迂怪，不可以一日行矣。

　　蓋吾聞之：學以勤爲本，祭以敬爲本，喪以哀爲本。苟得其本，則雖春習《禮》、秋習《樂》、冬讀《詩》、夏誦《書》、王薦粢、后牽牲、吉事尚右、凶事尚左，而亦不害爲勤敬且哀也。不得其本，則雖一如其說於陰陽之數，不敢有毫毛謬戾，而亦無補於不勤不敬不哀也。故曰求之理勢皆不必其然也，故曰此漢儒之迂陋也。

## 陳平論（上）

漢高帝封韓信於楚，初之國，有告信反者，帝用陳平計，僞游雲夢，信迎之，執信歸洛陽，赦爲淮陰侯。後五年，信與代相陳豨謀反，事覺，殺信，夷三族。

邊子曰：患每起於疑，變多由於詐，以詐乘疑而激其變，則陳平之於韓信是也。物必自腐也，而後蟲入之；人必自間也，而後疑生焉。人雖好疑，必不疑伯夷之盗，必不疑魯男子之淫。何則？其迹無可疑也。若信者固鄰於淫盗之迹，而示人以可疑者也。信之說漢王曰：以城邑封功臣，何所不服！信之言是也。即以子房之智爲漢王謀，奚以加此？信之言是也。雖然，自母言之則爲賢母，自婦言之則爲妒婦，古今之通例也。人方用我以攻人之城而取人之邑，我則約之曰：“我爲爾取，爾爲我封，如是則服，不然則否。”人固以貌予而心忌之矣。迨其後，又重以請王之嫌，甚以失期之罪，高祖雖豁達大度，烏能釋然於信哉？故凡疑之所以生，而詐之所以入者，胥由乎此也。

雖然，信之過止於不善居功而已，論其心固可終身不叛，其所以臣節之不忠，卒致赤族之禍者，則僞游雲夢之役有以憤其心而激其變也。虎豹在山，不必無故咥人，羅而納之圈檻，固已無惡之能爲矣。反眈眈焉思逞其搏噬，無他，其心憤耳。方信之滅趙下燕而王齊也，沃野千里，奮擊百萬，甲冑之士蛇行膝語，信苟奮臂一呼，鼓衆西向，則關中之地高祖直拱手而獻之耳。乃武涉說之不聽，蒯徹說之不聽，信之自處居何等也？且以區區之漢高，一奪其軍，再奪其軍，如徒手搏嬰兒而攫其物，信亦可謂堅守臣節者矣。既不於此時萌跋扈之心，乃於孤危廢弃之餘爲萬死一生之計，苟非至愚之人，皆知其無濟，曾賢智如信而望其幸成耶？吾故曰：僞游雲夢之役，有以憤其心而激其變也。

或曰："子以信之反歸獄於平，然則信竟無罪乎？"余則爲之說曰：以椎搏鐘而不能如綿絮之無聲，則鐘之爲也。然使終日不搏，則鐘豈不能終日不鳴哉？唐天寶中，楊國忠言禄山必反，帝不聽，國忠數激之，禄山果反。余謂禄山蓄逆謀久矣，激亦反，不激亦反，國忠特速之耳。至平以詭譎之謀，激不叛之臣，而使之崎嶇於末路，又孰與國忠甚耶？乃論者反目爲奇計，不惑與？朱子《綱目》書曰"殺淮陰侯韓信，夷三族"，曰"殺"，明無罪也；曰"夷三族"，譏已甚也。不書"反"，明反非信意也。無意反而何以反？有使之者也。吾故曰：僞游雲夢之役有以憤其心而激其變也。

## 陳平論（下）

伯夷必不盜者也，少不如伯夷，亦不必盜者也。然人固以不如伯夷而疑其盜，而吾必謂其不盜，得乎哉？魯男子必不淫者也，少不如魯男子，亦不必淫者也。然人固以不如魯男子而疑其淫，而吾必謂其不淫，得乎哉？然則人告信反，而漢高咨計於平也，平將何以處之？或曰遣使以覘其動靜也，或曰徵朝以觀其向背也。之二說者，皆與乎僞游雲夢者也。蓋信而不反也。信而反，獨不能動而示之以靜耶？且反而覘之，是速之覺也；不反而覘之，是重其嫌也。速覺與重嫌，無一可者也。此前說之謬也。朝有常期者也，徵無常期者也，故無大故則不徵，徵之不至，其爲反無疑矣。徵之即至，而無大故之可托，不使之窺其淺深耶？此後說之謬也。故曰：之二說者，皆與於僞游雲夢者也。

蓋聖人之御下也以信，而斷疑也以智，智伸而疑剖，乃可用吾之信以結天下之心。告信反者，史不傳其人，大要庸劣齷齪者也。庸劣齷齪之人，大要非勞心於社稷者也。以庸劣齷齪不勞心於社稷之人，敢上變而言人之反，大要素有所觖望於其人，思文致焉，以快其報者也。爲平計，當召其人而紿之曰："若告楚王反，上使人按之矣。按之而王果反，賞若千金；即不反，若且族。"夫以庸劣齷齪之人而怵以赤族之禍，則其色必沮，色沮則其詞必屈，詞屈則其情必露，情露則信之不反白矣。此《周官》"五聽"之法也。乃告於帝："械其人於楚，而賜之書曰：'若者素望王，誣王以不軌，以離間我君臣，朕深恨之，特令就戮於楚，使王得而甘心焉。'"如此，則信將必感激流涕，雖死爲厲鬼亦當效力於疆場矣。又孰與夫掩而取之於不覺，以憤其心而激之變哉！而惜乎平之不出於此也。

　　昭帝時，上官杰等詐令人爲燕王上書，告霍光反，以擅調益幕府校尉證之。帝曰："詐也。將軍調校尉未十日，燕王何以知之？且將軍爲非，不須校尉。"上書者果亡。世祖時，有上章言馮異反者，帝以章示異，異上疏謝帝，報曰："將軍之於國家，誼雖君臣，情同父子，何忌何嫌而有懼意？"跖拔魏時，王慧龍爲滎陽太守，不利於宋，宋主縱，反間於魏。魏主聞之，賜慧龍璽書曰："劉義隆畏將軍如虎，欲相中害，朕自知之，不必介意。"此三君者，所謂智以成信者也。而惜乎平之不出乎此也。

## 辨惑論

　　乾隆戊子，余友芥舟給諫奉命典閩試，閩之貢院有厲鬼，吏白當禱，不輒受其灾。芥舟不可，乃於九月四日得疾，撤闈後，行至丹徒，卒於其弟濟之官署，十月二十二日也。其禱者皆免，議者遂謂芥舟以執拗隕生。余獨以爲不然，芥舟於此可謂知鬼神之情狀，獨立不惑而順受正命者矣。

　　芥舟之不禱而死也，命也，雖禱亦死也；其禱者之禱而免也，亦命也，雖不禱亦免也。設鬼果有靈，怒芥舟之不禱而欲致之死，豈不能使之即死？豈不能使之無疾而凶死？且其途之所經，如仙霞、鴉金諸嶺之險峻，黯淡、鴨卵諸灘之湍激，足以致芥舟之死者何限，又烏能使之徐徐然既抵丹徒，安然受含飯於其弟之手而後死哉！

　　昔者東坡官鳳翔，秩滿而歸，路經華岳，其卒忽得狂疾，自褫其衣巾，束縛之而衣巾自墮。或謂岳神所爲，坡爲文以讓神。即行，已而狂風大作，人馬辟易，至不可移足。坡曰："神怒耶？吾不畏也。"叱其徒戰風以進，至晚而風息，亦無他故。吾謂東坡所遇之風非必神所爲也，適逢其會耳。則今者芥舟之死，斷非鬼所爲也，亦會逢其適耳。不然則是昏囂妖妄之鬼竟敢逞其胸臆，公然戕聖天子之命吏而無所忌憚，我知其必無是理。若芥舟者，可謂獨立不惑而順受正命者矣！

## 盜 解

邊子有味乎"窺陳編以盜竊"之言，將鎸之石以記吾圖書。或曰"此子韓子所以自道也"，不又曰"古於文辭皆己出，後惟不能乃剽賊"耶，何取於是而以"盜"自命也。

邊子曰：吾所謂盜，豈攫金於市哉？莊周不云乎："盜亦有道。"得吾之道以盜，雖負篋擔囊以趨，世固不得而指目也。不得其道，雖取人一錢，已見止矣。天地造化，一盜機也。動物本乎天而盜天，植物本乎地而盜地，日攘其膏以自肥潤，而主人懵然不之覺，斯盜之尤也。惟文亦然。秦漢以下，善盜者率以六經爲主人，所盜既多，又自爲主人，以供後盜。是故《太玄》盜《易》，司馬溫公之《潜虛》又盜《太玄》，《離騷》盜《小雅》，賈誼、嚴忌之徒又盜《離騷》，太史公盜《尚書》，歐陽公又盜《史記》，轉轉相盜，自古而然。惟恐盜之不得耳，又何盜之惡也？抑又聞之，善盜者不盜帛，盜穀；不盜衣，盜食。盜穀與食，以餉吾腹，以睟吾面，以盎吾背，誰得曰是睟盎者固某某之穀哉？蓋已滅其迹矣。盜人之衣帛而强加吾身，將不崇朝而褫耳，況所盜者不華袞而袒褐哉？六經、古文，華袞也；時文，袒褐也。屋廬子曰"連得間矣"，莊周云"以無厚入有間"，斯善盜者也。曰"得間"，曰"入有間"，窺之謂也。攫金於市者，無所用其窺，又烏得以"盜"自命哉？

## 《任邱縣志》序[①]

《周禮·春官》："外史掌四方之志，小史掌邦國之志。"志之名既昉於經。《史記》有書而無志，班固《前漢書》始有律曆、刑法等十志，然馬遷之《八書》實與固之《十志》異名而同實。至陳壽叙三國之事，則直以志名其全書，是志之名又著於史，然則志之所由來

---

[①] 案：此文題注"代"字。乾隆《任邱縣志》卷首有此文，末署"乾隆二十有七年，歲次壬午七月上浣，特授直隸河間府任邱縣知縣、加三級紀錄八次、武威劉統并書"，可知是代知縣劉統撰寫。

者遠矣。雖一郡一邑之志，豈徒以修故事已哉？亦將詔告來茲，欲其察已事、鏡得失也。蓋親民之吏，莫切於邑令。邑令膺百里之寄，必先諮詢諏訪，周知其土地之廣袤闊狹，人民之多寡登耗，山川之險夷原隰，墳壤之高下肥瘠，貢賦之上下重輕，屯社村堡之道里遠近，風氣之剛柔燥濕，禮俗之奢儉貞淫，以及鄉先生之前言往行，前此吏斯土者政治教化之得失緩急，然後可以興利除弊，修墜補偏，以庶幾於治。然或故牘銷亡，老胥凋謝，無所稽考，則皆將於志乎取之，則志之修豈所獲已，又豈可以或苟？

任邑上應尾箕，下界燕趙，北拱神京，南連齊魯。西北一帶，淳濬迤演，爲九十九淀之總匯，而"掘鯉"之名，見於左思之《三都》。以古準今，蓋公侯伯之大國也。舊故有志，然頗病其簡略，無有起而更張之者；兼自劉、姚二尹重修後，迄今積八十餘年所未經續輯。余自己卯下車後，爬梳剔抉，諸務稍就班部。明年冬，諸紳士以續修請。余念邑志所關至巨，不敢視爲不急之務，遂延邑中名士之端方謹慤而達於文詞者數人司纂修之任。於客夏六月開館，廣摭新聞，重搜掌故，每一卷脫稿，輒送衙齋。余於簿領之餘，篝燈披閱，親加校勘，暇則詣館與諸君子面加商榷，凡六閱月而其書告竣。鳩工庀材，有事剞劂，至今年七月，而開雕之工亦竣。共二十七八萬言，裒爲十二卷，凡土地人民、賦役戶口、風俗好尚、典秩文物及一切有關於政治之大者，無不探賾索隱，旁搜遠紹，以為修補興除之藉。雖不敢謂毫無遺憾，要不背於詔來茲、察已事、鏡得失之旨。至趙北口、圈頭村自聖祖以來每於此行春搜禮，故各有行宮一所；而城南思賢村之行宮，爲皇上時巡駐蹕之地，奎章睿藻，輝映先後，巍煥喬皇，炳如日星。天威不違顏咫尺，故於卷帙之端，薰盥叩首，志之惟謹。

蓋四方、邦國之志，外史、小史之所掌，即今之郡邑志也。則郡邑之志，固可獻之王國，掌以王官，以爲一代國史之權輿嚆矢，故昔人於此致爲兢兢。新城王尚書云："余於明代郡縣志，祇取關中諸公所纂，如《武功》《平涼》《朝邑》《華縣》等十餘種不失史法，而近世所修，唯陸清獻《靈壽志》爲稱最。"統，關中人也，而所治之邑去靈壽不數百里而近，清獻之仁風善政至今猶得披拂聽聞。今茲之役，安敢與前賢比較？倘或不大剌謬，它日得隨諸君子如《周禮·春官》之故事，達之蘭臺，貯之中秘，淘汰而簸揚之，爲國史千百什一之助，以續三史後，則荒城下吏與有榮施矣。是爲敘。

## 戈芥舟《盤山游草》序

　　逾大河而北走千里直抵京師，率皆溰泱無垠之野、塵沙榛莽飛霾梗塞之區。間亦有清夷閑曠如吾邑界雄、莫之交，其間一水逶迤，涵泓瀲灔，其堤堰之蜿蜒，洲嶼之瀠洄，鵁鶄、鸂鶒之飛翔上下，菱芡菰蒲，葭菼芰荷之蔚薈而芬馥，往往不減浙之西泠。然我輩中從無買片帆、載斗酒一問津者。而鄉曲中之老儈，其蓄資鳩侶謁孔陵、陟東嶽、涉揚子、上金山，折之而西直抵峨嵋者，反孔道不絕如蟻。然"恨渠生來不讀書，如此江山一句無"，又不免爲陸務觀所誚。

　　余嘗游都城之西山，於香山、潭柘諸勝無不遍覽，其亭寺牆壁間亦頗多題咏。然每讀之輒恨恨，輒取大石刊之，急索一粗通語不可得。蓋甚矣，游之難也！非其地則無可游，非其人則不好游。既好游且值其地矣，然無游之具，或有而不工，則雖游而不許游。吾讀《盤山草》，而許芥舟以游也。盤山故游地，芥舟故好游，而游之具又所素工，然不圖其工之至此極也。昔人稱司馬遷好游而其文益奇，夫豈誣哉！

　　芥舟下第歸，携其《草》抵余索序。余故知芥舟之爲人，不如貪常嗜瑣者之戚戚於一第也，況有此不朽者之足以抒其蘊乎！微論芥舟，即以連之愚亦必不以彼而易此矣。此不足爲芥舟言，沾沾云爾者，所以憫瑣瑣者之惑也。

　　同學弟邊連寶題。

## 李立軒詩序

　　立軒宰東粵之陽春，乙酉以病投劾歸。旋丁外艱，楗户却掃，端憂多暇，乃盡出其生平所爲詩屬余刪定，且曰："君不云乎：'吾文吾子也，吾精神骨血所結聚而成者也。子雖不肖不忍弃，文雖不佳不忍焚。'余以姑息者，煩君以慧劍爲我割愛，此古者易子而教之義也。"余乃取而卒讀之，不禁掩卷嘆曰："古所謂'人患才少，而君患才多'者，其立軒之謂乎！"

立軒髮未燥即辨四聲，比稍長，益發憤於學。自蘇李而下以至有明作者，丹黃幾遍，既敏且博而精力又極強悍。宰陽春時，年近五十矣，病痎瘧，欲以文戰勝之。當寒熱交作時，效昌黎體爲《詠蚊》長律至二十韵，瘧雖爲小却，然至詩成而已亦委頓。性又恢詭善謔，雖犁鋤間諺誕語皆可供其驅役，以資捧腹。故其爲詩，泛濫蕪雜，無體不備。始學李玉溪，旋放之於韓昌黎、盧玉川，繼又斂之以白香山、陸劍南，下至邵堯夫、陳白沙、莊定山諸家，亦復時時染指。當其睥睨一世，夷然不屑，所謂"張打油、胡釘鉸"者，亦居然拉雜闌入。吁！亦已甚矣。故曰"人患才少，君患才多"。余爲之披揀再四，草薙而禽獮，疏惡而流美，於是粗穢盡而精者出焉。環瑋魁梧，睢盱恣肆，真令讀者駭耳眩目，易魄奪精。於是立軒之詩卓然可傳，而余轉老淚泫然，作噬臍之悔，恐微名將來被渠掩也。

吾邑詩派，自龐雪崖先生開清真雅健之宗，同時如先外王父章素嚴先生，稍後如雪崖令弟紫崖先生、先君子漁山先生，率皆以雪崖爲圭臬。余小子連雖稍加縱放，總不能出先民範圍。立軒獨能決去藩籬，以排山倒海之氣運、驚奇絕艷之詞，爲吾邑別樹一幟，非絕類離群不肯蹈人窠臼者耶！余嘗心歷三唐以下，擬其似之者而不可得，僅於勝國得一人焉，曰山陰徐文長。當王、李主盟壇坫時，文長獨以怪偉杰鷙與爲角觝，故當時皆目爲腫背，其好之者惟袁中郎、陶石簣而已。然二子所選文長諸集，余皆卒業矣，其間亦復螨蚓相雜，雅鄭并陳，如立軒集之未經刪訂時。故吾謂二子之於文長可謂功臣矣，而不得謂之忠。《語》云："忠焉，能勿誨乎？"余於立軒，可謂忠矣。《語》又云："愛之，能勿勞乎？""文，吾子也"，立軒愛其子，而不忍勞其子，因以屬余。余以痛加刪削者勞之，以成立軒之愛，庶不失易子而教之義云爾。

## 《唐文讀本》序

文章盛衰，與古今氣運相終始，然當其終而復始，必不能復返於其始。唐虞之後，至夏季而亂，得湯而治。湯之後，至殷末而亂，得文武而治。周之後，迄秦而亂，得漢而治。漢之後，迄五代而亂，得唐而治。然三代之治已不如唐虞，漢之治又不如三代，唐之治又不如漢。自唐虞以下，凡更數不如。而後至於唐，則唐之治不惟不敢希踪於唐虞三代，亦且不得與漢比隆者，其勢然也。惟文亦然：唐虞之文渾渾，商周之文噩噩，漢初作者去古未遠，典謨訓誥之遺猶未盡泯。曹魏、司馬而後陵夷，以至陳隋九土分裂，政治龐雜，故其文亦荒蕪穢薈，不可爬梳。至唐貞元、元和之間，昌黎韓子始以六經之文爲諸儒倡，又得河東柳氏以爲之助，同心戮力，摧陷廓清，其功比於武事，可謂極盛。然遂以二子之文可與西漢作者比烈，恐又不能無間矣。譬之人善病，病而復，復而又病，病而又復，雖曰有病必復，然其精神榮衛必以漸而減，理勢之常，無可疑者。

兹集所選，於韓、柳兩家皆取其寬閎典碩、不失西京遺意者，他如驚奇怪艷之作，雖屬自闢蹊徑，偭漢矩而改錯，然以奇矯薄，不無取焉。兩家外，於孫樵、杜牧輩亦略摭數首，亦奇崛可喜者。至清疏快辨、镂削雋妙之章，概擯不錄，凡以云救而已。

嗚乎！文章盛衰之故，天事居其半，人事亦居其半，苟聽其滔滔日下而坐不爲之所，將何所極哉？吁！非達天人之故而曉然於風會之責，非异人任者，其孰能與於斯？

## 《隨園制義》自序

連六歲受書於先君子漁山先生，性蠢鈍且好弄，而先君子極嚴厲。七八歲時，日授《語》《孟》及葩經，通計不十頁，每每膺夏楚。戊子年九歲，始開講，然頗無滯礙。己丑，初學執筆爲文，亦頗不大舛謬，先君子乃稍稍喜慰。

余家故寒，時倍窘，先君子以授徒糊口，而連少時心計頗稱精敏，遂命視鹽米。晝入市與販竪争逐，入夜乃得隨先君子籌燈雒誦，以兹多廢閣時日。乙未，先君子捐館，時連年十六矣，瞢如也。彌留時屢目連，輒涕泫泫下，大以無成爲懼。

乙未後，受學於先從叔父毅士、胞叔虛亭、族大父雨三先生。己亥年二十，爲諸生。辛丑食餼，於此道仍作夢耳。然自爲諸生後，家益窘，不得已就村舍蒙館。館課故簡，又無家人業可理料，因頗自思念：先人以老學宿儒賫志諸生，已復頹廢沉淪，不克博一第以慰化者，寧復得以人稱？因發憤進取，取時下所謂墨卷者伏讀之，心摹手追。偶構一藝，逐逐校量，似亦不甚徑庭，私以爲且售矣。

　　庚子不第，癸卯又不第，自甲辰迄己酉皆不第，而余已三十矣。如犬喪家，如人迷方，蒙茸瞶眊，靡所適從。既乃瞿然曰："我生不其有命在天，命之贏縮遲速之不可移者天也，值其時而投之以具以作之合者人也，當贏且速，雖投以古亦合，反是雖投以時亦不合，前者驗矣。弗知變計，則昔人所謂'從來剽竊爲場屋，直是無由識古書。屈指罕能官顯達，到頭剩得腹空虛'者，將不在我。即僥幸一第，適辱化者，何慰焉？"因慷慨誓墓，欲爲古人之文，雖死不變。於是取《左》《國》《公》《穀》《莊》《騷》、班、馬、唐、宋大家及元祐迄天崇時藝伏讀之，一如己酉前讀墨卷時，欲盡哺其糟粕。自苦昏眊，不能多記憶，偶有得輒札之，或揭之墻壁。遲之又久，糟粕乃挾其精液稍稍充藏府。

　　甲寅，文乃小小變，視少作迥矣。然余性耽麯蘖，妨者一；仰承先君子遺澤，好爲五七言韵語，妨者二；加以用意過當，思以奇矯薄，偶有述作，雖或僵走孩稚，而於古人之神理骨脉，如大士稱東鄉所謂"以仁義之質，標古雅之神"者，究未能窺其奧窔。時或執筆爲之，而結習卒難速化。故自甲寅八九年來，文雖小小變，而卒底於無成者以此。

　　壬戌，客郡城，戈子芥舟謀取灾梨棗，余笑曰："不爲故人覆醜耶？抑爲我分謗耶？"芥舟固慫恿之，無奈何，因聽其所爲。顧余嘗亦有說焉：吾文，吾子也，吾精神骨血所結聚以成者也。文雖不工不忍焚，子雖不肖不忍弃，不啻不弃，舉以示人以來指摘吾子，其庶幾於成。因歷述自六歲迄今凡三十有七年之甘苦，以明吾文爲吾精神骨血所結聚不异吾子者如右。

　　乾隆壬戌夏四月朔，任邱邊連寶書。

## 寄錢容齋夫子書

七月八日，連寶頓首再拜錢老夫子閣下：

前辛酉，吾師自薊州旋里，路過任邑，信宿而去。時連客獻邑之東，去家僅百餘里，竟未獲一面，至今思之，猶悵悵也。連與劉生炳、李生學禮素於吾師并受國士之目，吾師之所以期於余小子三人者，未嘗偏有厚薄。乃十年以來，劉生已珥筆清華之省，爲文學侍從之臣；李生雖暫屈於禮部，而丁年綺歲，其前路正復不可限量；獨連不肖，老賤相尋，不克自拔。然即吾師亦不獲竟其所施，溫溫然引疾而去矣。嗚乎！遭際盛衰之相去何其遼也。

前龐君純甫來自粵中，聞吾師近授生徒爲業，衆皆嗟嘆。連獨以爲教書自是我輩常事，即仕宦之後而不免於教書，亦不過一言以蔽之，曰"廉吏不可爲而已"，皆不足怪。獨聞吾師抱西河之痛，則爲之驚悼不寧者累月。夫以世兄之純明，不應夭折，以吾師之厚德，足以覆蔭其嗣，不應有純明而坐見其夭折之子。嘗讀韓退之《與崔群書》，以爲造物者好惡與人异趣，不然即於人之善惡賢不肖都不省記，而任其存亡壽夭。又讀柳子厚《天説》，以天爲頑然無知，甚至比之草木果蓏癰痔。連竊私怪其説，以爲激切吊詭之談，不可據爲典訓。今而知其説亦似也，不然天之所以報施吾師者固宜如此哉！

連近來亦頗淡於進取，行年四十有六，毛髮白其大半，鬚亦白十二三。目力漸耗，燈下將不能看細字。左車第四齒虺脆已久，於昨日居然脱去。精力大是不支，儻非家貧親老及吾師素所期望之厚，竟欲不事科舉業矣。然著書立説以俟於後，且勉爲鄉黨自好之士，以求無忝所生，即以此仰報知己，恐吾師亦未必遽斥以爲不肖也。

文字不能多寫，謹寄近刻一册二紙，并《奉懷》三首呈教。積忱縷縷，不盡欲言，秋風漸厲，伏乞珍重。連再拜。

## 賀李子敬下第書

連寶頓首白子敬足下：

芥舟自京回，抵連宿，云撤闈後曾見子敬，頗以失第故大戚。子敬之戚是也，家奇貧，親篤老，眈眈焉惟子之躋於顯是望。今若此，能無戚耶？雖僕亦同此戚也。然惡知僕不爲子敬戚，且轉加額以賀乎？願子敬稍舒其戚，聽僕迂言無忽。

前禮部試竣，客有來自京師者，動色言曰："李某得矣。"僕曰："渠文固可得也。"曰："非文之謂也。司寇錢公總裁試事，渠焉有不得者！"且確鑿爲僕言所以必得之故。僕因備述連與子敬之所以受知於司寇，司寇之所以素期於子敬與連者，以明子敬於司寇必不敢以非道干，而司寇亦不肯以非道陷子敬也。客大不然，且笑僕之迂。僕乃滋懼，懼子敬之文本可得，萬一不幸果得，下以玷吾良友，上以累吾大君子。僕雖代爲家置一喙，亦不足以相洗矣。今乃幸而得以不得者自白，其爲可賀孰大耶？

蓋士君子立身自有本末，必不忍苟且貪昧以圖進取。儲仝人有云："關節獲售，醜類《桑中》。"仝人以老學巨文七十始雋，可信其言之不誣。不但仝人，如勝國之錢吉士、徐思曠，本朝之方百川，老死諸生，不獲一第；艾東鄉、章大力、楊維斗舉於鄉矣，而未成進士；陳方城、歸震川成進士矣，而年已耄老。吁！諸君子所自豎立，概可知矣。故其人其文，至今宗仰於學者不墜。觀以道進者之榮，則知非道者之辱矣；知非道者之辱，則知疑於非道者之辱與實然者等矣。何也？無以自白也。詎曰信予修之姱美，輒人言之不恤哉！雖然，抑又有進者：昔人以少年科第爲不幸，正僕與子敬輩之謂也。若彼齷齪者，博一第乃大幸耳，彼即少年而不科第，亦祇蛊蛊焉抱其所僅有者以俟死耳，烏能有毫髮益哉？僕今十一困於有司，可稱大幸，子敬甫逾弱冠而取鄉魁，所遭去僕遠矣。其不幸之幸者，徒以家貧親老故也。不然則去年之登第且將受吊矣，豈特今茲之下第應得賀哉？今者天實悔禍於子敬，俾得脫不幸之大，寬其時以蓄其德，以堅其氣，以增其所未高，勉其所未至。此則僕所尤賀者，非徒如前所云云也。

連之言狂迂無可采，然出於相愛之忱，且幸而察之，可以已戚。連惶恐再拜。

## 上王罕皆先生書

　　蓋連聞之：古之君子之不得志於當時，而思以其文詞技藝表見於後世者，類必有一二絶類離群、异乎衆人之爲之者爲之巨子，以爲士類之所攀附。而异乎衆人之爲之者，亦遂拂拭而淘汰之，俾之莫不各隨其材質之高下皆得以自見，而不至滅没無傳於後。若唐之韓愈、宋之蘇軾，所謂絶類離群、异乎衆人之爲之者也。其附愈而傳者如李翺、李漢、張籍、皇甫湜、侯喜，附軾而傳者如黄庭堅、秦觀、張耒、晁無咎輩，則所謂受其拂拭淘汰，俾之得以自見於後世者也。

　　連少時，爲世俗之文所溺没，爲諸生後，始得讀方靈皋先生文，然後知文章家有所謂真命脉者。其後讀古大家之文愈益多，私竊以爲自有制藝以來，震川以後，靈皋一人而已。時於靈皋稿中得識先生姓氏，迨癸卯始讀先生會墨，嘆其淵懿古雅，不減楊、羅。其後乃得讀先生全稿，又私以爲當今之時，靈皋之外，先生一人而已。然靈皋自成進士後，翺翔仕路者數十年，今雖予告歸里，而年已篤老。而十餘年以來，文章之弊，牛鬼蛇神，千狀萬態，至於不可究詰。而其間廓清摧陷、大聲而疾呼之者惟先生，得與昔之艾千子、錢吉士、楊維斗諸君子比烈。而所著之書，又往往破選家拘攣之陋習，以發潛德之光。由斯以談，則所謂拂拭而淘汰之，俾天下之文詞技藝皆得以表見於後世者，其責固不在靈皋而在先生也。

　　連今四十有五年矣，少時惟好詩古文辭，而於時文則取其至陋者。以爲八股之爲物也，特以弋科名、釣禄位已耳，固不必工，即工亦不過甜滑軟美，初不必沾沾然求如古之作者之所謂工也。然沉溺於甜滑軟美之文者十餘年，而所謂科名禄位者反愈益遠，然後自悔其大愚。自己酉後，始發憤感激，學爲古人之文。今爲之者，又已十餘年矣，誠不自知其所造何似。兹不能多寫，謹録若干首，質之先生，或猶未免於甜滑軟美者乎。願加以教誨，以勉其所未至。其或不甚戾於古之作所謂工也，則願賜之弁言，以俟於後，以爲門下之翺、漢、庭堅輩，似於愈、軾初無甚損，而且有以大其傳也。至若可授之梓以問世與否，則惟先生酌之。蓋連雖不肖，又何至敝敝焉竭數十年之精神骨血，蘄乎人之善之、人之不善之而爲之憂喜乎哉！

露園李子來自金壇，言先生欲徵大河以北之文，連聞之不勝激發，敢即以露園爲之先容，以自通於左右。至連生平行誼，露園頗能盡其底裏，先生一一詢之，或亦不甚辱於門下也。語無詮次，不勝主臣，連再拜。

## 答秦紫峰書

連寶頓首謹覆紫峰孝廉足下：

辱承下問古詩、選體作何分別，聊憑臆見，覼縷以陳，伏惟斟酌而采擇之。按五言有三派，皆出於漢：其一樂府，其一《十九首》，其一蘇李贈答之詩。三派之中，惟樂府單行，《十九首》與蘇李詩大抵互相表裏，後人亦或兼取而并用之。分而言之：《十九首》之體宜於比興，蘇李之體宜於賦，指事陳詞宜用蘇李，寄托諷諭宜用《十九首》，其大較也。沿及建安七子，陳思、五官莫不取裁於蘇李。當塗之末，典午之初，惟阮嗣宗奪胎於《十九首》，然此亦以其多者言之耳，實亦兼權并取，絕非分道揚鑣。而所謂"選體"者，已濫觴於此矣。總而論之：曹魏諸公，選體之星宿海也；司馬之代，如三張、二陸、傅玄、潘岳之屬，選體之積石、龍門也；劉宋以下，大謝、諸謝以至小謝，并及何遜、范雲、沈約、江淹諸家，則選體之徒駭、太史，簡潔鉤盤也。所謂"選體"者，正指晉宋以下言之耳。不然蘇李、《十九首》又何嘗不并載《昭明選》中哉？晉代之不囿於選體者三家：左太冲、劉越石、陶淵明是也。劉宋以下，爲選體之翹楚者三家：謝康樂、鮑明遠、謝玄暉是也，又當分別觀之也耳。蓋選之爲體，其詞則綺藻芊綿，而其敝也或失之繁縟；其音則優柔平中，而其敝也或失之嘽緩。故以晉以下至齊梁爲斷，而必上溯建安，且及蘇李、《十九首》者，如尾閭之本於昆侖，如耳孫之出於鼻祖。水有源，木有本，蛛有絲，馬有迹，灰中有綫，草中有蛇，皆可以密尋其起訖，而詳究其始終，熟閱精思，當自領取也。

齊梁以下，沿及徐、庾，風會所趨，漸成律體。有唐欻興，振衰起靡，陳射洪、張曲江原本嗣宗，直追正始，絕不爲選體所縛矣。其後，李太白以不可一世之才而五言却純用選體，如開卷《古風》五十篇皆是也。杜子美集古今之大成，無體不備，其於選體亦或間用，如《西枝村》《宿贊公房》《寄贊公》以及入蜀諸詩是也。韓昌黎五言，其疏者嶔崎歷落，原本漢人；其密者刻畫精鑿，出於康樂；然於選體時亦染指，如《南溪始泛》是也，其他不可枚舉。蓋唐人以《文選》爲六經，故杜云"呼兒讀《文選》"，又曰"熟精《文選》理"，此意惟精於其理者知之耳。

又承問拙稿中"傍"字如何叶"東"？此乃古韵也。昌黎《此日足可惜》篇，東、冬、江、陽、庚、青六韵并用，僕遵此例耳。至於"比鄰"之"比"，義從去、聲從平；"公西華"之"華"，義從平、聲從去；"幾兩"之"幾"，聲從平，義從上。詩家故有此例，如老杜"幾時杯重把"，"重"字義平而音去；又如"應答"之"應"，去也，而東坡押"鷹"音；"同調"之"調"，去也，而牧齋押"條"音。如此者未易更僕數也。至"頷"字本有平聲，查字典便得。

承寄畫扇、八分書及賜贈詩，并佳。贈詩聊依韵奉和，見意而已，殊不工也。又蒙惠淡巴菰、西洋葡萄，都一一拜登訖，附謝不盡。連再拜。

## 與戈芥舟書

連頓首芥舟六兄足下：

僕長芥舟十六七歲，方芥舟孩稚時，僕見其崢嶸岐嶷，非群兒比，心竊偉之。比年來，與芥舟常聚處，竊見其挺然孤特、迥絶流俗，且聞其能行古人之道於帷闥燕閑之地，此尤僕所愛敬畏憚而不敢漫期於今之人者，固非徒以其外之文焉已耳。然人非大賢以上，孰能無過？竊敢托於《春秋》"責備"之義，詩人"他山"之旨，竭其愚瞽，以效萬一。於高深不敢讒諂噂沓以誣其所未至，且使僕而讒諂噂沓以誣芥舟所未至，又豈僕之所以待芥舟，而芥舟之所素期於僕者哉？

蓋連聞之，君子之持身也，畦町不可不嚴，崖岸亦不可以過峻。

畦町不嚴則失其所以爲我，崖岸過峻則不足以盡物之情，而於所以爲我之理亦未爲至也。故夫子曰："君子矜而不爭，群而不黨。"又曰："君子無所爭。"《記》曰："弛而不張，文武不爲也；張而不弛，文武不能也。"先儒謂爲學之道，必先變化氣質。歐陽公以書醜詆高司諫，因以得罪，尹師魯譏其有自疑之意，凡以爲此而已。僕觀芥舟爲人，意氣太盛，崖岸太高，疾惡太嚴，多予人以可畏，而少予人以可親。即如客歲，同芥舟於某所遇某鹽竪，渠自稱爲某先賢後裔，此直聽之已耳，烏足置吾喙者？而芥舟恚怒形於色，輒舉古昔之惡穢不堪而亦與渠同姓者以詆之。幸而鹽竪不識字，即識字亦不知古昔之惡穢不堪而與渠同姓者爲何人。萬一都不然，且不能自釋於心，而居然反唇以相訾訽，芥舟思之，與我輩威重豈不稍損已乎？且謂先賢之後必不應有鹽竪，而鹽竪必不可後先賢，於理亦未爲盡也。芥舟又何以知其必不然哉？

嗟乎！數十年來士氣不振，選軟脂韋婥嫋之徒塞滿世界，得一矯矯孤潔如吾芥舟者，爲之障其瀾而砥其流，正貞曜先生所謂"萬俗皆走圓，一身獨學方"者，詎非大快！而僕沾沾云爾者，誠以僕之所期於芥舟者大且遠，不徒區區乎僅异於流俗者之爲之也。昔商容觀武王曰："見善不喜，見惡不怒，顏色副之，是以知之。"此言最精，最有味，所宜熟玩也。至僕病痛頗亦自知，大要與芥舟之病相反，杜甫所謂"常恐性坦率，失身於杯酒"者，在所不免耳。芥舟亦當痛摘其瘢瑕，且於此外更加推勘，以祛余所自蔽，毋以相抵爲嫌。幸甚！幸甚！

新正間荒於酒，便血症至今尚未大痊。館課頗繁碎，應付畢後，此心輒忡惕不寧，不得稍稍料理制舉業，今秋之役，大約仍故吾耳。《管子》點定已畢，俟加校讎再寄。《荀子》才開卷不十數頁。方舟文二首，點訖寄去。方舟、健行近來文字何如？宜爲其可據者，不必趨時。芥舟在，不須贅囑，聊一言之耳，瑣瑣不既。珍重！珍重！連再拜。

## 豕鳥説

侄子阿黑蓄一鳥，有慧業，善鳴，隨所欲摹，無不如志。居嘗以聲音自悅，久之益與籠習，縱之，不移時輒返，若忘翱翔之爲樂者。余蓄一豕，四五月間恐其以奔突傷稼見殺也，執而納諸牢，乃大不適，循墻壁罅隙以求其出，卒不可得，終日狗然而已。余竊私訝："夫鳥之樂窮也，豕之不善窮也，相去之遼也。"徐思之，乃知鳥非樂窮也，樂可以自怡悅者也；豕故無可窮也，技止於狗然也。

噫！人苟不素習其可以自悅者，一旦執而納之寒餓之牢，又苦無隙可抵，乃欲以狗然者窮也，將奚以窮哉。

## 秋崖説

侄繼祖字佩文，別號秋崖，劉嘯谷太史所贈也。佩文爲人和厚寬裕，其遇物煦煦然惟恐傷其意，雖隸圉僕妾，未嘗加以疾言怒色。蓋偏得春風爲多，故嘯谷濟之以"秋"，誠勉之也。

嗟乎！春而濟以秋，非陰陽合德者不能也，豈易到哉！然氣之偏者，不可不力爲矯。判菀枯，別堅脆，廉辨分明，使物受之，介然有覺而無所混，此蓐收氏所司也。秋崖勉之矣！至"崖"之爲義，或謂不過與齋亭堂庵等等耳，似別無所取，是又不然，"畦町""崖岸"并見莊生書。然余嘗謂畦町不可無，而崖岸不必有。何則？崖之爲物，巉峭絶特，孤峙而物不可附；秋而且崖，殆如退之《南山詩》所謂"秋霜喜刻轢，磔卓立癯瘦。參差相叠重，剛梗陵宇宙"者，則秋也而鄰於乖矣。（宋張詠號乖崖）吾故願秋崖之但爲其秋，而勿爲其崖也。雖然，以和厚寬裕之姿力矯爲巉峭絶特之行，自視爲是已巉峭絶特矣，而其分反不過至於廉辨分明而止，吾轉蘄秋崖之務爲其崖而適符其秋也。

乾隆癸未，秋崖以翰林學士奉命視學廣東，余友檀子耐圃偕往蒞事，未半載，遽以内艱扶柩歸。余私於耐圃，耐圃云："關防内外嚴整，密察捉刀，檢閱諸君有不合文章功令者，輒以禮謝遣之，不爲姑息。"余喜曰："是殆進於秋矣。"明年，行將服闋補官，余故引伸嘯谷太史之義爲説贈之，且以勉其終焉。

## 刑科掌印給事中芥舟戈公傳

嗚乎！不謂今日余轉傳芥舟也。憶前壬戌、癸亥，余館芥舟家者二載，與芥舟比舍居，無日不相過從。一夕，談宴甚歡，酒酣步月下，余執芥舟手曰："我二人後死者任傳。"然芥舟少余十有七歲，因笑曰："然則我傳子耳。"在芥舟故以爲戲也，余則以爲固然而非戲也。越丁丑，余客雄邑，芥舟以內憂家居，余以書抵芥舟，丐作生傳。芥舟又笑曰："不猶憶耶？胡不能待也？"在芥舟仍以爲戲也。然其時余已年近周甲，且嬰痼疾者十年，中間瀕死者數矣，故余愈以爲非戲也。嗚乎！孰謂"胡不能待"之言竟成芥舟自讖哉！余又惡忍傳芥舟也！乃其孤廷模及弟濟、源前後以書來，并言芥舟彌留時喃喃說前約不去口，且曰："知余之深而信之篤者莫如隨園，倘不傳我，我且不瞑。"嗚乎！余又烏忍不傳我芥舟也。

芥舟諱濤，姓戈氏，號蓮園，芥舟其字。曾祖侍御公諱英，祖檢討公諱戀倫，父歸安公諱錦，并以名進士起家，有聲於時。芥舟生而岐嶷，五六歲時舉止端嚴如成人。稍長，下帷讀書，日誦數千言。書卷之外，惟游心翰墨，衣服玩好之屬一無所嗜。年十六，爲諸生。丙辰，舉於鄉，年二十。屢困公車。己巳，補宗學教習。是歲，詔大臣察舉經學，通政使薄公海以芥舟應詔，未及試。至辛未，成進士，改庶常，入翰苑，時年三十有五。

初，歸安公筮仕嵩縣令，嵩故劇邑，公以廉能爲上憲所器，兼攝陝牧，又屢被檄代讞鄰邑獄，簿領填委、旁午轇轕，芥舟佐理其間，無不楚楚就緒。庚申，歸安公中飛語解篆，候對簿，資斧乏絕，僦屋以居，冬夏不蔽風日，兼以代者百端抑勒，萬難措手。芥舟攜弟濟力爲劈畫，艱苦備嘗，凡三年然後事白得歸。方在嵩時，有事於河北，事竣呼舟南渡，已而風暴作，瞬息趨二百餘里，附舟者相覷無人色，芥舟獨危坐以鎮，日暝始泊岸。岸正直北邙，渡舟無栖所，乃率二騎入邙，值車數十兩魚貫下，軌外不可重足立，乃竄入荊棘中，人馬皆傷。已而就道，風颯颯四起，望林隙中閃爍如燈光，欲往覓宿，實非燈，乃虎睛也。人初不知，而馬覺，傷吻敝策不敢進且舉，後墮乘者，逸而歸驛。驛卒知中途有舛，因持燭呼籲來迓，始免於難。余嘗讀芥舟詩，有"性閲百苦堅，命委寸晷賤"之句，蓋入滇時過老鷹崖作也。不知其少時已能履險如此，蓋其識力堅定，故遇事能以強直自遂，卓然堅立而無所撓。

　　壬申散館，授編修。丙子，典雲南鄉試，既竣，丁内艱。己卯服闋，改湖廣道監察御史。又丁外艱。壬午服闋，改山西道監察御史，旋奉命巡中城。中城爲商賈輻輳之地，歌館劇園、豪俠惡少以及宵匪鼠竊，蜂雜蟻屯，不可爬梳。公茈任，首嚴職官入劇館，盡逐小唱出境，痛懲惡丐剽賊於法，人胥斂迹屏息，輦下肅然。乙酉，命巡通州西倉。丙戌，充會試同考官，轉掌河南道。京師外城溝渠日久浸壞，每雨集輒損民居，兼妨行旅，公疏請修治，即命其督理。是役也，費繁而時久，人或難其成，公則鳩工庀材，疏滯流惡，以時奏績，居者行者咸歌"王道蕩平"也。是歲，轉戶部給事中。丁亥，巡視東城。未幾，轉刑科掌印給事中，兼署江南道。先是，公屢膺上考，胥以力辭免。至督坐糧差，任尤腴，又力辭。戊子，又辭京察上考，當事者曰："難進易退，君自爲謀則得矣，將如我輩蔽賢何？"遂以上考引見，蒙記名。是秋，命典福建鄉試，於闈中得膈疾，撤棘後即北旋，中途加劇。時弟濟爲丹徒令，急趨丹徒，遂於十月二十二日卒丹徒官署，年五十有二。卒之先，有旨命公於中途會禮給德公同勘宿遷城工。至是，江撫以公故上聞，上爲悼嗟久之。公自臺中洊歷掖垣，章奏凡數十上，遇彈劾無所梗避；其餘亦皆剴切詳明，如《請嚴婦女善會之禁以正風化》《請嚴夜唱之禁以靖地方》《請定早發秋審招册之期以重會讞》《請查科場謄錄以清弊竇》《請定山西丁糧以昭畫一以蘇民困》等疏，其所關於國計民生、風俗教化者爲尤巨。凡所敷陳，悉蒙嘉納，率皆朝入奏而夕報可。上之眷注良深，行將大用矣，乃未躋下壽而遽隕歿，可不惜哉！

　　芥舟短而瘠，面晳白，不善飯，而聲如洪鐘，兩目閃閃如岩下電。三十以前，鬚特鬖鬖耳，既貴而忽作於思，戟然如猬刺，其色黄，望其威棱，知爲真御史也。初家居教授時，其從叔鏻奉母邊氏命，受學於芥舟，芥舟以赫蹏封朴，率鏻告於其父聚五公之主。拜奠訖，芥舟啓赫蹏，舉朴向鏻曰："濤受命於先叔祖矣，叔即不率教，濤將抗法。"鏻肅然，學行賴以有成。時鏻年方十五六，少芥舟僅三歲耳，蓋其時已爲人所嚴憚如此。

芥舟之學甚邃，尤長詩古文詞，其少作風懷疏逸，絕似右丞，時而穆然玄淡，則直探左司之奧。迨其後，兩游豫章、滇南，尤得江山之助，演迤涵泓，閎大以肆，汪茫浩衍中其風骨仍復棱然可揣，蓋不可以一家名矣。古文峭奧以潔，神似柳州。尤長於碑版，求者踵門無虛日。然其義法森然，誓不敢持所無誣化者，以諛墓取金，故得一字褒者榮如華衮。所著有《詩經參》若干卷，坳堂詩、古文若干卷，藏於家。《獻縣志》《族譜》已刊行。

世子三人：廷模、廷標俱諸生，廷樞業儒。女一人。其子婦、女婿并士族而無顯要。三子并能承其家學，模制義燦然可觀，知文者俱以爲可售矣，然入秋闈而卒不售。

隨園氏曰：嗚乎！以余所論列芥舟生平，庶可謂人杰也哉！雖然，論人者必深探其本，余前謂其識力堅定，故堅立不撓，似矣而猶未也。向余與比舍時，芥舟日行袁了凡功過格，每言"人心善惡之徵，必以夢寐爲究竟，心之根株未净，雖旦晝强自勖厲，夜必游魂爲變而行諸夢寐"。故其夢稍涉不正，必署大過一次，以陰自繩檢。居恒談議以及詩歌，從不作綺語。余嘗爲小詞示之，輒顰蹙曰："何必爲此。"余爲之竦然。又戈氏家法：婦見夫必起，歲時婦拜，夫答揖。而芥舟之遇婦尤①氏尤嚴，婦亦賢淑，奉教惟謹，帟帷中雖噸笑不苟，古所謂"閨閫之際若朝廷"者，芥舟有焉。蓋余聞之其叔祖母而爲余姑母者如此。嗚乎！芥舟之文章學行，其所從來者微矣，未嘗不嘆古之所謂"慎獨"及"造端乎夫婦"之説之果非迂也！

## 亦珊李公傳

嗚乎！公故健者也，何以甫逾下壽而遽殂哉？公之修，當今尺五尺而强，方面豐頤巨口，聲如洪鐘，共客談竟日，從不作曼聲軟語。每宴會酒酣，論古今人物之賢奸妍醜、成敗得失，以及生平游踪所歷

---

① 按：濤妻張氏，此"尤"蓋"張"之誤。

國都、山川之佳麗奇險，如風檣，如陣馬，如瓴之建而彙之倒，聽者無不竦然起立、瞪目跗手，如目擊也。公酒戶頗洪，然不甚耽麴蘖，從不把盞獨酌。每遇衆賓雜遝、屣履滿戶外，號呶歡呼，藏鈎射覆之劇靡不具舉。公或有所輸失，不甘作老兵逃酒庸態，輒浮大白，一舉而醽無餘滴，勢如鯨之吸波。公尤好金葉格之戲，戲即徹夜，鐘鳴漏盡，局罷乃食，一食可盡一匓肩。食訖即就枕，睫甫交，鼾聲齁齁如雷。酣眠達午刻乃醒，午餐仍健啖如故，而食不宿於腑。吁！公生平之豪健如此，而何以遽殞哉？

公尤健於書，其生平所書絹素冊卷累萬盈億，雖巧歷不能盡其數。故手迹流傳，遍大江南北，以次而達四夷，如白太傅詩篇之遠播雞林也。書之外又健於謳，素精音律，不爽銖黍，度曲撅笛，一時無兩。時而張具高會，同人之擅技藝者畢集，或弄笛，或吹笙，或摘阮，或戛胡琴，推一人主謳，衆各執器倚聲。公則按紅牙，細聆其節奏，有誤者必顧。已而技癢興發，即酌巨觥潤嚨，胡歌北曲一折，氣韵沉雄，骯髒悲壯，非丈二將軍銅琵琶、鐵綽板不能倚而和也。衆客側耳以聽，皆睢盱愕眙悵惘如有所失，如泓下龍吟而衆喙皆啞。歌既訖，爰命童僕舁巨案，伸丈二白紙，作擘窠大書，仍令衆賓歌吹以佽豪興。公乃手兔毫，濡墨揮灑，仍點所著屣，爲歌者作拍。家人或白事，所白如公指則肯以首，不則仍爲瑣瑣擘畫。衆賓或有詼嘲戲謔者，仍從旁出一語以解衆頤。耳目手口雜然并用，而其書仍無一波一磔之錯訛，故觀者胥驚爲天人。且即其精力之健旺，謂可預卜大年也，而奈何遽殞？嗚乎！數年以來，耆舊典型喪亡略盡，今又奪公如是之速，正曹子桓所謂"既慟逝者，行且自悲矣"，不亦惜哉！

公姓李氏，諱法孟，字崚山，晚改亦珊，別號鳳莊，前少師大司馬諱汶公六世孫。父諱鋑，以賢良方正授南城兵馬司副指揮。前母邊氏，安慶太守諱塈公女，蓋連胞祖姑也。母孫氏，高陽相國文正公玄孫女。兄弟六人，公其四而行十二，故遠近皆稱"李十二"，公即鐫爲私印。公生而磊落倜儻，方嬉戲時，即足籠罩群兒。讀書數行俱下，日誦千餘言，爲文鬱勃有奇氣。年十五爲諸生，己酉選貢，壬子以五經中順天鄉試。及計偕，乃屢困。乙丑謁選，得西粵之永福令。

治永福一年而報最，調繁西林。西林故瘴癘鄉，上憲愛公才，令常居省會，代辦他邑大案，兼以遥治西林。未幾，前憲去而公失後憲歡，遇事輒齟齬。西林兵民相毆，公直民而曲兵，與大憲意左，又執之甚堅，遂被劾，解篆而歸。歸之日，幾不能具行李，且公仲兄東山、長婦龐氏、次子易林俱卒於粵，舁三柩水陸行萬里，公又病痃癉，其坎壈艱難不可名狀，故既歸而公亦幾至委頓。且向來中人薄產，亦蕩然無餘矣。歸數年，無以自存，遂遠出爲人佐幕。余曾贈句云："乞食陶潛曾作吏，遠游杜甫轉因人。"蓋傷之也。然公才足以肆應，所至皆總幕職之成，主人但畫諾而已。故所得館穀頗豐，供公揮斥外，仍足以飽其孥，然索書者所餉，亦居其半。

公書初學顏清臣，既而旁及眉山、襄陽、涪翁，下至吳興、華亭、兩文敏，然究以顏爲骨，屢變而不離其宗。於古文尤工尺牘，得蘇黃遺意。爲人書卷册，每綴小文跋其後，皆波峭可喜。佐舒公修《荆門州志》及修本邑志，并充纂修，所撰皆合史法。至高達夫之年始爲詩，詩雖不多，而論詩動入神解。余嘗誦舊句云："一生到手惟詩句，至死難盈是酒囊。"公擊節云："真放翁也。"因共論蘇陸優劣，公曰："陸之遜蘇，直緣内景不足耳。"所謂一語破的者。

嗚乎！公至性純篤，哀樂過人。其父母兄弟皆先公而歿，遭家不造，凶閔迭臻，故其哭踊之慘烈，拮据匍匐襄事之艱辛，雖忍人戾夫皆爲感動。然皆庸行之常，且連篇累牘而不能盡，故不瑣瑣具錄。獨其清雄絕俗之文，超妙入神之書，邁往凌雲之氣，真足開拓心胸，推倒智勇，爲齪齪小謹之士所不敢望其項背者。故特覼縷陳之，以見公之一生尤以氣勝云。

歲己丑四月，公侄珠林之上虞任，公與之俱，歲杪抵家。庚寅二月又往，六月六日卒於上虞官署，年六十有四。妻邊氏，廩生諱震公女。子七人，現存者五：陽林，戊子舉人。次嘉林；次吉林；次德林，出嗣；次馨林，出嗣；俱幼。

## 徵士對鏡公家傳

李對鏡先生諱春源，字北山，直隸任邱人。晚年自號對鏡。對鏡者，我見我也，我與我周旋久，故見我也。然我與先生周旋亦久，故我亦得見先生，然則傳先生者，捨我其誰歟？

先世居古北口外之小興州，明洪武初遷任邱。至先生十二世高祖諱楨寧，萬曆庚戌聯捷進士，歷官山西按察使，崇禎戊寅殉邑難，崇祀西郊。事詳《明史·忠義傳》。曾祖諱士燁，廩生，精禪理；祖經垓，蔭生，著《東園詩集》；父諱鏗，官正定府訓導，著《重積堂詩集》。母郭氏，浙江按察使諱之培孫女，初生數男，不育，將不孕，為父公置側室，生伯兄興濡公，未幾而先生生，閭閈到今稱之。

先生生而聰穎，讀書不避勞拙，務求精核。每遇一典，雖可解而未詳所出，必勤加校閱，數日不獲，不倦，得則注其旁，曰事出某書第幾卷第幾頁。家藏書可以充棟，丹黃幾遍。讀一書畢，必署其首，曰某日讀起，某日訖，書凡幾卷，每卷若干頁，字數若干。書中評點箋批，字皆細若脂麻。人所難解之書，一經批點，輒瞭如指掌。遇發前人所未發者，必批云"七九記之"。"七十九"者，長孫養誠乳名也。先生尤篤愛，日侍左右，批即示之。先生一生精力，并委之經史而以制義抒其所蓄，故先生文章造詣於制義尤邃。自前明以迄本朝，三數百年諸名家無不披覽，所心折者，獨桐城二方子、漢陽熊氏，餘乃不免訾議。其所自為，則蹂躪四庫之書，淘汰而鍛冶之，以發為光怪，燭天入泉，熊熊作作，令讀者褫魄奪精而不敢逼視，蓋不得舉已陳之人以似之矣。生平所為文不下二三千首，秦澗泉先生取六十藝授梓，六十藝中澗泉多所改竄，先生竟取原稿焚之，今仍有自訂數百首藏於家。先生自康熙庚子下闈，十一薦而不售，至癸酉始見知於澗泉得雋，蓋已十有四次，年五十七矣。澗泉少先生二十餘歲，進謁時，執弟子禮甚恭，追序平生，潸然涕下。澗泉譽其文於人，名頗震京師，故庚辰闈中咸以暗中摸索不得為憾焉。

先生之學，以觀物為第一義，其用心致為密察，而余則好觀大略。其初，議論每或齟齬，先生笑語其女猶子曰："邊郎之學未達一間，惜不竟從我游耳。"蓋余於先生，如李翱之於退之。初同研席，繼則婦其兄之子，故目余為"邊郎"云。後十餘年，忽問余曰："名利二字，根源都從何處來？"余曰："都從性中來，好名是義理之性，好利是氣質之性。"先生擊節曰："直是說得透徹，某亦恁的說也。邊郎之學進矣！"自是遂有水乳之融。初亦好爲詩，積數千首，其後見余詩日進，乃謂余曰："君擅詩名久，吾不欲爾奪，今皆火之矣。"然先生呈秦澗泉先生《感遇》五十韵之什，殆如元稹稱杜甫所謂"鋪陳終始，排比聲韵，風調清深，屬對律切"者，實爲連所服膺，自謂生平無此作。

先生有人倫鑒，觀人每於其所忽。嘗讀其《語錄》有云："曾見邊識珍爲王廷選寫《詩經》題目，凡千餘字皆正書，不作一字行草，吾知其後必昌。"又嘗謂余曰："安州陳密山、吾邑高用賓、君家敬溪、識珍，爲人皆篤實，於理合膺全福，儂與渠但享虛名耳，頭上翁自有乘除折準也。"因謂劉黃岡文云："觀理不深，未免求多於造物。"爲欷歔者久之，迄今三十餘年矣，其言皆驗。癸未之陽春，道經清江浦，見家弟濂村之女頗端慧，與語甚喜，遂訂爲次孫養度之婦，果稱賢婦云。

隨任正定日，學文於陳蓮窗先生，蓮窗謂父公天民公曰："他日蔽吾名者，此子也。"贈詩云："意氣而翁時把臂，文章之子號同心。"錢香樹夫子兩視學畿輔，深以得先生與余爲喜，目之爲北方學者，特鑄銀牌曰"文行兼優"付之。乾隆庚午，陳白崖先生得先生卷，力薦不售，大署於册曰："此卷除元魁無安放處。"於此徵先生之遇合多奇矣。

好讀宋五子書，嘗曰："四子書外，惟五子而已。《宋史》特立《道學傳》，千古巨眼。"子學禮年十歲，於書無不讀，先生忽手封書一部，紿謂得异書，置正廳案上，焚香，命具衣冠而拜，拜畢拆封授之，乃四子書也。曰："四子書，人之根本，稍有所得，以之讀他書，無不迎刃而解。"先生於經學尤精《易》與《春秋》，晚年讀史，每欲將《春秋》三傳及龍門以下諸史事實，并入上下經之三百八十四爻，仿《朱子綱目》之例，六爻爲綱，諸史爲目，未果成。所著古文、時文，幾二百萬言，皆六十歲後八九年手自抄錄。猶能於燈下紅紙書蠅頭小楷，亦一奇也。

乾隆乙酉十一月九日卒於家，距生康熙丁丑，生卒同一日，享年六十有九。著《平山館語録》十二卷、《平山館雜著》一卷、《尚書示兒評》一卷。德配金孺人，康熙庚辰進士、内閣中書諱璞女，有賢淑聲在戚黨。子學禮，雍正乙卯舉人，陽春知縣，升署佛山同知，文章能世其家，尤精吏治。孫養誠、養度。

邊連寶曰：先生於家庭日用之庸行，徒觀其外著之迹，初不必大异於人也。且庸行之在家庭者而大异於人，又豈吉祥可願之事哉？然其所植於天之性，實有過人者。先生不欲以此立名，兹不具録。先生生平好讀史，所著《平山館語録》論史事者居多。每苦家藏者不備，晚年乃購得廿二史之全，遂閉户屏人，晝夜讀之，雖子侄亦不令侍側。或自外覘之：時而歌，時而泣，時而喃喃絮語，語模糊，雖以耳屬垣不可辨；時而解衣磅礴，繞屋疾走，旋拍案絶倒；時而背手仰屋喟然太息，情態百出，莫可端倪。吁！先生殆有餘於情者耶，直與古人相哀樂耳。然則傳先生者，捨我其誰歟？

雍正乙卯拔貢、召試博學鴻詞、保舉經學，同邑侄婿邊連寶撰。

## 高海觀小傳

高海觀者，余忘形友也。爲人樸率鯁直，高蹇孤傲，鮮與世合。然頗愛余疏狂，樂與余游。

海觀讀書一小齋，足迹數月不窺户外，人亦罕至。余偶詣之，則據案酣睡，煮茗茗正沸，余注茗於碗啜之，以檢其書。海觀聞人聲，張目熟視之，若無睹也，睡如故。余亦興盡而返，竟日無一言。時或合尊促坐，狂興突發，談論古今得失，皆獨闢新解，不傍筌蹄。踔厲風發，如瓶之注，如橐之倒，如江河之決，如馳馬之奔泉，怒猊之搏獸。晷不繼，就星月下以畢其説，鼓鼕鼕下乃止。於天文地輿、星相醫卜之説，無所不窺。尤好談兵，嘗爲予解《孫子》十三篇，變化恍惚，不可方物，意義率出魏武、杜牧、梅聖俞諸傳注外，口説指畫，有顧盼自雄、傍若無人之狀。日與對坐，蟻拂其面，海觀撮殺之。予戲曰："殺蟻如殺人，干天地之和均也。"海觀曰："不然，蟻無罪則殺蟻如殺人，人有罪則殺人如殺蟻耳。"其論之雄快類如此。

名斯濤，海觀其字也，又字方舟，保定左衛諸生。連舉不第，食廩餼。卒時三十有四。子一：哲。

## 竹岩老人生傳

　　兄名中寶，字識珍，晚年改適畛，號竹岩，先君子贈奉政大夫漁山公第四子也。雍正癸卯選貢，丁未舉孝友端方，授任縣儒學訓導。乙卯，調順天府學訓導。乾隆戊午，中順天鄉試舉人。己未，以挂歸。丙寅，補涿州學訓導。庚午，丁內艱。癸酉，改遵化州學學正。癸未，告歸。辛巳，遇覃恩，以子廷掄官，誥封奉政大夫、兵部主事，加二級，儲封中憲大夫、分守江南常鎮通道。

　　兄四任皆儒官，所至以教導士子、砥礪風俗爲急務。茌任學時，廣招生童，集齋房親爲口講指畫，課其藝之殿最而不受脩脯，文教乃大興。如梁爾珣、葛清、李書升輩，并前後中甲乙科，爲國初以來所未有。有陳、孫、王三生者，赤貧且孤，兄勸之學，且賙給之，俱克有成。涿學士氣不振，科第歇絕者三十餘年，兄極力振刷之如任學時。更延青烏家相視學宮，移奎閣於城東南隅，此丙寅事也。明年丁卯，得售者四人，劉氏兄弟湘、洄并聯捷成進士，嗣是廿年來甲乙科蟬聯不絕，皆兄向所賞識者。京庠人文最盛，而習尚浮華，兄深病之，因爲《勸學詩》二十四章，刊行以勸，約以敦實學、黜奔競爲大指。鄉先生黃少宰、何宗伯諸公咸爲擊節。

　　任有叔控侄者，涿有兄訴弟者，遵化有嫂訟叔者，皆以睚眦細故而致牙角。兄面詢得其委曲，將原牒擲還，諭曰："我不難爲爾執鞫判斷曲直，但骨肉間非同泛泛，瑕隙一開，則終身秦越，且恐世世子孫皆操入室之戈也。"因反覆開導，動以情所不容已，爲之聲泪俱下，無不感激泣涕而去。遵南太平莊寺僧於山穴中得石佛，陰瘞之，紿樵者曰："夢石佛言，當出世，且示其所當隨。我迹之掊之，果得佛。舁至寺，令患病者焚香以禱，即以香灰療之，每著效。"於是轟傳數百里外，禱者雲集，日得錢數十百貫。村有嚴氏二生，素樸魯，兄恐其墮術中，召而詢之，果爲僧主會計，諭之曰："此妖言惑衆也，爲首者罪至死，次且流。"因取《邸報》中近事類此者示之，生大懼，歸而解散其衆。時州牧方以發伏爲能，幸因公遠出，免成大獄。

兄表揚潛德，於節孝事尤勤加搜剔，不使力屛者湮没無傳。涿有楊氏而字宋者，將嫁而夫亡，氏請於父母，親往哭吊，剪髮一縷納棺中，誓爲守死。兩家俱赤貧，氏拮據葬夫，後傭十指供舅姑灑瀟。後舅姑俱病，淹床蓐者數年，相繼以没，氏爲營葬訖，亦以勞瘁而没，年僅二十有七。有司具報，以年例不符被駁，事久寢。兄至爲再四籲請大憲，乃具題報可，後旌閭入祠。兄於寅友之誼甚篤，間有齟齬相齕者，必開誠布公以爲感動。遵判朱啓元者，江西拔貢，與州牧不相能，以被揭落職，且充城旦，因廢疾邀免，携妻妾子女各一，喘息於遵者凡四載。兄每供億之，邀同人時餉鹽米。後病漸劇，兄又倡同人釀百餘金，昇至潞河，附糧艘南下。三月抵家，報書云："老骨頭得歸先人丘壟，妻孥不至作流丐者，皆公賜也。願製長生禄位，令世世子孫頂祝無既。"州牧某，深刻而善猜忌，與某監生昵比，生恃牧傲兄，兄面加呵斥。生訴於牧，且加蜚斐，牧受剥床之訴，動弓蛇之疑，兼有吏目某爲之偵探羅織，遂欲甘心下石，幾至叵測。兄乃愈益斂飭，不與可抵之隙，凡事無所徇撓，亦不至憤激，久乃以漸冰釋。向張弧，今脱弧矣。兄乞休後，詩云："物情巇嶮終成幻，心地寬平祇抱真。"又《咏懷》云："存誠險可夷，息機虎亦馴。"蓋謂此也。

兄性和緩，遇人煦煦然恐傷其意，然町畦嚴整，不敢磨礲圭角以就圓熟習派。京師立春日，大小宗伯率大、宛兩縣滿漢兩學官員，昇春牛獻大内，宗伯某誤以兄爲薄尉也，解羂衣授兄云："爲我持此。"兄退避曰："某職雖卑，決不敢承命以羞天下士。"旁有識者曰："此廣文先生也。"宗伯深謝之。在涿日，送考赴通，通牧某密持一緘署三童名，皆要路子乞收試，兄却之。牧曰："此某觀察意也，願君三思。"兄曰："涿郡人文雖不振，然充考有百餘人，不至如良、房之寥落者，以向無冒考人也。今收三人，則占三額，自此招朋引類，漸衍漸多，勢不至試額全占，不止土著者將益虺隤，是一郡讀書種子自我斬絶矣。絶難從命。"牧爲語塞。

兄一生咬得菜根，晚年雖享二千石之養，而樸素一如寒氈，故能以儉養廉，不苟爲一介之取，兼飭廷掄務爲清白吏以守家法。向莅各庠，遇有犯小過而求免有司責治者，輒倩人袖數金丐爲代請，且舉從前爲例。兄曰："我行我法耳。教職雖微，即不應凜四知耶？"其人妄測兄意，更加金以奉，兄痛斥之，衆乃瞿然曰："此公殆不可干。"在任、在遵奉檄勘灾者四，兄謂辦灾不同治獄，與其失出，毋寧失入。故給賑之數較同事者獨浮，而一無所染。吏胥輩或餂之，曰某官至某都，某官在某甲，皆入寶山回矣，公何自苦乃爾？兄面呵之，仍恐其借端需索，每至通衢，必集大衆，示以自備資斧，不需供億，以杜其借官攤派之弊。僉曰："夙知公廉静，若輩無能我誑也。"京庠廩生某，爲人諛而詐，一日餽餉甚腆，兄曰："無因厚貺，餌我也，必有非分之干。"却之。已而果然，獨以無所瞻徇而得力拒。徽商某賫多金求收試，兄嚴詰廩保，寢之。試已訖，又餽佳茗且夥，兄曰："此爲下回張本耳。"麾之去。故梅文恪贈詩有"知君端不負清流"之句。

嗟乎！嚴取與、飭廉隅，蓋愚兄弟奉先大夫之教而兢兢以終身者也。故連嘗有句云："合掌向西方，未造一孽錢。"但連三家村一老教書耳，雖欲造孽而其道無由。至吾兄則已釋褐而通籍，且廷掄爲鹽司，居善地，可謂渥矣。乃貽謀纘緒，并能飲冰自矢，有典午胡氏父子風焉，不亦難哉！蓋"廉"之一言，爲吾兄生平人品、學行之所從出也，故以此殿篇之終。

兄與連同受詩於先君子，兄詩獨和平温厚，類其爲人，或爲數百言大篇，詞盡理該而氣不喘促，蓋不獨肖其性情，且足以覘福澤矣。以視連之沾沾然以骩骳自喜，而卒底於困頓者，相去不亦遼哉。謹將四任師儒時正己型俗行實之卓卓可紀者詮次於右，以垂不朽。至居家之無間言，居鄉之可矜式，有爲人所共見共聞者，不悉覼縷云。著有《敦本堂詩》上下二集、《古文》一卷，待刊。現年七十有五。

乾隆辛卯夏五月，同懷弟連寶敬撰。

## 《重修邊氏族譜》序

今年客獻邑之東，曾爲許氏叙《族譜》，因念吾譜之不修者已久，而恨連之有志未逮也。七月抵家，而叔翊清修之已竣，以示連且命爲叙。連受而敬閱之，始則念夙志之已副，而功之不必自己出也，因躍然以喜；既則欷歔悼恨，愴然以悲，且不自知其涕洟之流落也。

嗚乎！蓋我邊氏之興也，已三百餘年於茲矣。《易》曰："積善之家，必有餘慶；積不善之家，必有餘殃。"《書》曰："惠迪吉，從逆凶。"又曰："作善，降之百祥；作不善，降之百殃。"我邊氏以行人公爲始祖，始祖之祖曰百戶公，實以武功起家，佐明成祖靖難，爲其裨將。當奉命剿任邑市莊水寇，殲厥渠魁，脅從罔治，所活以數百千計，載之邑乘，至今故老猶能道之。昔者王全斌、曹彬并爲宋藝祖名將，彬好仁而斌好殺，斌之後數世爲乞丐，彬之子孫祿位與宋世相終始。蓋造物忌殺，天道好還，理有固然，無足怪者。由斯以談，我邊氏之興，直與書傳所稱相符契，而未有艾也，非其所哉？

雖然，今則异於舊所云矣。我邊氏自正統乙丑始祖發祥以後，終有明之世，登甲榜者十一人，乙榜者□□人；以都憲兼司寇者一人，都憲二人，其餘參、臺、省、寺、監以及郡守、州牧、縣尹，并郡、州、縣之貳倅，指不勝屈。嗚乎！可謂盛矣。自入本朝以來，登甲榜者纔四人耳，乙榜者十有一人耳。此十一人、四人者，或以州縣之牧令終，或賫志牗下以沒。自莊浪道蘇白公而外，鮮有仕至二千石者。吁！盛衰之際雖曰天命，豈非人事哉？以古準今，何其遼也。且夫祖宗之所以創，與子孫之所以守，惟其德之積不積耳，似不必於名位之區區。雖然，名位者德之符也，神明之後降爲皂隸，而曰皂隸不足爲先人辱也，其可乎？今者吾族之中，其承先澤、讀父書、稍稍能自愛者不過十一於千百，餘則以立品爲迂，以讀書爲拙，相效爲浮薄謔浪、嚚陵詬誶之習，以相誇門。人各异心，心各异慮，情誼乖隔，不相綴屬。至其又甚，則惡德敗類顯觸明法，而陽敗家風者亦復肆然公行而無所忌憚。沿之不已，恐遲數十年以後，且有求如今日之所云云而不可得者。嗚乎！可不懼哉。

且夫有數百年之積者，必有數百年之報。其始也，小善不足以集其休；其終也，小不善不足以墜其緒。然而不可恃也。君子之澤，五世而斬；小人之澤，五世而斬。以其數則過矣，況復以大不善承之乎？此連所以撫斯《譜》而慨然流涕者也。《禮》曰："尊祖故敬宗，敬宗故收族。"斯《譜》之作，收族也，敬宗也，尊祖也。凡我子姓，能無動其心乎？至連之所云云雖激，又所謂垂泣涕而道之者也，奚特言者無罪已哉。

《譜》之詮次世系，一以舊《譜》爲式，志銘、誥敕又加詳焉。至於螟蛉子、冒姓子、他姓之遺腹子斥之必嚴者，附於《春秋》"莒人滅鄫"之義也。

## 關帝廟碑記①

任邑拱極門内關帝廟一區，邑乘不載所自始。相傳明正德間，土寇劉六、劉七作亂，聚衆數萬攻任邑，城幾陷，隱隱於雲氣中見帝跨馬持刀往來睥睨間，賊遁去。土人感帝德，取其廟而恢之，後重修於天啓之年，迄今百餘載矣。雍正年，我世宗憲皇帝敕天下郡邑春秋祀帝，用太牢如孔廟禮。至雍正五年，又封帝三代，命郡邑各於帝廟後立祠，與孔廟之封五代者埒，典至隆且渥。

歲甲寅，福宜承乏兹土，下車之初，謁帝廟，無所謂"三代祠"者，詢之吏，蓋額銀仍存庫未支。宜更捐俸爲衆倡，邑士民及諸買人競勸輸貲，得數百金。於廟後及東偏購地數區，創三代祠三楹，又創公廨一所，凡四進。其餘缺者補之，頹者葺之，鳩工庀材，凡四閱月工乃竣。

邑紳士索記於宜，宜乃進而告之曰：昔者先王之建祀典也，自天地山川、日月風雷、宗廟社稷而外，凡有功德於民，足以正三綱、扶五常、敕九法者，皆得以食其土；其又盛者，則得以食其國；其又盛者，則得以食天下後世以至於無窮。

謹迹帝之平生，傾心帝胄，竭力炎劉，即其封庫還金、秉燭達旦諸大節，殆孟氏所謂"富貴不能淫，貧賤不能移，威武不能屈"者。其得以食天下後世以至於無窮，而并及於所生也有以，夫豈與世俗之淫祠比哉！然不必百物之厲、草木之妖而後爲淫也，凡鬼德所不應受

---

① 按：此文題注"代陸邑侯"，文末有自記云"此丁巳代人捉刀作也。今廟碑出幕賓手，而此文以毁廟之説爲可駭，故不用。然其識議似不可廢，姑存之"，可知是代任邱縣知縣陸福宜所撰，然未被采用。

而享之者爲淫，我分所不應祭而瀆之者亦爲淫。故祀爰居，作虛器，淫也；立桓廟，旅泰山，亦淫也。今者尋常墟里間，作廟以鎮村，塑神以實廟，則帝往往與焉；更或於牆壁間鑿竇大如斗以棲神，而帝與焉；甚至販儈賈豎於市肆間供神以祈財，而帝亦與焉。吁！褻已甚矣。

唐狄梁公在江南廢淫祠千七百所，惟夏禹、泰伯、伍胥廟各存其一。先王之制：祭之大者於壇，次者於屋。漢文帝於屋祀五帝，人且譏其褻，況以聰明正直之神足以正三綱、扶五常、敕九法如帝者，而一褻至此，不已誣乎！余意必使天下郡邑惟於城内得立帝廟與三代祠一所，與孔廟并峙，其餘墟里市肆間如向所云者，盡撤毀而禁止之，則尊帝者至，所以正人心而厲風俗者亦於是乎在矣。我國家釐定祀典，碩儒名卿必有見此者，荒城下吏竊濡筆俟之矣。是爲記。

## 吴公築德州鹽店口記

武進吴公祖修治濱州之四年，政洽民安，庶務就理，奉憲委兼攝德州篆，蓋乾隆二十二年六月也。甫下車，值運河水漲，德衛三屯口決，公奉監司江都汪公漢卓檄，代衛守勘治。至八月朔，功緒未就，而城南之鹽店口又決四十餘丈，皓皓旴旴，澎湃喧豗。而行宫適當其衝，公私惶懼，相顧眙愕。公爲鳩役庀材，搴茭湛玉，而波汰湍激，抗不受塞。束薪僅數萬枚，舁以數萬指，投之洪波，輒爲萍梗。兼以風霆交鬥，雷雨大作，夫役暴露淋漓，相率爲兔脱鼠竄，莫可誰何。同官輩驚顧睢盱，罔知所措。公乃鞠跽塗泥，籲天祈佑，解衣投水中，祝曰："祖修奉職無狀，致干天怒，波及所部，愚氓并罹昏墊，修雖死葬魚腹，亦甘心無悔。特念修世受國恩，涓埃未報，不得苟且徒死以塞觖望。且孀母在堂，年及風燭，老病零丁，無所依托，敢以身所著衣代修肢體，爲所部生靈及吾母請命。倘不獲所請，當永隨彭屈，畢命窮泉，萬萬不敢恨。"祝訖，移時曾未一瞬，已而雷收電斂，雲駁雨歇，星芒作作，月波溶溶，乾端坤倪，軒豁呈露。大衆轟傳，群情崩悦，僉曰："天聽厥惟卑哉！吾儕小人，敢不惟命是聽！"

先是，豪商黠賈乘間居奇，以窳材而索良直，故購料甚艱。至是，乃群相戒曰：“我侯如此，而仍瑣瑣議直，我則匪人。”於是肩負輪輸，絡繹輻輳，蔿荍雲臻，竹木麇至。徒役則丁壯羨夫、疲癃婦孺，荷畚負鍤，傾國畢至；蓬鼓弗勝，鞭樸不事，踴躍歡忭，子趨父功。公乃相度形勢，劈畫指撝，於堤之西加修月堤數十餘丈，以殺其勢。凡三日而功成，并前三屯口之決而未塞者亦竣。於時，山左大府爲鶴文勤公年，聞水勢甚急，親往勘驗，公郊迎三十里，文勤罵曰："此何等時，尚能循俗例迓上官耶！"公云："塞已訖。"又罵曰："此何等事，而敢謬言之耶！"公云："不敢。"給至則果然，文勤喜甚而訝其速，公具言狀，文勤嘆曰："壯哉！此漢王子贛所謂'惟尊乃勇'者也。"

公之舊治部民任邱邊連寶聞之，以爲勇生於誠，故能動物。蓋誠之至者可以格神明、召秘怪，韓退之禱衡岳而陰雲忽霽，蘇子瞻禱海神而海市冬見，胥此物此志也。今玆之役，感動神人，如響斯應，亦惟其誠焉耳矣。吾故詳其始末，以爲莅官治事之不誠者勸。

## 憂懼箴（并序）

*逆生者無憂，橫生者有憂，橫生者之憂小，順生者之憂大。愚不肖無憂，賢者有憂，賢者之憂小，聖人之憂大。逆生者草木也，橫生者禽獸也，順生者人也；愚不肖者人之禽獸草木也，聖賢者草木禽獸之人也。自聖賢遞而下之，以至於草木，則其憂愈無；自草木遞而上之，以至於聖賢，則其憂愈大。人將奚以處焉？作《憂懼箴》。*

*叢核欣欣，角距寡恤；二足而裸，憂懼之物。蠢爾百骸，既蠢且躁；呀然者九，俱可憂竅。受憂之所，僅得一寸；束爾百蠢，莫敢逸遁。毋曰其憂，我生之道；毋曰其懼，命蒂之固。憂不可遣，遣乃即險；憂不可裁，裁之益來。無憂之憂，憂庶可已；不憂無憂，憂乃伊始。崩登之門，人禽之隘；既判既明，各卜爾宅。*

## 朋游箴

余嘗發憤言："今之朋游可絶！"聞者咸怪駭，或以爲苟襲朱穆、劉峻之緒論，而不知非也。孔子云："群居終日，言不及義，難矣哉！"《易》曰："比之匪人，不亦傷乎！"《書》曰："文王誥教小子，有政有事，無彝酒。"荀卿曰："其人多暇日者，其出人不遠矣。"蓋古者先王之世，家有塾，黨有庠，州有序，國有學。自天子以至庶人，無一人不學，自少以至壯老，無一日或去學之中。而士大夫野處不曠之外，農之子恒爲農，工之子恒爲工，賈之子恒爲賈，無游手惰體、苦窳不良之民，無群飲聚博族談之侶，無怪僻奇邪提慢輕儇之士。故其時風俗敦龐，人心樸茂，可以廣攬博采，磨礱漸漬，以成其德，以達其材，而無所憾悔。

自學校之制既壞，人自爲師，家自爲學，分離乖隔，不合不公。於是鄧析、少正卯之徒，乘時之敝而出，倡爲淫詖迂怪之說、堅僻之行，以號召聰明浮誕之士，爲性術風俗之蠹。又其甚者，不率父兄之教，不循子弟之職，隳墮其肢體，軼逸其志慮，奇服婦飾以相誇鬥，恒舞酣歌以爲放達。俠邪奸放之徒，互相歡呶徵逐，牽引擠排，以陷於千仞之谿而不知伊於胡底。苟非血氣既定，白黑分明，中有主宰而可以自克者，浸淫薰染於其間，譬之飲鴆羽、餌烏喙而求其無死，其爲必不可得也決矣。

余不幸生性不羈且率易，不能以崖岸自固。然自十七八時所與往來，皆吾邑老成人，長余一二十歲可兄父事者。及長，與外邑交，亦多魁閎博碩之士，然至厚者亦不過三數人。惟取益不奢，故中害亦不甚。故雖哺糟啜醨不能獨醒，卒不至於沉湎冒没者，白黑分而中有主之效也。惴栗之餘，不能自已，因作《朋游箴》以示子弟，俾不失爲鄉黨自好之士以嗣吾家法，且時自省覽提撕，以庶保其終云。

咄嗟乎！魑魅磨牙礪吻，惟我乎是谿，奈何甘而蹈焉？拳拳汹汹，誠可憫焉；憫之不暇，姑自審焉。維彼有道，力克挽之；我力不克，其或反之；祇以賈害，無所取益。否者，於朋游乎奚恤？吁其嗟！我其鑒噎而廢食耶？

## 彈織女文（并序）

七月七日夜，兒女輩供張於庭，爲乞巧之戲。或拉余并乞，余固惡夫女之徇瓜果之賄而以巧乞人也，又何乞焉？遂爲文彈之。其辭曰：

地下蠛虱臣某，謹齋沐九叩首，奏書昊天上帝通明殿陛下：伏維上古，巢燧媧羲，顛塡淳悶，坦坦施施，絕機去械，時號無爲。一自中葉，混沌既鑿，鏟根堙源，梟醇散樸。方一寸間，玲瓏鏤琢，千狀萬態，不可捉搦。世界機樀，人民魅魎，釀禍階厲，織女之爲。

織女攸居，天漢之滸；不自矜重，關通下土。瓜果脯脩，糖餌粗粉；纍纍盆盤，盈盈苞苴。旁午轇轕，有來無距；何以酬之？持巧付與。不問其人，或爲良窳；遂令帝治，不克復古。巧名匪一，難更僕數；臣敢昧死，爲帝覼縷。輪廓清明，瞭而不眊；注視眈眈，頤指色教。主人微瞬，已窺其奧；顛蹶趨風，不待詔告。（是曰目巧）既工側聽，更善屬垣；探人唸囈，造作事端。泄之廣衆，禽欸氐喧；覆於盆底，不可揭掀。（是曰耳巧）薰蕕并包，蘭鮑同室；芳臭差池，十投九入。眶視主人，儡鼞怵惕；斂息收聲，不敢呼吸。（是曰鼻巧）既廣既長，且黠且慧；鏗鏘吐茹，纍纍抗墜。增娝減惡，揭矜覆諱；稱意而談，令人心醉。（是曰口舌語言之巧）嬌應在痦，穨意含醒；婉婉婦態，惺惺兒聲。主人聆盼，頓可憐生；掌間股上，愛弄嬪嬰。（是曰聲音態度之巧）嗞兹董項，哈彼陶腰；柔筋脆骼，不拗不驕。頸縮肩竦，首下尻高；屈折俯仰，狀比桔橰。（是曰筋骸體膚之巧）

凡巧之名，非五非七；增二爲八，益四爲十。叢之一人，任其所適；利有攸往，惕去血出。爰乃蘊爲學術，則光禹衡宮，胡呂中庸；光精浸潤，圭角磨礱。模稜首鼠，調劑彌縫；所如輒合，以值償傭。發爲文章，則青白伉儷，紅紫紛葩；滑稽炙轂，美軟兜羅。但求適口，不取聱牙；偸荒快讀，擊節稱嗟。結爲交游，則甲乙游揚，李張標榜；夔足於一，信無其兩。峻譽穹隆，繁稱盼蠁；杳杳青雲，吹噓直上。躋爲仕宦，則蕺蕺仳仳，沓沓洩洩；但保禄位，無不屑潔。斵方爲圓，落牙鑱節；坐致通顯，永無傾跌。六爲其經，四爲其緯；譸張譎幻，如蜮如鬼。乾端坤倪，地角天涯；有觸即遷，不逢其他。敦龐日削，淳樸不反；揆厥由來，女罪奚逭！

臣聞揚湯止沸者，務之末也；拔本塞源者，治之本也。伏乞敕河鼓明七出之條，命執法申八辟之議，立逮貳負之臣，投之清泠之裔，禁錮拘攣，抵其死罪。庶巧根既劚，巧竇不開，除機心與機事，躋一世於無懷。臣某無任激切懇悃之至，取進止。

► 劉　炳 ◄

# 詩

## 竹琴①

古皇斫斯器，嶧陽生孤桐。胡爲采嶰谷，皎然异神農。伶倫遵帝旨，鳳律裁黃鍾。簫管告既備，八音如岠蛩。制器貴尚象，寧禁變與通。遐哉慧心人，徵材羞雷同。美兹龍鍾幹，外堅而中空。繫以寡女絲，彈之聲玲瓏。爨爆造焦尾，直陋漢蔡邕。平昔笑世儒，抗顏檢前踪。挽末溯邃初，更制千萬重。稽古辨名物，隔代即夢夢。大樂久絕響，誰解十二宮？襄走曠也死，終古嘆耳聾。羲弦二十五，舜弦已不崇。何人增兩弦，文武難開蒙。矧此塊然質，泥古理亦窮。執守象老聃，萬世猶洪濛。斯語訝紕繆，試驗大易中。老眼久不放，忽與雅器逢。儻非龍門品，未若斯製工。携之修竹旁，可以來薰風。

## 湖口留別②

驚飆吹皓雪，羈鳥迷遠林。有翼不能奮，悠悠遂至今。子操鍾期聽，我無伯牙音。胡然抱金徽，遠道數相尋。人生難會面，動若商與參。歸棹自兹去，徘徊泪霑襟。達士重知己，千里同一心。倘感舊雨夢，潯水匡山岑。

---

① 陶梁：《國朝畿輔詩傳》卷三十六，《續修四庫全書》1681 册，上海古籍出版社 2002 年版，第 454—455 頁。

② 李成謀：《石鐘山志》卷十五，中國基本古籍庫·光緒九年聽濤眺雨軒刻本。

## 題邊隨園徵君《茗禪圖》①

癯然一幅維摩影，露墜長松鶴知警。茶烟晴裊小童清，淘洗靈芽注丹景。獨霸文壇四十年，唐之杜老宋坡仙。鴻詞未就經學罷，靜作蒲團號茗禪。蘇晋逃禪酒杯滿，盧仝遇仙洗茗碗。奄有二子成三人，一片清機吾見罕。我有春流垂釣圖，欲倩大筆淋漓濡。還君此軸君應笑，魚目擎來換寶珠。

## 重葺翰林院落成，聖駕臨幸錫宴，賦詩恭紀②

聖德隆千古，人文萃百年。木天承詔切，丹地沐恩偏。辨器新鴛瓦，鳩工煥翠椽。玲瓏璇綴繞，錯落綺疏圓。東觀圖書滿，西清禮樂全。風雷隨寶仗，日月映華斿。鵠立鸞輿下，嵩呼玉署前。殊榮聯丙魏，嘉貺遍雲淵。露湛蓬池裏，霞流雲漢邊。瓊漿無算爵，栗脯有加籩。寵溢氍毹席，光生翰墨筵。高吟抒鳳藻，賡韵叶鴻篇。典學惟稽古，論思在集賢。三辰珠彩麗，七曜壁光懸。寰海漸聲教，儒林被管弦。幸同叨異數，長此荷陶甄。

## 長堤烟柳③

金堤似率然，高柳遠浮烟。霧鎖淀洋水，雲籠原隰田。氄氄連萬井，裊裊帶長天。十二橋邊望，清波照起眠。

## 十里荷香④

荷花滿淀榮，十里蕩舟行。目逆美而艷，心知遠益清。氣濃朝露潤，味細晚風輕。馥郁盈懷柚，猶聞歌唱聲。

---

① 陶梁：《國朝畿輔詩傳》卷三十六，《續修四庫全書》1681 册，第 454—4554 頁。
② 劉統：《任邱縣志》卷首《賡紀》，成文出版社 1966 年版，第 85—86 頁。
③ 劉統：《任邱縣志》卷十一《藝文志》下，第 1612 頁。
④ 同上。

## 白洋夜月①

良夜月如許，白洋一泛舟。靈圓懸碧落，浩渺漾明流。練影净塵慮，霓裳入棹謳。騎鯨俄欲去，霄漢在雙眸。

## 棗林晚渡②

棗林稱古渡，隔岸有人家。擊楫爭殘照，揚帆趁落霞。遥塗連下省，接軌入京華。欸乃聲猶競，長堤集暮鴉。

## 水月桃花③

麗絕前朝寺，桃花開滿園。適來緣俗徑，何意入仙源。借問諸田父，俱云近石門。再過尋勝迹，月白水聲喧。

## 金沙落照④

沙礫鋪金屑，陽光正下舂。照臨真有色，披揀更何庸。曜彩全驚目，星羅足蕩胸。文翁方敷化，奇景勝花封。

## 維揚舟中還寄湖口⑤

執袂強分袂，餘人應未諳。辭君當夏五，滯我負春三。浩浩長江水，悠悠鐘阜嵐。可憐方寸地，馳北轉遷南。

## 恭和御制瀛臺賜宴元韵四首⑥

秋霽蓬瀛響玉珂，西成酺宴慶時和。自天恩錫三重酒，匝地欣登九穗禾。舜樂堯樽方協美，鎬宮汾水豈能過。聖人念典遵皇祖，百辟

---

① 劉統：《任邱縣志》卷十一《藝文志》下，第1613頁。
② 同上。
③ 同上。
④ 同上書，第1613—1614頁。
⑤ 李成謀：《石鐘山志》卷十五，中國基本古籍庫·清光緒九年聽濤眺雨軒刻本。
⑥ 劉統：《任邱縣志》卷首《宸紀》，第86—89頁。自注："乾隆十一年八月二十八日。"

畴赓喜起歌。

　　開宴榮驚异數稠，金盤玉斝瑞光浮。九成天樂鸞鳳下，首唱元音宮徵流。慶會明良應榜閣，望仙郭李喜登舟。泰交自古稱難遇，忭舞涵元寶殿頭。①

　　龍墀駕瓦影婰娟，縹碧沾袍袖惹烟。豈有夜珠呈麗句，却承湛露侍華筵。典章舊自瀛臺考，雅頌新從豐澤②傳。欲效九齡恭獻寧，鹿鳴天保想當年。

　　宴罷千官且復留，温綸寵錫更難酬。琅函③鮫紵④天邊彩，梁棗秦菱⑤上苑秋。仙島崚嶒容舊步⑥，華池溶漾許垂鈎⑦。若非大有陪歡豫，爭得逍遥到十洲。

## 自題小照詩句⑧

　　揮羽登繩榻，臨光讀道書。

---

① 自注："駐蹕之殿。"
② 自注："園名，宴園內崇雅殿中。"
③ 自注："賜各官《唐宋文醇》一部。"
④ 自注："各賜文綺有差。"
⑤ 自注："賜蒲萄、菱藕、棗、木瓜糕等物。"
⑥ 自注："派大臣領游苑中，觀各處殿閣景致。"
⑦ 自注："賜竿，鈎太液池魚。"
⑧ 邊連寶：《隨園詩集》卷二十二。

# 文

## 五公山人墓表①

　　五公山人者，莊聲先生隱居所自號也。生平忠孝大節，所以志也。先生諱餘佑，字申之，復字介祺。先世宓姓，明初自小興州遷保定新城之西馬頭，贅王氏，嗣其姓。八世至義烈公延善，生三子，長餘恪，季餘嚴，先生爲中子，繼伯父魯山令建善後。穎慧絶人，讀書過目不忘。十餘歲病乳蛾，醫納管喉中，鍛鐵烙之，七烙而色不變，人驚爲奇。十六歲入庠，次年食餼，每試輒冠軍。慨然念古賢人杰士樹德立功，學問必有淵源，乃游定興鹿忠節公善繼門，與其客著《武備志》者茅元儀講忠節所傳道術及當世成敗大機，學益進。

　　初，魯山公任山西臨縣令，先生從，蒿目時艱，爲父條奏數千言上當事，拂其意，改調河南魯山。先生歸，又從容城孫徵君奇逢學。念海内瓦解，遂專意孫吳兵法，散萬金招士。崇禎甲申，李自成犯京，端皇殉國。先生方較士易水，投筆馳歸，遇徵君，呼曰："天下俱陷，若能擒賊乎？"應曰："諾！"即請命義烈公，與諸昆弟餘恪、餘嚴、餘厚、餘慎及雄邑諸生馬于，揭"仗義復讎""誅賊報國"二旗於衢，傳檄云："生成佐命功，生固榮耀；死爲忠義鬼，死亦芬芳。願爲大行皇帝殺賊者，聚我旗下。"糾義旅千餘人，連復雄縣、新城、容城三邑，擒斬僞官郝丕績等，開倉庫犒師，聲言北擒逆成。值吳三桂以國師入，乃止。馬于往見九王，白其事以遁。先生亦從義烈公歸西山，散衆隱居矣。我朝定鼎，仇家誣訟於朝，發羽林執義烈公入

---

① 獻縣《王氏族譜》，1960年鈔本。

京。先生以爲魯山公嗣，不得從。餘恪投刑部，從父死。餘嚴鳩壯士殪仇家三十餘口，時部文購先生等甚急，餘厚被執。保定守朱甲、易州道黃圖安同爲申奏曰："王氏父子破賊成城池，誅賊成僞令，未干法紀。國家初基，正宜獎其忠義，風勵天下，奈何深構是獄？"允之。詔令新城仍收先生等人入學，復其產。餘厚、餘嚴弃家入河南。先生招魂葬父兄於易州西南鄉水峪村望子山下，乃奉魯山公入五公山之雙峰，躬耕以養。既卒，營葬畢，茹素六年，自號五公山人。

先生益務力學，詔來者。戊戌，偕魏刺史一鰲修雙峰書院，聽徵君講學其中。旋從游於蘇門，歸與定興杜越紫峰游。時河北宿儒隰崇岱、張羅喆、高鑄、吕申、管青陽、刁包、張翼星、陳鉉、王之徵，山西傅山等，俱集范陽，交勉互進，悉究天文、地輿、兵農、醫卜諸書，因匯古人經濟爲《居諸編》，又搜輯廿一史軍國經世奧義次第之，皆從來談史家所未及，名曰《此書》，凡十卷。甲辰出山，設帳高陽，偕弟子王作舟等檢史聯詩，班草尋花，灑然有春風沂水之意。博陵顏習齊素高伉，見先生輒父事之。是年著《通鑒獨觀》。己酉，于進士騰海爲設虹澗講堂，教門人郝謙等，著《前箸集》。壬子，河間王郡守夬重其道，延修郡志，爲置宅獻陵，孔副戎毅餽田二百畝，因携妻子居之。門人吴瑾、牛德醇、劉銘、及絳葦晨夕請業，求教者日益衆。

先生道藝無所不窺，自幼工書及聲律，晚年歌哭嘯傲，一於是焉發之，每頃刻掃數十紙、吟數十篇立就。而獻陵當南北之衝，四方豪俊考德問業者百舍重趼而至，或翩翩佳士，或赳赳武人，無不致其傾倒。先生性豪邁，遇朋友急難，立糾金粟助之，意豁如也。至所自奉，雖啖糠芋，隆冬掬冷水釂面，弗措於意。錢千餘嫁一女、娶一侄婦。若府縣長吏饋遺納交者，概弗受。先生身不滿五尺，年四十餘，鬚眉皓然。嘗病白癜風，身面如傅粉，血縷殷紅可數，野巾褐氅，望如神仙中人。及談忠孝經濟，則雙目電掣，聲出如洪鐘。且精騎射技擊，時持兵指畫，鬚戟色飛，蹲身刺槍，一躍丈餘，至老不衰。

壬戌，蠡吾閭行人中寬以安車迎至，問學焉。時學人廣集，隨叩輒鳴，各厭其意。數往來保、河，門人齊爌、任鳳翔等從之游。兒童父老樂聽車音，爭識曰："五公山人王先生也！"癸亥冬，館於肅城李興祖家，寢疾病，忽朗吟云："一天雷電收風雨，將使乾坤暗裏行。尚有高陵護殘喘，爭留面目見諸生！"乃命長子孚曰："昨有人送《首陽志》，是天啓吾首丘西山也，且傍汝祖墓，可速行。"門人李興祖、馬負奇輩隨車，回顧曰："好爲之，吾在青山白雲巔望諸子也。"至坎下，夢中猶喃喃云："日月精明，乾坤洪大。"甲子正月七日，瞑目而卒。朋友門人，遠近畢至，痛哭會葬坎下，私諡曰莊譽先生。

所遺著作復有《涌幢草》三十餘卷、《萬勝車》一卷、《兵民經絡圖》一卷、《諸葛八陣圖》一卷、《文集》三十二卷、《十三刀法》一紙。生於萬曆四十四年，卒年六十有九。配孔氏，邑人心學公女。男二：長孚，文學，娶清苑生員王君延褒女；次咸，立爲餘恪嗣。女二：長適易州生員田君乃疆次子，早卒；次適易州生員田君乃畝三子淳，文學。孫一，超宗，聘獻縣生員劉君鎧女。女孫一，聘新安平定州知州魏君一鰲孫克儉，文學。延褒、乃疆、乃畝、一鰲，孫徵君弟子；鎧，先生弟子。

先生卒之五年，蠡吾李剛主先生埰既爲之行略，而未遑表於其墓。乾隆十八年癸酉，其諸門人之子若孫慮久而就湮，述其先志，爲購貞珉以表之。齊爔子□□問文於余，余惟先生即世距今六十餘年，大節在忠孝，道義在師友，經濟在學問，叔孫穆子所謂"不朽"者，其在斯人歟！其在斯人歟！爰因行略而録其實。

任邱後學劉炳謹表。

## 候選守備濟川公墓志銘[①]

吾邑濟川邊公既没之三十有八年，其德配高宜人以耄耋之壽終，長子楅、次子榅將卜吉以宜人喪合葬公墓，乃遣力手公及宜人狀，走數千里乞銘於炳。炳竊念先大夫王父北海公邊出也，與濟川公爲中表昆仲，數十年來望衡而居，相去不數武。炳與公次子榅又有車笠之雅。炳今以望去官，又端居多暇，兹役也，安敢以不文辭？爰爲按狀

---

① 邊方晉重輯：《任邱邊氏族譜》卷九，乾隆三十七年刻本。

而詮次之如左：

公諱汝楫，字濟川，姓邊氏，世爲任邱人。任邑自前明來故多巨族，而邊氏實爲之最。其先以武功顯，至四世諱永，以正統乙丑商文毅輅榜進士起家，仕終戶部郎中。子鏞，孫憲、惠，并仕至大中丞，所謂"一門七進士，父子三都堂"者，至今婦孺野老猶能道之。自郎中公六傳至萊蕪尹公杏，杏生武孝廉公同，同生叔堅公壆。壆生三子：長文學公之鈴，字韜六；次青霞公之錕；次歐冶公之鑄，出嗣叔父季治。而韜六公則公父也。韜六公三子：長諱汝勵，早卒；次即公；次訒夫公諱汝言，出嗣青霞公。

公爲人豐頤廣顙，火色虎項而美於思，識者卜爲偉器。端嚴厚重，至性過人，一生尤篤孝友。事父母備極和敬，衣服飲食以及厠牏涸圊之事必躬問視；二人偶有不豫，必備詢左右，求其所以致不豫者，得之則悔恨流涕，長跪自罰，俟二人怡悦乃止。壬戌，公大母王太孺人病，而公父韜六公及母劉孺人亦并染時疫，淹床蓐不起。公乃代父母視醫藥，衣不解帶、目不交睫者累旬月。及卒，又攝行喪事，悉如禮法。父母病間深爲嘉許，泣涕慰勞之。癸未，丁內艱，哀毀骨立，幾至滅性，父韜六公諭之曰："於汝則得矣，將奚以處我？"公乃勉進饘粥。庚寅，父韜六公卒，其哭踴哀迫以及附身附棺，無不豐嗇得宜，情文備至，一如喪祖父母及喪母時。

公爲人心精力果，凡有所圖，務期必濟。嘗曰："丈夫在世，一龍一蛇，隨時屈伸，無不可者，獨闒茸齷齪無一可爲耳。"幼業儒不利，遂弃文就武。甲子，入武庠，爲諸生。時則食指繁多而家計甚窘，公曰："進取聲勢以榮所生，後也；甘旨滫瀡現前不給，何以子爲？"乃弃書劍，業計然。早起宴眠，櫛風沐雨，卓絶堅苦，無所不至。居無何，家乃大饒，公則曰："特由此假道耳，豈可斷送一生者？吾可并力功名矣。"世俗文武分途，判若膚背，事武舉業者，於騎射外稍稍漁獵孫、吳、穰苴、尉繚諸家，便稱武庫將軍。至四子書則束之高閣，略不省識，下此或至目不識一丁字，亦不妨麾旌旃、騎大馬，赫赫諸材官上。公乃慨然曰："本朝文武并重，千載一時，且當國家無事之秋，三寸毛錐子正當與長槍大劍同其淬礪耳。"因於騎射韜略外并理儒業。

康熙乙酉，奉新例：武闈大小試，并以《論》《孟》命題。公遂獲售。丙戌，會試不第，投牒兵部，遵例效勞。期滿，考授守備。公慷慨好施，凡親族姻黨間有冠婚喪祭不能自給者，必多方推解以振之，而於宗支骨肉尤篤。毅士公，公從弟也，而降爲再從；訥夫公，公胞弟也，而降爲從弟，公皆待之不啻同產。止庵公，公從叔也，客死於豫，其孤寡貧無所依，公迎養於家；其從叔母卒，爲具殯葬。公又特念本支自明天啓後科第歇絕者六七十年，因於己丑、庚寅間約群從兄弟叔姪按期會文，一切筆墨飲饌，胥公供億之。弟姪間有拙惰者，公必面加訶責，無不拱服。其後，訥夫、虛亭、健亭諸公并以先後獲雋，公造就爲多。公曾祖徼西公，潛德君子也，著有《邊氏家訓》，未經剞劂，公丐敘於先曾祖次彝公以授梓，於本支内各授一册，俾爲圭臬。故凡爲徼西公後者，人無秀樸，率醇謹無大過，皆徼西公遺澤而實公推衍之力也。

宜人姓高氏，亦邊出也，爲季治公甥孫女，於公父韜六公爲從甥女。四歲而失所恃，繼母亦邊氏，事之至孝。韜六公素稔其賢，因爲公委禽。年十五歸於公，事祖舅姑及舅姑自生存疾病以迄殯殮葬祭，無不情文備至，始終如一，以佐公之不逮。兩世四大人歿後，於歲時之祭尤所兢兢。病革之前數日，猶屬兒輩曰："明日爾曾祖母忌辰也，毋以我病廢祭。"韜六公長女適王氏，宜人友愛之，不啻同產；寢同被，食同牢，賙給而憂恤之者歷數十年如一日。宜人不育，艱於子嗣，欲爲公置籩，公不肯，乃以毅士公次子云桓爲長子，以訥夫公次子云楅爲次子，又以訥夫公次女爲之女。宜人所以顧復而噢咻之者，不啻出其毛裏，且嘗訓桓等曰："人無二本，惟以身後人者則有二本，未有不孝所生而能盡心於所後者，汝等於本生父母若以我故靳其心力，即余老人無望於汝等矣。"故桓、楅生平所以奉其所生者至厚，其天性固然，亦秉宜人教也。

訥夫公尹陝之同官，乙卯卒任所，子云櫃緣事羈陝，云楅扶櫬歸，歸則無所於厝，蓋其故宅已鬻矣。宜人以其堂厝之，外人或以爲嫌，宜人曰："渠於吾故爲胞叔嫂，焉避嫌？余今年已古稀，縱旦暮死，不爲夭矣。且死生有命，避嫌者不必不死，犯嫌者亦不必死也。"聞者韙其言，謂去巾幗拘泥者迥矣。

宜人性甘澹泊，耐勤苦，方貧時，日夜恤緯以佐鹽米，俾公無內顧憂。即其後，家頗饒裕，仍復布衣糲食以率群下。近又以生齒繁盛，家更中落，每戒二子勿進甘脆。八旬設帨之辰，二子欲演劇稱慶，宜人力禁之，且不許廣延賓客，惟內外家甥侄數輩而已。然其好施之性獨與公同，凡公意所向，無不悉意奉承，毫無吝色。方公約兄弟會文時，飲饌豐贍，咄嗟力辦。公從兄漁山公贈公詩云："以文宴同氣，磨礪篤怡怡。"嘉公也。又云："角聲傳午夜，斗轉星已移。瀹茗具夜膳，瑣瑣不言疲。"美宜人也。

公生於順治己亥年二月十五日申時，卒於康熙甲午年九月三十日卯時，耆壽五十六歲，康熙乙酉科武舉人，兵部效力，候選守備。宜人，誥贈通議大夫、山西按察使司按察使諱鴻焜公孫女，庠生諱拱公女，生於康熙乙巳年正月初八日卯時，卒於乾隆辛未年四月初四日酉時，享壽八十七歲，例封宜人。子二：長云桓，庠生；次云楫，庠生。女一：適庠生周君克協。孫男八：長孟禧，廩生；次廷禧；次明禧；次念禧，庠生；次綸禧；次州禧；次建禧；次繼禧。曾孫四：長開基，次承基，次延基，次肇基。銘曰：

於惟邊公，豐軀睅目；爲善最樂，稱是腰腹。誰其佐之，孟家德耀；黽勉同心，惟德是造。德不虛造，如傭取直；乃子乃孫，振振蟄蟄。荀氏之龍，賈氏之虎；龍則能躍，虎則有怒。虎必騰上，龍不久藏；赫赫奕奕，潛德永光。

## 正定分訓天民公家傳①

李先生鏗字天民，直隸任邱人也。曾祖廉使公楨寧，佐邑宰白公殉邑難，私諡忠節公，事具《明史·忠義傳》。父恩蔭公經垓，居東園，著書栽花。先生其叔子。

好觀理，好論人物。少時即好養生，嘗叩蒙師，以慎疾達藥聖人

---

① 《任邱陳王莊李氏族譜》卷十六，李文平藏民國稿本。

以此事侍親守身，何故次醫於農圃？師以常語答，因掉臂出。先生高見破俗，好讀書，恥循故説，嘗曰："世間四子六經而外，惟程朱之書言言有本，其有不知者則曰未詳，有未詳者必有詳者也。其他一切率如小兒學語，十誤六七，或全失其神而空存其殼。甚則形天奇肱、幻惑群鼓，至嗟卑嘆老、稱功頌德、析言破律，塞破屋子之詩文，則又屬可燒也。"弱冠，學制舉之文，應有司試，尋輒弃去。裒所作時文皆焚之，曰："少年習氣未除，有不加多，無不加少，無爲椬天下之書厨也。"

　　分訓正定郡學，諸生常怒太守，欲笞之公庭。先生詗知，走救固争，以爲生誠有罪，宜發明倫堂，不則一紙申詳，聽公之所爲，不則并某褫去，固所願也。太守意奪，因改謝容，時稱交得焉。

　　先生性高邁，雅善觀人於微。同邑高古愚、李梅溪先生於衆人中許以未易才，稱莫逆交。冬夏之暇，共爲棋飲，無敗無醉。偶冬夜雅集，僉言定棋之高下，七八名手皆負，爲長歌以紀之，有云："從前退讓不但棋，但恐同人少顔色。"或以爲不減《石鼎聯句》。

　　母王孺人，壽九十有二。前三十年，先生合"打老兒丸"以進，王素不喜藥，則跪進之，一兩月則喜，有嗽癥，今不發。其方遂用爲李氏效力。先生喜談醫，窮極幻眇，而每言醫學失傳，如宋氏天文至西法而大碎。今醫學無西法，遂如天文之在宋。故談醫而不爲人製方，殆管輅所云善《易》者不言《易》，其獨有千古類如此。

　　後以憂去官，即不復出，專意養生家言，匡郭轂軸，妙解分刌。彈棋之會，不聞履迹，自署曰前休居士。舍旁闢地一區，曰"中隱"，小橋垂柳，日坐其中。弟吕公先生與尋老話，間達時事，客知歸，則延入之。白頭兄弟，再世孫兒，笑語移時，樂可知也。嘗銘其堂柱曰："現在風光堪領料，隨緣脱灑最便宜。"又："瞑坐便游蓬島，閉門即入桃源。"大率皆獨觀物理而不以己私物累與乎其間。歲癸亥，壽八十一，奔走如童子，堂上聲聞遠近，曾孫啼叫，隔數舍皆能識之。舍後有小溪，常命諸孫放魚子，以爲百萬生命以一筯了之，洵所不忍，且謂："預養汝曹仁心，擴而充之，不可勝用也。"爲《家訓》十四條，懸之堂檐。子四，仲君春源尤有聲。

劉炳曰：先生與余爲隔舍鄰，自余祖北海公并敦古道，爲三世交。公孫學禮，同結社，會文四五年，竊聞先生講學之緒論。其於"求放心"之義，再四發明：凡人之心有放有昏，放則收之即是，昏則大須磨礱之功，甚則有不知磨礱之當以何功者，則昏之至也。嘗以雞犬言昏放，放者逸於別舍也，逸於別舍而仍是雞犬也；昏則如中鴆毒，救之則生，弗救則死。又以家主人言昏放，放如主人出外，家業廢荒，一旦歸來，自可整理。昏則枯坐家中，諸事懵然，即有應酬，漫無主意，此所謂"尸居餘氣"也。學者心中豈可一日有此象乎！又，昏者放之本根，放者昏之枝葉，昏則必放，放則必昏，但以放顯則差輕，而以昏顯則極危耳。炳以壬戌通籍，不獲見先生，而偏能摹先生之大略。或以先生晚年好爲物外游，非先生志也，然而先生自此遠矣！

翰林院編修、江西九江府知府、同邑劉炳撰。

## 石鐘魁星閣記①

乾隆十六年八月朔日，改建魁閣成，明經周生濤以邑人士意走郡乞辭紀其事，告余曰："舊有亭在山右隙地，圮廢久矣，今否因其舊。原釁序初基以鐵屏山爲前障，文星弗耀露，前明陳博士思謙建尊經閣於後山半巘，與鐵屏齊，科名振焉。雍正六年新之，黄進士河崑等四人後先蟬聯，其應也。矧魁座爲文星切主，向置非地，今以公議請於學博士魏君淵映、吳君佑，改卜尊經閣後山之巔西北向。既營度矣，爰有邑孝廉魚臺令吳君光盼暨紳士九人輸貲若干，庀材鳩工。兹告竣，衆拾級登眺，秀色攬廬，文瀾吞江，星座巋然半天，光射鐵屏千里之外。"余曰："庥哉，魁天文也！建閣於學，以天文爲人文樹表乎？"曰："然。""亭有故地，今改建以爲星座高耀，地靈乃人杰乎？"曰："然。""余卸郡篆數月矣，而乞辭於余，以余任郡之日加意學校，培勵士氣，有未展之餘思，故屬余乎？"曰："然。"喟然曰："此余所弗獲辭也！"

---

① 李成謀：《石鐘山志》卷十二，中國基本古籍庫·清光緒九年聽濤眺雨軒刻本。

昔在湖邑之登大魁、表表耳目者，孰若有宋之馬公？適《志》載乾德五年五星聚奎，遂與竇公儀等并官翰林，匪應天文耶！又載厥祖厝幞頭山，遂得"沙洲圓，出狀元"之讖，匪協地靈耶！至載其祖父皆積德長者，載其行爲孺慕篤孝，載其文爲精敏力學，下筆千言立就，然後終載以"無愧科名"者，獨何耶？豈專恃天之文、地之靈耶？即魁閣改建，天之文、地之靈啓佑茲土，當又有大魁如馬公者出。然其協應之道何居耶？三代造士之風遠矣，自鄉舉變爲制科，斯德行微而文藝重，甚有汨没於俗學，執兔園一册期僥幸弋獵者。斯文藝陋而科名愈寂寥矣，豈國家制科之義哉？誠使湖學有志之士思科名以文藝爲標，而窮經稽古進思文藝，以德行爲本，而持品敦倫，馴至人杰協乎地靈，人文應乎天文，髦士烝烝以無愧科名者鳴國家造士之盛，俾前代大魁不得專美，斯改建魁閣之意不虛也，不益庥哉！
　　余不文，因重此請，竊以前所云"未展之餘思"一發其緒，歸質諸邑紳士，告其博士暨其弟子員，其將有合乎？是爲記。

► 戈 岱 ◄

# 詩

## 山川出雲①

　　一氣通山澤，祥雲釀太和。從龍流決瀋，觸石起嵯峨。搖曳臨明鏡，霏微點翠螺。白宜春海照，青愛夏峰多。叠叠魚鱗映，梢梢樹影拖。遮來疑似墨，動處尚如波。遙識輪囷象，欣賡糾縵歌。爲霖應有兆，甘澤遍嘉禾。

---

①　紀昀：《庚辰集》卷三，乾隆二十七年刻本。

# 文

## 戈氏南譜存疑[1]

譜系之作，上以反始窮源，下以鳩宗合族，伸其仁孝無窮之思也。如其有可證，據錄而傳之，使宗姓之所由傳、支派之所由衍，珠聯絲貫，無漏無雜，豈非人心之至願哉！然而歷世久遠，文獻無徵，亦不得不姑存其憾。周公稱禮制之宗，而由文武上溯后稷，千餘年間，所紀者止十有五世，未聞周公必欲備其代也。司馬遷紀帝王世系，後世議之，而其書仍存。漢之興，推本陶唐，《史記》不載其說，而班史於贊中及之，疑以傳疑，彼天子之家且然，況士民乎？

吾家族姓，受之夏初，此固昭然可考者。然歷三代間，茫無傳人。秦漢以來，即間有一二人，亦宗支莫可考證，況又加以附任之說，更爲難稽矣。舊譜創自宋代，當時或不無考據，然由今觀之，殊多可疑。譜冠以司馬貞叙，以徵信也，然其中已寓微詞。梁序亦然，梁序以爲戈氏爲夏宗姓，非寒浞之後，此可考者也。至所叙歷朝宗支，則不免有難信者。馬序語較渾含，而其意爲更深刻。由此言之，舊譜所叙，雖不敢竟以爲不可信，亦何敢盡以爲可信也哉！今將中之可疑者，謹條具如左：

五世缺名。謹按：自夏帝相至周赧王，千四五百年，譜圖僅傳五世，其中必多缺漏，非止缺名也。由此推之，後之所叙，不必盡父子相承明矣。列世數於旁，特以便觀，可勿泥也。六世鬐夷派之缺名，當亦同。

---

[1] 景州：《戈氏族譜》卷首，戈夢杰藏光緒二十七年刻本。

六世維服，注："任君季弟。"謹按：古多以國爲氏，未有以氏爲國者。羿、鼐奔摯都，托任姓，後之復封與否無考，即或復封，必不以其托姓任，而即以爲任國也。再考《路史》，任本已姓，黃帝以封幼子者也。周時以居風姓，若然，則維服果爲任君季弟，其不爲吾宗也明矣。抑或注者之誤與！

七世囂，注："原名道齡，秦始皇拜南海尉。"謹按：任囂在《史》《漢》無傳，僅附見於《尉佗傳》中，但云"南海尉任囂將死，以印付尉佗"而已，未詳其所自出，亦未言其後嗣何如。則景先、斌、瑞難必其即自囂而衍也。且序中亦第言道齡耳，未嘗言囂也。將毋考其人而不得，姑以囂當之，又以爲原名道齡而遷就之耶？

十二世期，注："建元進士。"謹按：進士之稱，見於《禮經》，至隋唐始用以爲取士之科，隋唐以前無有也。建元爲漢武年號，時但有賢良、孝廉諸名耳，注不知何據。

十六世光，注："封阿陵侯。"謹按：任光，南陽宛人，光武中興，以功封阿陵侯，薨，子隗嗣爵，官至司空，和帝朝以直諫顯。隗子屯，爲步兵校尉，封西陽侯。屯子勝，勝子世，改封北鄉侯。譜於光下不敘隗，而別敘級，以隗爲延之孫，且序中亦但言光，而不及爵位，將毋所謂光者，原非阿陵侯而誤注之耶？

十六世延，十七世永，十八世隗，注："和帝諫臣。"謹按：延，南陽宛人，光武時爲九真太守，又爲武威太守，顯宗朝爲河內太守。子愷，官至太常。譜不言愷，而別言永，不知何據？再，以譜次論之，隗，光之孫行也，與光子同爲和帝諫臣，必無叔侄同名之理。合之史傳，左右參差，必有誤矣。

十九世栩，二十世法真，注："郭正稱爲百世師。"法正，注："無傳。"謹按：象賢公譜序云："宣帝時，有簡娀長子泉，泉下四世爲級，以戈姓刺史荆州，嗣續無考。次子炅，炅下六世爲栩，以戈姓守兗州，子法真、法正。"而定遠公序云："宣帝初，戈級刺史荆州，入籍，葬於綉林。和帝時，其子栩刺史兗州，後徙於浙之由拳。"按：宣帝至和帝，相隔百五十餘年，此和帝疑是章帝，序誤書耳。但象賢公以爲級下無考，定遠公以栩爲級子，兩相參差，必有誤也。又按：

法真，京兆郿人，其父法雄，爲南陽太守。真高尚不仕，郭正稱爲"百世師"。其孫法正，入蜀，初仕劉焉，後佐先主定蜀漢，爲蜀郡太守。彼固法姓也，譜所稱法真、法正，或別有其人，非郭正所謂"百世師"之法真，定蜀漢之法正也。

二十九世秘，注："晋元興解元。"謹按：解元之名，唐始有之，注誤。

三十一世昉，注："寧朔將軍。"謹按：《梁史》云："任昉，字元昇，樂安博昌人，漢御史大夫敖之後，父遙爲齊中散大夫。"昉仕梁，終寧朔將軍、新安太守。子四，東里有父風，官至尚書外兵郎。譜於漢不叙敖，於齊不叙遙，而以昉直接楚陽，恐亦有誤。

三十九世植，注："唐朝勳臣。"四十六世召祥，注："唐宣宗諫臣。"四十七世源，注："昭宣進士。"四十八世釴，注："唐元和進士。"四十九世圜，注："唐明宗舉爲蜀中招討。"五十世彪武，注："唐太宗時徵爲中書令。"謹按：象賢公序："植下八世爲源，後唐時傳釴，登元和甲榜。"既云後唐，又云元和，固有誤書。而定遠公序云："唐肅宗時，植從廣德移武進。貞元七年，栩之世孫源游建業，以道學名於時；子釴，掇元和三年禮闈。"準此言之，則源爲德宗時人，釴爲元和進士，宜也。然以世次論之，德宗上距肅宗僅四十年耳，而自植至源，相傳八世，必無是理。又按：宣宗係太宗十四世孫。昭宣，唐末世帝；元和，憲宗年號；明宗，係後唐；俱不宜在太宗前。育公原序，但叙遠祖期，近世祖植，繼世源，再世釴；釴長子貴一，中嗣貴二，世次雖不備，頗爲近之，圖次恐有舛錯。又按：圜，後唐莊宗時，以尚書充魏王參軍以討蜀，明宗時爲同平章事，注亦未詳。又按：自元和至後唐明宗，相距一百餘年，釴既爲元和進士，而子圜乃爲明宗相，年歲似不相及。

五十三世太浩，五十四世碩，五十五世葵，譜列於育上。謹按：育公原序無此三世，育公自序斷無遺其三代者。譜本象賢公序，添列似有誤。

六十世伯雨，注："宋哲宗舉爲右正言。"謹按：《宋史》云：任伯雨，眉山人，父孜，字遵聖，與蘇洵俱以學問氣節推重鄉里，仕至光祿丞。從父汲，字師中，亦知名，號"大小任"，官至通判黃州、知廬州。伯雨登進士，官至右正言，徽宗朝，以抗論獲罪。長子象先，登科不仕。仲子伸，官中書舍人。譜以伯雨承正己，而不叙孜，以卓承伯雨，而不叙象先暨伸，與《宋史》不符。

六十四世希夷，注："仕至禮部尚書。"謹按：《宋史》云：任伯雨四世孫希夷，字伯起，官至禮部尚書、端明殿學士、參知政事。譜注缺。又按：譜圖次希夷爲伯雨四世孫，與《宋史》符，而中三世卓、籍、象賢之不符，何耶？

司馬貞序後，標："大宋朝散大夫國子博士宏文館學士。"謹按：司馬貞，唐人，宋亦無此官名，譜誤。

象賢公序後，標云："隆興丁巳。"謹按：隆興，宋孝宗年號，止癸未，甲申二年至乙酉即改元乾道。孝宗在位二十七年，中并無丁巳年分，丁巳年分前則高宗建炎七年，後則寧宗慶元三年也。序後標年，誤。

右所考核如此，大抵舊譜之作，本於賢、俊二公輯略。然參考諸序，賢、俊公前，育公先有序，二序不符，已詳於前，立乎宋以言乎唐，時代未爲甚遠，而已不無參差。自唐以上，更不待言矣。賢、俊公之叙伯雨也，與《宋史·伯雨傳》不符，是立乎宋以言乎宋，五七十年間耳，而且參錯如此，其先更不待言矣。如使確爲吾宗，則寧備毋缺，即間有錯置，亦自不妨，但恐其未必盡然耳。今欲求爲確當，實屬甚難。如將可疑之處分注譜內，是彰前人之誤，以啓後人之疑，則不如其已，且亦有所不敢。然使改而書之，易爲確然可信之辭，是又以堅後人之信而成前人之誤，則更於心有所難安也。今欲梓而新之，亦第仍遵舊譜書之，以示疑以傳疑之意可耳。

## 四修族嗣譜文[①]

三代而降，家法不明，先王尊祖敬宗收族之遺意，僅有存者，惟譜牒耳。譜之所存重矣哉！譜之所宜修大矣哉！

---

① 景州《戈氏族譜》卷首，戈夢杰藏光緒二十七年刻本。

漢唐作譜之家，遠不暇稽，近代如宋之廬陵、眉山，明之空同、虛齋、白沙，悉見稱焉。歷考諸家之譜，廬陵則中多失次，眉山、空同，均於三代而上失其名次，虛齋、白沙之自序其譜也，咸懼不得其實。以諸君之學識，顧猶守闕抱懼如此，可知慎以傳信，誠作譜之權輿，彼劉颸事資周普之説，僅得半之道也。

吾族在浙則有南譜，遷景則有北譜，南譜不知成於何時，纂於誰手，自勝國之初，直溯諸夏商之始焉。北譜則由始遷以遞及於今，中經修葺者屢矣，悉各自爲偏論，前人必具有深心也。迨雍正己酉之修，竟合而一之。夫以上下數千載，代遠年湮，果能珠聯絲貫，厘然秩然，豈不甚善！豈不爲爲子孫者之所樂信而樂傳！乃細爲勘校，其中舛訛戾次、傅會支離之處，蓋比比焉。想當日不過欲以美且備者，昭茲來許，遂并其疵纇而不暇計耳。然以揆諸先民徵信之義，不大相徑庭哉？荏苒歲月，而不亟爲厘訂，恐愈遠愈棼，棼將難以清其緒；愈久愈繁，繁且無由核其世矣。於是謀於族衆，咸以爲是事之不容已也，是責之無庸諉也。是宜仍以始遷爲斷，而南編則存而不論也。於是博考周咨，載籍可稽，徵之於文；老成尚在，考之於獻。而又詳參慎酌，凡所論次，必得確據明正，而後此心安焉。叙總譜於前，以明源之一；分支譜於後，以著派之別。又仿年表之別支，各冠以系圖，餘則一仿舊式。再閱寒暑，甫先成編。庶幾哉！吾族之内，無謬濫舛遺之失；族之外，無攀援傅會之弊；可以篤近而舉遠，可以信今而傳後，可以告無過於在昔，并可以免訾議於將來。

於時適赴補入都，乃携編北上，謀登棗梨。奈抵都之日，即篡修内館，既則南閩西粵，馳驅不遑，歷年所以未睹厥成也。今幸乃得重爲檢點，付諸梓人，并序茲巔末，綴於卷後，以明吾惓惓勤勤之念茲釋茲者，無非欲以千餘世信而有徵之遐踪芳躅永傳勿替，如謂存菲薄前人之心，妄生抵牾以輕冒夫自用自專之誚，則斷斷不敢也。

時乾隆四十六年，歲在重光赤奮若暢月南至日，十三世岱謹識。

## 《興業縣志》序[①]

　　志之爲書也，所以考沿革而知興廢，覽風土而知利病，俾莅民者有所考鏡而知化理之原也。余以爲邑之治資乎志，而志之成存乎人，其人而留心政事則百廢具舉，即無志而志亦賴之以成。

　　粵西州縣，不下六十餘區，無志者十居五六。每輶軒所至，訪求志乘，或茫無以應，或僅僅鈔寫數册，曰"向無成書也"。豈向之果無其書哉？抑亦修集之未得其人耳？

　　興業自唐以來，迄今千餘年而無志。臨潼王君令斯土，搜羅采輯，列爲四卷。其中分門別類，傳信闕疑，舉凡所謂"考沿革而知興廢，覽風土而知利病，可以資考鏡而得化理之原"者，一披覽之，無不瞭若指掌。是向之無志者，今乃得有志矣。夫時代雖有遠近，山川、星野猶是也，土田、人民猶是也，建置興廢、學校農桑無不可考而知也。官守者動曰"向無成書"，志果何自而成歟？且既向有成書矣，又何煩此日之修輯歟？

　　方今國家幅員遼闊，凡異域遐陬隸版圖者，莫不考山川而紀人物，以大一統之規。粵西雖古楊越極邊，近則沐浴聖化百有餘年，已彬彬乎聲名文物之邦矣。如此而志乘缺如，未必非賢有司之責也。

　　夫事之謀其始者，爲力也恒難，而亨名也更盛。使郡縣之無志者皆如王公之於興業，無志而使之有志，將後之垂覽者皆曰某邑之志自某某始也，豈不傳令譽於無窮哉！故於其成也，樂爲之序，以爲郡縣之無志而能修志者倡。

　　乾隆四十五年季夏之月，粵西督學使者河間戈岱撰。

---

[①] 王巡泰：《興業縣志》卷首，乾隆四十六年刻本。

► 李中簡 ◄

# 詩

## 咏 懷

延首望西山，西山高不極。白雲橫半嶺，幽鳥如相憶。衆動憑化流，中道苦難息。翠虯不池潛，孤鳳寧求食。惆悵千載心，沈吟百年力。

萬世歡轉燭，四時悲逝水。悲歡日縈紆，我勞曷云已。竭來登薊邱，遥望春明里。豁達九衢平，雞鳴冠蓋委。流塵踏還飛，落花吹更起。甲第何人宅，新垣壓故址。翛然虛閣風，松聲管絃裏。嘆息子雲居，草玄何所擬。

春草何茫茫，曠望連天緑。凄凉萬古心，回薄一時續。浮雲日夜飛，白日無停躅。昔與羨門侶，相期碧雲宿。弃我忽如遺，素書不能讀。懷哉無與言，松風吹老屋。

希微智所寶，惚恍道誠尊。搏彼無名旨，甄此衆妙門。明月生東海，蒼蒼開南園。露微花氣重，風定林陰繁。浩然坐清夜，孤思抽乾坤。

我初客此鄉，齗齗豈能免。視彼海鷗驚，愧我天機淺。竭來汰百慮，紛與冷風遣。野酌時興多，林卧勞夢鮮。落日聞擊壤，天籟不可選。

秋風動高柯，夜静烏鵲寒。白露月明下，空庭何溥溥。開軒望北斗，垂光接檐端。攬之不可及，精力何由殫。弱植無特操，霜雪促以殘。茫然試矯首，零泪如桑乾。

---

\* 李中簡詩、文并選自《李文園先生全集》，《清代詩文集彙編》348 册，上海古籍出版社 2010 年版。

## 雙鳥篇①

橘柚薦雕俎，乃在湘水湄。翩翩雙海鳥，飛上青冥梯。使者采風俗，敬求觀國儀。昔焉按圖名，今乃雲羅羈。雖云一目加，毛羽幸無虧。閉以雕玉籠，栖以珊瑚枝。超遙辭故侶，卓犖登皇畿。皇畿集衆美，和聲古所垂。不聞鸚鵡語，嘈囋伴兒嬉。不見翡翠光，葳蕤燦釵笄。掣鞲何卒卒，處堂太怡怡。自天銜瑞圖，高傳阿閣階。協風吹簫簧，鏗戛答雍喈。感恩期不負，上賞行有歸。齦齦稻粱願，空爲梁雉嗤。

## 赴真定途次河間車中成咏

落落栖一枝，煢煢向三載。悠悠南北人，復與長途會。日出瀛海頭，宿霧澄寒藹。古木毛壘平，荒流董堤壞。時時見樵牧，往往聞鳴吠。烟火近郊坰，風雲古關塞。規途千里中，發興百憂外。飢驅得壯游，已洗胸中蒂。依彼平林車，逝與晨風邁。回首望帝鄉，西北雲如蓋。

## 滹沱早發

荒流咽寒澌，斷續聞幾里。嚴關候雞鳴，征輪驅未已。風急衣生棱，霜重馬垂耳。我生勞行役，訪古滹沱水。朝日破霧出，長橋排雁齒。南通邯鄲道，北走恒山址。麥飯不見亭，浩歌空徙倚。

## 題《秋山獨眺圖》爲紀曉嵐

軒軒青霞姿，獨有天地曠。長嘯超塵氛，寒山展清望。蒼榛蔽來徑，烟霧生惆悵。卷舒萬古雲，與我形神暢。高情造絕境，意得空依傍。猶嫌著屐痕，欻欲凌風上。我欲圖扁舟，長江破烟浪。

---

① 自注："聞邊十趙珍、戈六芥舟同以經學被徵，喜而有作。"

## 秀水道中作

越水不生烟，吴雲時作雨。紆餘引孤興，窈窕難具舉。綠塍稻穗垂，芳援菱花聚。桑柘藹芊芊，廬舍各有主。晚蓮尚含房，娖嫭依靜渚。豈無好句投，欲采慚莽鹵。孤鴻天際來，萬里傷毛羽。鸘鸘不同夢，中夜起沙浦。風露悄空江，含悽聽柔櫓。

## 題《茗禪圖》爲邊徵君趙珍

病眼眩空花，靜觀本無蒂。何年逃虛客，趺坐生定慧。啖名如啖蔗，嗜古猶嗜芰。蜣轉終抱丸，蛇蚹煩屢蛻。野風吹石鼎，鶴夢松關閉。人天同一漚，水火證十地。如聞醍醐腸，五字標正味。豐干與維摩，語默亦同契。火馳五情熱，苦欲中道憩。他日參趙州，禮影持半偈。①

## 登中山寺中元洞

山程不當游，佳處聊目送。晚憩屏山根，長嘯得崖洞。虛澗跨平橋，層嵐聳高棟。欹岑款石閨，窈窱轉雲弄。石髓流成坳，鍾乳滴初凍。荒碑苔蘚埋，古佛香花奉。前榮有平臺，遠目豁一縱。四山皆回抱，一水可俯控。人烟與飛鳥，遠色咸自衖。天風吹危石，岌嶪皆飛動。茲山蘊靈异，非僅耳目弄。猶嫌近市廛，未與幽人共。石屏吐新月，夜景縈清夢。題詩付山僧，勿使俗客誦。

## 送張惕庵前輩罷官歸閩中四首②

落葉無還枝，去水豈停波。人生若馳驟，百感紛如何。昔來徇微祿，盡室窮關河。三年賦歸歟，襆被雙青騾。弱妾縫故裙，嬌兒無完靴。草草鷄鳴道，星霜耿長坡。我欲飲君酒，爲君曼聲歌。歌長恐愁絕，明鏡霜髭多。

---

① 自注："先生有《五言正味詩選》。"
② 自注："後不果去，留長五華書院。"

同袍二十載，離別有歲年。明月出海嶠，素心爲我懸。竭來九衢道，挑燈續前緣。聯翩奮南圖，結影天池邊。九月近華浦，簫鼓集群仙。酒酣登高樓，浮雲浩連連。故園黄菊期，萬里音書傳。如何秋風客，不待賓鴻先。

漙漙空山露，已秀前溪蘭。游子歸來遲，歲暮裘褐單。惻惻倚閭心，撫背涕汍瀾。肌膚削欲無，况乃衣綫端。猶殘書萬卷，回首竹數竿。兒童添早課，鄉味加新餐。親戚相過存，感激行路難。丈夫會貧賤，往事何足嘆。

衙齋雙松樹，離立鸞鳳姿。與君久哦此，別後安可思。少壯能幾時，年歲欻若馳。心孤易多感，迹遠難爲期。娟娟螺峰月，照我別鶴絲。秋風醉翁門，昔夢悄莫追。君歸訪仙茅，古洞靈苗滋。丹砂儻可成，寄我游仙詩。

## 秋　懷

悠悠歲時徂，渺渺關山隔。宮袍減故香，餘此霜露色。寒蛩警夜思，獨鳥厲晨翮。昔與偓佺侶，敖戲金庭側。仙源豈迷津，去住成今昔。袖中三歲書，惆悵傷遠客。

少年富天機，有志五岳游。常負雲霄期，耻爲梁稻謀。白雲橫四海，飄風過炎洲。昆山瓊玉枝，翠水珊瑚鈎。洞天集群仙，抗手相邀游。淒清玉堂夢，恍然墮林丘。故園琅玕林，十畝風修修。壯懷既云已，多病何所求？

窮鄉鮮聞見，好我祛愚蒙。縞紵杵臼間，出門頗有功。竭來三十年，雲雨乖前踪。聲名苦相索，意氣難爲終。常恨風雪夜，對床無與同。安得鹿門宅，鷄黍從龐公。

人定燈炷微，衆喧一時寂。孤情將何托，對影哦空壁。不知憂歡侵，坐覺鬢髮白。古來乘化人，共此秋風夕。菊露滿前庭，悄然舟壑迹。

### 曉發阿都田，渡河過拉幫坡，微雨，暮宿郎岱①

渡水征馬嘶，修阪橫空曲。群峰方吐雲，寒草風肅肅。石磴雁齒排，牽挽煩僮僕。乖崖抱棱角，尺寸勞心目。亭午山腰塘，炊飯就茅屋。前山雨氣來，野色暗松竹。妻孥輿力單，憑仗雙健足。畏途兼雨雪，安穩誰能卜？歸程尚迢遞，客況屢蜷局。垂老念爲家，艱難愧多祿。暮投山城館，喜傍人烟宿。猶勝少陵人，饑寒走巴蜀。

### 禹州道中懷李空同

天驥服銜轡，逸氣何縱橫。老鳳集椅梧，凡鳥安敢鳴。空同起北地，激壯有夏聲。文成字聳立，險絶逾貼平。當其下筆時，怒若掉海鯨。身沒而言立，聲聞非過情。信陽臞仙人，狎主騷壇盟。能直江西獄，不愧良友生。驅車陽山側，孤壟寒烟平。青蓮藐屑息，流落爲編氓。吁嗟曠代才，狂直托聖明。報國没則已，何有千秋名。

### 夜雨疊前韵和倪太僕兼懷邊二秋崖②

三十六雨期，颯沓偏向晚。池蓮抱殘香，毋乃顔色損。暗蟲打窗急，烟鳥蹋枝穩。稠雲裹輕雷，既往復旋返。空堂燈熒熒，孤影媚清婉。寒聲入松桂，野色迷原巘。哀鴻攪離心，舊侶關山遠。酸風五嶺程，猿鶴勸餐飯。幾時話西窗，昔夢同息偃。

### 《花墅對床圖》詩三十韵（有引）

予與伯兄唐園同官京師近八載矣，借椽僦屋，不常厥居。甲申秋，始得一區於城南之東偏，軒齋靜便，舊有花樹數種，予又稍稍補之。休沐餘暇，輒與兄游息其中，竊慕古人對床之義，繪爲圖，詩以紀之。乙酉閏二月望後。

八歲從兄游，十八走饑寒。離合三十載，回首如飛烟。兄年向古

---

① 自注："安順府治。"
② 自注："時秋崖視學粵東，聞其丁内艱之耗。"

稀，矍鑠神明全。而我四十強，眼暗鬢髮殘。停雲不出谷，行雲不歸山。晚齋慰幽獨，喜見荊花駢。疾病勞苦中，常得骨肉憐。興來開口笑，明鏡生我妍。寫圖寄對床，豈爲惜流年。静言素心在，即景增餘歡。辛勤薄游客，甘載有一廛。花市直北首，河橋且東偏。經營始何人，拙疾良所便。縱橫數弓地，兼得池與蘭。老椿媚空庭，枝葉何嬋娟。堂前種丁香，堂後種玉蘭。夭斜三株桃，短短纔齊肩。昨夜春風歸，游蜂爲之喧。飛花不掃席，地僻門常關。有時老兄弟，散帶如花閒。兄官雖云冷，長物餘青氈。弱植忝非分，玉清躡前班。永念瞻與由，烏帽發長嘆。聽雨惜良夜，況值韶景繁。畫師亦可人，春色隨毫端。一花勸一酌，人醉花陶然。慊慊長者情，惻惻懷故園。故園近如何，蘭柳粗平安。不見仲與叔，憔悴藜藿間。安得翩然來，花下同盤桓。

## 牧童詞

秋禾已登場，朝日照廣陌。牧童跨牛出，絮帽腰短笛。腰笛不解吹，跨牛過寒溪。寒溪行且飲，沙壅深没蹄。老牸帶犢子，犢子顧母鳴。食乳不食草，蹢躅宣其情。老牸謂犢子，細草我所食。犢兮勿懶惰，視我老盡力。牧童悠然去，一覺樹底眠。起弄撈蒲菡，遺却折枝鞭。晡饑望烟奔，一飽美餺飥。還來牧牛場，結伴捕黄雀。日夕涼風生，老翁候柴扉。牧童笑相角，捷跨牛背歸。

## 華嚴庵夜雨題壁

魚龍警禪關，夜作空山雨。松門萬重暗，佛火一龕聚。蒼茫神靈意，潀洞天地府。鐘魚聽沈沈，寒夢杳何許。

## 送張穀詒之官嶺南兼寄張希周前輩[①]

火雲烘日荷風酣，游子六月駢征驂。樽前別緒渺雲樹，逸興已落

---

① 自注："希周先生以編修改授鶴山令，戊辰六月也。"

天東南。與君同袍知君久，① 民社夙許長才堪。況乃靈境足瑰怪，嶺海汗漫窮幽探。海山樓高三百尺，珠江倒影光涵涵。生翠風帆集番舶，金布戢戢多於蠶。十郡訏樂略相比，縱有衝僻無辛甘。堯佐尚遺惠州惠，隱之豈受貪泉貪。折花萬里寄朋友，馨香可貴非空談。一麾三載有宗杰，才如坡老居瓊儋。公餘爲我道問訊，普天行被皇恩覃。

## 《檢書圖》爲盧抱經

好錢好屐兩成癖，忍飢誦經伊何人。三揖窮鬼延上坐，一療俗病無點塵。破家聚書滿萬種，百城雄據何嶙峋。丹黃點勘渙冰釋，迅度鬼國超迷津。我生懶嫚厭開卷，讀未終幅思欠伸。摎蒱亡羊分搥撻，鼓吹入夢虛吟呻。長安邂逅已俯首，載酒幸托同袍親。道華昇仙無舊業，玉京問字愁逡巡。何人爲寫檢書照，兩姝婭姹供篋陳。秋江小幅舊學步，顧影何似東施顰。竊聞聖功離言說，況乃文字空遺薪。試寫束書坐繩榻，杜德更示維摩真。

## 襄陽曲

襄陽城郭臨江渡，曉望征帆破宿霧。襄江屈曲抱城流，烟波一櫂江南路。城頭吹角烏鵲飛，臨水人家開半扉。長篙一點截江過，踏踏馬蹄游大堤。大堤游冶邀歌扇，樂事如雲聚復散。楚音猶識白銅鞮，花艷含情獨不見。城南舊說習家池，騎馬山公倒接䍦。且欲高陽醉美酒，還來峴首讀殘碑。殘碑猶墮行人淚，解佩誰知神女意。江皋沙鳥不關愁，落日漁歌起烟際。我歌襄陽曲，古意今人續。呼鷹臺晚數歸鴉，作賦樓高翳寒木。南征古道傍山村，何處青山是鹿門。襄江不盡東流意，耆舊無人誰與論。

## 飛雲岩和芥舟

飛雲之岩雲所扃，停雲飛去飛雲停。荒岡萬叠蠻井絡，安得數點芙蓉青。初隨流水到靜境，幽鳥嚁哳和風鈴。花關蘚磴幾曲折，翛然

---

① 自注："穀詒與家兄同舉乙卯鄉薦。"

置我群真庭。翠濤捲空雲撲地，倏忽萬怪生玄冥。諦視非工亦非匠，天然結構檐屋形。懸崖小草外豐縟，危根勺水中泞淡。生烟浮動山水障，神虯鼓鬣鷺側翎。三峰離立若無蒂，毋乃飛渡來東溟。回巒沓嶂自包裹，不與衆阜争岧嶸。徘徊暮靄四山下，松間佛火光熒熒。空岩泉脉轆轤轉，玉津一漱千瓏玲。弋子賦詩工象物，五字欲代磨崖銘。明知韵險未敢次，且免學步嘲山靈。

## 關　嶺

長坡緣山五里强，官道詰曲作之字。却登絶頂望群山，蒼烟萬點堆平地。群山如水輿如舟，天風蕩作逍遥游。崖回澗側風不定，一徑松濤下寒磬。

## 龍池紀游①

一百五日天氣新，三十六渠春水漲。②坐惜鶯花令節過，來追觴咏龍池上。龍池風景城西南，碧草芊綿彌一望。屢穿曲岸逗烟津，豁眼垂楊拂畫舫。新荷平鋪饒妥貼，迸籜孤抽空倚傍。山川佳麗客後來，臺榭玲瓏誰始創。細檢題名無故老，劇憐磨盾輸飛將。千金百戰想風流，白髮青山對惆悵。③池心縛亭發興孤，水面看山得神王。最好冲融窈窕中，玉壺風蹙生微浪。回身俯檻窺水源，蟹眼松風迷想像。不知地肺濟南通，④錯擬天漿帝臺餉。遥見紅裙作薄游，正逢象板邀低唱。堤邊桃柳認新栽，床脚黿魚憐舊放。佳處全分西子湖，秀色小亞南屏嶂。春蘭秋菊不同時，地角天涯肯相讓。已知勝迹須品評，况復塵踪稍閒曠。鴻爪安知鄉夢遥，龍槎一任蠻碑妄。向晚殷雷送微雨，坐深纖月窺夕張。歸途不用鳴驢喧，靈境清心余所尚。

---

① 自注："三月五日。"
② 自注："龍池下注三十六渠。"
③ 自注："池上有明將軍鄧子龍一聯云：'百戰歸來，贏得鬢邊白髮；千金散盡，秖餘湖上青山。'"
④ 自注："濟南泉水皆如涌珠。"

## 水車行

　　河低田高水不升，桔槔力薄翻車興。轉輪自挹還自注，白波渌滿千溝塍。溮溪流急最宜此，山腰無土空岐嶒。東來百里眼乍豁，高灘迅鼓雙機騰。地接湖湘水雲闊，江鄉風味來頻仍。三吴歷歷前游地，魚莊蟹舍年穀登。臨江百畝未得買，欲爲此樂知何憑。長筧偏宜穿竹落，磐石正好安魚罾。草衣一老坐茅屋，抱甕不勞橫兩肱。秋風早刈再熟稻，糟床日注邀賓朋。

## 觀雪浪石作①

　　我過定武訪雪浪，御碑屹立石對蹲。蘭亭斷碣久遷徙，此物何得巋然存？蘇公已往世莫辨，幸有遺篇堪討論。忽然俛揣作飛炮，要知體物非空言。當時燕雲落强敵，此地控扼稱雄藩。公來坐鎮練軍實，邊警不到防秋垣。間題片石寄鄉思，如入巫峽看瀾翻。飛鴻偶然留指爪，春夢那復尋瘢痕。幾年傅會好事手，剽取妙目鐫孤根。風岩水穴小山格，氣象刻露非温敦。故都名園有零落，怪物揭孽中宵奔。精靈不隨黄土盡，聲價竟附青雲騫。文思洞鑒更容納，一物亦荷姘嬈恩。摩挲望古三嘆息，蕩蕩皇路馳行軒。

## 遂平館中雜花

　　紫薇艶發爛如火，叢桂連蜷小山左。闌干一曲抱秋光，翠羽襂褷金碎瑣。三楹書室五尺榻，照眼圖書插架夥。主人構此今幾年，一昔徜徉屬老我。我居容膝不求安，每逢嘉樹意先可。繞行百匝美一覺，鼻觀香清夢魂妥。咄哉外緣底有力，病眼久被空花裹。他年小結傍山茨，净掃千林風露朶。

---

① 自注："石高丈許，太湖品也。左額篆刻'雪浪'二字。歲丙戌，趙州牧得於厩中，制府以聞，御賜《碑記》辨爲非是。"

## 贈朱石君方伯同年二十韵

燕山才子如驂靳，季方尤是空群駿。豫章拔地裁七年，鳳凰摩霄已千仞。仙骨早知乘蹻貴，飆舉雲馳目空瞬。高軒過我眼俱青，嘉樹懷人年再閏。憶譜霓裳五十弦，詞賦金閨争得雋。宫錦初勝憐婉孌，寶幢獨竪看精進。閩海搏扶第一程，大翼迥得培風振。黄鶴樓頭一揮手，信美河山領三晋。壯節猶輕竹帛題，清心肯取脂膏潤。右輔康侯述職來，西清晝接榮三覲。紫荆庭院慰離索，叢桂風光勞問訊。星節雲旗暢遠游，回首始覺天門峻。朝陽阿閣最上層，未埽巢痕了可認。退食長日閉孤館，吊影寒塘感雙鬢。相逢舊侣曲江頭，老眼瞢騰昔夢趁。彩翻欱憐對鏡翻，雄鳴猶作專場震。浮生聚散一萍梗，乘化達人唯委順。已判微尚就榛蕪，何意高談袪鄙吝。行旌幾日汾河道，千里秋風横雁陣。我亦還肩履道塵，一籬黄菊開金印。

## 古意爲陸青來太守五十壽①

滁州老守吟醉翁，元音攫繹鳴琴中。空山無人悄終曲，卧聽大壑流松風。當時亦有梅都官，四方上下逐雲龍。雲將東游遇鴻濛，飆輪歷覽三神峰。長波萬里變春酒，揮手瀉入玻璃鍾。濟南名士没秋草，二堂遺迹春蕪空。蓬萊方丈幾清淺，金丹未熟黄牙轉。曼都作苦方學仙，耕烟牧龍夜不眠，銅街一笑三千年。探懷却取飛霞佩，奕奕神光上鸞背。

## 村望二首

人烟鳥雀樂，對宇散晴暉。井近家家汲，籬疏處處圍。寒畦抽麥短，健犢得秋肥。幾日喧村鼓，枌榆燕子稀。

隔溪時見犬，近郭幾多村。飯鉢僧投寺，帷車女候門。蒼生依稼穡，樸俗仰乾坤。黄髮茅檐下，傾壺語最温。

---

① 自注："時太守以詩文屬余點定。"

## 懷邊十趙珍

吾邑苦吟子，工詩不厭窮。隨緣添白髮，爲客幾秋風。嘉樹空懷白，長楊未薦雄。何時歸袂把，灑酒桂岩叢。

## 贈朱筠園兼寄令弟斐瞻

君家季方氏，於我最相知。風雨仍今夕，星河憶往時。劍歌游子興，樽酒故人期。爲問東山葛，新成幾兩絲？

## 五月二日泛舟天寧門，至法海寺看竹，小憩程園，遂游平山堂，暮歸

石磴盤空曲，松濤走下方。廢興千過鳥，今古一登堂。江色浮瓜步，嵐光接建康。蕪城殘照裏，萬頃稻花涼。

暮色萬松亭，天風響佛鈴。疏燈明遠郭，返棹亂寒星。良會初投轄，名山始建瓴。何當乘興往，石鼎試中泠。

## 天寧寺題壁示具如上人①

殘棋空六代，別墅見雙林。花竹弄秋色，江山傷古心。香臺初月影，禪板夜潮音。萬劫回環地，真源試一尋。

## 韜光寺

萬古韜光寺，天關鳥道通。半岩收海色，絕頂下江風。野竹流雲白，幽花避日紅。金蓮池畔句，長慶兩仙翁。②

## 玉屏逢葉毅庵編修入京③

石瀨維舟處，雲巒去馬邊。相逢如一夢，此別又三年。明月夜郎

---

① 自注："寺傳爲謝公別墅。"
② 自注："池上石刻樂天與韜光禪師贈答詩。"
③ 自注："即前任學政。"

道，青春鴻雁天。羨君歸路近，閑賦遠游篇。

## 送二兄歸里

薄宦能爲別，天涯弟與兄。那堪雲獨看，重憶月同行。猿鳥窺空橐，風霜犯曉程。歲除兒女聚，回首話羈情。

## 山　寺

西來香國近，初地幾名山。飛鳥相輪外，夕陽金碧間。香花婆塞夥，鐘鼓苾芻間。方便安禪榻，行軒任往還。

## 定西嶺觀瀑

百折下雲端，鏗鏘萬壑寒。大聲驅虎豹，高勢舞龍鸞。筆合摩崖點，琴宜選石安。何當著草閣，取次小憑闌。

## 喜　晴

水程淹雨雪，昨夜北風停。殘夢春生槳，披衣日滿汀。遠鷗皆拍拍，芳草亦青青。欲廢長吟卷，看山得性靈。

## 賦得花塢夕陽遲①

塢外曛斜照，花邊賦冶春。劇憐芳樹晚，偏與艷陽親。倩影亭亭出，輕烟漠漠勻。樓臺明粉幨，羅綺静香輪。蝶懶方尋夢，鶯嬌又選晨。風光遺老屋，物色屬幽人。銀燭何曾秉，金樽更幾巡。匆匆馬蹄去，容易失良辰。

## 哭錢香樹太傅師四首

龍蛇歲安在，夫子竟黄壚。國老凋江甸，星文暗斗樞。旌輅三十載，雲水萬重湖。舊識燕臺駿，長鳴滿道途。

雅才不世出，賡載有遺音。錦帶還山興，蒲輪向闕心。畫圖留鶴

---

① 自注："得人字。"

骨，縑素重鷄林。萬骨香山老，高名并玉岑。

日下人皆羨，山中福敢量。階蘭承燕几，宮錦侑朋觴。烟雨開筵近，松風入夢長。雙瞳如點漆，終樂白雲鄉。

意氣初矜賞，衰遲倍感知。瓣香空有祝，絮酒定何時。寒雁過離浦，悲風拂故枝。白頭門下客，忍坐絳紗帷。

## 秋日游南塍

雨歇秋容好，悠然念野塍。柴門聲寂寂，高樹影層層。花檻三升露，風廊六尺藤。自規乘興地，及此興堪乘。

戲蝶翻瓜畛，鳴螿出豆棚。不愁謀口腹，所樂共豐登。負曝野人願，傾陽寒草能。坐看西嶺色，積翠晚崚嶒。

## 奉送香樹錢夫子謝病歸禾中四首

乞與秋風入越川，采芝人是玉堂仙。卿雲霽影纔依嶠，雛鳳清聲已到天。婉娩江鄉應計日，尋常休沐許經年。蘆花楓葉淮山咏，好遣玲瓏扣兩舷。

經邦大業屬鴻裁，漫道崇階接上臺。五緯星芒鎸玉案，九重天語感蘭陔。摩挲昔夢松風入，瀟灑新緣水月來。南國人倫悵歧路，都門冠蓋畫圖開。

潞水流潮及早凉，養雲天氣雁鴻翔。維摩緩帶稱居士，碧落回車見侍郎。種橘待充雕俎供，搴蘿留薦玉盤香。何人載酒傳奇字，烟雨樓邊舊學堂。

水檻芹塘歲歲心，春風拂羽到華林。誰憐憔悴孤蓬轉，獨立河梁落照深。津樹遥籠吳苑月，江關不斷鳳城砧。幾時團扇和平訊，重奏南薰入舜琴。

## 舟興

一枝柔櫓破烟輕，臥聽黃頭報水程。柳岸近涵茅舍影，柁樓高帶午鷄聲。已判梁燕三年別，直訪沙鷗萬里盟。爲報江花香早放，錦袍人作弄珠行。

## 過琉璃河

琉璃河畔晚風清，四國輧軒此去程。最愛輕陰養秋稼，不妨細雨濕行旌。鼎彝誰貢南金品，筐筐全收海錯名。千里關山新雁影，鞭絲東指岱雲橫。

## 丙子秋，偕魏大象三典試山左。先是，張樊川、林穆庵二君實主酉闈，皆戊辰同譜。樊川有詩四章，既撤棘，撫事興懷，用廣其意，示同事諸公兼呈未堂、蒙泉二前輩

中天雲漢九州同，星節聯翩指大東。五岳名材隨岱畎，三山瑤草佇秋風。金針競度文鴛樣，玉尺平分寶樹叢。好在鳴陰憐舊雨，虛舟已奏濟川功。

山河十二影娟娟，秋半蟾光一倍圓。繞砌寒英深擁露，定枝宿鵲悄籠烟。雲開魯殿橫參斗，風應虞韶入管弦。手屑栴檀焚寶鼎，瓣香合到紫微天。

昨夜微霜濟水涯，寒潮依約落平沙。魚龍自得修鱗脫，風雨能無短翼嗟。歷下殷勤逢別燕，金臺消息近黃花。亭南小草覯培養，最有雙莖映曉霞。①

名士歸來理釣舟，鵲山風物正清秋。相逢亦有江南客，把臂重登白雪樓。② 雲錦報章還脉脉，鳳笙懷遠自悠悠。明湖九十芙蓉朵，半向春風廣座收。

## 送戴東原南歸

惜別翻憐忽漫逢，尊前天末失雲龍。鴻飛紫陌無多日，秋到黃山第幾重。避地名高孫祭酒，傳家學絕鄭司農。漢京故事榮稽古，歲歲三朝考大鏞。

---

① 自注："任瞻、子穎俱應舉。"
② 自注："謂宋蒙泉、謝未堂二前輩。"

## 屛陵驛早發

人語鷄聲隔岸東，遠陂宿霧轉濛濛。一灣竹樹響寒鵲，十里水雲低曉風。馬首月銜巫峽白，雁邊霞落洞庭紅。今朝南楚探春色，欲問江潭蕙茝叢。

## 過沅州

龍標城下草萋萋，沅水東流納五溪。夢裏孤帆銅柱北，天邊新月石屏西。空山洞穴留秦贅，古廟香花賽范妻。① 萬里炎荒身一葉，不堪重聽鷓鴣啼。

## 入　滇

翻然星節落南溟，水擊風搏不計程。金馬雲開雙表出，夜郎天盡萬山平。葉榆遺愛留諸葛，越嶲先聲付長卿。廿載青氈冰雪志，忍將軒蓋負平生。

## 景東守歲

天邊兒女鬧芳華，爆竹聲中早放衙。年事欲除應減病，② 王程未久敢思家。隨輈司命澆杯淺，暖眼宜春趁壁斜。長物伴人勝往歲，③ 紅燈深映水仙花。

## 鎮遠入舟

如掌烏篷落急湍，江湖昔夢悄無端。西泠載酒秋濤壯，京口懷人夜笛殘。旅思半銷中婦鏡，山程初變大王灘。輕舟欲泊啼猿數，可似三巴道路難。

---

① 自注："多范大夫妻廟，蓋因范蠡載西施之説傅會之。"
② 自注："余素有痼疾，屢平屢作。"
③ 自注："去年守歲楚雄。"

### 重過圓津庵

净域重觀不住因，隙駒光景轉蓬身。千城柳色深今雨，一院松聲入古春。獨禮影時香篆結，舊題名處碧紗新。心知妙法空文字，底事鴻泥慕昔人。

### 喜揚州藥根上人來京過訪即用見贈元韵

二分明月廣陵鐘，步屧東龕識贄公。豆子秋深江甸雨，栴檀香散帝城風。蒼浪客鬢寒花畔，蕭瑟琴心落葉中。禮罷名山更回首，爲君三徑翦蒿蓬。

### 家岩野起部三弟兩過荒齋不值，屢承惠茶，賦謝

空庭樹影亂鳴蟬，落日停雲思悄然。城闕偶淹行藥迹，琴樽頻冷過橋緣。苔荒舊雨人還問，草綠秋窗夢又牽。最是消中煩記憶，松風石鼎贈安禪。

### 早　行

遠峰杳靄上朝暉，馬首穿蘿露未晞。一徑候蟲醒倦耳，昨宵涼雨試生衣。黍苗得歲秋先入，關塞連天雁正飛。廿載驅馳慚報稱，故山空冷釣魚磯。

### 雨發東湖驛

石徑無泥濕不妨，趁行雨色送微凉。新松似女娟娟静，晚稻如花漠漠香。藻鏡祇申前路約，江湖偏觸少年狂。秋懷忽落長沙外，九面衡峰轉碧湘。

### 賈公祠拜屈賈遺像

碧山重叠水平鋪，遷客遺踪悵有無。遠道懷人窺廢井，寒林宿鳥見雙梧。千年梁月悲王子，一曲湘流吊大夫。至竟同堂招楚些，汨羅魂魄未全孤。

## 楚南試院秋懷示同事諸君子

如帶清湘繞夢流，碧霄凉思轉悠悠。九成宮闕深龍塞，萬里星河耿鳳樓。湖岳舊分千氣象，笙簧新會五諸侯。廣庭寂歷邀明月，吟徹梧桐澹影秋。

馬首關河祇易曛，樽前風水又成文。名經自寫湘東管，駿足誰空冀北群。消息即看鴻雁到，歲時長憶紫蘭芬。滄洲浩蕩靈槎泊，不隔相思是楚雲。

## 讀邊隨園先生詩集題後

先生可是離塵人，沁雪肝腸翻水文。五字長城空舊壘，百年短檠掩秋墳。澗阿高格終難挫，鸞鶴遺音迥不群。怪底海南蘇玉局，抗心斂手效徵君。

## 虎街

入谷三五家，壞壁無鷄犬。月落黃蘆風，隔窗聲剪剪。

## 五月朔日，芥舟六兄來園廬止宿，予適入城，未晤。既返，得留題二絕於壁間，悵然因和

相約如相避，西窗燭自青。忽忽百年裏，即事已風萍。
夜臥知未穩，風蒲斷續聲。暫來雲水地，寂寞念平生。

## 重宿龍泉精舍題壁

鷲峰空翠落危椒，桂殿雲香月下飄。一夜秋聲生竹樹，祇疑門對浙江潮。

### 題蔣莘畬編修《歸舟安穩圖》四首①

柳邊曾識放舟人，拂面飛花岸葛巾。②廿載布帆無恙在，錦袍芳草一時春。

垂白含飴弄掌珠，幾年新婦亦成姑。臨風自譜將雛曲，千里澄江似練鋪。③

潞河銀鱠饌春盤，解纜從容勸一餐。四十年來婚宦迹，吳船三板載平安。

落落晨星望遠天，醉翁門下感當年。春風倚棹蘭牙長，極目含淒覺汝賢。

### 送朱筠園南歸兼寄令弟梅崖

十年暖眼帝城游，且喜春陽省敝裘。東道送君無長物，潞河飛絮滿行舟。

### 保陽夜雨感舊

三十年前謁大師，④講堂南畔看花時。夢回孤館瀟瀟雨，一炷青燈照鬢絲。

### 長安驛喜雨

晚稻畦邊龍骨鳴，秋來三楚望霖情。排簷響溜寒更徹，人入瀟湘第一程。

### 紅　葉

爛縵秋光不可刪，青林一夕換酡顏。高樓目極銷魂地，只在楓江

---

① 自注："圖有太夫人鍾氏題七絕句。"
② 自注："莘畬戊辰落第，作《歸舟酒醒圖》，取柳屯田'楊柳外曉風殘月'句爲畫意。"
③ 自注："首二句，即太夫人詩中意。"
④ 自注："新安張天池先生。"

六六灣。

巴陵城南葉亂飛，武昌城南楊柳稀。剩有道傍千木子，暖人別眼換生衣。

丹黄深淺帶烟痕，眺盡平蕪見遠村。數點歸雅翻動處，夕陽偏映小柴門。

楊柳千林祇解黄，棠梨何意學新妝。施朱一種流連客，可得無情宋玉牆。

三春桃李昔歡沈，九日茱萸別緒深。行遍天涯看秋色，馬頭無那故園心。

## 哭芥舟戈六兄

冰净聰明玉栗姿，卯兮衿佩喜肩隨。論交四海年華晚，百感琴心到子期。

神解先登大雅林，渢渢正始有遺音。芟除綺語還昌穀，早識崆峒莫逆心。①

百尺龍門躡屐通，瀛洲桃李亞枝紅。凋零半是秋風客，更譴龐眉泣斷蓬。②

十丈濃塵點鬢青，冥鴻幾載鍛修翎。酒闌袖出田盤句，絶倒山陰處士星。③

弱蔓移根慘欲零，中林老柏歲寒青。故人高義窮途裏，急難情懷有鶺鴒。④

妙筆中年宗魏叔，寫生真欲頰豪添。瓊琚未放埋黄土，碑版誰論字一縑。⑤

---

① 自注："簡早歲學詩，兄屢以靡弱爲戒。"
② 自注："簡與兄同受知於香樹師，時河間得人稱盛，師有《懷瀛州七子》詩。"
③ 自注："乙丑落第後，游盤山還，借簡同訪戴通乾先生，出《盤山游草》一卷，先生激賞焉。"
④ 自注："壬申正月，簡在京遭先太恭人之喪，六兄經紀周摯，俾得扶柩還里。"
⑤ 自注："古文學魏叔子，尤長於傳，集中如王仲穎先生、左孺人、邊徵君諸傳，尤的然可傳。"

前輩書名勵與張，① 後來筆力亦昌昌。幾人輕薄西臺肉，他日凌雲憶仲將。②

延陵贏博痛難追，泉室相逢五載期。一卷清圖留舊觀，傷心猶説四瓊枝。③

槐街伏雨又闌風，燕影分飛落照中。駕鶴驂鸞成底事，可憐小別太匆匆。④

草堂人日檢遺文，江柳江梅總泪痕。五字驚心吟不得，讖成楓葉九秋魂。⑤

重城車馬日悠悠，鏡裏新霜欲上頭。那更空梁塵暗榻，風蒲獨卧鷺莊秋。⑥

落花飛絮九衢塵，寂寞玄廬隔歲春。門巷馬嘶重過處，滿庭青竹益傷神。

### 作《芥舟傳》成，檢其遺集重感

萬古灰心撤瑟晨，虚名流播定何人。空堂夜半翻遺稿，猶見當年老斫輪。

佳傳無多史法奇，墨痕空處更淋漓。徵君老去鬚眉在，寂寞應饒後死悲。⑦

沘筆難追避俗情，寒潭百尺一泓清。黃門峻望青雲上，不遣重泉識姓名。⑧

夢裏因緣不可尋，卷中刻畫亦何心。荒園暮色春關静，松柏秋聲和獨吟。

---

① 自注："得天司寇、衣園光祿。"
② 自注："書法馳騁筆力，自成一家，尤長於匾額。"
③ 自注："辛巳秋，寓書滇中，索題《觀我圖》，簡詩成有'堂前四瓊枝'之句。癸未秋，兄喪叔子，他日出圖，屬書舊詩於圖上，且曰：'題後但記某年作某年書而已，詩不須易也。'"
④ 自注："今年典試閩中，簡往湖南，遂爲長別。"
⑤ 自注："兄弱冠時客河南，有句云'亂山孤客眼，楓葉九秋魂'，竟成詩讖。"
⑥ 自注："嘗借宿園廬，值簡入城，題二絶於壁，有'風蒲聲獵獵，客意已驚秋'之句。"
⑦ 自注："芥舟曾爲邊徵君生傳。"
⑧ 自注："芥舟遺書屬予爲傳，而不用志銘。"

### 重過圓津庵觀芥舟題壁感賦

依舊清詩著粉牆，懷人泪灑贊公房。不須更奏山陽篴，斜日西風戰白楊。

### 柳絮二首

楊柳青青夾路歧，餘春風物動離思。工垂弱縷無雙格，解作飛花又一時。

無情猶自被情牽，情到無情一倍憐。四月膠河東畔柳，弄寒作暖祇吹綿。

# 文

## 《書》古今文論（上）

《尚書》古今文，并行千有餘載，如日月江河與天地無終極，審矣。而世儒之攻古文者，猶斷斷不息其喙，余竊惑焉。推疑古文之心，不過曰與今文詞若不類耳。

今文傳於伏生之口授，語不可曉，至以女子通之，顧安知其不可強通之處必無一二訛舛？而古文得於壞壁，殘缺蠹蝕之簡容有剝落，又蟲書難辨，爲之傳者亦或以意通融之，此皆勢所必至。要其大體純粹，雖有毫厘齟齬，而不害爲聖人之經。故爭難易於文字之間，則晁錯、孔安國職其由，及進而求其指歸，雖聖人不能易。古文之傳，亦斷之以大義而已矣。

當上古簡策記事之時，文字之傳甚艱，三綱五常之要、學問之理，草野鮮能言之。其有一二才智之士，索隱行怪，則又務爲鑿空無稽之言，駭世主之聽聞，以徼一時之利，故《竹書紀年》所稱荒唐踳駁，不待智者而知。若夫求所爲彌近是而大亂真者，絕代無有也。及漢末王莽、劉歆之徒，始以經術文其奸宄，點竄《周官》以欺天下，原其心誠有所利而爲之。然即其一二語之悖戾，苟統全經觀之，而其奸自不可掩，豈有造無爲有，結撰連篇，傳之又久，而即乎人心如此哉？必不然矣。本朝名儒能別古書正偽者，無如望溪方氏，善乎其論古文曰：古文信偽，能偽之者誰歟？周秦之際，知道者莫如荀卿，今讀其書，醇疵互見，無一語規仿前人，豈惟不敢，抑亦不能，又況其下焉者乎？

六經者，天地之心，天地寧有百缺陷，必不容一偽。《樂經》亡、

《冬官》闕、《詩》多逸篇、《春秋》傳疑，雖有力者莫之能補。有心作僞，必有物焉以敗之矣。故經之傳於今者，其大體舉無可疑，以數千載阨窮散逸僅存之文，而沾沾執一二語之難易求之，則亦賢知之過也。

## 《書》古今文論（下）

或曰："古文之義，誠不悖於今文矣。然伏生山東大師，僅傳二十餘篇，何也？"曰："伏生之學不由簡策，徒以口舌爲授受，其有缺而不全與疑不可通者，雖有所受，闕不敢傳，此愈足以見古人傳經之慎也。"漢蔡邕藏書數千卷，兵燹之後，其女所記，裁四百餘篇。然則簡策之數多，傳誦之數少，豈足爲异乎！且梅賾所上安國之古文，較今文多二十五篇耳，而《書序》之目凡百篇。又漢東萊張霸能爲《百兩》，《百兩》之文以中書校之，而詘《書序》。百篇之目雖存，傳記所引并無所亡四十二篇之名。而益都孫氏引《左氏傳》祝鮀告萇宏之言：其言魯也，曰"命以《伯禽》"；其言晋也，曰"命以《唐誥》"。是明有二篇之逸書，而《序》反漏之，足明其僞。

大凡物之僞者，必有所附麗而爲之，故無真則僞者不出，無真則僞者亦不敗。知百篇《書序》與《百兩》之僞，則孔壁古文爲真聖人之遺經，較然無疑也。不然，河內女子之《泰誓》固嘗與二十八篇并行矣，而終廢者，較以古文。而其義詘故也。惟齊、姚方興，采馬、王之注造《孔傳》，近於有心作僞。觀唐陸氏《釋文》序録，以孔氏爲正，惟《舜典》一篇用王肅本，於二十八字之訓若有深疑焉。由是言之，今學官所頒五十六篇之古文，惟大航頭所上之二十八字未可徵信，然"曰若稽古，帝舜曰重華"九字，已見於高堂隆之所述，則以下之十九字模附《堯典》，寧過而存之可也。

## 諸葛忠武侯論

士感一日之知己而輒爲之效死者，此匹夫之行也。自古豪杰之士，其於天命民彝皆有不容自已之故。慨然有志於當世，而又外規時勢，内度於心，待其可爲而後爲之。故其成也不驚，其敗也不悔，其未成而中道廢也不憾。天命不可知，而其志固足以暴於天下後世矣。

東漢之末與西漢异，西漢禍起后戚，中外無土崩之勢。新莽竊位，天下謳吟思劉氏，故光武得以乘其隙，以成中興之業。東漢閹竪憑寵，清流禍作，民心已渙，不可復聚。而又郡牧各握重兵於外，天子枵然徒擁虛器。當斯時也，逐鹿之勢已成，天不祚劉，明白甚矣。諸葛武侯以南陽高蹈之身，一見先主於干戈搶攘之中，毅然遂許以馳驅，彼其心豈誠牽於三顧之私恩哉？誠感先主欲伸大義於天下之言，隱隱動其夙志也。論者以西蜀倒戈，疑非義取，以是爲武侯病，是大不然。方隆中之對，規畫三分，以蜀爲天所以資先主，此自王者"推亡固存"之大義，特先主日暮計挺，不復俟天休命，故輒候間蹈瑕而據之。意武侯當日，必力爭而不獲，與後日武擔帝號、秭歸慎兵，皆非武侯意也。蓋武侯輔君以王道，而先主不過霸才，事功有憾，職此之由。洎乎後主，才益庸下，蔣琬、費禕諸人，皆具臣無遠略，吳、魏之勢方張，蜀之危亡可立俟矣。武侯之身朝以亡，則蜀國夕以滅。假使王猛、謝安諸人處此，不知蹞蹙何似？而武侯之志未嘗稍貶，其施行之次第未嘗稍亂。世徒見出師二表、臨終一疏，以爲國士之報主如此，不知非先主能用武侯，惟武侯欲竟行其志，不受顛倒於天時人事，是以沒身而後已也。

張留侯爲報韓事高帝，韓既報而身去。諸葛武侯爲討賊事先主，賊未滅而身死。所就不同，其志一也。嗚呼！由是言之，三代以上，帝臣王佐之出處，豈後世功名之見所能測其崖略者哉！

## "春王正月"解

《春秋》謂始年爲元年，歲首爲春，一月爲正月，皆從史文，書"王"首正，以明王道於天下，此書法也。月爲周月，則時亦周時。春非王所開，故"王"不先"春"；正是王所建，故"正月"處"王"下。

孔穎達謂"月改則春移"，自然之理，非書法所得容。心必謂以夏時冠周月，使天與人不相應，且以沒聖人從周之志，此說經之過也。宋人又以謂三代改朔而不改時月，故聖人得虛立"春"字於正月之上，示行夏時之義。考之諸經，殊不然。周紀時月，皆從其朔，其有一二不能一者，皆有説。如《易·臨》"至於八月"用商正，以文王也。《説卦》言："兑，正秋"，則言其理，非若史紀事也。《七月》之詩用夏正，以述公劉治豳故。而《禮記·明堂位》"季夏六月，以禘禮祀周公於太廟"，用商禮，猶周正也。獨《詩》之《采薇》言"春日遲遲，采蘩祁祁"，爲周詩而稱夏正，夏正迭用已久，民間話言猶不能忘形於詠歌，不足爲泥。其在《左氏》，以"日至""日中"明分至，明非夏正也。至如《史·紀》、《漢·律曆志》、漢儒《郊特牲》諸書，乃始舉夏時以明周。其在於周，皆從其朔，聖人獨安得易之？且經文曰"春"，實冬也；曰"正"，實十一月也。如謂冬不可以爲春，則十一月亦不可以爲正月，既以正月爲王之正月而不敢改，而又虛冠一夏時之春於上，駁雜無實，獨安取之？且又何以大一統、誅亂賊乎？

嘗考張氏以寧之説，曰："子、丑、寅三陽之月，皆有春義，三代迭用之。觀漢劉向'周春夏冬'之説，及陳寵'天以爲正，周以爲春'之説，時月俱改，最爲著明。而朱子晚年《語録》亦據《周禮》有正月、正歲二條，知周實是改作'春正月'。"又答吕晦叔書曰："《春秋》魯史，合用時王之月。"參觀兩義，而定論出矣。

## 忿　説

忿之爲心也，吾惑焉。忿樂乎？曰："不樂。"有濟於事乎？曰："否。"豈特不樂與無濟而已，又甚苦而必有害焉。然則胡爲忿？曰："忿非無故而然，其激於物有不得已也。"然吾觀七情之變，惟哀不容已，懼次之。蓋二情皆毗於陰，陰主缺陷，空人心魂，故難自主也。若夫勃然而動於色，囂然而逞於辭，是强陽之赢出而不自制者也。使當其始激，略爲平心而審其所以處，倏忽境遷，泯然如本無是事矣，誰能强之？故曰無不得已。且忿之心，本以求勝也。凡制勝之道，貴用我之不盡以乘人之既竭。今也撼頓其神明，先自處於窮地，而冒焉以試，不待智者而知其難矣。是故必求勝則慎勿忿，忿生而敗隨之矣。嘗試舉忿之情狀，一作局外觀，或一作事後思，強戾蹶張，殊可憫笑。然且爲之說曰："凡吾之所以忿者，主於理也。"嗚呼！理直誠足以壯氣，而氣盛反足以汩理，即令所主之理萬萬不可汩，而徒多此强戾蹶張之情狀，以供人嗤點。大度者容之，有識者輕之，一遇褊心，終爲禍的。此忘身亂謀，先聖垂戒，尤深切著明也。

## 觀海說

天地之大，吾不得而窮之也。海惡乎窮？以無窮與海而縱心乘之，冥然接於混茫而已。或曰："海則然矣，古之取於觀海者何？"曰："神聖賢人，尚矣。有觀形，有觀故，有觀情；觀形者滯，觀故者浮，觀情者蕩。"然則海有情乎？曰："海性其情，觀之者情其性。豈惟海而已？天有四時、日月之序，風雲雨露霜雪之變態；地有山川之理，丘陵、墳衍、原隰高高下下，鳥獸蟲魚草木化生榮落之情狀；人事有代謝，舉凡觸於目、動於中者，方喜方愕、方哀方樂，苟過乎物，皆爲情役，觀物之我無與焉。以其無與，故曰蕩。"夫海，大物也，憑眺所及，莫不馳想九州，永念千古，所謂"故"也。若夫世際升熙，洪波晏如，無所發其感喟，則又往往慨神山之難到，庶期羨之爲徒。夫神山期羨，豈海所有哉？滄波萬里，浮生渺然，物以相形而見絀，亟强所無補其不足也。

予再至登州蓬萊閣，遍觀壁間題咏，嘆古今人若出一轍，內顧亦未能遺此，故爲之說，聊以自檢云。

## 《儒林宗派》序

儒莫盛於漢、宋，漢儒傳經，而宋儒講學，何也？非經無以見道，漢承微言將絕之餘，存什一於千百，故以傳爲難。自唐以後，九經之文、諸家之說大備。學官學者窮年矻矻，猶拘於章句訓詁，莫能相通。間有一二聰明博洽之才，掇其菁華，徒以飾輪轅而藻礱梲，所謂"知本"者不在焉。於是志士感之，踐塗文章，單心性道，以求合古之大學。而高明沉潛，又各就其資性所偏，標宗旨以誘後進，此學派所由起，與漢人經說异同後先相望者也。明梨洲黃氏著《明儒學案》，論述最詳。今越中萬使君錦前，重刻其伯曾祖季野先生所輯

《儒林宗派》一編，則專列姓氏，或統或散，自漢以來。余觀經師授受，漢降漸微，至宋五子出，厥後始有宗派之目。其間不名一經，而亦未嘗講學者，未始非儒也。漢廣川董子，學貫天人，雖傳公羊《春秋》，不可以專家目之。自後如蜀漢之諸葛忠武、唐之昌黎韓子，宋之范、司馬兩文正、歐陽文忠，元之貴與馬氏，可謂名通。若此諸儒，經生乎？學究乎？宗派之名，可以不立。雖然，宗派起於講學，講學非病，病在轉相師者略文行而求深於理，理有兩端而無形可質，故莫能相一，則門户之見成而教術以弊。且吾見夫後來講學諸儒之務以口舌爭者，其或斷不必以口舌爭者也。今使世儒務絶贏出，俯焉奉一大儒爲步趨，奇偉之士或難之。不如兼收之使其自擇，從事之久，俟其自悟斷斷派別如經師之不可偏廢，而後曠然有以統會於宗，則先生是編之功豈淺鮮哉！

## 《訓士學行略》序

督學使者告滇南諸生：學問之道，先明諸心、知所往，然後力行，以求其至。若胸無定見，冥行倒植，哦無用之空言，襲前人之成語，以僥幸於萬一，識者鄙之。爾諸生知國家之所以設學與使者奉命所以督學之意乎？政非賢不乂，賢非養不成，養之而非以文術決其高下，則其尤者不出，故間歲出詞臣以董之，三歲設科舉以羅之。得其人則貢於禮部，策之大廷，審其分以用之，將以代天工而厘國政。待之者重，擇之不得不精也。初試以制義，欲其通經而明理；再試以聲韻，欲其通古而贍詞；三試以論策，欲其通今而知務。爾諸生平日通經以立其體，讀史以致其用，博求之諸子百家以取其材，取古人之詩古文及時文之精且良者，步趨之以循其軌，然後出而獻藝於使者，使者得而進之。曰："此學校所育之材也。"則諸生有以自待，亦不負國家所以待諸生之意矣。

滇地介在西南，稽之往牒，其入職方者最後，其山川清淑靈秀，尚有所秘而未發。學使者承天子命，以興賢育材備國家之任爲己責，非徒以時文決一日之高下而已。今聞爾諸生大概於經史古書鮮所用力，即古文、時文之精且良者亦鮮知所擇，惟近科之試牘墨卷與二三十年來諸文人大小題之作，終其身伊吾咕嗶，無非此物者。莊子云："古人往矣，所讀者古人之糟粕。"此更從糟粕中餔之而啜其醨，枵然一無所有，而欲倚爲根柢，資爲命脉，何足以稱爲士人？何足以觀國之光而稱賓興之選乎？今與諸生約：必窮經、必讀史、必博習於詩古文詞，時文則擇其精醇者取則焉。能如是矣，即一二年內不能磨礱浸潤以即至於精粹醇美，使者可望氣而決之。否則聲調愈諧，機法愈熟，讀時文以爲時文，此與剿襲者何以异？使者無取焉。

滇中書籍流布甚少，而博學席珍之儒不多見，致後進者鮮所師承，使者悁然憂之。欲選定一書以爲式，恐窘於方幅，仍不免於挂漏。爰將爾諸生諸所應讀之書，約舉其綱而詳列其目，稍稍導其先路，俾窮鄉僻壤之士得之，皆知所決擇，以代師友之助。若夫天資絕異、鴻博穎悟、能博極群書者不以限其所至，然精且醇者實亦不外乎此矣。抑古人有言："德行，本也；文詞，末也。"古人鄉舉、里選，餘力而後學文，後人設科求才，因文可以見道，如徒以文詞相尚，博洽與淺陋者相去亦無大區別也。使者在學言學，敬取學宮從祀諸賢自漢以下事迹最著者，刊其本傳，采其嘉言，別爲一帙，諸生識前言往行以畜其德，於是乎取之。

夫由前之說，可以爲文範；由後之說，可以爲學的。爾諸生循序以求而漸致其精，勿始勤終怠以自暴弃，數年之後，必有明體達用、學行醇美者出焉。修之家則爲良士，獻之廷則爲良臣，大展其所學則爲良公卿、岳牧，有益於國，有益於民，有益於人心風俗，庶不負聖天子所以遴選使者之意，而使者所以董率化導爾諸生之責，至是庶可告無愧焉耳。

乾隆二十五年二月日。

## 《讀孟論文》贈言

經，載道者也，不可以文論。《易》《詩》《書》之言皆至文，而昌黎韓氏之論，不過曰"渾噩""佶屈"而已，不過曰"奇而法""正而葩"而已。非如鄉邑教授之讀時文，必旁圈頂批，以爲某筆得勢，某筆合法之說之陋也。

世傳《蘇批孟子》，予年七八歲時，於人家案頭見之，初若可喜，及稍長，則頗疑之。暇日，以質先生，先生曰："嘻！明允豈宜有此？"考本傳，明允以跌宕之材，中年折節學問，於書無所不讀。既已有得，又厚自遏抑，絕筆不爲文者五六年，然後沛然抒其中之所不容已，殆非沾沾尺寸以求合者也。然明允學晚而文至，世艷稱之，意其必有揣摩秘本可以捷獲者。又以其策論筆勢縱橫，有類孟子，於是好事者托焉。今觀其書，鄙倍種種，假如明允實爲之，固不足效，又況萬萬不出於明允者哉！

　　山西某孝廉，謁選來京，出手批《讀孟論文》一册相質。予閱之，既閔其勤，正告之曰："讀古人書，當明其體要所存，其有意於文者，可以文論也，其非有意於文者，不可以文論也。《孟子》，子而經者也。自宋儒尊《孟子》，班於《論語》《大》《中》，考亭既爲之注，而前明科舉制義用以命題取士，國朝因之，蓋明是書爲經道所在，故可以文之。若既以爲文矣，豈復可以有加乎！凡學之患，莫大於背經，次莫大於褻經，意存乎表而章之，而不知已自流於褻，此俗學井觀之弊，不可以韓蘇借口。雖然，若孝廉之用心則已勤矣，子不云乎，"述而不作"，《論文》述之屬也，猶愈於妄庸人之僩然自詡於作者乎！"

## 清音亭記

　　景東參戎署在山下，其左偏爲園，可三四畝，竹樹森蔚，玉筆峰擁。其後有泉，瀧瀧自崖下注於園中，匯爲二池，復屈曲出，注山下陂田中入河，二池其大者尤清澈可愛。

　　去年二月，予來按試，既撤闈，參戎孫公容齋邀飲散步，於是徘徊移晷，仿佛得建亭佳處，惜其地在衙署，來者率傳舍視之，莫爲經理。參戎亦新蒞任，未能以不急之務相敦勸也。及予歲杪再來，復晤參戎，則業已布置如予意中所期者。池中植木爲基，編茅爲蓋，橫板爲橋，拓窗四面。亭心可布一筵，外設小周欄，可巡而步。池養魚數百頭，堂堂策策，蓮芡待時而發。編竹爲筏，童子蕩焉。四岸周蒔杜鵑、梔子之屬，雜蔬滿畦，倩綠可愛。坐定，山風謖謖來，竹樹石泉之響交諜於耳；瞑目細參，悄然移情，蓋忘其爲天末萍蓬之踪迹也。

參戎語余曰："前吾來者，去之日，几案或析而爲薪，今吾之爲是也，安知去後不供人薪材乎！雖然，人之居官也，一日在位則一日之事不敢苟，官之寓何獨不然？吾以適吾事焉，久暫非所論也。"善夫！安得此近道之言哉！予惟園之妙在音，而亭未有名，因取昭明"山水有清音"之句，顔之曰"清音"，而係以詩，且爲記，以諗後人，勿或如薪材之料焉其可也。

## 嶗山華嚴庵游記

嶗山最東北谷，衆峰環合，獨缺東南一角，海色涵之。有庵曰華嚴，因山爲級，數進益高，佛宮、客舍皆峻整明潔。地多松，有竹雜樹，森蔚峰外，殆不見石。庵境最幽，而背枕獅子峰，登未及半，則大瀛生襟袖，曠奧兼之，故庵之名，於嶗尤著。游人自縣來者，東南平行三十里，至下宫別院始入山，灣環洲島間。又三十里，至修真庵，可小憩。東南繞山沿海行，怪石森列，與潮波雷鬥。又十餘里，始仰山而登，右轉入谷，徑益紆，長松偃蓋陰陰，鬚眉爲綠。約五六里，至庵門矣。庵之右爲塔院，修竹夾門，下爲魚塘，有泉注之。院有耐冬二株，徑圍尺許，含苞滿枝，作一花焉。

予來以九月下旬，晚至庵宿，是夜雨。次日，飯罷開霽，挂杖登獅子峰。還，筍輿出庵，沿海南欲往下清宫，岩徑峻仄，洪濤撞其下，經數險乃得寬平處。據海濱大石坐少頃，復入山行，有村，問下清宫，或云三四里，或云可七八里，橫嶺距其前，日已昃，念沿海險，遂返。次日，取道山西，訪華樓奇石而歸。予自登州數百里來游嶗山，名迹滿胸，不意一無所到，獨再宿華嚴庵去。予讀《即墨志》，得明人嶗山二游記，皆不言華嚴庵。庵無碑記，詢之庵僧，言開山海空禪師塔院即師墓也，庵之興近百餘年矣，始悟庵起記後。而獅子岩下（此獅子岩非華嚴庵後之獅子峰也）有宋太平宫遺址，予來過之，茅屋一間，乃在谷外，豈前人經營未及此歟？抑當時別有遺構，竟湮没不可考歟？庵地既絶勝，予時又未至他所，故尤矜之。按："嶗山"本作"勞山"，亦曰成山，《史記·封禪書》"成山斗入海"是也。據《志》圖，亘三百餘里。二游記載名寺觀十餘，大抵皆在北境。聞土人言，自巨峰南去益奇，顧道險非人迹可至，蓋仙靈窟宅云。

是游也，崔明府少良爲主，順天人；同游者王觀察桂舟，奉天正白旗人。明府客二：王子新若、井子丹木，皆順天人。予客三：戴君春曇，浙人；家孝廉在田，雲南人；陳孝廉無黨，四川人。庵住持僧瑞方，萊州人。予前後得詩二十餘首，僧乞予書，爲書其三，僧以异石報焉。

## 南塍草堂記

余與伯兄同官京師二十年。乙酉秋，索畫師爲《花墅對床圖》，海棠聽事，貌余兄弟聯坐其間，而係以詩，同人多和之。忽忽十二年，求所謂對床之墅，猝不可得。

歲丙申，余抱病罷官，依伯兄以居。時伯兄尚官工部，欲引年，未果也。而余以其間得爲南塍。南塍者，右安門內蔬園，西南距門里許。自前明爲玉皇廟道士產，不知何時園易爲廛，舊名里仁街，廛又毀而爲園，然仍其舊名近三十年矣。余以值三百質之，地五十畝，町畦錯綜，間以廬舍，中有棗林二三畝，頗爽塏。余周視良久，笑曰："是殆欲以成吾圖乎！"取班固《西都賦》"溝塍刻鏤"之語，易以今名。刪其繁蕪，規以墻，起土屋三楹，汲井引流，手補雜花樹數十本，時與伯兄游息其中。

夫人之於世，寄焉而已，名實賓主之說，究未有以相定也。故謂堂我堂，謂堂非我堂，與夫爲堂非爲客事者，皆未達於道之說也。子猷之種竹也於逆旅，少陵之置瀼西甘園也以流寓，即淵明賦《歸來》，蓋一時托興之辭，豈必柴桑、栗里而後講田園樂乎？幸際盛朝，荷寬政竊禄之餘，耕桑近郊，非昔人轉側崎嶇者比。況都下距吾鄉不三百里，松柏枌榆，望中隱然，可信宿而至，奚爲客之足云？此堂之成，春秋佳日，兄弟携手流憩，即事多欣，後來無窮，要不足論也。草堂余所闢，非余所私，寄之南塍可矣，又何以名？

## 《枝巢集》序

《枝巢集》者，予告翰林學士圖君裕軒之詩也。

余與裕軒同舉乾隆戊辰進士，同入翰林，應制賡和諸作，先後喁于。然裕軒初不以詩自名也，厥後陪扈行幄，以及典試蜀齊，駼征物色，皆有佳句相酬。裕軒澹然無矜色，人亦若相與忘之。初，循資晋頭廳，一挫再振，光復前階，遂以疾辭。年方强仕，家非素封，輒蕭然引身，絕意進取，儕輩之中未有如裕軒者也。

余嘗謂詩派不一，學者各得其性之所近，而清遠閑適、味外之外，惟天性淡泊者近之。襄陽高格，輞川逸情，出處不同，譬諸草木。吾臭味也，於吾裕軒仿佛遇之。裕軒既賦閑居，田園之作富焉。當其意得，悠然與候蟲時鳥同應化機，章句工拙，蓋不足論，後有觀者，可以想見其爲人矣。昔讀鷹青山人《睫巢集》，嘆其孤詣，裕軒於深造處似稍遜焉，而天趣過之。焦螟巢睫，列子蓋寓言也。莊子"鷦鷯"之喻，於義尤釋，張平子賦之，斯大雅之所取也。深林一枝，有同志耳，余故樂爲之引言云。

## 朱筠園《溪音集》序

凡音之起，有感之者也。感之者，窈渺恍惚，不得其所始，而獨托於所見以爲端，所托不一，則聲氣殊焉。詩之體，倚音而立，其根於性情，而隱寓夫政俗者，固非音也。至其形於咏歌，則莫不各即耳目所及、志趣所安以反覆而長言之。是故從游則敬賡夫《卷阿》，獨寐則永矢於《考槃》，迹異出處，響殊莊逸，二者標尚固然。然廟堂之士，進有官守之責，退有酬應之勞，苟非性情所近、夙有深得，即偶然涉筆，豈能以稱心而問世？而山林憔悴專壹之士，其日多暇，其神不擾，故得以孤往於虛無空曠之間，以自得其性，而大廣其業，雖復其音容有偏至，至其獨得，蓋不偶然也。

予同年友邵武朱子梅崖，號爲能古文，其兄筠園，獨以其詩名。憶辛未歲，梅崖赴令山左，臨別，出《筠園制義》一編、詩數章相示，且曰："予與家筠園分業詩、古文，筠園所得，殆過於予，且筠園負才名三十年，而獨艱於一舉，豈其中之有未足與？子第其文而序之。"予謝之。既歸，視其文，廉悍精詣，有孟旋、貞父諸前輩風；讀其詩，益可愛，恨不即見其人。癸酉秋，筠園計偕來京，一見如平生歡，始得盡讀其《存》《删》二詩稿。其《存稿》俯仰容與，體清心遠，有陶徵君之遺音，而韋、孟其性情也。其《删稿》跌宕瓌偉，鐫刻穠纖，出入於飛卿、長吉以力追少陵者，蓋其少時作也。予既得交筠園，益重其詩文，又益嘆梅崖前語不阿所好如此。是科筠園放歸，無忤色。

丙子秋，予奉命典試山左，梅崖分校，相聚月餘，訊知筠園篤學自好，恬如也。梅崖獨敦索予序筠園文，予諾之，顧匆匆未得爲。丁丑六月，筠園自山左以書來抵，餉以新鋟制藝《蕢稗集》，則嶺南林君穆庵已序之矣。附《見懷詩》二章，且曰："余文已梓，序無重煩。別來五載，近詩已成八卷，取名'溪音'，願請一言爲弁。"噫！筠園於詩，何其進之速而收之富也？境老愈熟，斷可知矣。

予自十四五時爲詩，至二十，所得數百首盡毁之，無一篇存者。中間隔四五年，絕筆不爲。自二十四五，又稍稍爲之，至今積十二三年，所得約亦不下七八百首，亦無一半存者。即如梅崖以古文得名數十年，去歲闈中訊及，亦未得排纂問世。而筠園獲以暇日專精，功緒可稽如此，較吾二人得失多少何如也？集名"溪音"，蓋有取於莊生"地籟"之説，然似不能無丘壑閒想。今功令科舉以詩易表，風雅庶幾丕振，溪音之節將爲筠園比竹而奏之，可乎？

## 《香桂園詩集》序

壬午夏，簡在滇南學署，湘潭橘洲張老夫子觀察川東，以書來，并寄所爲《香桂園詩》屬予序。予時抱疴，未能應命。

明年入都，供職内廷，少暇。又明年春，在直廬，乃始盥手敬讀焉。集分七編：曰"餘事集"、曰"舫齋詩"者，初官翰林，居京邸時作也；曰"還湘草"者，以憂回籍時作也；曰"豫南吟"者，觀察南汝時作也；曰"西行紀事"者，典試陝西時作也；曰"看竹軒草"者，家居時作也；曰"江行雜興"者，自楚入吴，舟中作也。

略備諸體，而所存甚約。五古志和而音雅，十九首之下，於阮嗣宗爲近，唐則曲江嫡派也。七古跌宕奇峭，於東坡、半山爲近；而浣花老人，其崑崙墟也。律絶諸體，推陳出新，既莊且逸，香山之自然、劍南之俊拔，殆於兼之。

予始讀之，愛其工，繼嘆其源流之遠，及執其所爲近古者一一求之古人，又渺不可得，而後嘆先生之詩其妙固別有在也。自漢以上，詩不名家，詩集之興昉於魏，波蕩於六朝，而大盛於唐。作者緣情而出，倚聲而立，當其得意，不知有古人也。惟其縱心獨往，集於虛游於初者久，悠然油然，與道大適，長言咏嘆，而後可以感發乎人心。是以美斯愛，愛斯傳焉。以予所觀古今之不苟於詩者，往往如是。

予以甲子受知於先生，戊辰入翰林，持所業謁先生，因得聞諸緒論。先生之言曰："詩之爲道，根支正變，不可以一言盡。然其要旨，貴無近名而已。予之於詩，爲之雖久，未敢自信。獨以居二十年詞館，而於儕輩中無赫赫名，此則予所自信者已。"先生以公才公望領袖詞壇，既受聖天子特達之知，屢遷宮尹，揚歷方連，天下談文章經濟，推先生當不在韓歐下，而先生自言乃淡然若此。今讀先生之集，試帖之體、酬應之作，百不存一。乃至鬭一韵之奇，争一字之巧，重沓往復，以多爲勝者，通集無一見焉。益嘆先生詩品之高，根於性術，非區區模仿古人以幾幸其合者也。予受知先生久，愧學殖淺薄，無能表章萬一，輒取素所聞於先生者，敬書簡端，還以爲質。

## 《碧腴齋詩》序

接迹名山水，以文章氣類交朋友，至樂也。惟多倉卒，不能盡領其妙耳。予來山左，同官以詩名者，吳中陸君青來觀察、桂林胡君書巢、奉天朱君思堂兩太守暨濟南董君曲江教授而四。書巢與予晤最早，其《碧腴齋稿》乃今得讀之。

去年二月，始登岱，值霾霧漲天，無所見而返。今年，先期宿岳頂，振策日觀峰上，天始向明，白雲抱山眠，千里彌望，暾旭泱瀁，駮其背，乃得極諸瑰麗。因念宇宙間高深平遠之境，可以一覽而收，若夫昏旦四時之氣候闔闢變化，固非日夕於中者不能遍領之。夫文章亦猶是矣。初，予重刻亡友藥上人《雙樹堂集》，書巢實慫惥之。書巢入蜀詩，余爲題二絶句，及行郡至東昌，書巢病中出舊編索序，即所謂"碧腴齋"者。余携置行篋中數月，爲次第披閲，如得游理焉。三名家各擁巨集，粲如秋峰競爽，余未有能焉，而皆愛之。

每憶生平至游覽佳處，詩筆滿崖壁間，偶見題空名於上者而喜，以爲不落言象，庶可存山水與我之真也。今予序《碧腴稿》，亦效夫山水之題名而已。癸巳夏五。

## 《歸震川集選》題辭

震川之文得力南豐，其學有根柢，《禦倭議》及《東南水利》諸篇，鑿鑿可見之施行，世目之爲迂儒，非也。諸序、記、議、論，皆能舉其大；碑板具有法度，顧多牽於酬應，未免拖沓耳。三節婦傳，潔而逸；及《城隍廟靈應記》，格韵殆近柳州，爲集中高品；諸上書摹韓，嫌太規似。

## 《方望溪集選》題辭

望溪之文，以全力刊削枝葉，下語多見本源，其意蓋直欲上掩唐宋，自成一子，而羽翼六經也。顧嘗論之："文以載道，載道必以文者，貴能因物賦形，設兩端以窮道之變。"望溪之於文，迫於近道，其於兩端猶未竭焉。其論宋五子之書曰："抑不如古人之旨遠而辭文。"至其自作，亦多未免理障，特詞氣取材荀卿，較五子加健厲耳。讀經史諸篇，所見卓越，具徵別古書正僞本領。書序遒峭近半山，碑板過求峻潔，運掉凌空，多不入格。

## 答陸朗夫書

頃接奉手書，關愛殷殷，兼讀光賜大序，刊落浮詞，獨標正骨，私幸薄劣得所托以不朽。乃於獎藉過分之餘，原本鄙人交誼以及性行，何言之深以至也！

僕與亡友戈芥舟先生，總角論交四十年，中間應求雖廣，至於性情文章切劘往復之益，不敢過望於他人也。僕詩文自戊子夏前，皆經芥舟評閱，欲序未果。又半載，而芥舟以典試没於道，遺筆屬僕爲傳。以僕之文，不足以傳芥舟，而卒爲芥舟傳者，僕之幸；然僕集竟未獲序於芥舟，僕之不幸也。晚得交吾兄，古心獨出同匯，而文章質雅如或過之，過承蘭臭之誼，不見鄙棄，用不自揣，敬求贈言。昔歐陽永叔序《秘演集》，謂曼卿既逝，秘演漠然無所向，然卒爲序者歐公，則秘演之幸也。僕於芥舟既死之後，重得吾兄序其文，可不謂不幸中之大幸乎！

僕邇日公事小暇，匯諸草稿，删付胥吏鈔清本，冠以惠序，總題曰《嘉樹山房集》，約可十餘卷，又諸雜體可得若干卷。審視可存者存之，非敢問世，藏諸篋衍，同敝帚之享，要得知己一言，足以豪矣。肅此奉謝。

任城書院肄業人照灤源例敬已領悉。暑退小涼，惟眠食加爽。臨池翹溯，不宣。

## 芥舟先生小傳

芥舟先生病卒丹徒，遺書令弟源，屬予爲傳。嗚呼！予何足以傳先生！顧惟予得交先生久，先生殁身之托既不可恝，竊亦欲紬繹先生生平，著録之以永其悲，作小傳。

謹按，河間戈氏自侍御、檢討、歸安令封公，三世皆以儒術致身，官中外，爲郡望門，至芥舟先生而名始大。天下之人識與不識，無不知有芥舟先生者。及其卒也，鄉之戚友、朝之紳士，凡親其言論風采，誦其文章者，無不嘆息痛悼焉。嗚呼！古所謂死而不朽者非歟！

先生諱濤，號邃園，芥舟其字也。少穎异，讀書志氣激發，慨然與古人哀樂。年十六，補邑庠生，始講出門交，然性介特，不能爲苟同，故生平執友不數數覯。學深於詩，初從潘陽戴通乾先生問途，既受知於督學嘉興錢香樹先生，目之曰："此子他日成就當過雪崖。"雪崖者，吾邑檢討龐公也。與邊徵君隨園晨夕最久，已乃上下沿溯，歸於自得，體氣蒼涼高潔，類其爲人。

余年十二與先生爲昆弟交，先生長余四年，儼然以古義相勖，雖笑談甚洽，而終日無誕諺之語、惰慢之容。余爲諸生，應歲科試，或間歲一晤先生於郡城，歸未嘗不爽然自失也。弱冠舉於鄉，既而屢蹶禮部，從父封公之河南嵩縣任，封公緣事解官，先生獨留二年始得歸。家貧，傭筆養親，教諸弟皆有聲譽。及封公再起，官於浙，先生命妻子隨之任所，獨游京師五年，學益老，名亦益立，遂以翰林世其家。是時予初供編修職，常與先生同輿易衣，或析宅而居，故踪迹尤密。先生識趣高簡，望之巀然若不可即，至其論交，灑如也。謀人如謀己，朋友有過，未嘗不規。與之言，是則如響，小差則默，未嘗違心妄應。不喜世俗譏祥小數博弈諸戲，工書，喜爲詩文雅集，文恒先成。性勤敏綜整，眠食有常度，少飲輒醉，飲必以暮。常服必潔以樸，入其室，案無凝塵，雖巾舄微物必得其所。

初，用少銀臺薄圖南先生薦，以經學徵，未屆期而選館。先是，封公官浙之開化，調繁歸安，失意大吏，欲摭細故以快其私，慚於先生而止。既而仲弟濟、季弟源先後雋於鄉，先生典試大郡，明年季弟聯捷，官户部。家慶俱集，而封公引年歸，先生率諸弟彩衣稱壽，戚友咸在焉，於時先生最樂。改官御史，數上封事，稱旨，遇京察，當事欲置以上考。故事，得上考多得美遷。先生力辭曰："御史言事，職也，豈可以此階榮進哉！"聞者服其言而止。其耿介自許蓋天性也。官終刑科掌印。

晚年鋭意著述，古文疏宕有奇氣，尤長傳記。作《族譜》《邑乘》以發其蘊積，而四方奇節偉行，耳目所及，又時時網羅登載。十餘年來，遠近慕學之人欲托文字以有傳者，類皆頫頫相向，而先生不幸道病，中壽死矣。所著《戈氏族譜》《獻邑志》，皆已付梓，《坳堂詩集》《坳堂雜著》各若干卷，藏於家。自先生死，而直隸十郡後進之士皆惘然失所嚮往云。

贊曰：荀卿子有言"君子安雅"，古今砥礪名檢有二途歟！以予所見，芥舟先生文行甚修，核其歸存，庶幾有合於《詩》小、大之義，知者當不病予阿所好也。先生知名無虛附，必以其質立之，務抗心矜尚神明間，烏得不落落自异乎！

## 藥根上人小傳

甲戌，予客揚州，所識方外士三：曰具如，曰拙樵，曰藥根。揚州之名刹曰平山堂，寺地佳勝，冠蓋輻輳，小住送迎無虛日，拙樵主之。而天寧寺附郭，香火甚盛，有放生園池，富商豪臣所輸，充牣其中，沙門因以爲利，具如主之。二僧者各據方丈，爲名高隱若相角，至論其才品，皆無能與藥公爲役也。

藥公故居城中之祇園庵，庵絕狹小，人迹闃然。予初聞其名，造焉與之語，循循如書生。讀其詩，清拔有韵，益不類緇流語，予以是心愛之。既余北還官京師，十年絕不相聞。甲申秋，有僧來謁，視其刺，則藥公也。自云數年來，居牛首祖堂，兹更欲西禮五臺，因盛暑暫留京師耳。貽予曹扇一，泥金題二詩於上；素册一，書其近作，書效秦劍泉學士體逼真，圖書精妙，其手鐫也。予一日邀藥公暨諸館閣名士集嘉樹軒賦詩，分拈襄陽"微雲、疏雨"句韵，藥公得"微"字，即席成五古十四韵，一座傾焉。

初，予識藥公時，年三十許，瘦頤頰，鬖鬖始生髭。予嘗戲語之曰："子非出家人，是江南好秀才，欲爲子冠巾可乎？"藥公顧笑不答。十年再晤，貌如舊，予私嘆靜者之天全如是。未幾別去，丁亥又來，則鬚鬢半白，神致亦小減。予驚問其故，知爲制軍方公宜田所邀，居保定之青蓮禪舍，制軍好詩、好書、又好圖章，兼之會城南北交衢，應求煩多夥，是以憊。予聞之憮然。蓋逾年而藥公死矣。嗟乎！藥公未嘗一日爲平山堂主，而終不免於拙樵之迎送，以槁落其神明，是可悲也。戊子秋，予典試楚中，過清苑，甚雨，宿逆旅，問藥公成塔處，無知者，作詩哭之。庚寅秋，重訪之，乃知其徒已扶柩南歸矣。藥公既於予厚有緩急之誼，予尤未知所報，姑傳上人與予交情始末，以時省覽云。

藥公名湛性，"性"又作"汛"，藥根其字，一字藥庵，丹徒人，姓徐氏。

## 適舒氏長女學温哀辭

嗚呼！吾不意汝之聰明孝淑一旦夭折。昨猶共我笑語，今已化爲异物，修短之故，夫安可言説！

汝姊妹五人，汝長最賢，率先諸幼，以慰我晨昏。楷書規摹《樂毅論》，詩兼古近體意，爲短長樂府，往往出塵。古文章句，下筆亦能成，《宜家瑣語》一篇，尤裨雅化、破俗情。凡此弄筆，固非婦職之常，惟汝以餘力及之。吾方樂其有文，而遑恤其不祥！

歲己丑，汝歸於舒，距今丁酉九年耳。多病寡娛，中間兩罹大故，除服再期，舉一雛，又七月而汝歿。計汝身事，可謂粗了，朝菌蕣華，生意何草草？汝以吾無子，常戚於心。去年隨婿來京，吾適罷官臥病，汝拜床下，涕涔涔。吾舉子旋殤，汝痛尤深，私謂汝婿，願得早死，更爲吾丈夫子，以報罔極。嗚呼！汝竟死矣。三生之説，其果可必也耶？假令汝能重來，吾未敢知見汝成立如何如何，徒令我腸斷眼枯而覿面永隔。嗚呼！汝非吾子，吾與汝母視汝如子，汝諸妹仗汝如兄，汝婿敬汝如賓友。念汝生平，致有神理，類能乘化去來，蟬蜕濁滓，胡爲現疾病苦厄與衆生同？使夫人有過情之哀，而不知者以爲哭死，嗚呼痛哉！

系曰：有女非男兮聊勝無，汝爲吾女兮尤殊。愁余破兮悟汝領，婉纏綿兮脱穎。萬族相比兮非因非緣，忽爲父子兮良偶然。惟淑慧兮所鍾，悲剡剡兮攢胸。待後身兮知惑，魂無不之兮儻可得。余不得兮使汝早摧，刮垢滌愆兮祝汝再來。

► 邊繼祖 ◄

# 詩

## 題高咸一表弟過庭小照①

高陽才子荀家龍，君尤矯矯司雲風。小年落筆妙天下，老輩咋舌驚兒童。金臺選士如選駿，萬里蹴踏皆英雄。昆友後先領鄉薦，清文紙貴何其工。兄也引對明光宮，一麾乃指瀟湘東。君亦抉起厭章句，那堪屈首箋魚蟲。當年一經守家學，舞象舞勺神融融。苦思鯉對煩指授，不學牆面真凡庸。即今學優親薄領，單車西指蓮花峰。秦地高凉號陸海，士女好義歌小戎。蒹葭蒼蒼露華白，尹年正少顏昌丰。課晴問雨走阡陌，歌呼和答言笑同。圖中之人孝且恭，圖中之景何雍容。聖朝司牧急先務，知君用表循良衷。百年不償子弟事，要令孝弟生耕農。魯論半部治天下，而況一邑蘇疲癃。君其小心事撫字，五陵嘉氣春濛濛。高岡竹實待鳴鳳，褒書行見芝泥紅。

## 奉題給諫前輩太老先生《七芳圖》遺墨并請敬堂老先生誨定②

扶輿清淑含天倪，萬卉乘化隨分攜。大材纖植均拔俗，時眼妄與分町畦。高賢襟抱雅相稱，氣類感召通靈犀。已羅三徑娛清玩，更為寫照流標題。蕭森松竹壓檐角，橫斜梅萼臨寒溪。羅襪微波洛水似，紅衣初日橫塘西。春蘭秋菊自呈秀，芬過麝馥含腥臍。獨憐榮落殊寒燠，蒔藝那得芳菲齊。頃刻花開無幻術，群芳譜上名空稽。始知筆端

---

① 陶梁：《國朝畿輔詩傳》卷三十八，第476頁。
② 端方：《壬寅消夏錄》（稿本不分卷），中國基本古籍庫。

奪造化，意匠慘淡忘筌蹄。先生品望超恒蹊，持橐簪筆趨金閨。白簡霏霜識鳴鳳，黃扉待漏隨晨鷄。帝遣掄才操玉尺，楚江芳草何萋萋。湘蘭沅芷入行篋，藥籠小草供刀圭。薰蕕臭味有真氣，日華五色誰能迷。有時幽賞寄泉石，朗吟長嘯追山稽。無心點筆仿蕉雪，隨手染翰收囊奚。祇今玉樹植上苑，筆花掞藻宮雲低。薇閣清陰佇臺座，桂林昔夢凌丹梯。樊侯梓梁溯疇曩，清芬世澤窮攀躋。批圖罤然景高躅，珍藏什襲應緘縰。

## 賦得誤筆成蠅①

因誤翻成巧，良工續特能。毫端如孕物，屏上遽來蠅。鑽紙何由出，污縑信可憎。麝煤分扇翅，雞距作交繩。拔劍空驅逐，生灰等濕蒸。吳宮看轉惑，齊國聽難憑。不讓魚懸板，那殊壁寫鷹。還聞龍天矯，雲氣畫升騰。

## 梭化龍②

恍惚誰能測，神龍變化多。偶同魚在藻，幻作鳳銜梭。鮫客拈猶怯，漁人認竟訛。誰知氣飛動，不受手摩挲。鱗爪崢嶸露，風雲倏忽過。六丁下雷電，一瞥去江河。漫擬蠻催織，真如劍躍波。只應霄漢上，札札伴星娥。

## 高樹早涼歸③

仙苑籠芳樹，輕陰散禮闈。暑先華省退，秋向禁林歸。空翠看無定，浮嵐望欲飛。拂林添曙色，入座引清輝。爽氣通宵徹，寒光竟夕依。和雲雙闕迥，承露九霄微。宮井聲初轉，天河影漸稀。槐街涼思滿，須護早朝衣。

---

① 法式善：《同館試律匯鈔》卷八，《四庫未收書輯刊》第7輯第30冊，北京出版社1997年版，第450頁。
② 同上。
③ 同上。

## 射中正鵠①

　　正鵠賓筵設，雍容禮射和。選徒先正志，尚德後同料。的暈三重影，棚雲五色波。弓開看月滿，鏑到覺興過。體直虛弦少，心平命中多。專長誇插薦，妙技説懸莎。狸首於今列，騶虞自昔歌。澤宮如不棄，決拾待搜羅。

## 題業師肇畛叔茗禪小照②

　　十載夢光儀，銅盤受業時。乍披新畫像，非復舊須眉。吾道豈終梗，斯文應在兹。何當還侍側，熟誦茗禪詩。

## 題劉嘯谷夫子玉照③

　　雲林寫窈窕，岩壑澄秋光。獨坐古松下，穆如襟袖涼。道心契參同，妙喻懷蒙莊。嗒然中有得，木犀生微香。

## 和亨山大兄口贈元韵④

　　京華重握手，話舊數晨星。雪裏頭俱白，燈前眼倍青。醇醪心已醉，蘭臭老逾馨。他日耆英社，相期結草亭。

## 題《澄懷八友圖》⑤

　　勝地依仙籙，朋游話昔盟。衆山排户入，一水及階平。屋古撐松老，樓高受月明。祇今圖畫裏，端直六清卿。

　　往在屠維月，承恩入禁林。比鄰成小築，散直憩層陰。感激多今雨，招攜見古心。春風隨杖屨，是處好題襟。

---

①　法式善：《同館試律匯鈔》卷八，第450頁。
②　邊恩穎：《吾邱邊氏文集》卷一，民國鉛印本。
③　同上。
④　尹嘉銓：《真宰集》卷七，乾隆刻本。
⑤　蔡新：《延禧堂憶舊帖》卷下，乾隆四十八年拓片。題下自注："葛山前輩囑題。"

## 挽勾山先生步李廉衣韵①

肯爲專鱸便憶家，暫留耆宿領清華。詎知病似沾泥絮，轉覺官同著袂花。風雅頓教前輩少，清貧還重士林嗟。茂陵遺稿名山富，早晚西湖走傳車。

## 題家漪園先生傳後②

獨抱遺經世所欽，偉然名節重儒林。憤當罵賊還存舌，頑到知恩亦革心。虎穴再經渾膽鐵，鯉庭同患勝籯今。峽江逸傳追甄濟，翹首韓文健筆淋。

## 題岳忠武祠③

痛飲黃龍事不成，將軍關外令行空。國仇未報心原熱，臣罪當誅氣轉平。千載還鄉餘碧血，百年遺廟有荒城。可憐湖畔冬青樹，響入哀湍咽暮聲。

## 恭和御制《題宜照齋》元韵④

精廬結構天然好，不敵南榮却面西。一壑雲霞生藻井，千峰紫翠上璇題。食蘋野鹿緣坡熟，啄果山禽拂樹低。臨照朗懸心鏡澈，秋光萬象近堪携。

## 聽　風⑤

淡月疏窗對寂寥，颶風聒響徹深宵。匡床危坐殘燈盡，如聽錢塘萬弩潮。

---

① 陶梁：《國朝畿輔詩傳》卷三十八，第477頁。
② 暴大儒：《峽江縣志》卷八，同治刻本。
③ 法式善：《梧門詩話》卷五。
④ 《皇清文穎續編》卷八十八。
⑤ 陶梁：《國朝畿輔詩傳》卷三十八，第477頁。

## 和紀曉嵐《題晴沙所繪藍筆牡丹》韵①

一番好雨净塵沙，春色全歸上苑花。此是沈香亭畔種，莫教移到野人家。

## 題朱石君畫②

乞得仙園花幾莖，嫣紅姹紫不知名。何須問是誰家種，到手相看更有情。

## 題成哲親王《寒江獨釣圖》③

寒光漠漠静郊圃，一色江天糁玉麈。最愛艤舟叢薄裏，酒簾高揭欲生春。

遠水無波遠樹明，樹頭依約見山城。此中應有袁安宅，凍鎖柴關暮靄横。

## 恭和御制《南天門攬勝軒作》元韵④

天門一綫闢雲逵，攬勝臨觀曉霧披。樓堞萬千環遠勢，岡巒七二聳雄姿。⑤

盛朝聲教通南朔，邊塞安恬歷歲時。自是德城同覆載，八荒我闢信今兹。

---

① 紀昀：《閱微草堂筆記》卷二十《灤陽續錄》二，《續修四庫全書》1269 册，第 348 頁。
② 同上。
③ 端方：《壬寅消夏録》（不分卷）。
④ 《欽定熱河志》卷一百一十四《藝文》八。
⑤ 自注："山自大行來，凡七十二坳，蜿蜒二千里。"

# 文

## 水圍賦①

　　歲在玄默，皇帝既畋於巴顏河洛之地，於是致白鹿之上瑞。白，秋色也，對時茂物，彰厥類矣。越明年春，將修水圍之舊典，以行禮布惠。考之《易傳》，則漁畋示卦；徵諸《詩·頌》，則漆沮載詠；取魚薦王鮪，抑又在《戴記》焉。且邦畿三百里之次，土廓而澤巨，匪遠以曁，匪勞而餽，蕩蕩乎九十九淀，洵足以縱大觀、講大事也。

　　於是練時日，戒徒侶，閑輿衛，敕僕圉；詔太皡，使啓途，役勾芒，使編伍。大丙執棰，五丁周扈，百神奔走以先驅兮，颯清風而霏靈雨。帝駕鳳凰之雕車，樹九芝之翠羽；六龍蠖略以蕤綏，旟旐伾偈而容與。下閶闔之天門，歷蒼莽之廣野；燕山厜㕒而右繞，易水湯湯其東下（叶）。軒帝陟降於涿鹿之墟兮，夫何神光離合晳霍而不可語也。爾乃越修阪，凌高崗，睇巨津，睎回塘，澶澶湉湉，磕磕硠硠，沉瀁乎燕趙之界，泮汗乎雄關之陽。挾溥滋，捲沙塘，湛金波，瀠白洋，《魏都》標掘鯉之名，《水經》注滅口之疆。魚君築斯陂，子貢峻厥防，蓋七十二水之所奔湊，潴廣莫而吞大荒。其南則噴瀛欲鄭，溝塍交錯，控九省之達道，帶七邑之城郭。其西則太行翠微，朝烟夕霏，窮島回汀，曖曖依依。東會九河，鼻乎汹汹，與海通波，虬螭偃仰而出沒，長鯨鼓鬣而婆娑，渺三山之峻極兮，瞻碣石之峨峨。其中則長橋亘堤，延連逶迤，垂碧柳之毿毿，綿青莎之靡靡，魚鳥之所聱耴，芎卉之所麓披。紫菰沉雲，青菱漾陂，牽荇蔓之長帶，擢菡萏之

---

① 劉統：《任邱縣志》卷十一《藝文志》下，第1566頁。

朱荋，蒲蔣葭荄葱葱蒨蒨者鬱乎其涯。魚則發發之鯉，甫甫之魴，有鱣有鮪，有鰷有鱨，唅唲沉浮，圉乎洋洋。鳥則鵠鷺鷗鶄，鶺鵁鶨鵁，伯勞東飛，候雁北翔；有信天之嘉禽，載山海之古經（叶），刷漪瀾而淡湛，啄魚蝦而徜徉。其北則經途砥平，以迓鳴鑾，碕岸之曲，離宮在焉。大廈駛駪而曼衍，玉車駢隱而闐駢。千官踆踆而霧集，朱旗爛爛而星繁。是時，天子已駐夫逍遙之輦而臨乎浩渺之淵。於是陽闢陰闔，雲譎波詭，鳳艒葳蕤，魚須旖旎，槳動瀾回，帆輕風靡；樓檣密次乎魚鱗，舴艋斜排乎雁齒。待節制於一麾，乃箕張而翼擺，如游龍之戲波，如長蛇之掉尾，倐蟻陣之就合，暈圓光於一水；鼍鼓震而潛蛟驚，畫角鳴而栖禽起。天子乃揽夏服之勁箭，彎烏號之雕弓，擬雲中之黃鵠，墜沙際之征鴻。期門佽飛之士，七騶四校之雄，無不力侔楚養，巧奪逢蒙；瞀廬電掣，繪繳纏風，弦不虛控，中必疊雙。既圍形之漸攏，眺逸翩之群翀，乃火機之齊發，激驚沙而流空。烟騰霧塞，焰射波紅，揚風毛而淋雨血，流離渙散於數百頃之中。已而鮫師進罩，水衡獻罦，或揄文竿，或帶湘罠。黈緣於靈夔之窟，震蕩乎陽侯之居。筌魾鱨，鱴鮘麗，罪潛牛，抶驪珠，巨鰽細魣，同罭共羅。笑詹公之技拙，嗤任父之術迂。仿佛兮川貧壑馨，而遺鱗剩鬣半戢戢狼藉乎泥塗。日之夕矣，停橈罷罟，風定翠潚，黃頭迴艫。棹謳發而鱘魚出，簫鼓鳴而水客舞。月上乎析木之津，徘徊於猗蘭之渚。溶溶焉，旷旷焉，若金支翠旗，恍惚有無而莫知其所。我皇乃退息乎行殿，流覽乎周廬。文采不加於桼梲，雕鏤不施於寮疏。蓋仰師夫累朝之儉素，即舊宫而加掃除焉。且夫道莫隆於繩武，德莫顯於承謨，事必循乎典冊，禮必遵乎古初。夫此東西兩淀，固聖祖仁皇帝三至五至之區也。披鴻文於玉府，覽穹碑於道隅，聽謳吟於父老，尋轍迹於里墟。溯流風而纘先烈，予一人豈敢忘諸！於焉考物候，省農疇，杏花雨滋，桑葉風柔，布穀飛鳴，宿麥油油。野父釋耒而扶輪，耆民擎榼而夾輈，僉匍匐再拜而致詞曰："吾民食帝力，浴皇麻，開我春，恤我秋，蓋歲歲望夫豫游焉。且天子嘗南巡江甸，至於海陬矣。涉洪澤之通津，泛揚子之巨流，閱錢塘之雄奇，玩西湖之清幽。其足以窮覽極觀者不可一二數，又豈此區區之所得侔哉！然而隸赤縣，屬皇州，天路近，膏澤優，聖祖之所稅憩，世宗之所咨謀，賢王躬親而荒度，大臣指畫而綢繆。則我皇上之莅斯土也，匪惟弋翔禽，餌沉鯈，競舟楫之奇，恣網羅之求。固將攬蓄泄之長策，畫疏浚之全籌，南運北運之交濟，子牙永定之兼修。俾淤者稍而墊者去，來無閼而往無留；旱乾不足患，水潦不足憂；魚蟹蕃其種，粳稌倍厥收。樂哉熙熙乎，真吾儕小人萬世無疆之休也。"乃歌曰：

淀流活活，冰解春兮；鯉魚鱻鱻，色如銀兮。天子來漁，繩斯縶兮；匪漁以弋，省我民兮。降觀農桑，笑語親兮；黃髮皤皤，扶雕輪兮。天地之德，萬方均兮；近聖人居，澤斯頻兮。我歌且謠，舞申申兮；千秋萬歲，樂皇仁兮。

## 《光復堂詩稿》序①

余於戊辰厠名中秘，出鄂忠毅公門下，時執館課就正，每於論文暇及士品，謂："士類當以文章經濟兼備者為冠。昔任司成時，得肄業選貢劉君某，其詩賦文藝雄渾古茂，睥睨一世，成均靡敢奪席者，名遂籍籍震都下。洎進而與譚古處，究時務，則議論傾三峽，皆可施諸實用。殆涼州奇士乎！"時聞斯語，傾慕久之，恨不得一識荊州也。歲庚辰，聞宰吾邑者為姑臧劉公，詢名字，適與忠毅公所賞識合，不禁距躍，喜吾邑之得真父母，樂觀其政而且快睹其詩與文也。

吾邑地瀕澤國，難豐易歉。數年以來，旱則螟，雨則潦，公之多方補救者不遺餘力，瘠民賴是以全，雖張忠定之治蜀無以過之。獨以未獲目其詞翰為歉。客歲，阿咸星五計偕來都門，出公所著詩稿，囑余序之。余幸得忭讀其瑰詞麗句，而十數年來夢想為一慰也。顧公詩非晚近可擬，當於古人求之。集中恭和恭紀諸什，藻繪喬皇，宛然沈宋扈從之詞。思親及留別雄邑之作，言孝言慈，沁人心脾，則杜少陵之渾樸真摯流溢行間也。黃河、華岳、崆峒、六盤諸詠，則宏敞偉麗，追步曲江。石鼓、雪浪諸長歌，雄奇排奡，直與昌黎頡頏矣。其他贈答及宮詞樂府，清雋拔俗，寄托遙深，駸駸乎魏晉之風焉。

---

① 劉統：《光復堂詩稿》卷首，乾隆刻本。

夫自古以政績顯名當時者，不必以詩詞著，而精力所到往往流露翰墨間。抒懷保之切，紀經理之勞，即詩而政存乎其中，所謂文章經濟相輔而行者，非公孰能之？於戲！忠毅公往矣，向所識拔，不第卓然爲盛世賢宰，且超然爲天下名士，同出其門者，與有榮施與矣！反覆斯集，蓋不禁冰鑒之思云。

乾隆二十七年，歲次壬午，賜進士出身、誥授奉政大夫、日講官起居注、内廷供奉、翰林院侍讀、國史館、武英殿、續文獻通考館纂修官，丙子科鄉試貴州副主考，加一級，治年家門眷弟邊繼祖頓首拜撰。

## 《北田集》序①

予曩在都門，得《曝書亭詩箋注》若干卷，乃嘉興江君孟亭所爲。取而閲之，見其疏解明而無餖飣之習，徵引博而鮮穿鑿之弊，因不禁掩卷而嘆也。

夫草堂擅詩史之目，玉溪專博奥之名，然兩家箋注紛拏轇轕，又牽引支離，動成附會，注述之難自古有之，非獨一時然也。國朝風雅肇興，人文蔚起，百餘年來，海内談詩者北主新城，南宗秀水。秀水之詩清新俊逸，不減庾、鮑，而博極羣書，兼綜世事，淵涵淹雅，亦與漁洋相上下。故注他家書猶易，而注秀水詩獨難，非博考詳究、研精核慮，豈易剥膚存液以與作者精神相爲印證乎！予用是嘉江君用心之勤，因以想見其生平所爲詩而特未覯也。

甲申春，奉命視學粤東，令嗣聲先持伊尊君詩册乞序於余。余謂詩固不易言，但君一生精力步趨宗工，淵源有自，其所作自非苟焉已也。是編隽不傷雅，巧不入纖，宛然秀水遺則。君既以注朱詩者爲是集導之先，讀者可由君詩而神會焉，是何异登秀水之堂而嚌其胾也。

任邱邊繼祖。

---

① 江浩然：《北田集》卷首，乾隆二十七年刻本。

## 《志學編詩》序①

詞賦之興必代著，漢魏歷有唐稱冠冕矣。而中必有魁奇翹出不可一世者以雄蓋於當時，其素士操觚沉吟茶蓼者無論矣。而名蕃世閥、彩纓襲組之家，往往龍體雲儀，飛文染翰，獨掌騷壇。垂千百年而文彩灼灼照人，則建安、蘭陵諸公子公姓豈不然哉！

夫文章之事原本性情，而性情之養繫門業焉。彼其歷金門、上玉堂，涉文囿、攬詞林，發秘府之圖書，翻石渠之囊帙，琳琅琬琰，浸淫濡染，大都非復人間耳目矣。又況其性情之獨厚者，彌從事焉即其功兼大半，業復何所不到乎？

宗室敬軒主人，衍天潢之一派，發間平之孫枝，麟定鳳羽，奕奕妙齡。手操柔翰，篋滿精製，編詩一卷，文曰《志學》，抑冲然矣。余受而卒業焉，愧不文無以揚其光也。竊因以窺我朝文德自近而遠，其胥天下而甄陶之者，蓋實起化於家人，積百年如一日也。豈直六代靡靡俳青儷白侈結習云爾哉！且詩者志也，志上與上，自然之理也。敬軒之志，規其大於姬公、孔父之書，寄其興於風雲草木之際。觀其自序，固已通古今、究天人，風雅之道，非同苟作者矣。所謂"代有其人"者，將不在茲乎！

韓子曰："弗與愚者論智。"余之於詩淺甚也，何足以知之？古詩云："齊心同所願。"則余亦志敬軒之志者，但不知成就何如耳，幸敬軒有以教我。

甲戌秋，桂岩邊繼祖題。

## 《排律試帖詩合編》序②

編《唐人五言排律詩》三卷、《試帖》一卷、《國朝試帖詩》四卷，都為一册，非為學古者選，為應試者選也。為應試者選，選試帖可耳，奚及乎排律？排律，試帖之源也。排律，詩之一體耳，奚以為

---

① 愛新覺羅·永忠：《延芬室集》卷首，清代詩文集珍本叢刊 309 册。
② 邊繼祖編：《排律試帖詩合編》卷首，乾隆刻本。

試帖源？試帖又排律一體也。

今夫導江自岷，導漢自嶓冢，岷嶓，江漢之源也。江之流爲沱、爲灃、爲匯而皆謂之江漢之流，爲滄浪、爲三澨、爲汈而皆謂之漢，是岷嶓江漢之源而江漢又諸水之源也。有志古者尋其源，必將由律而古，由古而騷，由騷而三百篇，其源甚遠，非初學所易幾，吾取其近者焉。以排律爲源而試帖從之，亦猶導諸水之但自江漢也。夫試帖亦不易言矣。有唐作者不數數爲，及其爲之而無有過焉者，彼誠致力於源也。顧得其源矣，而不溯其流，吾亦未見其必工，何也？試帖之於排律，其格不異，其體則殊，排律多寄興感事之作，而試帖多侔色肖行之辭。觸情易好，滯物難工，亦其勢也。要之源逆而流順，得其源未有不溯其流者。先之以排律，次之以試帖，而應試之學盡之矣。

國家重熙累洽，稽古右文。丁丑以還，以唐律易表判簿，海內外詩教丕興，多士沐浴咏歌於雲漢。作人之化，自當扢雅揚風，和其聲以鳴國家之盛，則應試之作誠不可不亟講也。初學者因是編求其源流之所合，其於應試也注而匯之爲無難矣！

乾隆壬辰秋八月，序於武昌使院署中，吾邱邊繼祖。

## 《排律試帖詩合編》凡例①

一、是選專爲應試，所編唐五言排律，務以格局渾成、聲調莊雅爲主。

一、唐人排律首推工部，其長篇波瀾壯闊，令人有望洋之嘆。兹選以二十韵爲率，俾初學便於規橅。

一、排律肇於初唐，盛唐繼之，氣體肅穆，允爲程式。中晚以降，不無稍靡，惟昌黎健筆摩空，風格一振。香山比事屬詞，長於鋪叙，顧其切近處易開後人淺率之門，不敢多錄焉。

一、排律以煉格爲最，後學爲詩，非間無可取之句，但按之前後，殊無倫次。兹編必取其章法老成、次第井然者，而其中警策之句，亦標以圈記，譬如大匠造宮，經營既善，梁棟必用美材，非但欲

---

① 邊繼祖編：《排律試帖詩合編》卷首。

初學摹取句調也。

一、評識有録取前人者，有間參己意者，惟唐人試帖録毛氏本爲多，亦務取其簡當，以便閲者領取其妙。

一、誦其詩，不知其人，可乎？稍取新、舊《唐書》及諸詩話，每人約數行，以志嚮往云。

一、試帖始於唐，其規模謹嚴，才華未盡逞露。至我朝雲漢作人，文治丕著，鴻章巨製，遠邁前代，故所編獨多。

一、所編國朝詩，但就目之所及見者録之，其餘遺漏者，容當續登。

秋岩主人識。

## 《敦本堂家訓詩》跋後①

適珍叔父天性篤摯，學行真醇，生平以孝友爲根柢，而居官涉世悉稱是爲準，以故發爲詩文，一一從至性中流出，令讀者如見其人。曩者偕肇畛叔與先君子同堂肄業，詩文酬唱外，昕夕論思，務以古人飭躬敦行之道交相期勉。予小子僅於母氏訓誡中心儀目想，未之逮也。於后，叔父以孝友端方徵授司鐸，歷任京畿州郡垂三十年。歸老鄉閒，葺舊堂數楹，顏曰"敦本"，且志以詩。予小子受而讀之，掩卷而思之："粹然儒者之言，藹然仁厚之旨，其根柢深而醞釀者久也。"因念我母氏所述爾日之言論風規，數十年來所心儀目想者，儼乎如將見之。

於戲！父母爲生人大本，繼生九齡而孤，已不逮事父，比又以校士南海未能爲母送終，敦本之道尚何敢言！伏念先大父以孝廉舉於鄉，先子敬身績學，克紹家聲。繼不幸未獲仰承庭訓，雖曾受業於肇畛叔父，而蒙稚無知，所謂"飭躬敦行"者茫然未能領略。由今以思，成童以前幾墮於輕薄佻達中，猶賴先世夙根，迷復不遠。通籍以後，懼習染浮華，汩没天性，每清夜提撕認取本來面目，而幾幾未敢自必。謹以吾叔此詩録置座右，觸目警心，或能終免於偷薄，以永此

---

① 邊方晉重輯：《任邱邊氏族譜》卷十九，乾隆三十七年刻本。

清白忠厚之傳，則祖父之澤也，吾叔之教也。

姪繼祖。

## 皇清例授儒林郎州同知覲天舒公墓志銘①

舒君其紳將葬其先人覲天公，以狀乞銘於余。覲天公之母爲予從祖姑氏，而其紳與予兄又婚姻也。所居衡宇相望，知公家世行誼甚悉，用是勉徇所請，不敢以不文辭。按狀：

公諱人龍字覲天，遠祖道武公自山右遷任邱之石村，家焉。數傳至明經公諱勛，舉孝廉方正，賓鄉飲，實爲公曾王父。王父完白公，康熙丙辰進士，不仕，以公兄衡州太守、前荆門州牧成龍貴，誥贈奉政大夫、荆門州知州。王母閔氏，贈宜人。完白公子峰若公，誥封奉政大夫、荆門州知州。配邊氏，贈宜人，有子五人，公其仲也。少家貧困，依倚外家，習占畢業。時大母閔太宜人春秋高，旦夕甘旨弗給，八口之養無所贍，而公兄初持籌京師，一日慨然曰："讀書貴致用耳，工文辭、取科目，非今日急。"乃捨去之京，與兄協力，經畫數年，家日以饒。

雍正甲寅，公兄試湖北州牧，携一弟往，家事悉以委公。公以養親率家爲己任，故雖例得州司馬，弗就銓。念太公、太夫人中遭家計衰落，未獲一日之適也，所以左右就養承意旨，敬進所欲者無不至。室以内纖毫無所私，兄弟同功共財。於人輕施與，無所係吝。家居而家族親黨之罣艱者咸賴焉，在京師鄉人厎滯無歸者無不資也，故長者之行，里閭至今稱之。體素羸，病中遭太夫人喪，哀痛逾節，遂延綿弗瘳。予素習於公，見其自初喪以至免服，無一日非病容，無一日非戚容也，卒以是不中壽而殞。嗚呼！其命然也？抑至性之過而毀以傷其身也？公志□未竟弗獲仕，故終身少所樹立以卓然表見於時，而父母兄弟宗族姻黨之間，率其天性所到，不與古人期而動有合焉。所云讀書致用者，乃能□□踐之，不愧於其言，以視翃翃然學問功名而所行或反者，名實得失何如也？

---

① 河北省任丘市舒建廠藏石。

公生於康熙四十一年十一月七日，卒以乾隆十年九月十四日，年四十有四。配紀氏，同邑庠生諱言女。子其紳，增貢生，候選知縣，娶南皮張氏，丁未進士、山東高密縣知縣諱乃史女。女一，未字。孫霖宇，聘同邑高氏。孫女二：一許字予侄學源，一未字。以乾隆己卯十月初八日葬城東石村之原。銘曰：

德之施，敷以畜，崇其垣而博其基。胡弗收之，若將留之，有角而觖。□而匌匌，恢昌厥家，以卒公休。

## 皇清誥授招勇將軍江西南安營參將又白蘇公洎原配誥贈淑人李氏繼配誥封淑人盧氏合葬墓誌銘①

公姓蘇氏，諱才偉，字又白，世爲河間任邱人。祖廷綸，考加修，俱以公貴，贈招勇將軍。公少魁勇有大志，好騎射，不喜爲帖括。念無以發名成業，聞大興王昆繩善古兵法，往學焉。久，盡得其術。裕藩召與語，大奇，屢促公仕。

起深井堡汛司，尋擢守備。有巨盜聚徒黨劫掠商旅，勢橫甚，公率輕騎數十，迹賊出沒，捕得其魁。總鎮尚公嘉之，薦補張家口右營游擊。積六年，調廣西左江，又調貴州鎮遠。二邊皆險要，民夷雜處，號難治。公寓德於威，扶仁過暴，部伍肅清。俄擢都勻參將，兼署銅仁副將。總督張公疏題，特簡江西南安營參將。至則修器械，勤簡閱，仿古陣圖指揮，帳下士卒無違者。時有擬捐兵餉爲總鎮建生祠者，公不可，曰："祠即當建，費宜出同僚，何累士伍爲？"總鎮聞而賢之，議遂寢。暇則與同官飲酒歌呼，投壺陸博，營亦無廢事，人以爲有古儒將風。初封懷遠將軍，又封招勇將軍。

雍正三年，公年六十一，以重聽告休。蓋自聖祖削平寇亂以來，德澤涵濡，四方不聞枹鼓之聲者五六十年。公於其時循分盡職，挨資格以進，故公所建立，猶未見卓卓可紀如古人者。然公雖退，遇賓客過從，呼酒與飲，論古今用兵成敗，鬚髯戟張，氣勃勃欲怒。年八十餘，猶騎健馬率子弟射獵原野間，蓋以示其老而志不衰也。公上有三

---

① 河北省河間市文物保護所藏石。

兄，其二早世，公事嫂惟謹，逾兄在時。撫遺孤子女，衣食婚宦竭力經營，無异己出，里閈尤至今稱之。

公生於康熙乙巳八月十二日，卒乾隆庚午十二月十七日，享壽八十有六。娶李氏，早卒，誥贈淑人。再娶盧氏，有賢行，公歷任南北，多得其助，誥封淑人。先公十九年卒，壽五十二，葬毛公塢新原。子二：長齡，候補州同知；長英，國子生。女三：多廷弼、王□、蕭鑨，其婿也，皆名家子。孫男三：崖、對、嶧。孫女二，俱幼。長齡將以乾隆壬申年三月三日葬公於淑人墓左，謂余同里友善，知公深也，以狀屬余銘。銘曰：

矯矯蘇公，虎嘯鷹騫。爲國之翰，爲民之藩。身歸窀穸，精耀星垣。嘉耦比瘞，既吉且安。隳石勒德，以示其子孫。

## 贈兵部主事漁山邊公墓志銘①

先伯祖漁山公殁後，越三十五年而繼配韓宜人卒，曾以公及前配馬、章、紀并韓宜人狀丐巨公作銘壙文，時力棉未能勒石。又二十年至乾隆庚寅，力稍裕，官階且累贈加崇，於是公之子中寶、連寶兩叔父欲以身後五十年所歷續入，命繼祖綜核補輯，將大書深刻，瘞於塋周之外，繼祖義不得辭，乃敢拜手稽首而爲之詮次。按：

公諱汝元，字善長，號漁山，世籍任邱。邊氏之顯祖諱永，以商輅榜進士起家，仕至户部郎中，以子貴贈都憲。自贈都憲公八傳而至安慶太守公諱塈，太守公生福州司馬公諱之鉉，司馬公子六人，公其次也。

公爲人和易端凝，持身斬斬不苟，而孝友尤其天性。上奉二人，凡定省溫清之節，悉本至誠出之。同胞及群從共二十二人，公友愛至篤，終身無間言，諸昆弟咸奉爲圭臬。康熙壬申，以貧故館京師，母馬安人暴疾卒於家，踉蹌奔赴，以頭觸棺而哭死而復蘇者再。明年忌辰，爲詩五百言以寫其哀，觀者泣下，從游弟子爲廢《蓼莪》。公生於閥閱，務以冰蘗力勵清操，一洗紈綺之習。少從父宦游，於一切玩

---

① 邊方晉重輯：《任邱邊氏族譜》卷九，乾隆三十七年刻本。

好一無所嗜，惟好積書。中歲歸里，與同志十數人結還真社，飲酒賦詩，不預户外事。晚節乃愈益斂飭，布袍革帶，翔步里閈中。衣冠屣履，無一中時式者，鄉人胥尊禮之，敬其古樸君子也。

性好學，文行并甲郡邑，而十上棘闈厄於數奇，遂絕意進取。年逾六旬，猶日率諸兒挑燈夜誦，歷寒暑不輟。自司馬公解組後，家益中落，授徒糊口，而食指衆盛，饘脯不足以供，嘗有句云：“八口曾無三日米，百年剩有一床書。”蓋實録也。

公於詩自蘇、李而下迄勝國作者，無不窺其閫奧，而一以浣花爲宗。與同邑龐雪崖先生相切劘，交分在師友間，公深自謙抑，刿襟沃善，而詩之清蒼雄健實岳岳不相下。所著有《桂岩草堂詩》《古文》若干卷，待刊。又嘗以餘力閑爲樂府，所撰有《羊裘釣》《鞭督郵》《傲妻兒》雜劇三種，品格不在粲花下，而《督郵》數折，獨骯髒悲壯，喻者以徐文長《漁陽摻撾》比之。書法兼師蘇米，幼亦工畫，後惡其僕僕徇人也，遂不卒業。

原配馬宜人，雄縣文學諱祖蔭女；繼配章宜人，同邑分訓諱漢女；紀宜人，文安貢生諱勋女。三宜人年并未滿三旬，皆有賢聲。馬宜人性尤深謹，廟見後，凡晝日所行幾事、所出幾言，洎晚逐一默檢，必無過而後即安。章宜人，婦職而外，兼工翰墨。繼配韓宜人，雄縣文學諱景琦女，其母則馬安人胞妹也。安人素稔其賢，故爲公委禽。馬安人治家嚴厲，宜人與姒娌共事之，或爲某不悦，宜人偵之，必預爲告誡，或即代爲彌縫，故相好無尤。漁山公之長兄嫂相繼殁，子杰、孫烜俱客死於外，奉祀乏人，每遇祭掃，宜人戒子必先伯父母而後及其父母。十月朔剪送寒衣，戒兒婦亦然，且并誡世世子孫守此勿替。馬宜人所遺二子：業、梟；韓宜人生三子：束、中寶、連寶。宜人爲業、梟娶婦，盡出其衣飾，各畀以半，及嫁娶己出之女婦，則荆布草草而已。束曾三娶，中寶、連寶皆再娶，俱有亡婦所遺子女，宜人每誡後婦曰：“爾不聞我先姑之於諸子乎？汝舅男女兄弟共九人，惟汝舅爲馬安人出，吾又爲安人甥女，而吾姑同仁一視，從無一錢一物、一絲一縷私及吾夫婦二人。古人云：'婦學於姑，吾學吾姑'，汝輩又當我學矣。"故諸婦於亡婦所遺子女，胥無俾失所，實秉韓宜人教也。

　　漁山公，邑增廣生，雍正十三年恭遇覃恩，以子中寶官貤贈登仕郎、順天府儒學訓導。乾隆二十六年，再遇覃恩，以孫廷掄官晉贈奉政大夫、兵部主事加二級，儲贈朝議大夫、江南徐州府知府。順治癸巳年八月二十九日生，康熙乙未年四月初三日卒，壽六十三。原配、繼配并由孺人晉贈宜人。馬宜人，順治乙未年二月十八日生，康熙丙辰年八月二十三卒。章宜人，順治丁酉年四月初二日生，康熙庚申年四月十一日卒。紀宜人，康熙乙巳年十一月十一日生，康熙甲子年四月初一日卒。韓宜人，康熙丁未年閏四月十五日生，乾隆庚午年四月十五日卒，壽八十四。子五：長業，增生，卒；次臬，武生，卒；次束，優廩貢，卒；次中寶，乾隆戊午科舉人，初由拔貢舉孝友端方，歷任縣、順天、涿州各訓導，陞遵化州學正；次連寶，雍正乙卯拔貢，丙辰薦博學鴻詞，己巳舉經學。女一：適監生井湄，卒。孫六：業出者二，安，例贈文林郎，卒；定，歲貢生。束出者一，廷遴，卒。中寶出者二，廷掄，乾隆丁丑科進士，現任徐州府知府；廷摺，卒。連寶出者一，廷徵，邑庠生。曾孫九：定出而後安者一，玉琛，戊子科舉人。定出者二，玉琦、玉珂。廷掄出者二，士堪，戊子科舉人；士基。廷掄出而後廷摺者一，士培。廷徵出者二，六十四，名斯衍；阿稀，名斯熾。廷徵出而後廷遴者一，需，改名斯昌。玄孫二人：重輝、重潤。銘曰：

　　種德者之食報如收債也，遲之久而不償，息必倍也；揣其本而齊末，勢猶未可艾也。嗟！爾孫之繩繩當愈厲也。

## 皇清例贈修職郎樂亭縣教諭謐園戈公暨元配張孺人合葬墓志銘①

　　予鄉舉之明年，爲歲己未，如郡城，拜於從祖姑氏戈母之門。於時祖姑子謐園公初游於庠，年十七八，見之挺特玉立，英秀之氣發於眉宇，杰然高世姿也。叩其學，淵淵汩汩，詞閎而意闊，知以遠大爲期也。

---

① 河北省肅寧縣文物保護所藏石。

戈氏故稱多才，予以爲如謐園公者必居一矣，及與戈芥舟游，乃知公所學多得之芥舟。蓋公於芥舟雖叔父行，以母命從之學，甚嚴憚，誠服之，是以語言舉止動與之相肖。已而予叔隨園公教授郡城，予每叩生徒之美，則曰："戈氏二子鏻與濟也。"且誦贈二子詩曰："鏻具温克姿，濟有精剛色。"濟爲芥舟弟方舟，鏻即公諱也。學使每按河間，公與方舟互冠其邑，聲大噪於通郡。後七八年，予在京師，芥舟既入翰林，方舟歌鹿鳴，有聲輦下，獨公困於青衿。自甲子一薦不售，數頓躓場屋，并□試亦不利，鬱鬱不自聊。癸酉被放，即欲焚弃筆硯，援例銓學職，明年竟以恚憤得疾卒。既卒，乃除樂亭教諭。嗚乎！美才實難，才而成其才又難；才成而不遇，而能自養其才以有待，而終顯其才則又大難。蘇子曰："高世之才，必有狷介之操，一不得志，則憂傷病沮，不能復振。"蓋痛惜其才憫而傷之之詞也，予於謐園公見之矣。

公諱鏻，字健行，謐園其號，世爲獻縣人，居河間郡城。祖侍御公諱英，立朝有節概，傳載邑乘。父孝廉公諱全倫，高才晚遇，不試而卒，時論惜之。母邊太夫人，予從祖姑氏也。公爲側室寶出，生四月而孤，寶撫子守節三十餘年，敕旌門閭。公事二母以孝聞，篤敬同祖諸兄，輕財好義，義聲翕然鄉里間。蓋不獨才藝之美，其行誼束修亦庶幾古人，惜乎不獲其年而賫志以没也，是可哀已。

公生於康熙庚子十一月三日，卒以乾隆甲戌十月十八日，年三十有五。配孺人張氏，同邑人，勤健善綜家政，自公没，能復中落之產如其舊，訓子有義方，親族咸稱道之。後公六年卒，在乾隆庚辰十一月十八日，距生康熙丙申十二月四日，年四十有六。子四人：長涵，娶李氏，江南海州知州名永書公女；次淑，娶朱氏，山西祁縣知縣名闔公女；次澐，聘孔氏，□□衛千名繼慈公女；次潼，未聘。女一，適河間太學生王名德澄。孫女二，并涵出。乾隆二十有六年辛巳十月二日合葬於橋城新塋之□。銘曰：

玉也而既韞諸，金也而既鎔諸。弗鼎弗鐘，弗璉弗瑚，以辱在泥塗。遏其光，閟厥聲，松根化爲石，中有不平鳴，千秋萬歲視此銘。

► 戈 濤 ◄

# 詩[*]

### 歲杪寄邊隨園

北風日蕭蕭，西園晚寂寂。虛齋霜氣深，空林烟光夕。獨居寡歡笑，流覽悵今昔。撫事心迹違，懷人歲時迫。嘉會遽幾日，揮手成離隔。繫維胡不能，坐使理歸策。人情易新故，道契堅金石。三復留別詩，中懷彌增戚。

### 望盤山

長嘯出都門，翹首望盤崿。遠景明村墟，浮雲澹寥廓。褰裳涉通津，春水半欲涸。是時微雨零，夾岸桃花落。烟郊入馬蹄，平沙净如削。岡巒稍蔽虧，雲樹互旁礴。奇峰决眦來，蒼烟滿林樾。耳目頓靈異，心神坐超忽。停鞭倚夕陽，回首想城闕。日入争餘光，往來猶奔蹶。咫尺緬靈區，忍向塵埃没。山僧早閉門，寂寥晚鐘歇。

### 由石門歷萬松寺至盤谷禪院

疾行取山勢，緩步覓山趣。琤琮辨風泉，窈窕測烟霧。石門割奇秀，怪石森相聚。蒼骨間青脂，一一狀刻露。人言始皇帝，長驅競海渡。憤不受鞭箠，遁逃散此處。虬松萬萬株，長根黏石固。下銳而上豐，斯語信不誤。林端杳鐘磬，花宮恣游寓。突兀壓頹峰，穹碑最高踞。云是舞劍臺，英雄於兹駐。至今風壑松，時作蛟龍怒。翻然更東

---

[*] 戈濤詩、文並選自劉青松輯本《坳堂詩文集》，河北大學出版社2016年版。佚作隨文注釋。

下，披榛尋微路。磴石相陵臨，塘坳幾回互。山光變更奇，夕陽亂烟樹。野獸紛鳴嗥，鳶禽各歸鷲。前林覷深黑，寸心多恐怖。盤谷方丈地，踟蹰一回步。

### 訪東澗僧不遇

我聞東澗僧，能詩似齊己。策杖一幽尋，潺潺兩澗水。深院閉無人，微聞松落子。

### 上谷歸途避雨夏調元村居

伏雨動浹日，積潦忽成川。驅車何所適，始嘆行路難。泥沙湍未窮，雲雷方遘患。僕者嗟沉瘁，客子衣裳單。故人居道左，停鞭叩松關。跣足倒烏履，握手捐温寒。呼兒具茗荈，斗酒縈襟顏。苦云命不易，莫辭酒杯寬。往者暨邊子，乘春來追攀。壁上有遺句，蠹蝕半凋殘。春雨杏花白，秋風槲葉丹。撚指六七載，歷歷思前歡。與君共郊牧，晨夕阻往還。美人況已遠，秋水生寒烟。人生感聚散，睽隔在中年。顧我頷鬚滿，悲君鬢髮斑。兒女累須畢，功名志宜閑。庶當理襏襫，從子桑麻間。

### 《秋山獨眺圖》爲曉嵐題

獨立萬山頂，蕭蕭山木秋。高情寄圖畫，此意空悠悠。長天杳無際，日暮松烟浮。俯仰遺人群，猿鳥爲我愁。秋聲落窗北，對此懷林丘。何當策孤筇，歸作名山游？

### 題《瀛州書院圖》

桃李吹春風，披圖已色喜。不有慈惠師，孰爲弦誦理！吾鄉漢名邦，文獻有遺軌。寂寂詩經村，悠悠廣川里。久廢固將興，今復其始矣。曰惟太守賢，廣舍勞經始。其南面層城，瀛臺鬱相峙。繚垣樹青槐，影落頖宫水。其中祀毛公，厥配惟董子。蔚乎髦譽儔，觀感以興起。德造日有成，風聲浩盈耳。恨不與其間，觀彼揖讓美。撫卷三嘆息，作詩寄仰止。

## 《劉嘯谷先生寫真圖》贊

先生有佳語，妙筆能傳之。想見秋景夕，科頭獨坐時。玄解無與言，松風爲灑而。

## 懷化驛宿陳秀才書齋留題①

亂山嚙馬蹄，我行困煩暑。暮抵懷化塘，息駕得林墅。薜蘿覆徑深，莓苔皴石古。方池水清淺，游鱗粲可數。倏爾成嘉賞，穆然感賢主。解帶披清風，汲泉瀹新乳。已忘行役勞，忽念牽芳侶。瀰瀰芷江濱，秋風紉蕙杜。

## 自懷化驛山開路夷達羅舊

遮眼山萬重，重重了無异。石磴緣乖崖，棱鍔削膋臂。長繩挽崇攀，衆力留俯墜。有泉半沮洳，有田盡蕪穢。晚宿懷化亭，朝光引征騎。平疇乍軒溪，峻崿如引避。蒼翠透林間，斜睇翻嫵媚。稍舒紆鬱懷，遂縱青冥轡。迢遙展流覜，浩蕩生遐思。汨汨沅江來，棹謳雜清吹。惜景追前程，長謠慰勞勩。

## 羅舊再宿

我行非憚勞，日月舒以長。羅舊信宿停，僕夫理衣裳。門前枕橫流，門後羅修篁。江風一來吹，翛翛軒宇涼。問此何人居，曰惟驛吏堂。驛吏既就裁，此堂待周行。我聞起太息，欲行思徬徨。萬事有乘除，物理難久常。且復事行役，載驅遵高岡。

## 老鷹崖

長竿揚朱旗，古堞倚天半。指是我行路，目動色已變。發軔自花貢，仰高乃驅澗。下下十里強，山根忽著面。摩空雲林蒼，直上絶畔援。圓折類蟻旋，單行作魚貫。映崖雜花發，塞徑黃茅亂。山雨來無

---

① 自注："時毛鏡浦前輩按試沅州。"

時，鷓鴣苦死喚。陰陽閱闢异，寒暑往來戰。觸鼻氣冥冥，嵐瘴不可辨。枯藤挂焚樹，依阿與同爛。夭喬受斧斤，未殊僅一綫。枝葉故峻茂，根氣肯遽斷！黑苗出深箐，腰刀目睍睍。導騎前撝呵，逡巡走碕岸。劃然猛虎嘯，草木聲自顫。修蛇騰踏去，毒霧灑輿幔。性閱百苦堅，命委寸晷賤。霍焉造平頂，訣蕩天門見。謳吟役夫樂，凌轢馬蹄健。舊出斗狼崖，今遵老鷹棧。我疑隴望蜀，衆云甑與甋。平生耽奇險，雙脚踏欲遍。何當簫雲霓，不然借羽翰。超陵禹迹隘，窮徹山徑幻。荒思浩難收，郵亭報更傳。

## 飛雲岩

十里烟光青，遥矚知有异。乃聞飛雲岩，近在月潭寺。停驂息静境，緩步登初地。驟觀頗眙愕，睇視殊嫵媚。翻空蓮幕垂，倒海瀾牙沸。芝蓋偃重重，蜂房攢比比。冥覽失端倪，幽探具根蒂。靦縷蕃萬變，磅礴渾一氣。質本雲母結，巧疑天孫織。連蜷自相屬，孤絶尤有致。翩如鴻矯翼，兀如象引鼻。軒軒駭欲翻，濟濟愁將墜。露者難方物，隱者杳思議。紺碧土花蒙，黝黑雨溜漬。安得九潢水，盡濯骨理出。天地鬱靈謫，鬼神弄奇恣。不知造化初，幾許費爐錘。菱溪及雪浪，細瑣煩載記。如此巨麗觀，宇宙可得二？耳目誠有限，幽探豈終閟？誰能發湮潜，慨焉增遠思。

## 蘋果詩

百産鬥精華，世鮮能知味。昔人寵荔支，謬以江瑤配。荔支雖佳實，奇醲豈足貴！北方果曰蘋，種與林檎類。蘋婆名斯近，厥質實殊異。輕紅韞香雪，著齒饒鬆脆。哀梨嫌粗濁，賁桃羞肥膩。清馨無與讓，淡絶乃孤詣。於植爲蒼筤，於花爲蘭蕙。於詩韋蘇州，於人林處士①。古也不經見，云由西方致。奈何稀世珍，落落鮮品第。吾欲爲之譜，百果群屏辟。荔支放南荒，兹爲上林最。

---

① 自注："叶。"

## 癸未臘月尹亨山觀察濟東賦詩贈別

先公撫梁豫，賢母爲師資。賢母重平反，皇哉天子詩。濟東領符節，政舉家爲儀。依然奉母歡，德音嗣徽慈。古稱忠孝門，君家足當之。泰岱擁東封，青壓魯與齊。齊魯風尚異，往變一再爲。念君學道人，素節諒不移。晨夕違良朋，不可誰予規。相期崇古義，惠我以訓辭。無爲執常情，惻惻感路岐。

## 送高元石歸蜀

達者意自釋，所悲歸路遙。凄凄風雪夜，猶過蘆溝橋。此去十年別，重來雙鬢凋。郵亭無柳色，何以贈長條！

## 西川行送吳右襄

短衣長劍曼胡纓，吳子別我西川行。捋鬚張目爲君語，鬚磔如錐目如炬。國家無事百二年，兵坐餉官糜俸錢。小醜不殄誰之恥，忍教數歲分戎旃。天子夜坐蓬萊宮，大將軍跨玉花驄。鑾門推轂六師出，飄颻十丈旌旗紅。勢挾奔霆掣飛電，爬剚巢窟清駞邛。轉輸供億需賢宰，詔簡才俊從元戎。吏部堂前捶大鼓，左號右召來趨風。吳子巘然上堂立，軀幹短小神明充。長揖尚書奮欲往，逡巡餘子無能同。朝排閶闔謁上帝，夕跨天馬騰長空。蜀道綿綿六千里，金牛一綫秦中起。刀州劍閣斜界天，子規啼處山花然。熊咆虎嘯白晝暝，黃雲黯淡飛狼烟。杖策從軍輸壯志，側身西望心悁悁。丈夫名應勒竹帛，酒酣起舞雙龍泉。萬里鵬圖自此始，吳子吳子其行矣。

## 荊門行①

長驅直走三千里，左右睥睨山光青。兩脚不得踏山石，使我詩句無精靈。朝辭南陽暮入楚，一葉徑渡滄浪清。鹿門峴首落眼角，驛官促騎無消停。麗陽夜宿南郡境，喚起殘夢披晨星。暗中肩輿仵軒輊，

---

① 自注："自麗陽驛入山作。"

班竹①十里天初明。重岡叠阜似波涌，一波未盡一波生。兀然截斷大羅界，足所未到神已驚。後騎銜尾緣蟻上，前驅矯首穿雲行。謂應過此勢極盡，但愁直下如摧崩。豈知盤盤到峰頂，丹崖翠巘紛前橫。回頭却顧所來路，群山化作蒼蕪平。虬松大櫟三十里，馬蹄亂蹴浮烟輕。當陽長坂尾百折，斷處忽現荆門城。城中形勢覽幾遍，腰腹要害非襄荆。荆門於中又管鑰，江漢外抱山中屏。虎牙雄關三百雉，削摩銅壁懸金扃。古來滔滔百戰地，感慨不到黃髮氓。桑麻粳稌遍沃野，水塍聞踏田車聲。

## 入滇歌

娥嫏坡裊雙髻鬟，石虬尾掉江滄烟。② 一聲長嘯萬山頂，此身真落天南端。玉虛九闕呼吸接，天風泠泠吹晝寒。回首下視雲漫漫，海色滅盡黔中山。鷹崖狼箐稍倔強，蟻蛭破碎中巏岏。青絲彎頭黃金纏，玉踠不惜石子彈。遠山離立如靜女，翠螺窈窕剛齊肩。北滇客到南滇天，六月正御扶搖旋。平生壯游差一快，浩歌抵當《逍遙》篇。我聞四極八度九萬里，日月不到無窮邊。此於天地萬萬一，安得侈語周人寰。夏蟲春秋朝菌朔，委蛻欲往從群仙。浮邱拍手洪崖笑，揮斥六合驂龍鸞。不然弄筆老牖下，俯仰斗室何其寬！

## 古槎行爲梁階平前輩作

橫階十尺烟光青，枯槎溜雨欹中庭。奇質疑遭龍火劫，遺珠黯淡蟠雷霆。膚理庚庚綉石髮，古斑似結丹砂英。蛇穿螬齧螻蟻穴，時有光怪騰宵冥。當年移植西湖種，留烟宿月延風清。遞經門闌換主客，誰記歲月分衰榮。斷節半銜痴瘦長，盤凹或寄華苔生。主人愛護不忍斫，環以翠筱森亭亭。時來旋繞據其腹，聳肩袖手吟咿嚶。摩挲幾回增慨息，含毫渺慮悲蘭成。古音琅琅響清絶，恍奏長笛開

---

① 自注："地名。"
② 自注："江滄，坡名。"

林坰。我生閱世本百感，況觸孤調傳商情。哦詩夜半蟲語歇，空堂淅淅來秋聲。

## 九日偕周挹源、李召林荇洲登瀛臺集香泉社四首

　　黃葉下庭樹，始知秋氣深。菊花不可摘，令節若爲心。客有登高興，言同載酒尋。秋聲正蕭屑，風急萬家砧。
　　縹緲瀛臺上，西風送晚晴。霞光散林赤，海氣混天清。秋草毛公壘，寒烟帝子城。高樓連粉堞，徙倚遠愁生。
　　憶出銅駝路，行吟傍洛川。故鄉仍九日，往迹已三年。霜冷枌榆社，人悲鴻雁天。高陽池未遠，醉向習家眠。
　　風竹娟娟净，深談入夜時。盍簪來勝友，瀹茗誦新詩。大雅久不作，曰余未有知。香泉好名字，無負歲寒期。

## 自玉石莊達天成寺五首

　　步步泉聲急，層層石色分。入天無寸土，橫路有孤雲。野鼠時驚客，林猿各覓群。鬱然深處望，嵐氣曉氤氳。
　　稍緣一徑仄，漸逼萬峰齊。曲折藏幽處，人家過澗西。數驚石欲墮，回訝路全迷。幾日桃含蕊，殘紅流滿溪。
　　餘寒猶中客，知是入山深。躑躅花迎路，栗留聲出林。偶隨漁者去，或負釣竿吟。小坐蓮池北，蕭然净我心。①
　　雲壑都回轉，峰巒互帶纓。於山爲曲室，有寺號天成。絕壁宸章迥，高峰佛塔聲。老僧諳舊迹，指點澗泉名。
　　樹影沉沉合，山光簇簇濃。蒼烟來絕壑，落日在高峰。晚飯抄雲子，香泉芼鹿茸②。耽吟殊不寐，臥聽上方鐘。

## 尋古中盤

　　仄徑析秋毫，攀緣不憚勞。往來憑短杖，健捷似生猱。幡影中盤

---

① 自注："蓮花池在天成寺南。"
② 自注："菜名。"

古，鈴聲一塔高。天風吹謖謖，萬壑走松濤。

## 別盤山

青溝住獨久，珍重別髯髭①。石訂重來約，山留昨夜魂。東西分澗水，次第下烟村。回首從前路，天城近石門。

## 送劉嘯谷之任九江

聞道潯陽郭，遥連彭蠡湖。江聲喧九派，山色媚雙姑。佇聽鳴崗鳳，空瞻柏府烏。股肱資卧理，五馬莫踟蹰。
天下蒼生計，符分侍從臣。望雲辭帝闕，隨雨到江津。慷慨乘時氣，留連惜別神。梅花南國曉，好寄故園春。

## 過雄縣懷邊徵君

不受聲名累，翛然迥出群。青雲滿知己，白髮老徵君。貧病還如昔，音書久不聞。星軺過易水，小立日斜曛。

## 過正定

涿鹿風雲氣，常山虎豹形。邦畿拱千里，鎖鑰壯重扃。地迥迥沙麓，天青入井陘。滹沱仍古渡，烟草没蘷亭。

## 奉使過河間夜宿

五更鐘又動，夢斷自沉吟。一作京華客，栖栖直到今。荒廬門徑改，老屋雨風侵。何意郵亭宿，居然是故林！

## 送鮑敬亭先生致仕歸里

扶杖還鄉里，囊携種藥經。園林春雨後，日日坐南亭。問字曾依榻，砭愚久奉銘。獻王宮畔水，柳色向誰青！

---

① 自注："世安。"

## 丙子夏過圓津庵二首示粲一上人

　　静境本足悦，況當行役餘。往時諸老宿，過此每躊躇。壁閱存亡路，池還虛白初。亭邊兩叢竹，風雨日疏疏。

　　每到禪栖地，低徊意獨親。幾曾諳法象，不是憚風塵。翠竹紅魚偈，單車萬里人。惠休如可作，一爲證前因。

## 淇　縣

　　知近百泉源，溝塍瀲瀲喧。水雲生別渚，山雨下遥村。曲簿紅花圃，疏籬緑竹園。他年卜栖隱，長嘯傍蘇門。

## 新　野

　　策馬平蕪路，風吹衣葛輕。澹烟林水驛，遠樹棘陽城。隴畝生秋色，山河入晚晴。明朝分豫楚，翹首漢江横。

## 雨　夜

　　涼氣入庭竹，瀟瀟聲作秋。應知今夜雨，頓長百泉流。淇水經前渡，蘇門憶昔游。十年彈指事，伏枕夢悠悠。

## 江　行

　　遵陸亦云倦，舍策隨孤舟。灩灩水容夕，晶晶雲光秋。風物感蕭節，江山含遠愁。騷人去已久，誰與搴芳洲！

　　殘月猶在水，揚舲乘好風。漁榔鳴別渚，霜氣滿秋篷。樹壓垂垂橘，江翻葉葉楓。明霞弄晚色，遥接洞庭紅。

　　繫纜垂楊岸，奚奴問酒家。遠山秋蕪莽，古堞夜鳴笳。兔影窺魚瀟，螺光散鷺沙。倚舷看北斗，擬是泛星槎。

　　林表白如綾，濛濛失遠村。灘聲喧水碓，風色拜江豚。岸引歸帆影，山留落照痕。亂鴉鳴不歇，應有楚吟魂。

## 題張氏山居

會心豈在遠，得意無能名。一徑古松色，半崖秋水聲。閑雲將鳥意，呦鹿雜人行。最識幽居好，馬蹄塵又生。

## 屎陵道中

石徑鎮逶迤，前林換驛時。斷雲將雨重，歸翩逆風遲。地長萊公竹，山留屈子祠。炎荒行漸近，愁聽鷓鴣悲。

## 蠻鄉

路入五溪斜，蠻鄉客鬢華。雲光深二酉，雨氣混三巴。靜夜啼魂鳥，空山落夢花。滇南更何在，惆悵驛亭賒。

## 殊方

病骨怯殘暑，勞人愁晚程。飯憎香稻膩，飲避毒泉清。蠻女羞逢客，山花強作名。殊方易感激，猿鳥好停聲。

## 鎮遠樓居

雲流華閣出，虹落石梁橫。水陸瞻雙表，溪山滿一城。奔瀧下小艇，絕壁嵌高甍。竟夕憑欄坐，微涼拂袂生。

## 雄邑東村和邊隨園

落日暝烟合，疏林耿燭光。到村山犬吠，問舍水塍長。仄徑車無路，衡門夜有霜。登堂成一笑，握手丈人行。

信宿追前夢，琴樽憶昔游。蘿軒花嶼靜，茗舍竹烟流。一涉風塵迹，相看歲月遒。論詩仍矍鑠，清瞭舊雙眸。

苦執花溪役，甘為玉局傭。① 有文仍虎豹，吾道自蛇龍。素履何由易，明時豈不逢？吾邱臺畔宅，風雪老長松。

---

① 自注："時先生注蘇、杜二家詩，有句云：'花溪玉局作廝役。'"

### 送周覲光

久客傷離別，況當儔侶稀。艱難嗟我在，風雪悵君歸。汴水三冬涸，吳山一髮微。明年春燕北，翹首暮雲飛。

### 自洛陽寄隨園

秋盡千林槲葉凋，啼猿鎮日擁寒條。朔風古屋冰霜合，落日深山豺虎驕。何處招魂鄉路失，不堪回首暮雲遙。故人最念窮途客，千里音書慰寂寥。

迢遞關河勞寸心，一緘讀罷涕沾襟。燕山度雪雁聲晚，洛浦驚霜鶴怨深。醉裏他鄉垂菊泪，魂來昨夜隔楓林。何時重理西園酌，手把新詩細細吟。

### 丙寅臘月郊行鸎田寄隨園

寒烟漠漠散孤城，潭漵春光逼晚晴。殘雪林中置兔火，夕陽巷口賣花聲。室家苦爲儲年計，債負兼催履畝行。近有吾邱消息到，窮愁特說向虞卿。

### 秋燕

鷟子成巢事已休，翛翛鎩羽更難留。差池欄檻雙飛影，浩蕩風烟萬里秋。昨夜聲喧村社鼓，誰家人倚夕陽樓。相看白露淒清下，又動關河一段愁。

雲盡瀟湘征路賒，含情重擬入盧家。華胥夢裏人偏去，王謝堂前日又斜。幸不凋零携舊侶，敢辭飄落向天涯。同行好趁西風急，莫待梁園雪作花。

簾外樓頭絮語頻，微軀從此傍風塵。歸期杳渺知何日，故壘存亡任主人。影落江湖秋水遠，夢回天地畫堂春。離情都付江郎恨，蔓草平原正愴神。

年去年來物候移，涼暄閱盡不勝悲。飄搖身世應憐我，辛苦平生欲訴誰。白屋紅樓俱暫住，庭烏檐雀莫輕疑。從今不受泥塗累，海水天風信所之。

## 趙州道中

綠蕪斜徑帶裙腰，麥隴烟深雊雉驕。山色浴藍初過雨，柳陰披幄乍聞鵰。欲尋古壁看吳畫，却趁朝餐到石橋。東去故園三百里，十年鴻迹未應消。

## 過宿江

石樓回首樹冥冥，傳吏停橈待使星。曉夢尚淹吳月白，夕鞭遥指楚山青。板橋桑落新洲路，茅屋楓香古驛亭。明發迎潮到江渚，不知何處覓芳馨。

## 沅　州

辰州百折入沅州，迢遞蠻荒迴欲愁。古洞雲霞迷獨速，亂山風雨叫鶬鶊。怯人笑頰花苗出，刺眼針芒燕麥收。何處丹砂覓鴉井，龍標城下暮猿秋。

## 蠻　山

蠻山萬叠鬱嵯峨，欻霧噴雲瘴癘多。獰石當衝蹲虎豹，秋江束峽吼黿鼉。誰家曉吹迎郎竹，①　有鬼宵吟帶女蘿。羈迹炎荒嘆殊俗，青燈白酒送高歌。

## 贈董清平爕庵

栖遲鎖院論文日，彈指流光已十年。异地相逢嗟共老，故人雖在散如烟。華風久格蠻夷俗，靈雨新沾芋栗田。莫嘆官貧公禄薄，與君疇昔酌清泉。

## 周挹源挽詩

解得羚羊香象法，謂君真可與言詩。隻鷄絮酒更何日，秋草斜陽

---

①　自注："地多竹郎祠。"

又一時。風攪穗幢寒漠漠，雲黏楸影黑離離。却看同社人俱在，痛哭荒原知不知？

### 奉題戰節母王太夫人傳後①

遍覽風詩三百五，女貞祇得《柏舟》存。於今雅化流閨壼，是處烏頭表里門。瀛海古來名獻地，高城亦有少君村。恭惟聖詔褒賢媛，桑梓清光接禁垣。

### 訪李文園中簡不遇題壁

宛爾迎門柳，長條踠地垂。空庭人迹絶，徙倚日斜暉。小別動經月，偶來成獨留。風蒲聲獵獵，客意已驚秋。

### 盧生祠

一徑迴廊入古祠，柳塘深處曉相宜。疏簾清簞應無夢，滿院荷香過雨時。

### 由隘口入歸宗寺歷開先觀瀑布過三峽至栖賢禪院

一綫入隘口，萬木聲刁刁。烟深不辨醉石谷，流水已過柴桑橋。柴桑先生不可作，至今遺迹留山椒。又聞右軍宅，布施爲僧寮。②墨池終古灩灩向人碧，無人蘸灑池上蕉。夜半山風來，虎豹紛鳴嘷。空林落葉颯如疾雨之驟至，又如長江萬里滾滾生秋潮。月彩沉山扉，曙色明林皋。亭亭香爐峰，烟靄凌空霄。開先初地行未到，已看雙劍爭岧嶢。步上讀書臺，目眩神魂搖。瀑布挂天七萬八千四百尺，銀河亂落明珠跳。逡巡却立不敢逼，寒氣颯颯吹鬢毛。坐我漱玉亭，我懷南唐朝。萬金之堂易彼萬乘國，③對此令我名心消。亂石迷荒蹊，紅葉紛紛凋。

---

① 此詩《坳堂詩文集》失收，見河北省博物院藏戈濤行書七言詩軸，落款："戈濤拜稿"。
② 自注："歸宗寺本右軍宅。"
③ 自注："唐中主景使子煜守金陵，以萬金買山作堂，與了山道人論禪其中，開先其故地也。"

稍尋入林踪，似聞出谷樵。仄徑蟠修蛇，懸崖墜生猱。雷霆砯訇三峽門，九十九水匯此迴塘坳。溯流上層梯，鳥道摩秋毫。回首宮亭湖，波光動林梢。松林趺坐聳肩息，時有松鼠跳躑銜人袍。雲壑洞杳冥，鐘梵聲寥寥。但見五老峰，拱立相招邀。栖賢仰前躅，①喟焉發長謠。名山奇杰拔出五岳外，似是造物創闢幽人巢。二蘇二李逝不返，誰與山色分清標？嘆予塵緣未能脱，暫爾拄杖來游遨。使節淹留王程促，不得跳踉上下窮周遭。白鶴觀前古松夕，白鹿洞外蒼烟高。瞥然一擲便如隔世宙，武陵豈復回漁舠！明朝倚棹九江水，悵望東逝流滔滔。

## 題邊隨園《茗禪圖》

昔從茗禪游，茗禪頭未白。今觀《茗禪圖》，老矣茗禪客。茗禪之號自何年？憶在玄黙昭陽間。酒徒化爲桑苧老，學士已悟瞿曇禪。世間何味清而玄，陳羹敗臐腥盤筵。苦馨一呷俗夢破，自覺肌骨通靈仙。瀛州小園石蘿軒，棗香蒲紉龍鬚妍。風爐吹火瓦甌古，水脚注盆松花圓。爾時奇氣君未盡，蒸騰火色搖鳶肩。收攏飽李句桀鼂，拔幟欲插韓樊壇。維摩示病倏十載，泥絮不起灰無然。吟情破除詩壘削，時放玉鉢鳴寒泉。長安土熱唇吻燥，我騎官馬營官餐。頭綱八餅那得賜，篾筐止合薑鹽煎。愛君一松復一鶴，七尺穩著棕櫚團。畫圖題罷更搔首，望中渺我蓬萊山。

## 題邊隨園藏郭詡畫卷後

青山破裂洪濛開，飛泉砯訇萬壑雷。獨立五月寒欲戰，餘聲入松生晝哀。風雪冥冥四山静，十里寒溪見魚艇。白雲窈窕山之涯，雲林坐對者爲誰。作者意思忽莫測，九蟹二兔圖何爲？從來説畫家，最愛倪與米。倪生高潔絶塵氛，顛老蒼茫無涯涘。雲林頗似雲林作，筆墨清妍神寂莫。漁舟暮雨烟迷離，惝恍令人思海岳。浩浩陰陽自終古，乾端坤倪自呈露。須知大道會川流，秋水濠梁等閒悟。模糊水，模糊圖，盡意意，不盡圖。無聲詩意止於此，我情由來在山水。

---

① 自注："唐李渤讀書地。"

# 文

## 請丁銀仍歸地糧疏

巡視中城山西道監察御史臣戈濤謹奏爲良法終宜盡行調劑不能無弊敬抒一得仰祈睿鑒事：

竊臣任山西道御史，於該省事務，時加體察。竊見丁銀歸入地糧徵收一案，各省遵循已久，該省獨未盡行。伏思丁糧合辦，在無地有丁者，既免追呼之擾；即有丁有地者，亦省輸納之煩。吏胥不能藉編審爲奸，小民亦不至以勾稽爲累。其法簡約均平，天下稱便。何於該省獨有未宜？臣謹就其節次改歸成案，推原始末，考較得失，敬爲我皇上陳之。查丁歸地糧自雍正九年試辦之後，至乾隆元年，撫臣覺羅石麟奏請改歸者十八州縣。乾隆八年，因鹽臣吉慶條奏，議請改歸者十八州縣。乾隆二十三年，因御史姚成烈條奏，又議請改歸者五州縣。計三次改歸，凡四十一州縣。其餘則或請將丁銀一半及三分之一歸入地糧，或請將丁銀統按下下則徵收，而以餘額歸入地糧，或請將無業窮丁盡行刪除，而以其應徵銀兩，均勻攤入地糧。如此所云，調劑辦理者，又三十七州縣。此外二十六州縣，則仍丁糧分徵。此歷年查辦之大較也。夫以天下通行之良法，而辦理獨多參差，揆諸畫一之道，已有未協。且其所謂不可歸辦者，或以晋省賦額本重，加丁則未免過多；或以各屬地土瘠薄，并徵則慮有逃亡；又以爲俯從輿論，則民情相安，可以經久；且以爲間有逃缺，而編審既屆，可以擦除。此數說者，臣皆不能無疑。查賦額之重，無過江蘇，而江蘇則丁歸地糧。地土之薄，無過貴州，而貴州亦丁糧合辦。何獨异於山西？夫有地而稍增其額，即慮逃亡，若無地而按徵其丁，逃亡不更甚乎？此尤其易明者也。臣竊求其主於分辨之說，蓋謂晉民多出貿易，故不欲寬其丁賦而重地徵。若然，則是欲徵有力之丁銀，因以遍徵無力，殊失持平之義。況無地之民，寬裕者終少，拮据者實多。觀於乾隆元年及二十三年查辦案內所稱，祁縣、壽陽各有無力窮丁三千七百餘人，其他固可概見矣。至於待編審爲擦補，正前撫臣所謂調劑之一法，而實則弊有不可勝言者。何者？在各次辦理之時，皆謂輕重適均，民無不便。及至後次查辦，便已多有逃亡。即如二十三年所辦，其去乾隆八年僅十餘年，而岢嵐州則逃亡六百三十餘丁，五寨縣則逃亡二百五十餘丁。苟屬民情所安，何以逃亡至是！是則所謂俯順輿情可以經久，特虛語耳。然而州縣動以輿情爲請者，一由紳衿富戶之畏攤丁賦，一由經承里胥之貪存編審也。蓋分徵而不免逃亡，必藉編審爲之擦補。而吏胥經手，因緣爲奸。增新丁則放富升貧，除故丁則移甲換乙。百弊叢生，莫可究詰。然則五年編審，特爲若輩舞文漁利之期，而百姓之馱賠包納於未擦補之前者，固無論矣。臣所謂調劑之終不能無弊者，此也。夫古今立政，固欲順民之情，而至於民情所同，則又權其輕重。貧民之不欲輸丁，與地戶之不願增額，情固同也，而輕重大異。在歷任撫臣，固皆從民情起見，然而富民之情易達，貧民之情難訴。臣愚以爲，與其徇有業之欲，何若舒無業之氓？與其從傭工負販者，而按徵其丁，何若於資生有藉者，而稍益其額？與其待逃亡故絕，而始爲之擦補，何若攤丁歸地，而使之不至逃亡？且夫理有可信，則事無可疑。就三次辦理而論，前之所謂難行者，後既多有改歸，則知後之所謂難歸者，原自盡屬可行。臣請敕下山西撫臣，悉心籌辦，將從前丁地分徵各州縣，一體查核歸并。即或地有不齊，亦祇就一縣中分等攤入，毋復瞻顧舊案，瑣屑參差。如此，則丁戶不至逃亡，吏胥無由滋弊。良法美政，歸於大同。而無業貧民，永沐皇仁於無既矣！臣愚昧之見，是否可采，伏乞皇上睿鑒訓示施行，謹奏。乾隆三十年十月十六日。

## 賦役序

賦役一歸於地，千古不可易之法也。上古賦由田起，未有無田而有賦者。役雖徵力，然一夫受田百畝，亦未有無田而役其力者。賦役之外，無所謂丁錢。丁錢之始也，由漢初爲算賦，人百二十錢爲一算。至文帝時，三歲乃算，減其三之二，歲所賦不過十三錢有奇，爲賦亦甚輕矣。漢無授田法，晉始制爲授田，而戶賦頓重。元魏均田，而後沿及有唐，遂成租庸調法。嘗考其法，以丁戶爲本，故租曰丁租，調曰戶調，庸曰身庸。其時人受世業，口分田百畝，是田與丁戶固自合也。然而田許其鬻，鄉許其徙，久之，田易姓，戶易居，版籍茫然無稽，其法固已敝矣。加之喪亂流離，土著少而浮客多，隱漏逃寄，庸調無出，其不得不變爲兩稅者，勢也。然而兩稅之法，猶主於戶，故曰戶無主客，以見居爲簿；人無中丁，以貧富爲差。其意主於稽實。庸調雖視資產爲上下，而不專取斷於田，其田畝之稅，則以大曆十四年墾田之數爲定，而均收之，於是租與庸調判而爲二矣。明初立制，雖用兩稅之名，意實主於復租庸調，所云夏稅秋糧者，特指田租爲言，即唐之租也；折絹綿絨諸色，唐之調也；里甲、均徭、雜泛三役，唐之庸也。均徭之法，戶分三等，蓋亦參兩稅之意而用之。然而唐授田，明不授田，其本固已殊矣。唐之法，租輕而庸調重；明之法，租調輕而庸重，故至於中葉，里甲困敝不支，必變爲一條鞭，而民乃稍蘇矣。

　　嘗試論之，租庸調之爲善者，謂有授田之法，而責其戶賦也；其不善者，以授田之法壞，而猶責其戶賦也。兩稅之不善者，謂不能復授田之法，而但核其戶賦也；其善者，視其見產以爲賦，不概責之無資無產之人，而舉舊籍以賦之也。明無授田之法，而比戶責其庸調，故法益大敝。一條鞭行，而後賦役一歸於地，地有定，賦役因之有定，貧富之差即視其地，更不必檢察資產之紛紛矣。或謂條鞭行於萬曆九年，其時徵額已屢加於成、弘之舊。又，自宣德時，清丈地畝，有司拘於原額，地狹者縮步足額而糧重，地寬者折畝符額而糧輕，均有所未平，是固皆然。然而條鞭之法則爲不可易矣。向使明代守之不易，無四十六年遼餉之加，無崇禎間助餉、練餉、均輸之加，其民固不至於大困。唐初作兩稅，云其外一無所取，不轉瞬而有間架、借商、除陌之名，此歲豐民不樂，趙光奇之以"詔書不信"對德宗也。

我朝定鼎，盡罷明末無藝之徵，一以萬曆間所定條鞭爲準，可謂因革盡善矣。然吾謂聖政之至仁至善，可垂萬世而不易者有二：一曰丁不加賦，一曰丁歸地畝。康熙五十五年詔，自今新丁補損所餘，盡除其賦。雍正二年，直省丁銀比江浙例，攤入地畝均收，於是編審雖存而不擾，貧者不復苦於丁錢之輸，所謂條鞭者，真并爲一條，而無復遺矣。或曰丁歸地，則力田者有丁，遠來者無丁，似亦非法之正。是又不然，丁錢始於漢代，初固甚輕，自租庸調行，則庸即爲丁，更無所謂丁錢也。明世銀差、力差如許之繁，而仍不免於徵丁，且所謂人丁絲折絹者，又不知其何指。夫有田而徵其丁可也，無田而徵其丁，是既不能養人，而徒稅其人，烏在其爲正也！考丁之稅，自銀九錢率至一錢，在貧無立錐者出之頗艱，而散之於地，每畝所加不過毫厘耳，甚易辦也，而貧者得以無累。若夫逐末之民，固自徵其商稅矣，豈在屑屑然更稅其丁！爲稅逐末者之丁而遂并及無立錐者之丁，又豈法之正耶！吾故曰：我朝之法至仁至善，垂之萬世而不可易者也。

　　條鞭之行於今，幾二百年；丁不加賦，亦五十有五年；丁攤於地，三十有八年。里民但知畝輸銀若干而已，其稅糧銀力之目，茫然莫識也。微特里民，士大夫亦鮮知之。吾故詳稽其初制，及後有損益，與本朝科則之差，殊條具之，雖繁而不敢殺，俾爲治、受治者皆有所考焉。獨萬曆以前之制，史但言其大綱，條目之詳，縣籍無徵，末由得書，是用憮然云。

## 田制論

　　予因敘次田畝，而不禁有感於古今田制之説也。古今田制之説有三：曰井田，曰均田，曰限田。儒者好言復井田，此拘迂不通世變之言耳。井田之法，創自黄帝，經唐虞之世，洪水爲患，禹導決江河，因之浚治川澮，歷夏殷以迄成周，千餘年之久，然後大備。又有封建與之維持，諸侯世守其地，地不過百里，遂、縣、鄙、旅之師皆其土人，習知土壤之上下，人口之衆寡，老幼力作之勤惰，然後能爲一易、再易、不易之差，而定授田、歸田之制。今無論地皆在民，必盡奪之而後可爲；就使如荀悦之論，大亂之後，若高光之初，可使地歸於官，則又將塞湮溪谷，破壞廬墓，遷易城郭，驅天下之人，竭天下之力，數十百年專事於此，以爲溝洫、川澮、徑畛、途道之界，則井成而民之死骨已朽。且其成也，官與民不相習，還授之際，吏緣爲奸，事將滋多，是井田之必不可復。自蘇老泉、葉水心、馬貴與論之詳矣。然予又嘗考之，古之田實未嘗盡井也，《周禮》載師任地，有士田、買田、官田、牧田、近郊、遠郊、稍地、畺地之不同，是一國有井有不井。《左氏傳》祝鮀言魯、衛、晋始封，或疆以周索，或疆以戎索，是天下有井有不井。其時江漢以南，濰淄以東，皆不井也。天下可井之地少，不可井之地多，今使江漢以南，擇地而井之，似猶可爲。而如獻者，平土曠野，無陵谷藪麓，若可以井而必不能井，何也？井之利，取於水也，獻自滹沱一河外，無涓滴之流，而滹沱之水，但能害田，不能利田。假使川澮溝洫畢具，不知將引何水而注之？吾故曰：言復井田之説者，迂説也。

其次則曰均田，元魏孝文蓋嘗行之矣，然非魏孝文之驟能行也，三國之季，戰伐紛紜，人民流離，及晋太康中，初爲人占田七十畝之制。未幾，五胡迭擾，北人大都南徙，孝文承之，以有晋人爲之開先，而後能大行均田。齊、周、隋之世，或行或廢，不可具考，要必未遽泯絶，故唐得因以爲口分世業之法，然不再傳而制盡隳矣。論者咎其許民鬻田，吾以爲即不許民鬻田，其法亦不能久，何也？無井以爲之限也，無封建以爲之維也。故不能復井田，而徒言均田者，亦迂説也。

其次則曰限民名田，限田之説始於董子，孔光、何武因爲令曰：吏民名田，毋得過三十頃，期盡三年，犯者没入官。蘇氏老泉嘗非之，以爲三十頃太過，期三年太迫，抑民使壞已業，非人情，難用，故欲少爲之限，而不奪其田，待之數世，必皆分析散之他人，可使自入吾限。其意蓋隱師主父偃下推恩之令，使侯國自分之故智。而予以爲事殊不同，夫漢之王封，可屈指數也，分侯子孫事大易知也，若天下之田，一縣多至萬頃，少亦數千頃，糧册不可盡據，必將户户而稽之，固自已不易矣。又況富者聞有限田之令，必將詭匿浮寄，以欺當事之耳目，而懸一法以待之數世之後，能必數世後之猶用吾法乎？就使必用，其詭匿隱寄，能盡察而誅之乎？且限外之地，或分之子孫，或鬻之他人，貧者究不能得，將官買以給之乎？此與井田、均田同一不可行者也。其所以不可行者何也？曰：擾也。井田、均田之擾，其勢必將變易天下，劫奪生人，至於大亂而後已。王莽之王田、賈似道之公田，已略可睹矣。即限田之法，其初有勾稽見產之擾，旋即有推核隱匿之擾，又有逾制誅罰與告訐追沒之擾。急之亦必生變，緩之不數歲而法弛矣。

夫秦漢以降之田，非猶夫三代以上之田也，三代之田本在官，自秦破除阡陌，聽民并兼買賣，以爲永業久矣，其推以予民矣。民之田非其祖若父之所遺，即其重貲之所得，豈嘗取官之田而兼并之？又豈嘗依其豪強兼并貧弱以爲己有也？果其有之，奪之不爲過，如是祖父之所遺與重貲之所得，烏得以三代之制制之也？今日之民田，猶三代以前之諸侯也，三代以前之諸侯不可廢，猶今日之民田不可奪。且所惡於兼并者，謂其田連阡陌，而貧者無立錐也。然而田連阡陌，必不能自耕自耘，固必分假於貧者而佃種之。給之牛力，給之子種，春借之食，荒拯其困，而後與分秋穫之半，是固代天子以養貧者也，又烏在其可惡也？或曰：古田在官，什取其一，今在民，什取其五，故爲可惡。是又不明理道者也。使富民什僅取一，且不足以供租賦矣，將何以自給哉！

今之田與三代之田不同，故不可以復三代之制。夫田制不可以復三代，將治化亦終不可以復三代耶？曰：非然也。漢文躬行節儉，而天下富樂；唐太宗施仁義，而斗米三錢。彼二君者猶能如是，況進於二君者乎？仁義節儉行於上，而化施於下，各厚其宗族，以賙恤其鄉里，而又有禮教以安其心而持之久。軫恤災患、勞來疾苦、剔除吏弊，安静而無擾之，三代之化可馴至也，何必紛更田制，而後可以爲三代也！

## 復唐河議

按：唐河源出山西靈邱縣高氏山，本名滱水，自廣昌東經倒馬關，過完縣西北，入唐縣界，故謂之唐河。歷望都、曲陽、定州，至祁州三岔口，與滋、沙二水合，下經博野曰蟾河，至蠡縣，爲楊村河。舊由饒陽鐵燈竿口，分爲二支：一經肅寧入河間，循郡城西關而北；一經獻縣入河間，循郡城南八里鋪而東，并會於城北，曰半截河，抵任邱東莊橋，達五官淀，此唐河故道也。其由城南之支，舊會滹沱決口，亦謂之洋河。又肅寧有中堡、玉帶二河，下接任邱之鏡河，皆爲唐之支流。自前明天啓中，由蠡縣北決入高陽布裏、愚地諸村，故易名布裏河。下入新安爲猪龍河，入雄縣爲高陽河，由蓮花淀以達趙北口之四角河，則今現行之道也。其自蠡縣、饒陽、肅寧、獻縣、河間，故道宛然可按。堤亦或斷或續，未嘗湮廢無存。聞之故老云，唐河之未徙也，環抱郡城，舟楫往來輻輳，米粟木石煤炭之利，饒益無算。即滹沱決溢，往往循之達淀，不至濫漫彌野，是不惟收利，兼可弭害。自改出高陽布裏，其下游地庫土疏，幾於歲有決漫，以爲任邱西境四十八村之害。夫河水合則強，分則弱，自然之勢也。爲今之計，不必全復故道，但於蠡縣舊入饒陽、河間處，疏鑿深通，建立分水壩，使之兩道并流。冬春之間，水泉涸竭，即獨流不過如帶，至於夏秋暴漲，有兩道以分殺其勢，均可免漫溢衝決之患矣。往時數舉斯議，大抵皆爲任邱所沮。蓋任邱五官淀，久成膏腴，居人私據其利，不願河之復故。竊按：五官一淀，爲河郡泄水尾閭，即無此河道，尚宜開通，以納積潦。本年滹沱漫流，不能以時迅消，由五官淤塞之故，即其徵也。況五官本屬官淀，特由民人認種升科，挑復故河，原可計畝蠲粮。且河道所出，壓占本爲不多，又淀地止於種麥，春夏無水，堤以内仍不妨麥種也。而任邱西境四十八村，永免昏墊之苦，是唐河分流復故，固利河間，未嘗不利任邱。斷而行之，是在當事。

## 滹沱河考

滹沱并歸北流，夏秋之交，山水暴至，堤狹土疏，臧家橋以下，動輒潰決，河間、青縣、大城數被其害。南流雖涸，故道猶然存也，溢流往往循之而東，而河底墊淤，所容無多，兩岸之間，亦頗罹患焉。今當其湮塞未久，疏而浚之，使由故道分流，河患或有瘳乎？余嘗嘆大禹治河，由大陸北播爲九，河間其故處也，自宣房瓠子而後，屢塞屢決，久之分爲二道，迨北流又絕，河日南徙，遂爲今淮陽患矣。使當南分北絕之初，當事誠有遠慮，以大力回之，未必不復禹故迹也。年代久遠，斷潢絕港了不復識，而城郭田廬，縱橫錯互，於此而議復故道，難矣！神功終於湮滅，抑誰之過與？

又考滹沱之水本非巨川，其自元明爲害畿輔者，有所挾而然也。元初自平山與冶河合，其勢頓猛，延祐七年，嘗引而分之，未幾復合，遂終元明之世，古道出深澤、高陽境，（《漢書》注："滹沱經深澤東南。"《寰宇記》："滹沱在高陽縣東二十里。"）其後日以南徙，乃及寧晉、束鹿間。順治二年，南決入冀州，始與漳、滏合。漳之入滏也，自永樂九年，以滹沱一河兼受漳、滏、冶之水，宜其奔流肆虐、決溢不常也。畿南水之最悍者，無如滹沱與漳。漳有清濁二流，清漳出太原平樂縣，濁漳出長子鹿谷山，《禹貢》之所謂"衡漳"也，至彰德與清漳合，入直隸磁州界，及廣平南分爲二支：一由大名、館陶入衛，一抵山東邱縣，復分爲二：其自威縣迤東入青縣杜林鎮達衛者，曰老漳河；自廣宗北行至趙州、寧晉縣，會滏陽，抵冀州，入滹沱者，曰新漳河，又曰小漳河。康熙四十年後，漳水陡注館陶，自此北流浸微。四十七年，入邱之路塞，而全漳歸衛。五十四年，復築堤館陶，障勿使北，而北道湮矣。冶河一名甘陶河，即古太白渠也。雍正四年，引使歸洨，復於入滹之處，作巨堤遏之，於是滹沱絕去漳、冶二水之助，所會者獨滏陽耳。滏陽出磁州神麕山，合渚、沁二水，過雞澤、平鄉，入任縣，泄廣阿澤之流，經隆平至寧晉，舊合漳入泊，今獨貫泊而出，抵衡水焦岡村，合於滹沱。按：泊有二：在任縣東北者曰南泊，即廣阿澤也；在寧晉東南者曰北泊，一名胡盧河。二泊禽受節宣、正、廣順三府之水，環以束鹿、巨鹿、隆平諸縣，即《禹貢》所謂"大陸"也。南泊之水一由穆家口，一由雞爪等溝注滏陽，皆歸於北泊，自滏陽貫泊而出，合於滹沱。於是滏陽之名爲滹沱所掩，而滹沱遂兼以胡盧舉矣。衡水而下，經武邑、武強入縣境，完固口分而爲二：其由單家橋東行，會故老漳河者，即

《水經注》所云"衡漳",東北左合滹沱別河故瀆,謂之合口,乃滹沱之支流也;其由臧家橋爲子牙河者,即《漢志》所云"從河東至文安入海",乃滹沱之正流也。或以子牙爲支,而謂杜林之別瀆爲經,誤矣。今支流既絶,惟正流獨存,或謂之沿河,亦曰鹽河。以故合於新漳,故曰漳,爲貫胡盧而來也,曰胡盧河;至大城徑子牙村,乃曰子牙。其實一而已。滹沱之在今日,惟去冶與漳之助,故大殺於昔。漳、滹皆濁流,不可以入泊。漳故入南泊,而穆家口塞;滹故入北泊,而滏陽路奪。

今幸漳河遠去,冶水分流,滹沱東徙,而不入胡盧,故患以少寧耳。後此者惟謹防漳、冶之入,絶侵泊之路,則滹沱之上流治,上流治而下流之害息矣,故特詳書焉。

## 列女序

予嘗怪《詩》二《南》以化行,女子爲文治之盛,而特表其節,顧獨在變風之《鄘》《衛》共姜一人,且姜固太子妃,以達而著。豈窮鄉下里、蓽門蓬樞之中,無歌咏之故不傳與!然而《行露》之詩,至以六禮不備,甘心訟獄不行;而《江漢》游女,望而知其不可求。何弗以節著者?惜乎其姓氏不可得而舉也。國家政教之行,嚴於士大夫而寬於氓庶,詳於男子,而略於女子、婦人。婦人不禁其改適,而特旌其從一;禁其殉夫以死,而既死則又旌之。所謂與其能,不概責之以不能,止其過,而未嘗不傷其過之不易也。古史不紀列女,紀之自《後漢》始。然其時得書才十有七人,晉及唐、宋皆無過四十人,獨至明則幾於三百。何前世之少而近世多也!意前史所載,必皆奇節瑰行,及讀其傳,又不盡然,豈非有聞有不聞,由上求與不求與!

舊志修於康熙十三年,其時我朝定鼎未久,於節婦宜無可書。及康熙六十年中,得旌者僅一人。而自雍正迄今,表閭則以二十計。蓋由雍正二年特建節孝祠,其後屢布明詔,故幽貞得以彰焉。然竊聞其得達者,多出士大夫與有力之家,至於窮鄉下里,蓽門蓬户中孤芳幽潔,湮没不能自顯,蓋又不可勝數。於此見國家風教之盛,而表而彰之,有所不能盡也。於是既譜其已旌者,而又博采所聞,詳書之以有待，凡百八十五人。

或曰：婦人之節必兼有他善，乃爲可傳。又近制區别苦節與否，今概而存之，疑於太過。予以爲不然，《易》曰："恒其德，貞，婦人吉，夫子凶。"而子引南人之言，以爲不恒不可作巫醫，又思有恒以繼君子，聖人而重嘆其難，則是一其志不變所守，歷數十年以終其身，求之士大夫，或不可多得，而顧以多求婦人、女子與！且共姜固無他行可稱，又身處尊貴，在今且例不得旌，而聖人特録之，以爲後世勸，可以知所重已。

## 擬應劭上《漢儀》疏

臣劭言：國家新遭播越，百度凌夷，建武、永平之制，蕩漸幾盡。體國之士，所爲太息痛恨於賊臣也。屬者造邦續命，作都於許，薄海内外，靡不延頸望治。臣不勝區區之心，深惟律令爲朝廷大事，輒撫拾舊文，傅翊經典，以《漢書》《東觀記》爲之本，其餘雜引古今，附以己意，凡八十有二事，次爲《漢儀》以進。

臣惟在昔，蕭何入關，收取圖籍，實基漢家無疆丕緒。亦越武皇，凡朝廷大議，每使御史大夫湯咨於故膠東相仲舒，於是有《春秋決獄》之書。律令之作，由來尚矣，天運否泰相循，往無不復，迹古既危而安、亡而存者，莫不賴有憲章、法度爲之繫屬。惓惓之忠所不能已於夙夜，實惟在此。伏惟陛下俯加采覽焉。

## 明 論

不自有其明而後能用其明，明生於無我者也。堯之咨治水也，四岳舉鯀，堯曰："方命圮族。"既而試之，堯之明似爲四岳誤矣。而舜禹之薦，皆由四岳，使堯懲其前而不之用，與用其所以知鯀者而别有所試，則舜不聞、禹不興，而堯之天下無由而治。

一人之明之不足以勝衆人也，久矣，不取諸人而取諸我，無論機變術察之必有所窮，即專而一焉，以所及濟所不及，而中有所偏主，以塞其用明之原，有時必至大誤。异哉蘇子之論明也，以齊威王賞即墨大夫、烹阿大夫爲辭，而嘆其用心約而成功博。夫即墨大夫以衆毁取賞，阿大夫以衆譽取烹，幸其偶中而舉以爲法，是使天下後世必違衆以行其察也，烏乎可哉？理莫患乎弃其常而取其奇，事奇足以駭俗，言奇足以聳聽，從而效之，其得者什之一，不得者將不止什之九矣。宋神宗有牢籠天下之志，而舍司馬諸賢而用安石，其意豈非排衆而自多其明哉！而事卒大謬，知不可自有也。人不可盡疑也，疑生於不明，不明生於多疑，語云："誠至則明生。"此理之至常而無可易者。吾願世之用明者，無忽其常焉可也。

## 馮道論

道之不齒於萬世者，不在歷事五朝，而在歷事五朝偃然有自得之心，故歐陽子以"無廉恥"蔽之。夫古今失節者有矣，或出於不得已，而意猶棣然有所不自安，雖不得爲完人君子，猶或諒焉。而於其功業、文章有不可泯者，則亦節取稱道之。若夫甘冒不韙，蕩然無羞惡之存，則節之喪於一人者其事小，而不仁之中於千萬世之人心者，其害大。君子於此必痛心疾首，深誅之無恕詞矣。歐陽之列道《雜傳》而斥之也，意蓋爲是也。不然，節屢失爲失，即一失亦爲失，孔子猶恕與管仲，而歐陽子何獨苛於昏昧季世之馮道耶！且如當時，蘇文忠公號之爲"佛"，富文忠公稱之爲"大人"，明王鳳洲、李卓吾輩亦皆極言推奉，疑若可奪歐陽之論，而卒不能奪，則三代之直之在人心，亦章章可識矣。雖然，史之懲惡也，直而寬，故不没其善。吾觀道傳，無一善言、善行不錄，則歐陽之史，其亦直而寬夫！

## 與尹亨山書

辱七月廿日手書，以有監試之役，未及答。閒居四十餘日，無日不耿然於中。兹復荷惠音，兼以所刻《續北學編》見示，以僕之愚鄙，乃爲大雅垂注如此，欣荷何可言説！

前書以僕未列察之上考，若疑若怪，而訾當事爲不知人。此於僕意良厚，然竊以爲過矣。僕實不堪上考，又自不願居上考，故當事既論列之，以僕力辭而止。此事本不欲人知，而當時同輩既多知之；亦不足爲人言，今又不得不爲足下言也。僕爲御史幾年矣，延引朝夕，追逐行隊，碌碌無所表見。即偶有進奏，率皆摭拾細碎，無關輕重之事，以苟且塞望。顧猶以此蒙俞旨，博時譽，每中夜自愧怍，汗出沾被。而足下乃更極言推贊，謂宜列上考，此豈僕之望於足下者哉！足下平生直諒自許，素為僕所敬服，故得足下書，盥手乃敢啓讀。意謂必有法言莊論，以啓迪愚蒙，不意過相褒獎如此。是足下遇僕淺，而所以自待亦復不深也，竊為足下不取。

且足下欲列僕上考何為乎？必以上考多簡外任，俾僕一出施其用。使僕誠有用，則居朝廷之上，當官而行，謇謇諤諤以是非天下之事，其所裨益，當有數十百倍於外任者，而顧使棄所重而就所輕乎？如其不能，是於官固多負矣，烏可以上考！抑僕所以不願上考而辭之者，正以不堪外任故也。僕性剛急狷簡，動與物忤，在同列猶然，況上官乎！今外之勢分，赫然可畏，以僕承事其下，必不能紆曲以取容悅明矣。故寧敝車羸馬，自全其本來面目，非敢矯情飾偽，設為名高也。古者重內輕外，近世重外輕內，其重外者，非如君子之欲行其道，直以膴厚喧赫，取快一時耳。此固僕所深恥，曩於送足下序痛言之，足下寧不見信耶！自量素審，不欲與世俗同趣，雖非通人之見，要之鄙性斷不可回，足下以為何如？其更進而教之。

比晤黃太常，以《樊西田先生語錄》一册見付，乃孫北海所手抄者，惜其書不全，然已想見其生平矣。寄上《論定》，可次入《北學》否？幸惠報不宣。

## 《邊隨園稿》叙

壬戌春，邊君隨園來客郡城，余始得與數晨夕，聯吟共酌，相知益深。暇乃盡出所為文以示余。余心眼久汨於時，驟讀之，頗駭眙，久乃稍稍辨其蹊徑。大約其文有三變：始甲寅，訖辛酉。初則造意雄獨，氣勢橫闊，窮艱縋險，出入臨川兩大之間；既而艱窮變得，返歸正始，斂約矜密，能以數十句盡人數十百句不能遽盡之情狀。而理縮氣逸，森然反若有數千百言在言下；終復頹然自放，縱橫因心，如涪翁稱老杜"夔州後詩，不煩繩削而自合"者，其大略如此。而要其植幹於古，命法於正，取精於微，抉奇於顯，則千變萬化不離其宗。

嗚乎！邊君之文，在古人亦不當多讓。而顧以此不能取合於時，十上十擯於有司。愛君者咸謂宜變計，而邊君志益堅，嗜益獨，刻意冥索，益求所謂淡古玄微者而師之。推其意不離然與世絕立而不止。噫！亦太苦矣。夫所取廉者，其得必多；所取深者，其身必窮。理則然矣。邊君竊造化之秘，刑萬物之命，以求工其詩。詩工而身益窮，然則一詩足窮其身，矧又益之以文哉！吾恐其蒙茸頹儳，終老而不振也。雖然，世患無爲之者，不患無知之者。屈指從前數三名輩，其先亦多轗軻不偶，卒遇一有識力人，則赫然隆於世。其遲其速，要有數存其間，亦姑待之而已。

余因論次其文，付之梓，以示知邊者，且用有待云。

## 《隨園詩》序

《隨園詩》幾卷、《茗禪居士集》幾卷、《病餘草》幾卷，凡若干卷，蔽以"隨園"，率初也。予嘗論隨園詩，以韓、孟爲宗，七言歌行兼有李青蓮、盧玉川子。今更讀之，以爲不然，隨園之詩自成爲隨園已矣。詩自漢、魏以降，代作者衆矣。漢不以人著，自成爲漢，然都尉、屬國、北海，人數篇耳，讀之使人慨然想見其爲人。其後魏成爲魏、晉成爲晉，陶自成爲陶，唐反六朝爲唐，宋繼唐而不襲唐爲宋，元詩至卑弱，猶能成其爲元。明以數巨子劫持一代，號稱起衰振靡，而不成爲明。請言其然：明之盛，何、李最著，信陽溫文都雅，諸體具美，似無可譏；然試取唐之拾遺、供奉、襄陽、次山、蘇州、昌黎、以及東野、樂天、長吉諸人之作觀之，雖途分派別，而各留性情面目於數百年後，與讀者相見於蓬窗土屋之間。東坡、山谷、放翁宗杜，歐陽宗韓，而不得名之爲杜、爲韓，無他，各有真也。信陽兼收并采，循聲體貌，規規然惟古人爲步趨，詩則美矣，曰此自成爲信陽之詩，吾不謂然。北地才加縱，而一於尸杜，厥失則均。于鱗、元美而下，流滋濫矣。故予嘗謂：寧爲鍾、譚，勿爲王、李。非好詭趨故，有激云然也。

詩之爲物，窮形盡變，率其性情所到，惡在古今人不相及？四言終於三百，而魏武對酒、梁武逸民，三百不能概之。楊誠齋詩數變其體，一旦取而焚之，遂自成一家之言。學者仰天俯地作爲文章，不盡讀古人之書，不能自成其文；不盡去古人之書，不能自成其文。昌黎品樊紹述云："惟古於詞必己出，降而不能乃剽賊。"歐陽子續之曰："孰云己出不剽襲，句斷欲學盤庚書。"紹述似無足深論，然二公之言，可參求得其道矣。

今讀隨園詩，縱橫排昇，不可方物，而各有一隨園者存。即其晚年深造自得，其剛果之氣不能盡没於冲夷澹寂中，此隨園之真也。其骨近韓，其神近孟，其氣近李，其情思近盧。惟其近之，是以似而有之。至謂某篇學某，某篇學某某篇，則斷斷無有。近日新城之學遍天下，予以爲一信陽而已！信陽畫自唐以上，新城則兼泛濫宋元以下，故每作一詩，胸中先據有一成詩，而後下筆追之，必求其肖而止。所作具在，可一一按也。予非敢瑕疵前人，然恐詩道坐敝於此，則明七子不獨任咎。

丁丑冬日，隨園先生以集委訂，用敢肆其狂説，質諸先生，如謂不謬，請以爲序。

## 《杜律啓蒙》叙

隨園先生以所注《杜律啓蒙》若干卷屬余爲序。余讀之，不毗故説，不倚己見，一以愜當爲歸。其折衷之旨、疏解之法，於凡例十六詳哉言之矣，余又何以叙之？

余嘗與先生論制舉義，先生曰："有明以古文爲時文者，歸、金二家爲最，歸極其正，金極其變。金之變在於起伏轉換伸縮掩抑間，幾幾不可方物，而未嘗尺寸軼於規矩之外，故正希自謂操正、嘉以前矩矱，不誣也。國朝作者能得其遺意，惟望溪一人。雖其氣體醇穆，於歸爲近，而變化錯綜，一以金法行之。"先生論制義如是。詩律之有杜也，猶制舉義之有正希也。自有律，律與古分；自有杜律，律與古合。律與古分者，聲耳，貌耳。遺其貌，略其聲，寓比托興於四十、五十六言之中，縱橫跳蕩，絕不爲格韻偶比之所梏閡，則又烏辨其孰爲古、孰爲律，而强爲之低昂哉！且夫律之爲義，取諸樂，樂律主變，不變不能爲律，變而失其正，亦不得爲律。律至於五聲、七均、八十四調、十七萬七千一百四十有七之分數，而實歸本於九寸之一管。杜之律起伏轉換屈伸掩抑，幾於不可方物，而切而求之，尺寸不失。嗚乎！此其所以爲杜律也。杜不云乎，"老去漸於詩律細"！杜之律一惟其細，則讀者又烏可輕心掉之？

先生是編，爬剔櫛梳，非惟勤於杜也，即杜以申律，即律以反古，是在善會之矣。雖然，先生之詩，力追乎杜；於文，梯方以跂金。而詩不見收於鴻詞之科，棘闈十上十見擯，夫子美不能以之取進士，又况其效之者哉！今時場屋所用之詩，不過如唐試帖，猶時文之闈墨耳，韓子所目爲"俳優者之詞"，而先生顧舉是以爲之津梁，吾恐執圓機、襲活套者之猶猶然竊笑其後也。

## 周夔亭詩序

詩自漢魏以降，作者無慮數千百家。其能卓然自闢門徑，亦無慮數百家。約其宗主，不過二家而已。二家者何？陶與杜也。上規國政，下繫民風，遠觀近取、細大包舉者，少陵然也。俯拾即是，悠然自足，樂天知命而不疑，其惟彭澤乎！世或匹李於杜，匹謝於陶，非其倫矣。三百者，詩之權輿也，工部之詩，體兼風雅頌之全，而陶之所取，才《考槃》《桑間》二篇，而能獨立與之對者，何也？譬之畫品，有神、有逸，杜，神也；陶，逸也。有堯舜不能無巢許，有孔子不能無夷惠。雖偏全博約不同，而彼無能相掩，此亦夷然不屑以相下。迄今讀二家之詩，杜有時效陶，陶亦有時似杜。然綜其全論之，固不可同年語矣。學杜之善者，昌黎、眉山其尤也；學陶之至者，右丞、左司其選也。持此二宗以衡千古之詩，無不可舉而貫之。其有不入此宗者，非僻則靡，無足齒論者也。

饒陽周夔亭先生，詩法宗陶，其遣意布辭，尤與左司爲近。先生性高淡，不嗜榮進，於聲華遠之若浼，屏居一室，俯仰晏如。茂對時，靜觀物，意之所欣，形爲嘯咏，故其得趣微而結致遠，良由性情類陶，非規規然臨摹貌貌也。士君子生當承平之世，民物恬熙，風氣饒樂，優游畎畝之下，翱翔衢壤之內，素位而處，不願其外，所得見之歌吟者，抒發天趣，流連光景而已。若夫效無疾之呻，以干非法之議，不惟有害詩教，先自害其性情，賢者必無取焉。

余幼學詩，竊慕左司風格，已而泛濫於李杜韓蘇之間，雖極力馳逐出之，終不免於艱蹶，其率然有得，雖不敢謂闌入陶韋之室，然每恍然自悅於心。任邱邊徵君隨園，才思桀昇，其詩出入韓孟，及與余唱酬，亦間作陶韋體，平淡非不近之，而生硬之氣終不能化。東坡和陶，不過自成其詩而已，其於陶遠近，雖公亦無能自誣。是可知學各得其所近，性情主之，人力有不得強者。

今讀先生詩，沖夷自在，穆然想見其爲人。余與先生居至近，數年前止得一見，則先生之養可知。令嗣東安學博，與予友善，出先生《拙存樓詩》，屬予爲序。予因論先生詩之所宗，遂以及古今詩途宗主之辨，并予所得力而終不能強者，敬以質先生，先生其許爲知言否也？

是爲序。

## 《默堂詩》叙

丙子夏，余與默堂先生典試雲南，往返百八十餘日，輿相踵，舍相比。每過名山大川，幽奇隱怪之境，晦明風雨朝夕變幻，以及荒墟廢迹，騷人逸士之所留遺，予往往有所述作，以質先生，先生爲評騭上下之，而屬和殊寡。蓋先生先於癸酉奉使，所歷多已有詩，而固不以示余，余疑焉。然每聞先生緒論，皆得古人要眘不傳處，無世人一切浮游偏主之習，因堅請所作，則偶誦一二語，隱妙無比，余以知先生之深乎此也。歸途，予以憂返里。越三年，復來京師，晤先生，乃出其《默堂詩草》一冊，屬予點定。於是滇南之作居半。俯而讀，仰而思，恍然如見所夢，如悟前世，其奇情快景往往先我道之，又能狀予所不能言。因取所評予詩覆視之，墨痕宛如脫稿就質時，先生且披且吟境地一一在目。乃以嘆先生嘉許之過，而虛懷善藏有如此也。

詩道岐出久矣，自瓣香滄浪者以"神韻"爲解，於是盡舉濟南、竟陵、公安互角，爭樹之幟而摽之。而江西宗派亦由之以不振，於今六七十年，幾於比戶尸祝矣。然而論者猶或疑其有流而失真之弊。夫至於失真，則於濟南、竟陵、公安諸派，卒無以相勝。而所謂真者，又非可假老嫗能解之言，以自文里陋也。詩之爲道，固何如哉！固何如哉！曩與先生道中劇論及此。茲讀先生詩，斐亹蘊藉，而自有真意行乎其中，抑何論著之相符也！予於詩道未有領受，有所解，未嘗敢以聞於人，獨與吾鄉邊徵君隨園私相附和。今得證以先生之論，與先生之詩，竊自意所見之或不甚謬，因述之以弁先生集，還質先生，其竟不謬焉否也？

## 《癸酉江西鄉試錄》後序

文之於道，末也；經義之於文，又體之一耳。然自用以取士以來，魁奇卓犖倜儻非常之士，靡不出其中，因其人以考其文，其聲光皆爛然炙人耳目，間有困躓弗遇，而其人既重於世，其文亦終不可磨滅。是則文章自有真，而知言知人果不謬也。顧或以由文觀人，得失往往不侔。是又不然，端人之文，必光明俊偉，深雄雅健，而絕去雕飾。其文則名而人則否者，美聲音，務采色，甚或襲爲詭僻，以誣當世，是固文體之僞也。然則取文之法，亦在別裁僞體而已。

江西時文之盛，莫著於五家。蓋前明自隆、萬以後，文體卑弱，艾南英輩出，毅然以復古爲任，天下靡然應之。其造理也深，其取材也博，經史而外，諸子百家之言，靡不兼收并蓄以供趨役。而其於文也，一以西漢爲宗，泛濫於唐宋八家，故不侈談先秦以爲高，而六朝靡靡之習，則唾無餘焉。然惟其好奇愛博，故言有不能粹然一規於正者。五家之文皆有之，而陳際泰、章世純尤多偏駁，故南英《摘謬》之刻，於二家繩削尤甚。若夫學之者之過，當時已深以爲病，至有下巾掩目之喻，是豈五家使然哉！源流益遠，法守益失，妄庸者流，遂以艱深險怪自文淺陋。世乃指江西派爲訾詬，蓋習睹夫瑣瑣者之爲江西，而不知江西之真之固不出乎此也。

我皇上加意作人，時以釐正文體，諄切訓諭。伏讀《欽定四書文》，於羅萬藻、陳際泰、艾南英、章世純、楊以任諸人，皆慎加別擇，必純粹而當乎理者，乃登是選。其餘縱逸馳騁之作，概置弗錄。此固天下楷法，而江西士子所尤當服膺取則者也。臣與正考官臣邦達，肩闈校閱，惟以《欽定四書文》爲指歸，而於僞體尤嚴爲澄汰，所錄之文，雖未能盡如陳際泰所云"以仁義之質，標古雅之神"，而至如艱深自文，險怪自喜者，則必不使一有所幸，以貽誤後人。要期江西人士，知宗仰其先民，由時而進之於古，由文而進之於道。於以宣昭文治，以成彬彬郁郁之盛。而臣亦得藉以仰答我皇上高厚之恩，是則臣之厚幸也已。

## 《丙子雲南鄉試錄》序

臣竊惟滇省地居邊徼，自昔鮮通儒文學。我朝聲教覃敷，以漸以被，學者油油知所向風，而一二卓犖之士，翹然有以自見，下及峒氓夷戶，薰陶沐浴，乃有列衣冠、躋膠庠者。聖天子人文化成，海隅率俾，而文章服習，初不以方隅囿也。

臣仰承恩命，校士茲土，遍覽通闈墨藝，大都平正修飭，絕無一切險詭綺靡之習，文體頗近醇焉。然臣以爲，文章之道，推之則下，挽之則上，順其習而予之，將有沿而不知返者，矯其習作之使新，使知所學之不可以墨守也，而後可幡然一出於至當。滇之士雖知慕學，而狃於見聞，於文少所師承，大抵轉相仿摹，以規進取。有以先正大家詔之者，其心固疑爲不足售，既效之而果不售，則決然舍去，仍其故步者有之，此亦衡文者所亟宜挽救者。臣前奉命典試江西，江西之文多以險澀相高，字町句棘，臣一切屏之，取其平易通達者，俾知文體之正。茲滇省所習既陋，不可因任之，使極於敝，故於其格之稍高、氣之稍逸、問學之稍充者，錄置前列，使有所觀感趨慕，斯亦仰惟聖化，作而新之之一方也。古今文章升降之故，似有天焉，其相激而加厲，相挽而返乎淳者，則由於人之爲之。

我皇上加意作人，於士子拜獻之資，叠申聖訓，以布帛菽粟、璞玉渾金爲喻，既復《欽定四書文》頒天下，灼然示以指歸。而一二佻巧之語，世相傳爲新異者，必戒之飭之，勿使復蹈，所以培其源、障其流，潛移而默導之，以偕一世於大同，固大聖人乂用三德之妙用，豈小臣區區補苴所能仰贊萬一與！

## 左孺人傳

左孺人姓王氏，字淑昭，雄縣人，贈刑部侍郎炘女，適河間副都御史敬祖子印奇。明末，炘避亂江左，生孺人於六合。三藩之變，所在土氛搶攘，孺人從父間關轉徙於兵戈寇盜間。一日，走山中，將托宿居人家。孺人曰："是非吾親故，雖顛沛造次，不可不遠嫌。"竟挽父止破廟中。母孫卒，兄又既卒，孺人屭然弱息，事老父，撫兩弟一妹，十指衣食，而猶手不釋卷。蓋孺人自七八歲時，即酷嗜書，至是，盡通經史、唐宋諸大家古文，尤嫻於詩，詩出入元和、長慶體。已而寇亂平，道路無梗，孺人將父北歸。歸十餘年，始適左爲繼室，年已三十有二矣。

其未字也，父擇才配不得，因循久之。一日，孺人賦詩，有"久拋玉殿辭王母，未侍金門作漢臣"之句，父見之，乃亟許字。夫宰廣東恩平，又宰河南涉縣，先後二十年，不置幕客，一切簿書訟牘，皆付孺人治之，敏決無留者。夫卒於官，孺人歸。而弟企埥官刑部侍郎——孺人所提攜教授者也——迓至京，適有大獄，九卿會勘不決，孺人慭弟，弟如其指，果立判。獄上，聖祖嘉嘆，企埥遽以實啓。聖祖大驚曰："婦人中有此特識乎！"已知孺人阜於學，將召爲宮中師，遣官禮聘。孺人語弟曰："我，老寡婦，出入宮掖，非宜。"手表以疾辭。上省覽良久，竟允其請。當是時，孺人名動京師，群以曹大家推之。其慭弟決獄也，或又比之辛憲英，識者以爲皆無愧云。

弟出撫江右，迎孺人往。孺人素遇弟嚴，雖貴，不少假。企埥喪妻，有以少君術見者，企埥惑之，方布幃召魄，孺人至，斥弟曰："若大臣，乃爲此曹所弄耶！"弟赧而罷。後企埥不盡用其教，遽命駕歸，既歸，而企埥果敗。子方焕令碓山，數月罷。家日貧困，孺人怡然安之，以教諸孫及曾孫爲娛。年八十七卒。將卒，盡焚其所作詩、古文。曾孫元鉢遍索諸親戚，得詩數百篇，錄藏於家。

繫曰：余少時猶及見孺人，狀貌類村媼，語質樸無文，隤然若未嘗有學者。迹其生平，臨大難、決大疑、辭大寵，壹皆出於學問之氣，蓋非尋常雕文繢藻女子也。詩莫難於能怨，不當怨而怨，畔；當怨而不怨，慢。孺人三十未字，顯然行之詞章，此真得風人之旨，蓋非流俗所能知者。若孺人，可謂善怨矣！

## 丹崖左公傳

《春秋傳》曰："所見异辭，所聞异辭，所傳聞又异辭。"史氏徵物比行，近極四海，遠乃數十百年，傳聞十之七，聞十之三，見百不一二也。歐陽文忠作《五代史》，初立《一行傳》，五十五年之間，得五人焉，鮮矣！謂固不得聞，見更無論。天下奇節瑰行超世拔俗之人，何可多有？即有，不得施，弗見。若夫斤斤自好，鄉黨稱孝義，如歐陽所傳李自倫其人者，往往不乏。然而有聞有不聞，兹非以幸與？

以予所見，河間左公其有足稱者焉。公爲人温柔巽緩，當於義，斬斬能爲，事父母及祖母，孝順由至性，鄉黨皆心懿之，不能舉似之，予獨知之。今夫以孝予人難矣：庸行不易得盡，一難；不厄不著，二難；世所爲志表銘誄之屬，無論有實無實，率以此稱首，遂無別信否，三難。而予獨謂知公以此，於何見之？則嘗見之於公之夢。乾隆庚申，予父任陝州，被患，公相依不去，凡任内倉庫出入皆自公，代者方毛疵相棘難，恃公與剖，而公祖母以是時卒，訃書至，公哭，哭已，曰："予於義當去，然去又以爲不義。假義以利不義，吾不爲。"遂不去。公夜半噭然而哭，予以爲哀至也，既且勸之，不應；呼而詢之，則夢也。自是時時復然，寐則然，覺則否。嗚呼！於此可知公至性矣。天下無事不可偽，獨夢不可偽，夢飲酒者哭泣，夢哭泣者田獵，變本而遷，理或有之。若夫喜怒悲歡之事，日之所構，夜與爲符，爲嗟詫、爲哭泣、爲呼、爲笑、爲喃喃語，徑達其中之誠然，雖毫髮不可強作。昔賢驗工夫於夢寐，誠哉有以也！乙亥七月，公卒於家。戊寅將葬，公子元鉢乞予爲傳。余既禮辭謝，諾曰："凡公一生服事之孝，然諾之信，取予之廉，予皆有所聞之，然不盡志，志予目見者。"

公諱墣，字丹崖，河間人，太學生。曾祖諱敬祖，順治己丑會試第一，仕至左都御史；祖諱印奇，以蔭任涉縣知縣；祖母王氏，雄縣人，隱君諱沂公女，刑部侍郎巡撫江西企靖公姊，博學工詩，年八十六卒；父諱方煥，歲貢生，任確山縣知縣；母李氏，繼母王氏。公娶予從姑氏，後公一年卒。公年五十有五，子二人，長元鉢，次元鐺，女四人。

繫之曰：當陝州患作時，卒出不意。太守某赫然來收篆，檢親戚姓名，勢洶洶，舉莫知所爲。公曰，某事當如何、當如何。然無敢出署爲者，公憤曰："事連，不在出署。"獨爲之。間一日，稍定，知無所波及，衆意帖，遂議去留。疏者不待議自去，孰留孰去未決，於是公謂予曰："於此固不須多人，予與汝足矣，可皆去。"於是皆去。公與予同寢處一土室，凡百八十餘日，代事畢乃去。

## 故友夏君調元傳

戊寅之歲，予既生傳邊徵君連寶，因檢故相酬答詩章，得己未三月與偕過夏君調元村居一篇，於是夏君既卒，墓草宿矣，憮然動念久之。夏君河間人，居郡西董堤村，爲人樸質自好，內行修攝無違言。師事肅寧朱滄樹先生，能文章，工書，書宕逸得晉人風格。早食餼，有聲庠序間。郡太守李公璵，邀諸生，會文郡署齋，雅稱許君。雍正乙卯，督學少司寇錢公陳群選拔貢太學。不仕，教授鄉里餘二十年，前戊寅一年卒於家，年五十九。

會於李公署也，予年方十五，從君後，每與君比坐。時未盡識君文章，側見君書法，大悅慕，問君書學何人，君正色曰："鍾太傅。"予固不知鍾太傅，歸求之《淳化閣帖》所傳太傅書，殊不類，以爲非是，迨後知書，知君固不予欺也。

人生生死聚散之際，思之殊難爲懷。予年四十有二矣，自十五歲後，中間幾三十年，從父任河南八九年，以事奔走，羈縻河、汴、陝、洛間四三年，歸二年，客游京師一年，以貧故，入學使幕一年，教習宗室學三年，通籍入翰林，奉使豫章、滇南，先後凡七年。丙子以憂歸，而故交散落——仕者、之四方者、死者——其在鄉里，君與邊徵君二人而已，二人與予同出錢少司寇門。司寇再督畿學，在歲己未，其年三月，同謁司寇河間使院。因邀至君家，桃李盛開，爛熳如茶火，藉地飲，大醉，賦詩。徵君贈君詩曰："衣冠羞世式，耕鑿識艱難。"嗚呼！可想見君爲人矣。去年丁丑春，君省予苫次，業被病，喘喘然，以子屬予，不數月卒。予既走哭之，其明年乃爲作傳，志予懷，又以寄示徵君也。

君元配楊氏，繼李氏。子三人：長曰應麟，所屬從予學者也；次應含，次應庚，聘予故伯兄女子子，諸子皆能讀父書。麟奉君所書《孝經》一帙，乞予跋尾藏之。

繫之曰：生無訾，没而思，所謂善人非耶？予於京師閱人衆矣，美衣冠、盛顔儀，或高明赫奕，或文采映麗，或睥睨不可一世，或輯柔美好如女子，或滑稽詼嘲，長人以口齒。接之或敬或愛，過亦冥然已也。鄉黨一二故交，不鏨不雕，思之獨不能諼，夏君其人歟！

## 盧孝子傳

五月晦日，余過同年盧端臣先生寓宅。入坐定，先生免絰以出。於時先生喪室已幾期，見客固復常服，余疑問，泫然曰："季子卒於家。"遂出其弟手書示余，讀之哀惋泣下，作而嘆曰："嗟乎！孝子是古聖人深慮夫至性之過，而設爲'毁不滅性'，'無以死傷生'之文以抑止之，而竟不能奪者也，是不可以無傳。"因袖其書曰："據此足矣。"退爲序而次之。

孝子姓盧氏，名立沅，湘鄰其字，江西寧都州人，父端臣先生，以雍正乙卯貢入都，孝子始孕。明年乾隆丙辰二月二日生，既免乳，貌嶷嶷凝厚。六年，就外傅，端重如成人，長老皆器重之。丙寅，端臣丁王母曾太宜人艱，歸承重事，孝子年十一，始見父，祗祗翼翼，不暫去喪次。病目，誤於醫者，膜日滋。端臣官翰林，孝子隨母曹宜人至京，亟醫不能療，遂失明。居三年，將使歸娶，孝子雖冠，成丈夫，未嘗一日離母側，朝夕孺慕猶孩提，聞將去母歸，惘惘如有所失。行之日，持母裾不肯舍。既出門，大哭，以頭搶地，强抱持登車以去，觀者爲泪墮。時端臣先生主武會試，撤闈後，宜人爲先生言，涕泫泫不能止。母子之情，若將知其永訣然者，明年戊寅八月而宜人卒。端臣弟書曰："訃至之日，立沅投地大哭，掖之不肯起，十指爬地，爪出血。既設位，展轉苦次，勺水不入口，三日，強以粥食之。才少食，後又必自煮乃食，非自煮終不肯食。每日自黎明號母聲達夜，夜必盡五更。自戊寅十月七日至明年己卯正月十一日，凡九十五日，竟以哭泣死。"

嗚呼！聞孝子之風而不為之酸鼻者，殆非人情。或曰：是非中庸之道。夫吾不知世之所謂中庸者，情實過之而為之止耶！抑有所不能，姑取其說以自覆其短耶！過、不及誠然非中，然吾見不及者十八九，過者百無一二。過，節之猶易；不及，勉之亦勉其能致者。其莫之致而至，終不得而強致也。且夫聖人之所謂節之者，不過不食之日數與擗踊之算已耳。至於哀慟之至，發於中心之誠然，雖欲節之，固不能。而孝子三日食，晝夜哭，不盥不櫛，寢處苦塊，毫無加於禮而卒死，是固聖人之所許也，其又可議也耶！

端臣先生曰："兒年二十有四，居常循循，有如處子，而端謹輒為人所敬。嘗見諸親賓雜坐，諧笑嘩沸，兒至為之肅然。僕婢咸懷愛之，聞其死，無不哭失聲者。婦同里曾孝廉芳浦女，性篤摯亦如兒子。兒死，痛不欲生，有遺腹，冀生男，已又生女，家人防之力，然祇防其自裁耳，其生其死，固不可知也。"又曰："兒慧甚，幼讀書，一過不忘。既失明，時默誦之，舉所不解者質其二兄。以聽受能詩，辨四聲陰陽甚悉。錢宇寧山人，京師工琴者，嘗使師之，不旬日，幾盡其道，錢驚嘆。"余見山人於少司農裘公宅，舉以詢之，曰："信。"

## 愚谷朱公傳

公為先君子鄉會試同年友，居同里相近，嘗受業於先大父，與先君子文字砥礪相善也。癸卯、甲辰間，予方數歲，從先君子與公游，嬉戲公側。後十餘年，公自夏縣歸，乃能修子弟之禮。又十餘年，先君子與公同里居，時時往來過從，予得侍左右，聆公緒論。其後先君子復出仕，予官京師，不相見者數年。丙子，予丁先母艱，先君子亦已歸里，公數來舍就先君子為歡，痛飲每自晚達旦。先君子既歿，公來哭吊，握予手欷歔不勝悲，時公年已七十餘矣。壬午，予服闋，將之京，往省公疾，拜公於床下，公氣索不能言，泪潸然垂睫而已。是年八月，凶聞至京師，爲位以哭。念自始侍公，迄公終，先後幾四十年，離合聚散之情、存没之感，思之殊難爲懷。嘗題公畫像有云："三世交情兩行泪，西風白髮拜遺圖。"蓋情見乎詞云。乙酉夏，嗣君持公墓志、年譜屬予爲傳，曰："此先人遺志也。"按，墓志爲任邱邊徵君所作，徵君，吾鄉君子人也，文章質貴可傳，不必有待於予文。雖然，公爲予父行，視予猶子弟，先後侍公四十年，離合存没之際，有慼然不能已於懷者，乃爲序而次之。

公姓朱氏，諱閌，字滄樹，愚谷其號，晚又號東里老人，河間肅寧人也。幼篤於學，工制舉業，入庠，食餼，有聲。康熙癸巳恩科舉於鄉，從蠡縣李恕谷先生游，與參訂禮經，多所發明。雍正丁未會試，入明通榜，授棗强教諭。庚戌成進士，出興縣孫文定公門，遂受業，與聞性命之學。分發山西省學習，佐儲六雅先生輯《山西通志》。壬子，分校鄉試，得士皆知名。委署高平，有兄弟訟者，公以至性諭之，泣而解。題署夏縣，嚴盜賊，積案勾補殆盡，盜風爲息。剛礦賊祁某，巨滑也，廉得，執之，祁以金三千賂公求免，公笑弗受，置之法。邑大水，立發倉賑災人，時功令知縣不得擅發粟，吏執以白，公曰："縣距省八百里，待報可，民其爲魚。"竟發之。灾人以活，大府嘆賞，且記功。丁母憂，服闋，復至晋，署汾西、沁水、崞三縣，皆有惠政。崞土豪某，爲公大創垂死，去之日，追送數十里。問："何以得於汝？"對曰："非公幾無以爲人也。"補知祁縣，在祁六載，静以養民，寬以治獄，勤以莅事，祁人安之。病，解職歸。既歸，足迹不入官府，以耕稼、課子爲務，優游頤養十餘年，卒於家，年七十有三。公爲人短軀而健，精神奕奕滿腹，善談笑，每當廣座，掀髯抵掌，一座盡傾。豪於飲，亦未嘗甚醉也。其學問有師承，吏治循美，治家儉約有法。迹公立身本末，可謂純白無瑕疵矣。子三人：長椿芳，邑庠生，以例授江西布政使司經歷，次榆芳、檍芳。

繫之曰：己卯歲，先君子來京師，與同邑紀丈合作《二老比肩圖》，相視甚歡。因言曰："吾鄉同年存者惟三人，若得滄樹來，當爲三老，乃更佳耳。"而先君子遂以是年見弃。今作公傳，憶此不覺哭失聲。蓋紀丈於去年亦卒，父執索然盡矣。

## 邊徵君傳

乾隆十有四年己巳，天子詔王公九卿外督撫大吏明揚淵通經術之士，刑部左侍郎前督畿學錢公陳群以任邱邊君連寶舉應詔，徵詣京師，不就，天下士聞而高之。君字趙珍，更肇畛，隨園其號。爲人修幹，朗眉宇，有鬚無髭。性狷簡，不能依阿流俗。有不可，持斷斷。非其所與，竟日對，可不交一言，香樹先生謂爲山林之氣多也。

初從事舉子業，以古文爲時文。學臨川兩大，又好桐城方望溪先生稿，目爲國朝獨出。有謂不利科舉者，輒斥之。乙卯科試，香樹先生選拔貢成均。持其試藝遍示在朝諸名公，聲大震，朝試第一。既而屢躓場屋，持所守不少變。甲子後，決然舍去，專力詩古文詞。嘗言："文，道志而已。規規然銜厄驪鞿之，雖工，非至文也。"故其率然有作，直吐其胸中所欲言。倏如風檣駿馬、快劍長戟；奔流激湍、粗沙亂石，懸崖絕澗，瘦竹枯木，丫杈萬狀，不可睨矚，古今文無如是。於詩，怪變特甚。乙卯、丙辰間，予年未冠，學爲詩，君見而予之。君於余爲丈人行，年長幾倍，顧以友處余。已未春，授書河間東鄙，予過焉。所居大樹數十，時既暮，月影篩地，與君緩步徙倚。君笑曰："吾今年四十，私喜'白髮'二字可得入詩。"每憶此言，不覺失笑，逸態可想摹也。嗣來河間，舍相比，朝夕過從，談詩文甚歡。君之詩踵韓肩孟，其縱恣跳蕩，時出入太白、玉川子間。而予方踽踽學右丞、左司，偶屬和，竊效君體，則蹣跚失步。君涉筆爲予所爲，冲如寂如，忽不知才氣之焉冥也。予驚嘆，戲謂曰："君可謂釋刀成佛子矣！"

古來倜儻不羈之士，晚年往往逃歸於禪。君雅不喜讀釋氏書，而氣若與近。少嗜酒，中年易爲桑苧之好，因號茗禪居士。方四十，頭童如髡。一日趺坐書齋中，閉目垂首，予自外窺之，兀如入定老僧。因嘆息，殆所謂宿根非邪！

家貧，授書養母垂四十年。其以經學徵也，余亦厠舉中，將之京，過君，邀與俱。君曰："吾將以疾辭。"勸之，不可。予曰：'君不嘗應博學鴻詞乎？'曰："然，博學鴻詞，唐之科目，猶科舉也，今天子儼然降明詔，求如漢伏勝、董仲舒其人者，吾烏可以斯未能信之術業，矯誣干上，以幾幸取仕！雖得猶惡，吾計決矣。"於時天下所舉凡三十有九人，其非篤老疾病不應詔者，君一而已。自是無意進取，著書爲詩歌自娛。後十年，忽以書抵予，屬作生傳。予笑曰："不猶憶耶？何弗能待也。"比舍時，嘗醉把余臂，謂言："吾兩人後死者任傳。"予少君十七歲，應曰："然則我傳子爾。"丁丑十月，君年五十有八。

系之曰：窮與？命也？古來被徵不起者幾何人？君文章不可一世，獨行無愧，姓名籍籍士大夫口，號稱"徵君"。少見者貴耳，必達顯哉！昔人嘗嘆以"迪功"名集，嘻，陋矣！

## 王仲穎先生傳

河間王仲穎先生既歿之十年，余里居始得摭其生平概略爲之傳。於戲！先生純粹篤實好學君子也。其居家真孝弟，立身真有本末，讀書真有見地。古所謂獨立之士，行不愧影，寢不愧衾，孔子之所謂"善人"，孟子所謂"善信"，先生真足當之！惜乎生無大表見，歿無有傳其學者。然而風期落落，古與徒矣。

先生諱之銳，號退庵，仲穎其字也。世多知其字，故以字傳先生。先生幼志聖賢之學，年十四，讀書至"吾十有五"章，瞿然曰："先師成童已志大學，吾去成童一年耳，曾小學之未通乎！"於是苦心焦思，深自淬礪，愛《中庸》"齊明盛服"語，書揭卧次，夜必整衣端坐，或竟夜不寢。康熙丁丑，學使安溪李文貞公按河郡，以課講受知，屢目之。召與語，大嘆賞曰："南方無此學質也。"選貢之，使從游。既携之直撫幕下，每公退，輒與講說古先微言精義。七年，盡聞文貞性命、河洛、算數、音韻之學。文貞入相，招至京師第邸，與景州魏大司空廷珍、交河王少宗伯蘭生偕。一日，語三公曰："盍從我往迎駕熱河乎？"於時内廷新立東書房，集文學、才技之士。先生心知將薦己也，不欲以捷途仕，辭。文貞心重之，不復強。已而魏、王入内廷。癸巳，魏捷鼎甲；辛丑，王賜第；皆入翰林。先生恬然安之。當是時，文貞以道德文章網羅天下，登高而呼，天下聰明才辨之士雲集響應。上者雄奇駿偉，敦琢鴻業，以經世垂久；次猶雍容詞苑，鼓吹休明；其餘翹首跂足，攀援而取仕宦者，紛綸不可勝數。先生澹然冲默其間，獨與江陰楊文定名時壹以切劘身心、研究經義為務。文貞嘗語人曰："從吾游者，不翅數千人，然而潛心學問，不求聞達，南楊北王二人而已。"其爲文貞推重如此！

館於恂邸，王雅敬禮之。一日小疾，王遣醫來，醫著方必首參，參出王府，先生曰："吾疾果非參弗瘳乎？"醫曰："此故事耳，參出可勿用也。"先生笑命去之。以纂修《周易折衷》叙廣東陽春令，至數月，不能桔槹獲上，改教職歸。雍正六年，里洊饑，先生家餒困，就依所親河南碻山令，適有旨召詣京師，將有質。豫督不知所緣，逮之，銀鐺送刑部，至則以固無罪也，一訊罷遣。除萬全教諭。乾隆四年，趙泰安相國疏薦其學行，擢國子助教。居國學十二年，自大司成下，遇之皆有加禮。年近八旬，日與諸生講授不倦。己巳冬，詔舉經學之士，梅總憲瑴成、何少司空國宗并以疏舉。壬申，上詢國子耆學，祭酒以三人上，先生與焉。召之見，病不能行，其二人者，皆超擢司業，而先生竟以明年謝病卒於家，年七十有九。

先生之學主於躬行實踐，孝弟之氣滿容充體，祭必敬，喪必哀，忌日不樂，終其身。有兄暴於行，動遇以非道，先生怡然順受，事之如嚴君。或以過先生，先生曰："世兄弟多貌相承，吾兄遇我嚴，弟我也，吾何憾？"事之益謹。及官太學，兄書至，必再拜然後發。兄病，就訣京師，先生躬藥餌，衣不解帶，月餘卒，哀慟欲去官遂服，以例不可止。居恒莊肅如對賓客，擬而言，議而動，口不道人過。有德於人，終身不使知之。自奉極薄，廩祿所入，節縮以奉其兄及親戚之乏者，未嘗蓄一錢。其德行醇備，自鄉之耆宿及太學士大夫稱道如出一口。方望溪先生曰："仲兄孝友本天性，學問法程朱，其自命處真有矯矯不群，壁立萬仞狀，而廉靜之操，恐安溪公有不如也。"與余祖友善，予自孩時即聞余祖道其行義，及見之京師，每侍坐，氣不屏自肅。嘗過其學齋，老屋空曠，四壁颯颯有風，時方冬，了無爐火，獨據一案，經籍鱗次滿前，凝然若不知寒者。先生涵養堅定，然每自視欿然，嘗言被逮時，內省無咎，乃猶食不能下，以爲學問之氣未充。其言不欺志類如此。諸經皆通貫，尤邃於《詩》《易》。自言自康熙丙戌迄雍正庚戌，玩《詩》至千周。余嘗窺見其手注《易》册，又聞四子書及《詩》，皆有論述，今索其家，都不可得矣。於戲，惜哉！

## 尹健餘先生傳

先生名會一，字元孚，別號健餘，直隸博野人。幼孤，事母李太夫人以孝聞。登雍正甲辰進士，授吏部考功司主事，遷員外郎，丙午典試粵西，丁未分校禮闈，胥得人。簡任襄陽太守，攝荊州，荊石首縣饑衆萬餘，洶洶以浮言相煽動，先生單騎宣慰之，賑撫其衆，而收其簧鼓有衆者，衆立解。移守揚州，尋擢兩淮運使，晉總鹽政。揚俗汰侈，先生躬節儉，屏絕饋遺，俗爲少革。乾隆二年入覲，加僉都御史，巡撫廣東，以母老辭。上閔其情，爲改河南。北宋以來，理學之傳，河南爲盛，明道、伊川、康節同源派衍，歷金、元、明，代不乏人。而國朝湯文正潛庵、張清恪孝先、耿嵩陽逸庵，尤爲後起卓卓。先生慨然以振興絕業爲任，增訂《洛學編》以詔學者。立五社，簡好修良士爲之長，月朔望，長吏會諸生講論德義，因以察鄉之孝弟任恤與罷邪不率者而勸懲之。逾年，教大行。仿《周官》溝樹畜牧、比伍保受之法，以勑農靖民，紆徐布之，政成而民無擾。開歸水，上章自劾，因采宋富鄭公、趙清獻救灾事宜損益之，條爲十六，次第請行，皆報可。於是其年不知有灾。

內遷御史中丞，甫數月，以母病乞終養，得允。歸，築健餘堂以奉太夫人。先生自早歲受書，及通籍歷仕至開府，未嘗一日去太夫人膝下，其承顏養志，雖年五十，依依猶嬰赤。其居官行政，每夕必告太夫人，有不合，或爲輟食，則長跪不敢起。以故先生之孝與太夫人之賢，聲聞士大夫，上達天子，天子親製詩章楹聯即其家賜之，當世以爲榮。先生既家居，侍養之餘，益博稽古人微言奧義，息慮以求其精，有所得，著之讀書札記。立共學社，招生徒，相與講明義理之學，學者翕然從之。置義田，以睦宗族。設義倉、義學，溉惠其鄉里。嘗曰："爲學務在力行，徒尚空言，無益也。"太夫人卒，哀毀壹衷諸禮。

服闋之歲，上預虛少司空待之。既即任，命督江蘇學政。先生以江蘇文勝實鮮，敦厲小學之教，舉蘇人范文正公爲秀才法，其晉接諸生，溫溫然復舊典答其拜也。方望溪屏居清涼山下，先生舍驪從，手操几杖，造其廬，請以師事。聞陽湖是鏡隱居有至行，親詣舜山訪之，遂以薦於朝。其敬德樂道、虛己善下類如此。晉少宰，仍留學政，明年卒於官，年五十有八。遺疏以任賢納諫爲言，言不及私。上聞悼惜，賜一品，諭祭。於是鄉人請祀於鄉，所歷治地皆以名宦請祀，而蘇人兼祀之道南祠以配前賢。

先生之學，淵懿純粹，不爲岸异，心識顏習齋、李剛主學術之偏，而未嘗顯言攻斥之，曰："吾惡從來學者好爲罵詈也。"自居鄉莅官，外建節，內長耳目，咸卓然有可稱道，而自視欿然，若毫無所得諸己而設施於世者，望溪先生以是亟稱之。所著有文集十卷、詩三卷、奏議十卷、札記、語錄、讀書筆記、永言凡十七卷、《講習錄》二卷、《從宜錄》一卷、《尹氏家譜》八卷、《賢母年譜》一卷、《撫豫條教》四卷、尺牘四卷、《君臣士女四鑒錄》凡十六卷、《增訂洛學編》五卷、《北學編》三卷、《呂語集粹》四卷、《重訂小學纂注》六卷、《近思錄集解》十卷，并行於世。

系曰：戊午、己未間，予居河南，親見先生之爲政也，師古而宜於民。先生家去予家百里，孝義蒸蒸，播於士林，景行者衆，恨不得負笈一從之游。及來京師，與先生嗣子交，盡讀先生書，浸淫饜飫，穆乎嚮往之矣！

## 禮部侍郎胡公家傳

予七八歲時，好抽翻架上書籍。一日得書一卷，題曰"周易函書"，展之，圖畫縱橫，不知其爲何書也，執以問予祖檢討公。予祖曰："此吾同年胡公滄曉所著也，其書至多，力不能盡梓，此特其首卷耳。"予問所說何如，予祖曰："安溪李文貞公，深於《易》者也，嘗稱公先天之學，近世無偶。"因爲予道初選館時，進士三百餘人，以次引見。澹寧居下，公大聲進奏，能説《易》。聖祖引而詰之，反覆更端，公奏對如泉瀉，吻無少跲。時酷暑，諸進士暴立赤日中不得前，嗛公至有駡者。予初聞公名自此。後十餘年，予父任河南嵩縣，父未任時，學習於汴三年，每爲予追説學習時事。云有試令拔貢生某者，與諸學習進士往來，狀貌恂恂猶書生，一日攝光山令至省，衆見其貌大异，睛赤，面肉盡横，眈眈若欲唊人者。衆駭而探之，則知其將以危原任侍郎胡公也。因相與嘆曰："昔所傳人變虎者，不其信哉！"後予往來河北道中，父老往往感思公德。蓋公嘗以河北祲灾入告云。又十年，予在翰林，邊秋崖檢討方修國史，分傳得公，其所徵本縣事略、鄉貫外，毫無所具，即官階亦不詳。持以示予曰："此何人？何以成傳？"予目之曰："嘻，此蓋以《易》學受知聖祖者也，何不即其子官京師者詢之？"詢之，乃得所刻《函書》及他事迹以成傳，而予亦因以有其全書。己卯之冬，公子介同年王君紫佩持鄒小山侍郎所作公墓志，乞傳於予，時去國史傳成又已十年矣。予耳熟公事先後幾四十年，非予傳公而誰哉！敬受委，不敢以不文辭。

公諱煦，字滄曉，號紫弦，先世江西人，遷湖廣麻城，再遷河南光山，遂家焉。與同邑張氏稱宗族。初有一爲外家後者，二姓由之以衍，失其譜系，故弗能詳。祖諱演，庠生。父諱之杞，際鼎革時，不樂仕進，寓意於醫，有隱德。雍正元年，并贈通議大夫某官。祖妣喻氏、妣高氏，贈恭人。公生有夙慧，八歲見古太極圖，悦之，日日摹畫。及十八，深究《易》理，於古人解《易》之書，焦氏《易林》、京房《易傳》、王弼《兼義》、李鼎祚、來知德《易解》，靡不兼綜條貫，久之，撮其精要，匯爲四卷。康熙甲子舉於鄉，越二十八年，由教諭成進士，選庶吉士，時年五十有八年矣。引見陳説《周易》，退復進，既出而入者三。公自著《澹寧三接》語甚詳，即予祖所舉以告予者也。方是時，進士授館職，非當路汲引不能得，公以樸拙無媒之士，卒然特達，被受殊遇，天下聞而艷之。既散館，偕楊文定公名時，同被召至乾清宫講《易》，畢，聖祖嘆曰："苦心讀書人也。"遂直南内，充《周易折衷》纂修。丁酉典試湖南，時考官皆以九卿薦用。聖祖御門忽問曰："胡煦何人所薦？"侍臣以李旭升對。聖祖喜曰："朕信此人。"蓋李之無私舉，公之非私援，聖心兼予之矣。遂擢司經局洗馬，遷鴻臚寺少卿。壬寅正月，宴老臣四十二人於乾清宮，公與焉，命乘肩輿入景運門。明年，遷鴻臚正卿。雍正癸卯，世宗憲皇帝即位，特擢內閣學士，兼禮部侍郎，進呈《耕籍詩》《河清賦》，蒙襃賞，授兵部侍郎，教習庶吉士。庚戌會試，以兵部侍郎命知貢舉，異數也。辛亥，轉禮部侍郎，其年罷職歸。既歸，杜門著書，毫不預外事。官其土者，方毛疵求公，卒無所得。而予父所云某試令，竟以干公議罷去。今上御極元年，召詣闕下，復原官致仕，予幼子季堂二品蔭。九月，公以疾卒於京，年八十有二。賜祭葬，歸葬其里。公十年卿貳，多所建白，置農官、舉孝弟、定制度、豐積貯，一一見諸施行。而分江浙州縣，豁除浮糧漕欠，汰河工冗員，尤爲切中時務。嘗奉命纂《農田要務》十卷，所著《周易函書》，自十八歲緝有初本，閱五十餘年始成。首列四門，曰原圖、原卦、原爻、原占，凡五十卷，冠於《函書》四十九卷之上，蓋取大衍五十，其用四十有九之義，以爲正集。爲難於謀刻也，約其書爲三函：約注十八卷，爲一函；約圖三卷、孔朱辨異三卷、易學須知三卷、卜法詳考四卷、篝燈約旨十卷、續約旨二卷，凡二十五卷，曰別集，爲一函；續集十六卷，爲一函。皆已就梓，合之正集，通一百五十八卷，外有《葆璞堂詩文》八卷、《韵玉函書》五卷、《澹寧三接》《乾清召對》合一卷，并行於世。公子四人：長長壨，次次壨，次仲壨，皆早殁。幼子季堂，以蔭授順天通判，遷刑部司員外郎。

論曰：予每讀公《函書》，未嘗不掩卷竊嘆也。今舉世號稱經生，能讀經者幾人哉！天子嘗詔舉經學之士矣，於時天下應者，三十有九人。即予亦厠舉中，每一思之，面熱內慚，汗淋漓不能止。世人著述以炫人耳，深嗜而篤好之，孳孳然取足於己，則亦無有如公之苦心積慮，殫畢生以名一經，雖以求之古之專家之儒何多覯焉？公自述讀戴氏《記》，作竹籤百枝，細書篇目於上，日三時挈驗之，又提要義每則，作一二字於便面，時時展玩，凡一月餘日，而禮經精徹。由是以推，即其五十年學《易》之功可知矣。

## 節婦程孺人傳

　　節婦者，文安陳少司農念盡先生側室也，家世籍蜀，父信，流寓文安，因隨徙焉，故司農聘爲側室。當是時，陳氏方鼎盛，而司農以卿貳膺簡命督倉儲，建節通州，勢尤赫奕。孺人雖席豐厚，夷然若無與者。嫡張夫人异之，試以家事，稱其能於司農，遂命之佐理焉。凡八閱歲而司農卒。

　　方司農之疾也，醫曰法當不救，孺人泪隨聲墮曰："遽至此耶！"因日夜籲天，祈以身代，飲食藥餌非自檢不敢進，危神悴貌，惕惕若不遑朝夕。家人輩憂司農疾，尤哀孺人志也，疾竟革。孺人遽遽無出，仰天泣數行下，曰："死生莫救，豢養何爲？顧身外物皆主賜，獨肌膚爲父母貽耳。"立刲肉數寸許，調羹中進司農前，血涔涔滴衣帶間，倉卒皆不自知，見者輒知孺人無生心矣。及司農卒，遂投繯焉。家人覺，救得蘇，孺人瞠目久之曰："若輩意云何？"曰："夫人命也。"孺人泣曰："夫人誠遇我厚，顧既心許主以死，終不能以夫人愛易吾初志也。"家人懼，且預得夫人嚴囑，防護愈至，孺人知不得間，乃絕粒。張夫人執其手泣謂曰："若志誠堅，顧獨忘我耶！白頭老嫠，再睹摧傷幾何？不爲若續者，獨不勉活慰我耶！"孺人感焉，强爲食息計，侍夫人者若干年，凡晨昏温清扶持抑搔之節，以及輔導嫡子，先得夫人未言意，佐理家事如司農存時，而勤勵有加。夫人憫其勞，輒曰："吾不死何爲者？敢自暇逸耶！"且未嘗暫去側，曰："別嫌明微，吾亦不願頃刻離主也。"時其家益落，孺人操作益勤苦，至有貧家婦所難堪者。故夫人卒未幾，而里媼某改適之說得以進——里媼者，故嘗出入於司農家者也，窺其家事日益非，欲蠱以改適而憚其嚴，然心有所利，因以微詞試焉——孺人聞所不意，變色泣曰："吾固願隨主地下也，以不忍違夫人意，故忍而就此，奴輩視吾勤苦爲圖豐腴耶？若亦受主厚恩者，使我有不肖志，猶當裁止之，顧先以此言浼我耶？"不顧而唾。其人慚逸去。孺人太息曰："吾豈猶有意家人生產者，特受夫人囑，不欲以死生异爾，今置不復顧矣。"遂屏居小樓中，絕人事，矢不逾户，女黨有未睹其面者，及沒始輿櫬下樓云。計孺人之歸司農也，年十有八，其稱未亡人也，二十有五，至年七十而歿。歿後垂六十年，因里人公舉，始得朝廷建坊以旌，且入節孝祠崇祀焉。

贊曰：致命遂志，人皆艷稱之，世乃謂奮烈而引決，從容而不渝，難易必有分矣，其信然與！當孺人之願從地下也，豈復自顧惜者！卒之四十六年如一日，所謂"矢死靡它"者非與！奇節、庸節一身兼焉。嗚呼，豈不難哉！

## 送鮑敬亭先生致仕歸里序

南宫鮑先生司教吾邑二十年，甲戌春將引年歸里，邑人群歌詩以送，走使屬序於濤。濤拜別先生六七年，每人自里中來，必敬問先生起居奚若、食多少、談論風采何如往時？蓋先生繫余念久矣。

吾邑試風居郡中下，自先生至，痛訶塾師傳習，教人以讀書瀹發性靈，故染漸滌，新者穎露，於是文風靡然大變。諸學使試河間郡，必最獻邑。初，予謁先生於郡城，持試文爲贄，先生閱畢，目予曰："子文有真氣，似未染邑人習者。"予時於文本無所解，感先生言，退而思，雜取諸家文相勘較，以求辨夫真氣之云，久之恍然知所別白。因以推之詩古文辭，先審氣而後銖兩上下之，此法至今用之不變。

予家郡城，先生以歲科試申郡，居常月餘，朝夕過先生請益。有事至縣，必宿先生齋。後予客四方，不得時見先生，而叔鏻及弟濟，皆以先生造，有聲齒列間。凡予家群從出先生門下，先後以十數，惟予受學最早。歲己巳，余教習宗室學，留京師，遂以進士入詞館。先是雖游四方，不三四年，或一二年，必反於家，得見先生，以就質所蓄之疑。久不見先生，自己巳始。去年夏，奉命典試江西，過獻邑，法不得往謁。歸將拜先生於學，而偕使趣朝命相牽，兼晝夜疾行，晡時過獻，又不得見先生，馬上悵悒久之。

先生之來吾邑也，自縣宰左遷。先生兩宰縣，皆有惠聲，嘗憶説任霍山時事，伏蛟乘雨夜發雷火轟激，水浩浩涌地如崩海，比曉，村堡室廬幾盡遺，人號呼泥淖中，時先生已聞喪，未受代——而令：有司不待奏報，擅發粟食民者，奪職，責以償——先生目擊民待死狀，不可緩須臾，毅然啓倉賑之，活者數萬。予使江西，道出六霍間，詢之土人，至今猶户祝先生勿絶也。先生質古，善談論，每言事，奕奕動人。狀蛟發霍山，譎怪可怖，時方飲，一座起立，酒爲之不行。又言武夷山佳處，六七年常依稀往來予心目間。今先生且歸，相見不可預必，追念從游始末，與一時緒論，雖細瑣有不能忘者。師友聚散之間，古人所以嘆也，故詳述之爲序，而繫之以詩：

　　扶杖還鄉里，囊携種藥經。園林春雨後，日日坐南亭。問字曾依榻，砭愚久奉銘。獻王宫畔水，柳色向誰青！

## 送杜補堂太守歸廣陵序

　　乾隆庚辰，河間郡伯杜公謝政歸里，於是瀛州書院生徒七十餘人，菀結感慕，爲生位於堂以祀公。蓋公莅吾瀛九年，惠愛之施，廉平勞勤之績，不可一二數，而尤懇懇然篤於文教之事。河間故無書院，有之，自公始也。其堂、其廬、其亭、其池，皆公所營也；脩脯膏火之資，公出所有以爲賜也；師，公之延也；毛公、董子之祀於堂，公爲位而享之、配之也。今諸生位公於此，蓋隱然與毛、董比列矣。

　　且夫賢大夫惠於所莅之土，於其去，莫不有所留遺以繫後人謳思，召伯之棠是也。而予以爲無大於文教之事者。河間自漢世以禮樂興國，一時文獻號稱極盛，厥後寥寥，少所興起。公之祀毛公、董子於書院也，所以啓諸生者甚厚，而以紹千餘年之絶業，其相期甚遠。惜乎教已興而公乃去也。雖然，吾觀諸生所以祀公於堂之意，必有甚感於公之啓之、期之者，相勉以幾於成。則公雖去，而所留遺繫思於郡之人，豈特甘棠已哉！

　　公，揚之江都人，博學工詩，其先公嘗任郡之吴橋尹，故始到郡，與郡人殷然有故舊之義。前牧北通州，守浙之紹興、杭州，皆有美績留州郡，然皆不若莅吾郡之久。於通，友山人李鐵君，爲刻其《睫巢後集》；其在杭也，先君子官於湖，締好甚摯，故予兄弟以父執事公。而幼弟源，由公賞拔，得成進士；子模、標、弟之子枚，皆録以升庠序；淑也、桂也、松也，又公所收於書院，而教之誨之者也。夫公於吾郡最久，德之被吾家甚深，先後執弟子禮者七人。而公欿然曰："予非有私也。"夫以通國所造七十餘人，而吾家纍纍躋門墻得其十之一焉。公非私，是又烏得不以私懷公也！

公之去，諸生既祀公於堂，又爲詩歌送公，子弟請予爲序。予以爲諸生之言，當由司教者序道之，予不敢專，吾序吾私可也。於是自予兄弟以下凡十篇，爲一軸，予并書而祖奏之。

## 送尹亨山分守濟東序

予嘗薄世俗重外任，非外任果不足重，而世之所以重之者何在也？居處之崇、廩禄之厚、輿馬衣服之都麗、左右之便給、儀衛導從殿呵之奕赫，如是焉止矣。使其所重果如是而止，則其重之者，宜爲予之所薄。而有不敢薄者，以所重之不在乎此也。夫所重不在乎此，則其重必有所歸，而外任於是乎果重。

今夫京官自九列而下，爲翰林、爲科道、爲部曹，世之所謂清要官也。翰林清而不要。科道要矣，然言論動關大計，亦往往難之。六曹爲十五省庶司百務之總，士君子抱經術、蓄幹濟者，宜各盡其所能。然而受成事、執成例，近於上而遠於下，不得獨有設施，又衆舉一職，即言論謀議，亦或棘閡牽率而不得徑行其志。豈如外任，縣專制縣，州專制州，府專制府，自百里、千里以達數千里，政治之大、飲食物土之細，可以兼權并計，朝令而夕被，意動而法立，雖遠於上而近於下，故應發如響。縣令、州牧，古侯也，太守猶連帥也，至於監司轄數郡、制一道，於郡縣之事無不統，而不受其猥雜，其差上乃有藩臬，藩臬之權分，又上而爲督撫，督撫權雖合，而尊不親細事，大不尸小功，合小大總事權無如監司。士君子抱經術、蓄幹濟，爲令則施之一縣，爲守則施之一郡，爲監司則施之一道。至於一道而所被廣矣，其職任亦誠重矣。予以爲必能重其所重而後不爲虛重。

博陵尹君，由刑部郎出司濟東，屬予爲文以序其行，意若取重於予文者。夫予文何能重君？以君而見之予文，予文固將增重也。君學有家承，知本而能立，在刑曹十年，秉正無所毗阿，時猶以爲不能專行其志也。今衮然坐領一道，統州縣數十，茇民人數十百萬，政教之大，飲食物土之細，爲興革、爲損益，出所蘊以次第展布，將有旋至立效者。是外任誠重，而以君爲之，必有加重於是任者，予拭目觀之矣。雖然，君固儒者，儒者重本而輕末，重内而輕外，微特世俗之所艷慕欣羡，曾不足當君一噱，即予所謂"重其所重"與"爲之而加重"者，在君猶將浮雲視之，是予文惡足爲君重耶！於其行也，勉爲言而繫以詩：

　　先公撫梁豫，賢母爲師資。賢母重平反，皇哉天子詩。濟東領符節，政舉家爲儀。依然奉母懽，德音嗣徽慈。古稱忠孝門，君家足當之。泰岱擁東封，青壓魯與齊。齊魯風尚异，往變一再爲。念君學道人，素節諒不移。晨夕違良朋，不可誰予規。相期崇古義，惠我以訓辭。無爲執常情，恻恻感路岐。

## 張君穀貽墓志銘

　　壬午八月，同年友張君穀貽以員外郎待銓京師，將銓而病亟，予勸之歸，歸甫及家，卒。其明年九月將卜藏，君弟培厚持其從父兄十二丈所爲狀乞銘於予。予泫然曰："予何忍銘君！"去年六七月間，與君同委巷，朝夕步相從，談笑竟日，或漏下數十刻。每言吾二人弱歲交好，同登進士第，内外間闊十餘年，今幸復相合，居必比近，公退便相招呼，日日往來無間，可規十年或二十年計。言之色飛意邑，雖病，精神奕如也。君與予同庚，猶少予三月，體强於予，予自顧孱弱之身，猶不作遲暮想，而君顧如此！念勸君歸時，扶君登輿，握手瞪目，慘然不能言，定步望君不見，不禁哭失聲。方君未病，嘗許以所寶端溪硯石贈予，既而君弟奉君遺言來歸硯，予抱硯哭不能已。與君如是，其何忍銘君！雖然，予不銘君又何忍也！君之先人冬生公嘗愛予文，謂没必得予文藏之幽，故君舉是言徵銘於予，以君先人之重予文，而既從君以爲之銘。則雖微君言，予固將銘君，况重以君弟之請，而予何忍不銘君！

　　君姓張氏，字穀貽，號學山，世爲天津南皮人，明代多達官巨儒，載在邑志。君祖諱份，歷贈中憲、資政大夫、賓鄉飲；父諱芸，庠生，子三人，君其長也。幼淳質，長而穎异，舉乙卯順天鄉試，年始十九。己未以明通授河間教諭，厲學弼政，有能聲，上官將薦之，會辛未成進士，遂試令粤東。君才揮霍，宜任外，以親老欲得内職，筮仕遠方，非其志也。既至，試海豐，海豐故盜藪，君廉得四十餘人，擒之，重置法，餘荷校以徇，群盜屏竄。委勘陸豐，七年未成獄，立判以上，上官能之。補定安令，海南區也，生黎跧伏窮山荒谷中，狙伺跳踉，不可馴制。君冒毒瘴、披荆棘，輕騎入其阻，擇老成善良者，開誠諭之，賜以酒食、銀幣，俾長率其衆，衆轉轉相告，黎大悦。制府巡邊徼，群黎蒲伏道左，喃喃稱令德。制府笑且顧曰："令善撫黎。"遂攝瓊山，調高要三年，又調南海。南海，省會。高要，制軍駐節地。均繁劇難治，南海尤甚，君處之恢如也。善治獄，明察斷決而允，凡獄涉疑難，一經君勘，無不立破得情，人稱爲神。戊寅春，穀值騰涌，民洶洶，兩府憂懼，君日夜親身巡四境，出百計以相調濟，久乃得安，兩府大悦，倚君如左右手，凡事皆咨之。方君在定安，沮大洋，不克迎養，往往望雲而泣，至誠通於夢寐。及調高要，亟迎兩親至。久之，親老思鄉里，默未言，君微覺之，即捐主事，去官奉親歸。方是時，兩大府重君，將疏薦，固留君，君以情告，乃相與咨嗟嘆息，共適君館，爲君太翁壽，作詩歌以送君行，當時榮之。

丁太翁艱，既葬服除，晋捐員外郎，未及任，病卒，年四十有六。君之第進士也，謂予曰："翰林吾無望，得爲部曹足矣。"已而不得，邑邑去，終欲酬所願，故以貲入。君才無所不可，在縣令，所至錚錚，使得爲郎官，假之年，其所建竪，必且焯耀襮著，十倍爲縣令時，御史九列可立致，即君亦以自負，而竟不可得。於戲！豈非命耶！君爲人，精强敏幹，而篤於行，惇孝和友，門内無間言。家故貧，宦之所餘，盡以付兩弟，弗問也。在定安，爲前故令肩數千金，且資之歸。既歸，親故里黨翕然稱其惠。好讀書，工制舉業，所至以興學校爲先務。家居授徒數十人，多所成就。故其卒也，奔走號泣，充途塞庭户，以此見君之遺德深也。

君生於康熙五十六年九月二十九日，卒於乾隆二十七年八月十八日，配霍安人，生子二：長端城，次瑞城。女八人。卜以乾隆二十八年十月十七日葬於許村西原。

銘曰：千里之驥，中道而蹶。誰爲之夭，豐其才而嗇其年。吁嗟乎張君！

## 河間會館碑記

任邱舒君雨田，倡建河間會館於城南之日南坊。既成，屬余爲記。京師會館之設，自全省以逮一郡、一邑，所在衢巷相望，直隸以近京故，獨缺。康熙間，直人公置一區，久之圮廢。舒君之先人，嘗寓居舊館，嘆其即於廢也，志修之，未逮。舒君之勤勤於此，蓋承其先人之志也。且曰："誼篤自近。"故館止河間。

士大夫官內外衆矣，桑梓之義，人情所同，顧或志之，力不能；能矣，自營有不暇。及夫事至，糜財求、苦心力，惠而不嫌於費，勞而無怨，士君子往往難之。舒君之初謀此舉也，首輸千金，號衆簽其成。既以輸金未遽集，手券貸金二千，市故宅新之，徐收其輸以償焉。於是爲堂三楹，房七十有二，亭一，雜舍三十五，凡百一十椽。割其四之一，稅爲質庫，取所得直，以爲修葺資。一切厨竈器用，咸備具無闕，粉堊丹雘斬斬然。君身督工作，心營手畫，日夜不稍倦。方是時，君以太守待補，投牒銓部可立得，以是故，故需其期。遇美郡，甘讓他人先取不顧，卒就簡軍役地。迫於行，猶鰓鰓條計未竣事，屬之人，已乃就道。

嗟乎！夫人好義，難矣，倡而不必應，應而不必給，有倦而悔耳。故始而終之尤難。余觀舒君爲此，何其甚樂於中而不知其難也！非有忠信誠確堅果之力，烏能有終若是！以是而當國家之事，履艱承巨，必無有退避隱忍一切苟爲之心可知也。則余之所以多君者，豈獨此輕財慕義一節之盛舉歟？鄉之人鼓舞樂輸，以觀厥成，均足與舒君分美。然余以爲樂其成，不可不思其所由始也，故特書之，以告來者。

至於籌度謀議，立規條以垂久遠，則出之邊君佩文、紀君曉嵐、李君子燮；嗣蕆事之成，爲高君咸一、李君汀洲、舒君弟承天及家弟未軒也。其差次義輸，別有目，銘之碑陰。

## 新建街道公署記

三十一年春，天子允御史臣濤之請，發帑金十八萬，命重臣督修京師渠巷溝洫。已而詔都御史舉御史，工部提督、步軍統領舉所屬各二人，將申命以街道溝洫之事。於是以臣爾訥、臣濤、臣起、臣應曾、臣興阿、臣琳見於上，詔曰："偕往，歲周其代。"既退，相與謀曰："官故司空之屬二，今天子命臣六人參厥任，惟新，不可無專居，以作事謀始。"乃求廢廨舍之在三里河橋西者，請於上爲街道署。詔曰："可。"遂牒工部葺其故敝，拓門爲三楹。既成，同事五人僉屬濤爲之記，不得辭。

濤惟街道故有專官，而事或不集者，權輕而撓故也。五城三營皆有街道責，與工部不相資，抑或相梗，則工部紐。今上命御史、提督、步營官與工部俱，所謂合而有助者也。且御史可徑達，力益倍。吾輩不可不覃思屬忱，以副上簡畀，皆曰："諾。"於是約曰，事苟求利於人，雖或重勞於心，費於辭說，取憎於噂沓之多口，其必決然行之無少避（是以有查勘工段之請）。頑氓肆害，積久生固，如木斯蠹，如草斯蔓，是剪是別，痛絕根芽，勿俾萌發（是以有橫收私租之禁）。官吏之侵漁擾人者，擊之必去，除之必力（是以有南城吏目之劾、中南城街道吏之斥）。其有踵事失指，儼然不即乎人心，如束濕，如膠柱，必改弦更張之惟調（是以有通變拆房之請）。欹者其平，塞者其通，宣民情、壹視聽、治道塗（是以有分定正陽門車軌、剗平土道之奏）。

凡我城營之屬，無生畛畦，無便私圖，無惑細人之言，以敗乃公事。相與奔走指畫，雖一歲必爲久久計，創規模法則，以貽後人，使人謂官斯官，宅斯宅，由某某始，尚其稱哉！皆曰："諾，敬勉之矣。"乃援筆著之，以爲記。

## 《街道條例》序

丙戌冬，予初膺街道溝洫之任，維時偕命者六人，歲周當代，所部以名上，而予被命獨留，蓋溝洫之役，予實發之，故神予蕆厥事。其年溝洫成，大臣履勘如法，而街道事之宜釐剔更易調劑者，亦以次第舉。暇乃撿攝故牘，及目今所施行，采綴彙輯之，以爲《條例》一書，序之以貽來者。

竊惟官無有大小，政無問巨細，居其官必思其事，敬其事必要諸久。事無久而不變，變無久而不復，屢復屢變之間，非徵則無據而弗信，故一官之必勒爲一書，亦當務之急也。會典爲政之大全，然提其綱則文必省而略，考之者難得其興廢曲折之故與節目之詳。至於一官之條例，不妨毛髮舉之，亦猶郡縣志之於通志，其詳略固有不同，體在則然也。是編首列會典，其有詔旨、奏議，爲會典所裁録，而原委特詳於本文者，則亦備載之。至於文牒條教，雖一時所行，不必垂爲功令，與夫行之既廢，廢而復行者，具詳其顛末，以見夫張弛之迹焉。

草創之書，不厭詳且複也，上下數十年間，事之湮没不傳者多矣。當時行之，習睹其文而不加重，及後屢變而失，求其故而不得，則有嘆息痛恨於司籍之人者矣。而或於遺文剩字、旁見側出，可以得其事之大凡，則相與驚顧，愛惜如創獲焉。故苟爲可徵，與其過而廢也，毋寧過而存之。若夫修汰繁蕪，簡直其文，以成條例之體，敬以俟後之君子。則是書也，姑爲之嚆矢云爾。

## 《獻縣志》後序

嘗讀陸清獻公《靈壽縣志》，至於"田賦"一門，幾當全書四分之一，自洪、嘉舊制，以及萬曆初定條鞭之法，國朝順治、康熙間之所斟酌損益，無不纖悉備具。夫乃得其綱目分合之著，明史之所不詳，因以嘆大君子用意不苟，即一邑之志，足存一代之法，而意主於愛厚斯民，爲慮甚深，而計至遠，又不徒表章一朝故實而已。昔夫子稱"周監二代"，又嘆"夏殷無徵"，用知法有自來，不可不概存其故，以爲考證之資，而泯而失之爲可惜也。夫一代之史，於政治之大，未嘗不各爲一志，然率皆提其大綱，其隨時隨地設施之詳，不可得而概見，能詳舉而備列之，宜莫如諸縣之志，而作者不皆審知體要，往往詳所可略，而略其宜詳，安有用心不苟如清獻其人者！是可慨也。

歲庚辰，予銜恤家居，令尹萬公梅皋介學博李先生以邑志見委，予荒陋憂憊，屢辭不獲命，乃即其所徵事實、文字一爲比屬類次之。舊志故多疏漏，然諸門尚略具，前代獨賦役一門，則專以本朝爲斷。又僅志其匯數，不詳科則，後得明萬曆中所葺元本，乃能稍究其端委，依陸法分別書之。元本所無，無可据，則亦闕如焉。其他門類增補緝綴，一以詳盡爲主，至於文字冗漫，弗恤也。

世盛稱明康對山《武功縣志》，予以爲其文字誠高簡可誦，然以視清獻盡心民治之書，優絀未知何如，而鄙人之所取法，固在此不在彼也。

► 紀 昀 ◄

# 詩<sup>*</sup>

## 擬古二首

十三學擊劍，十四能談兵。十五買駿馬，慷慨從軍行。路逢魯朱家，車騎何縱橫！邀我登高堂，置酒吹竽笙。感君意氣重，亦欲傾平生。丈夫誓許國，邊徼方長征。

魯連天下士，本自澹宕人。一朝感世故，高義橫天雲。力排新垣衍，長揖平原君。事成竟高蹈，翩然還隱淪。我讀短長書，感激爲沾巾。千金亦易辭，所貴却秦軍。

## 贈戈芥舟二首

長鯨跋浪出，萬里滄溟開。三山岌欲動，倏忽生風雷。夫君振高節，早歲馳雄才。胡爲久蹉跎，幽鬱使心哀。緑草春離離，感激黄金臺。

飢鷹思掣韝，疲馬思疆場。壯志雖不遂，猛氣猶飛揚。緬懷古烈士，撫已多慨慷。不有辛苦人，焉識勞者傷！長鋏發哀彈，惻惻沾衣裳。

## 食棗雜咏

八月剥棗時，檐瓦曬紅皺。持此奉嘉賓，爲物苦不厚。豈知備贊謁，兼可登籩豆。桂子不可食，馨香徒滿袖。

東海逢安期，食棗大如瓜。物類或殊常，聞者以爲誇。豈知玉井

---

\* 紀昀詩、文並選自《紀文達公遺集》，《續修四庫全書》1435 册。佚作隨文注釋。

蓮，乃有十丈花。鯤鵬諗變化，焉可疑《南華》！

## 送內子歸寧

門外馬蕭蕭，僕夫已引鞚。之子有遠行，向曉征輪動。中懷忽悵觸，展轉增沉痛。昔日爾歸寧，阿母倚門送。舉手引諸孫，瀕行猶撫弄。今日爾歸寧，撫棺惟一慟。秋塵生繐幃，蛛網垂梁棟。爾母雖他鄉，還家悲喜共。我母隔重泉，耿耿空魂夢。入門三太息，泪漬麻衣縫。

## 送汪劍潭南歸

探珠合浦水，采玉崑崙丘。天琛世所羨，豈不窮冥搜！陸離燦百寶，安得一一收！所以盛明世，奇士時淹留。常情多感慨，達識無怨尤。遇合各有期，蘭菊殊春秋。汪子負奇調，巨海吟蒼虯。風波偶蹭蹬，歸買淮南舟。長安居不易，無計為子謀。潞河千里水，送子心悠悠。努力勤自愛，舊業重研求。駿足皆得路，豈獨遺驊騮！三年一彈指，挾策來皇州。豈嶢蓬山頂，偕子驂鸞游。

## 題同年謝寶樹小照

往者詣公車，爾我憐同調。馬上慘綠衫，翩翩兩年少。中間各仕宦，人事紛繚繞。彈指廿六秋，駒隙忽停照。秦中暫相遇，我正適邊徼。草草叙悲歡，未暇觀顏貌。生還荷聖慈，重待金門詔。君亦方內遷，握手再一笑。自憐雙鬢改，對鏡怒焉悼。看君鸞鶴姿，尚與當年肖。寫真入畫圖，明月清光耀。花樹陰翳如，微風吟萬竅。朱顏發春醉，宴坐恣歌嘯。自是丰神佳，非關畫手妙。盛衰寧有常，年齒何足較！展卷一慨然，榮枯隨所蹈。

## 馮實庵侍御繪《種竹圖》賦贈

通明挂朝籍，不礙松風夢。天懷澹宕人，雅尚自殊衆。馮公負奇穎，廊廟資梁棟。紫霄登禁近，丹紱司傳奉。乃於退食間，竹效王猷種。閑庭翠影交，虛牖涼飆送。蕭然悅清曠，邈爾謝喧哄。雖復在朝市，不异栖岩洞。高韵寫丹青，逸氣無羈鞚。憶我掌烏臺，鼎彝識典重。心儀命世才，擬薦明時用。誰知恬靜情，頗异彈冠貢。鶴籞日從容，豸冠甘侍從。未羨沈侍郎，夜游騎白鳳。足知孤直志，真與此君共。非徒托畫圖，姑以資清供。憶我少年游，意氣恒飛動。老來知斂退，塔樣參無縫。公餘日枯坐，如以鍮收汞。惜無竹里館，得句閑吟誦。何當訪高齋，馬遣吳童控。嘯咏招七賢，往來邀二仲。青鸞拂纖尾，綠蟻酌深瓮。閱音修篁下，風月資嘲弄。形骸兩俱忘，一笑同豪縱。

## 題汪銳齋《蕉窗讀易圖》①

《詩》《書》《春秋》《禮》，掇自秦餘燼。人事紀其常，天道於斯蘊。《易》從象數生，推闡陰陽運。天道發其微，即爲人事訓。消息察往來，剛柔明逆順。示以從迪吉，戒以凶悔吝。軌轍徑不迷，坎窞車寧僨！兹實導庸愚，豈但傳才俊。徒以類術數，頗爲諸儒紊。機祥焦京衍，讖緯哀平淪。爐鼎借坎離，生剋歧壬遁。良由《易》道廣，各執一端論。小技矜別傳，畸士遂旁訊。譬如鼴飲水，祇自足其分。寧知江海流，環絡萬州郡！經神起北海，經籍道一振。睎聖固云遥，去古終爲近。其釋乾初九，證以歷山舜。明明四聖心，玩象知可信。云何王與韓，清言標魏晋。沿及宋淳熙，恍惚彌難問。楊簡王宗傳，妙悟求方寸。公然啓禪關，密爾談心印。横流極李贄，詭辯驚蘇浚。梵策共相參，羲畫何曾認！《易》家惟此疾，癥結醫難診。汪子沉潛人，嗜古自髫齔。時披黃卷吟，未悵青衿困。百氏擷膏馥，六藝漱芳潤。洙泗舊韋編，研索志尤奮。初如目擬鵠，久漸心游刃。訓沽溯根原，考證求詳慎。自尋理窟深，戒門談鋒迅。恒虞侈空談，聖籍留遺恨。沉思閱幾秋，過眼倏一瞬。讀《易》偶成圖，吳霜已點鬢。會我典春闈，愛爾雄文陣。竟從萬馬中，得此千里駿。嘗於秋雨餘，庭户無塵坌。聽講中孚爻，遺文旁撦捃。喜其經詁經，如騂之有靳。仙班纔注籍，歸路俄發軔。持圖索我題，我老目生暈。秋燈黯黯綠，

---

① 自注："此體創自皇甫持正，純落論宗，非詩之正格，姑以見意云耳。"

勉爲排聲韵。憶編四庫書，异學多所擯。力守儒墨防，頗持法律峻。冀求千載心，敢避經師愠！今日頭欲白，筆鋒嗟已鈍。年來所相士，似子良云僅。期子付衣鉢，努力其精進！

### 伊雲林光禄《左手寫經圖》

青年負盛氣，白首消壯心。誰以桑榆景，辛苦翰墨林？况乃鑿齒病，久作莊舄吟。平時扛鼎筆，苒弱安能任？先生大智慧，妙悟參觀音。千手如一手，思議不可尋。静者忘其静，枯木僵寒岑。動者隨其動，呼吸磁引針。右詘左自支，仍此揮緑沉。徐公巾箱本，興到時摹臨。居然下帷士，惜此分寸陰。殆於受書日，汲古直至今。丹青偶寫照，展視正我襟。譬如見獵喜，亦復思從禽。所悵七旬餘，兩鬢霜雪侵。公餘退食暇，睡思恒不禁。且於撥鐙訣，講肆原未深。不求分黑白，焉辨晳與黔？有手懶拈毫，歲月空駸駸。愧君半支廢，書字猶成金。舉觴擬自罰，恨不能酌斟。嚴冬雪壓屋，寒氣方蕭森。譙樓欲三鼓，呼婢理夜衾。姑以無成媿，托彼不鼓琴。

### 倪鴻寶先生《小桃源詩》真迹，用覃溪前輩韵題後

筆墨意蕭疏，宛與高人對。頗疑揮翰手，或是孫登輩。不然謝幼輿，宜畫邱壑内。寧知鐵骨翁，生逢龍戰會？偶遇輞川圖，閑咏嚴陵瀨。一木知難支，激而談世外。京貫任紛呶，黄農惜不逮。温然忠厚旨，未失風人派。碧血悵久埋，黄絹今猶在。憑看淡墨中，力透雲箋背。

### 曉發泰安，距泰山二十五里，不及登

游山不游岱，一覽群峰青。有如研百氏，而不窺六經。古人訪五岳，不憚萬里行。云何跬步地，蠟屐靳一停。壯游良所愛，於役自有程。薄暮宿泰安，驅馬鷄三鳴。是時日未出，東望青冥冥。少焉宿靄破，突兀天孤撐。白雲流溽浹，縴挂山腰横。想見萬仞頂，咫尺捫晨星。俯視海氣白，天水相混并。鴻濛破一罅，溴濊朱霞明。陽烏矯翼上，浪捲羲輪頳。蕩滌蛟蜃氣，寥廓天地清。安得排雲上，一快磊落

情！但愁奇偉景，使我心目驚。風雲月露手，大敵非所嬰。登高不得賦，瑟縮難爲形。茲游雖未暇，且免羞山靈。願讀十年書，萬卷儲精英。培養雄直氣，鬱勃胸中生。振策天門上，奮袂超崝嶸。興酣吐奇語，高咏群神聽。砉然千山響，下界驚雷霆。

### 盤門舟次別申圖南，時圖南公車北上

水氣夜蒼然，寒月墮前浦。客子念將離，切切挑燈語。經年思一晤，握手傾肺腑。相見轉茫然，紛如春繭緒。雞鳴星漸稀，黯淡天欲曙。揮手在須臾，倚棹兩凄楚。我輩風雲志，豈復效兒女！意氣感人心，惻惻不自主。之子縱橫才，功名夙自許。去去勿復言，老人方望汝。長安舊賓客，此日各處所。南北天一涯，爲言力自努。長河水悠悠，今夕吳江渚。欲知遠客心，搖似舟邊櫓。

### 過　嶺

大雪幂荒榛，凍雲壓高樹。衝寒上高嶺，岡巒莽回互。蒼然暝色合，四望疑無路。迂曲得人踪，一綫微通步。仰睇鬱嶒崚，俯窺杳烟霧。隔澗見行人，蠕蠕似蟻附。高者木杪懸，卑者草際露。前者僂而援，後者聳而赴。石磴滑屢顛，林風吹欲仆。徒侶遞相呼，十步九回顧。慄然悸心魂，失足愁一誤。側聞定鼎初，狂童此負固。桓桓李文襄，轉戰實茲處。仰攻彼尚克，徐行今乃怖。人生才地懸，寧止恒沙數！丈夫志四方，感激酬知遇。仗鉞良未能，叱馭吾其庶。黽勉趣役夫，去去無多慮。

### 交坑夜泊

暝色從西來，亂山青莽莽。灘河戒夜行，薄暮收雙槳。連朝困登陟，茲夕遂偃仰。飛泉樹杪來，一瀉落百丈。徹耳鳴琤摐，頗使心神爽。荒戍纏薜蘿，孤卒友魍魎。喜無鉦鼓音，亂此環珮響。夜靜人語稀，沙岸自來往。流雲漸欲破，山月微微上。兩月纓上塵，浩歌濯瀁滃。

## 自題《秋山獨眺圖》

木落萬山秋，荒徑交榛梗。獨立千仞岡，蒼蒼空翠影。山路豈不艱？風露亦云冷。平生多苦心，愛此無人境。遠想一慨然，中懷徒耿耿。

## 歲暮懷人各成一咏

我友滿長安，仲良特高妙。發論激天風，空山鸞鳳嘯。十月潞河水，別離悵同調。此夕隔關山，明月虛堂照。（德州宋編修弼）

露園實妙才，早歲標奇穎。軒鶴入鷄群，泊然見孤迥。文章老更成，壯懷激已冷。蹉跎誰復論？相思冬夜永。（景州李孝廉基塙）

老狂邊季子，壯志孤烟高。得名三十載，門戶猶蓬蒿。長嘯坐彈琴，王侯不敢招。想像敗絮中，風雪空簞瓢。（任邱邊徵君連寶）

廉衣振高節，神龍誰得控？傲物本無心，真氣自驚衆。別我日以疏，昨宵猶入夢。古道良足希，一官非所重。（任邱李庶常中簡）

## 戈仙舟太僕鑿井得硯

入土七尺餘，不知幾百載。鑿井出重泉，密栗性無改。詩翁手拂拭，紫玉炫光彩。迢迢靈芝宮，人往石猶在。我偶尋舊居，摩挲爲一慨。坡老笠屐圖，流傳從粵海。笥河醉學士，曾以百金買。良覯契自深，寧辭俗耳駭。此硯好韜藏，無以沈淪悔。真賞終有人，知勝新坑采。

## 與周暗章圍棋遂成長句

平生苦爲吟詩瘦，未向棋經尋句讀。閑中游戲資一笑，落子丁丁消白晝。據枰乍似賁育勇，脫手全如風雨驟。不須步伐約三軍，搏戰直前相踐蹂。略同穴鼠勇怯争，何必率然首尾救。忽然趨利蹶上將，俄已合圍逐窮寇。勢堅猶作蚍蜉撼，局蹙偏憐困獸鬥。紛紛潰卒指可掬，子子餘生出自竇。游魚莫笑釜底逃，巨網或亦吞舟漏。路盡已愁車擊轂，尋隙仍思風入膝。斂子方嘆輿尸歸，抵掌不殊凱歌奏。外内空構鄭門蛇，王霸終分陳寶雛。枯棋三百通兵家，九等玄機自天授。縱橫方罫盡變態，思苦不辭心腎鏤。爛柯未必遇神仙，木鑽①石盤何日透？我曹無事坐孤館，紋楸一局邀朋舊。喧鬨雖似劍逐蠅，無心誰識雲出岫！淪漣風水適相遭，縠文縠起微波溜。須臾境過兩俱忘，風本無聲水不皺。勝固欣然敗亦喜，東坡妙語誠非謬。試從能者較得失，佩劍何妨分左右！興闌客散自下帷，微風一綫沉烟逗。

## 寄壽徐筠亭先生

生日詩列吟卷中，誰歟倡者羅江東。此風一扇八百載，吳箋擘畫丹砂紅。震川先生稱巨手，更以壽序煩鐫工。銀屏錦幛入青簡，文格破碎從嘉隆。生平偃蹇懶爲此，捉刀往往聽兒童。胡爲一旦破戒律，手題長句封郵筒。筠亭先生天下士，牙籤萬軸羅心胸。暮年戒養古曾閔，早歲爲牧今黃龔。行年七十老無恙，蒼顏白髮柯青銅。我家舊宅近橫海，早聞父老談清風。到閩兩載未相識，伊人秋水無由從。赤霄麟鳳衆所望，尺素頻托微波通。親撰杖履吾尚願，何況片楮勞雕蟲！樂全先生鐵柱杖，寄詩原有東坡翁。其人顧視何如耳？寧云一律從同同？梅崖居士今巨筆，蹴踏揚馬如奴僮。頗聞文字愼許可，寸莛未許撼洪鐘。獨於先生一傾倒，昌黎東野相雲龍。定知亦有文爲壽，華鯨相與鳴春容。老友黃公今健否？鵾冠憒憒非真聾。此客嚴冷頗難致，祝君想亦親扶筇。因君問訊道好在，爲我一勸琉璃鍾。

## 松岩老友遠來省予，偶出印譜索題，感賦長句

陽關西出二載餘，歸來再直承明廬。艱難坎坷意氣減，閉門漸與交游疏。西風昨夜到梧葉，淒然白露滋庭蕪。軒車雖復謝時輩，觴咏頗亦思吾徒。門前剝啄者誰子？昂藏老鶴清而癯。故人忽自天半落，踉蹡躧屣遙相呼。憶昔把酒談篆刻，布衣之舊晨昏俱。迢迢一別十六載，秋鴻未寄尺素書。誰知古道淡以久，形骸雖隔心相於。聞我生還如再世，霜華漸欲侵髭鬚。常恐從此相見少，不辭策蹇紆長途。我聞

---

① 自注："去聲。"

握手再三嘆，蒼茫百感交斯須。誰言草野貧賤士，乃能不逐炎凉趨！古云書畫繫人品，天然高致非臨摹。豈知一藝能造極，立身亦與常人殊。向來知子殊不盡，但誇鐵筆鎸蟲魚。題詩擬續印人傳，較工論拙徒區區。① 如今始識天下士，此人此藝今皆無。幸子老眼尚如鏡，② 莫辭寸鐵磨昆吾。晴窗爲我鏤山骨，長揖頡籀相爭驅。他年片石以人重，姓名托子留寰區。

## 已卯秋，錢塘沈生寫余照，先師董文恪公爲補《幽篁獨坐圖》，今四十年矣，偶取展觀，感懷今昔，因題長句

我家京國四十年，俗情入骨醫難痊。堂多隙地居無竹，此君未省曾周旋。先生此畫竟何意？忽然置我幽篁間。當時稽首問所以，淋漓潑墨笑不言。毋乃怪我趨營猛，諷我宴坐娛林泉？拈花微旨雖默解，拂衣未忍猶留連。人生快意果有失，一蹶萬里隨戎旃。孤城獨上望大漠，泱漭沙氣黃無邊。慨然念此畫中景，有如縹緲三神山。枯魚書札寄魴鱮，風波一失何時還？玉門誰料竟生入，鳴珂又許趨仙班。歸來展卷如再世，羊公重認黃金環。少年意氣已蕭索，傷禽寧望高飛翻？但思臣罪當廢弃，駑駑忽躡蓬萊巔。友朋知己尚必報，況乃聖主恩如天！文章雖愧日荒落，江淹才盡非從前。石渠天禄勤校録，尚冀勉滌平生愆。以此躊躇未能去，故人空寄歸來篇。湖州妙迹挂素壁，風枝露葉横蒼烟。彈琴長嘯懸明月，相從但恐終無緣。畫雖似我我非畫，對之仍作他人觀。盤陀石上者誰子？杳然相望如神仙。

## 題羅兩峰《歸帆圖》

胸中奇氣蟠蛟螭，磋砣乃作老畫師。逢時以畫已自惜，况於落拓難逢時！秋聲昨夜到庭樹，蒼苔滿院吟蟲悲。墨君堂冷人迹少，牡丹終不塗胭脂。禿毫敗楮自寫照，孤帆一片天之涯。斜陽不語光錯落，

---

① 自注："舊題松岩印譜，有'他年誰續印人傳，惜哉不遇周侍郎'句。"
② 自注："君七十二歲尚能鎸小印。"

寒雲無色氣慘淒。數筆草草暈淡墨，中有萬古騷人思。我來相訪掃塵榻，默默坐讀無聲詩。嗟我之子且小住，吾曹數輩猶追隨。他時鼓棹烟水外，沙鷗蘆雁知君誰？

## 題吳香亭《古藤詩思圖》①

三才萬象窮梳爬，詩翁秀句含天葩。瓊箋九萬寫不盡，餘香散作庭中花。夭矯老幹三十尺，蛟螭倔强相盤拏。炎天冪冪張翠幄，春風裊裊吹紫霞。老仙一去六十載，孤根半被莓苔遮。烏衣燕子銜落蕊，蒼涼已使人咨嗟。云何瞥眼更小劫，翦伐不遺留枯槎？花神夜泣紅泪盡，離魂何處愁天涯？豈知一物有顯晦，冰霜閱遍逢春華。蘭成宋玉遠相繼，舊宅仍是詞人家。鶴林天女忽自返，嫣然一笑窺窗紗。始知神物終有待，人間斤斧焉能加？昨秋乘興偶過訪，滿庭綠影紛橫斜。三生石上恍相遇，牽蘿翠袖真無差。所惜不及花正放，恨無羯鼓冬冬撾。相期待取蕤英會，醉看珠穗垂檐牙。淵明何事又卜宅？徒留空館棲昏鴉。有形自古無不盡，電光過眼飛金蛇。長留但有文章壽，流傳往往千年賒。敬愛寺藤無寸蔓，東川詩句今猶誇。此藤縱落他人手，飄零賤視如蓬葭。得公一記足不朽，其壽已比恒河沙。漁洋有靈應起舞，吾花不枉重萌芽。惜哉手種羊城樹，欲子見之山川遐。

## 蝶翅硯

羅浮蛺蝶翅盈尺，五色天衣雲錦織。偶然仙蛻落空山，風雨多年今化石。誰歟琢硯吾得之？惜無好句題烏絲。何當喚起謝無逸，倩寫柳絮梨花詞。

## 題陸耳山副憲遺像

性情嗜好各一偏，如火自熱泉自寒。文士例有山水癖，惟余兹事頗無緣。東岳嶒崚倦躧屐，西湖浩渺懶放船。幔亭峰下三度宿，亦未一訪虹橋仙。我去君來握使節，乃能煮茗千峰巔。旁人錯認陸鴻漸，

---

① 自注："藤爲新城王文簡公手植。"

前身猜是楊大年。羨君雅調清到骨，笑我俗病醫難痊。有如帶劍异左右，定知結佩分韋弦。寧識相與無相與，此故不在形骸間。蓬萊三島昔共到，開元四庫曾同編。兩心別有膠漆契，多年皆似金石堅。一旦東流驚逝水，至今南望悲荒阡。丹青忽見形仿佛，存亡彌覺情纏綿。況復衰翁已七十，黑頭久矣成華顛。新交日換舊交少，鑿枘往往殊方圓。緣此傷心感曩昔，披圖相對不忍還。題詩半夜昏燈綠，招魂何處霜楓丹？老屋驚寒風瑟瑟，深冬釀雪雲漫漫。徘徊不寐坐長嘆，伊誰解識余辛酸！

## 張南華先生《夏木清陰圖》爲伊墨卿題

麓臺先生吾未見，少年猶識南華翁。當時畫迹家家有，視之亦與尋常同。東山夫子今北苑，乃獨心折於此公。謂其繪事有懸解，千變萬化猶神龍。不離法亦不立法，意之所到無畦封。即一題署一跋識，不求工處天然工。祇恐雲烟一過眼，百金一紙求無從。星霜荏苒五十載，老仙已返東海東。日久論定始見貴，位置擬入神品中。僉曰妙在六法外，追黃公望凌王蒙。惜哉縑素日零落，贗本雜出真稀逢。畫家欲作無李論，辨別往往煩南宮。君從何處得此軸？蒼嵐葱鬱綠樹濃。長夏溽暑張素壁，乍覺滿室生清風。忽憶斯與堂中坐，① 見公偶遇裘司空。韓門弟子皆在席，一時同把琉璃鍾。酒酣索紙潑墨瀋，立成七幅青芙蓉。手持一一分座客，左顧右盼意氣雄。前輩風流宛如昨，雪泥無處尋飛鴻。徘徊對此三太息，彈指歲月何匆匆！豈但一卷斷橋景，年深久矣飽蠹蟲。② 題詩自覺筆力减，老夫亦已頭欲童。

## 題田綸霞司農《大通秋泛圖》爲馮鷺庭編修

新城司寇詩無雙，巧翻舊調成新腔。門墻奔走天下士，如齊晋楚雄諸邦。飴山居士獨相軋，偏師馳突橫衝摐。左右佩劍遞相詬，至今

---

① 自注："東山夫子堂名。"
② 自注："余分得小景一幅，近邊一橋，誤畫其半於毗連別幅上，先生因戲題一絶曰：'杈枒老樹欹危坡，坐後閑雲過眼多。略彴不須安對岸，怕來俗客到山阿。'一時傳爲佳話。今不知落何所矣。"

兩部尋戈鏦。於時脫屣門戶外，長河田與吾邱龐。龐公掃跡坐嘯咏，公餘惟對花一窗。田公博麗特自喜，龍文之鼎筆可扛。雖愧盧前恥王後，肯屈陸海輸潘江？如虬髥客扶餘國，亦不攻剽亦不降。當年聲望雖小減，無言要勝言而哤。此圖作在監兌日，潞河携客浮輕艭。入室既少操戈鄭，縱談寧慮彎弓逄！揮毫拈韵詩落紙，飛觴催釄酒滿缸。丹楓兩岸醉秋色，綠波十里鳴寒瀧。風流文采致足樂，興酣吐氣橫天杠。何必詩壇執牛耳？岸然大將麾旌幢。嗟我多年事筆硯，自知性僻心愚戇。威施但可仰直鏄，都盧一任飛緣橦。今朝無意見此卷，幾回夜讀挑殘釭。風微人往百餘載，羃然高望猶跭蹤。

### 桂未谷《簪花騎象圖》

才人縱以官爲戲，騎象簪花無此事。先生此畫吾了知，聊明不薄炎荒意。昔年曾讀驃國詩，清平官亦工文詞。從來六詔解聲律，勿云鳥語皆侏㒧。先生經學能稽古，辨別形聲研訓詁。定以詩書化百蠻，風琴雅管成鄒魯。他年續補樊綽書，卷端合遣鑴斯圖。閑中指點向親故，作吏曾經此地居。

### 劉石庵相國藏經殘帙歌

雙丸迅轉須彌頂，盤古至今彈指頃。生生滅滅萬恒沙，問所以然都未省。即如妙迹留人間，筆陣縱橫各馳騁。吉金貞石有時銷，片楮偏能傳世永。此經斷裂蠹蝕餘，幾付丙丁剛遇拯。如云佛力所保持，何不全帙皆完整？或曰墨寶神搗訶，胡不護惜張鍾等？乃知剩此亦偶然，一瞥電光仍幻景。先生示我索我詩，五十八行原井井。佛法書法兩不知，佳處安能一一領？惟喜楮墨閱千年，黝然古色如彝鼎。風寒日短賓客稀，展對暫游清淨境。明窗朗朗近南榮，斜照沉沉挂西嶺。幾回捲束又重開，哦詩不覺衣裳冷。忽然有悟還自笑，此如雁過長空影。云何墮落文字禪？夢中說夢猶難醒。

### 以詩投諸友索和，竟日無耗，走筆戲促

諸君衮衮皆詩豪，排突沈謝凌風騷。河間傖父不量力，奮臂輕以

偏師挑。方看大將建旗鼓，揚兵飛矢風雲交。胡爲忽作閉門守，竟高其壘深其濠？毋乃才似千鈞弩，羞爲鼷鼠彎烏號？否則欲作國手弈，棋以不著方稱高。就中趙子尤健者，縱橫自許劉與曹。朝躡蠟屐探雲竇，夜持藥玉酣松醪。推篷偃蹇氣蓋世，狂呼往往驚潛蛟。胡不百篇但斗酒，瑟縮不畏山靈嘲。僕今躍馬再摩壘，請君一奮七尺刀。不然徑可送巾幗，便呼舟子搖輕舠。

## 忻湖佑、申東田各以和章見示，春澗詩亦踵至，疊前韵賦謝

翩翩書記皆雄豪，揮毫落紙風刁騷。天孫雲錦自五色，花紋不待絲絲挑。昨與詩敵決勝負，盤矛左右凡三交。旁睨莊惠靜相對，忘言忘象游於濠。正如老鶴翔寥廓，喔喔恥與家雞號。偶然興到一長咦，天風散入寒雲高。清音忽遇謝吏部，粗材自愧高敖曹。雖然飲量一蕉葉，朗吟亦欲傾村醪。定有江神夜出聽，赤虯前導驂青蛟。臣朔滑稽固天性，斂手安敢重詼嘲！八閩才藪富圭璧，雕劖正借昆吾刀。論文把臂幸多暇，不辭日日呼漁舠。

## 建陽城外謝疊山賣卜處

疊山信州兵敗，竄迹賣卜於建陽。據邑志，今建溪驛前是其故處，而遍檢藝文，無一詩，豈此邦之人喜以理學相矜詡，尊性命而薄事功，流弊所至，乃并忠孝薄之耶？過其地，爲補一詩，亦紫陽表晋徵士之意云爾。

一聲白雁江南秋，六橋烟冷芙蓉愁。霹靂夜繞鎮南塔，杜鵑飛上冬青頭。王孫芳草飄泊盡，江海猶有孤臣留。疊山心事比信國，竄身避地來閩甌。垂簾聊作成都隱，采薇亦是西山儔。飢魂何處覓舊主？殘碑終古鄰山郵。韓陵片石堪共語，詩人宜向奚囊收。手披邑乘六七過，竟無一語當何由？陶潛大書晋徵士，綱目實繼麟經修。紫陽家法今尚在，後儒胡不承箕裘？我行過此三嘆息，徘徊俯視漳灘流。河聲亦似氣鬱怒，寒濤澎湃風颼飀。

## 竹下閑行有懷

竹徑秋風急，琤然鸞鳳音。枝高時動影，葉薄不成陰。我有王猷興，徘徊盡日吟。因憐空谷裏，翠袖暮寒深。

## 次韵張晴溪孝廉游盤山

瀟灑張公子，尋幽上翠微。山光春染黛，雲氣曉生衣。路轉千峰合，泉鳴一練飛。桃花正相待，濃露未全晞。

## 王菊莊《藝菊圖》

東籬千載後，癖嗜似君無。以菊爲名字，隨花入畫圖。秋深人共淡，香晚韵逾孤。可要王宏輩，重陽送一壺？

## 蘇虛谷墨竹

曾記湖州派，親傳玉局翁。至今老孫子，仍有舊家風。意出杈丫外，神留蕭瑟中。平生疏落性，原與此君同。

## 送朝鮮使臣柳得恭歸國

古有鷄林相，能知白傅詩。俗原嫻賦咏，汝更富文辭。序謝《三都賦》，才慚一字師。唯應期再至，時説小姑祠。

## 送朝鮮使臣樸齊家歸國

貢篚趨王會，詩囊貯使車。清姿真海鶴，秀語總天葩。歸國憐晁監，題詩感趙驊。他年相憶處，東向望丹霞。

## 爲伊墨卿題劉文正公墨迹

功業留青史，寧因翰墨傳！偶然觀舊迹，亦足想當年。丰采瞻前輩，收藏藉後賢。好將心正語，記取柳誠懸。

銀粉多殘蝕，毫端尚有棱。憶同王大令，深論趙吳興。① 片紙存今日，諸天隔幾層？② 白頭門下士，感慨意難勝。

### 送桂未谷之任滇南

地遠山川僻，滇南俗最淳。將求司牧者，合用讀書人。政暇仍稽古，官清自耐貧。向來餐苜蓿，本似棣州陳。

秋風吹萬里，送子宦天涯。驛路今無梗，山城亦自佳。琴餘披訟牒，吏散靜衙齋。漁隱編叢話，應能手自排。③

### 陳簡肅公墓下作

一事堪千古，椒山有舊朋。④ 素心人共見，青史語偏增。⑤ 朝論關恩怨，人才繫廢興。故都禾黍後，原自憶江陵。⑥

### 過景城憶劉光伯

故宅今何在？遺書亦盡亡。誰知馮道里，曾似鄭公鄉。三傳分堅壘，諸儒各瓣香。多君真北士，敢議杜當陽。

### 即　景

長安新雨後，蕭瑟暮天清。落葉黃連巷，寒山碧入城。飢烏喧暝色，遠雁帶秋聲。促織身微細，酸吟亦有情。

### 寄董曲江

五緯宵明壁府寬，風雲翕合競彈冠。相携諸子蓬萊島，時憶先生苜蓿盤。名士爲官原灑落，詞人垂老半飢寒。祇應雪夜哦新句，且付彭城魏衍看。

---

① 自注："記石庵先生語。"
② 自注："記顧君德懋語。"
③ 自注："桂搜古今詩話，成數十巨册，方事編纂。"
④ 自注："公爲椒山先生同年，椒山恤典，公所請也。見《椒山集》。"
⑤ 自注："史紀公臨終語留江陵事。"
⑥ 自注："漁洋山人紀明人《吊江陵詩》曰：'恩怨盡時方論定，封疆危日見才難。'"

### 對雨有作呈錢少司寇

匝地陰雲曉未晴，蕭然獨坐閉柴荆。天涯芳草愁相憶，塵匣瑤琴澀不鳴。夢裏園林騎馬路，病中風雨賣花聲。玉泉山下芙蓉渚，一夜新流幾尺生。

### 送郭石洲歸洛陽

風起盧溝萬柳斜，河梁欲別曉啼鴉。天涯春盡憐芳草，遠道人歸過落花。游士真成蘇季子，少年珍重賈長沙。含情一片長安月，夜夜隨君共到家。

### 題雪溪墨竹

離襹一丈青鸞尾，何人縮入尺幅中？可憐隨手暈淡墨，尚令撲面生清風。亭亭自倚瘦石立，落落一掃凡葩空。嵇康阮藉都不畫，入林肯著王安豐！

### 懷朴齊家

偶然相見即相親，別後匆匆又幾春？倒屣常迎天下士，吟詩最憶海東人。關河兩地無書札，名姓頻年問使臣。可有新篇懷我未？老夫雙鬢漸如銀。

### 壬戌會試閱卷偶作

三度來登鳳味堂，蕭疏兩鬢已如霜。衰翁寧識新花樣？往事曾吟古戰場。陸贄重臨收吏部，劉幾再試遇歐陽。當年多少遺才憾，珍重今操玉尺量。

桃李霏香滿禁城，春官又得放門生。文章奧妙知難盡，意氣飛騰亦漸平。此日歐梅欣共事，向來韓范本無爭。諸公莫惜金鎞刮，使我看花眼暫明。

拭目挑燈夜向晨，官奴莫訝太艱辛。應知今日持衡手，原是當年下第人。誓約齊心同所願，丁寧識曲聽其真。顏標錯認如難免，恕我明春是八旬。

雖曾辛苦檢書倉，四庫編摩老漸忘。稽古未能追馬鄭，論詩安敢斥蘇黃！曲江春宴花無數，遼海秋風泪幾行。多少遺珠收不盡，中宵輾轉漏聲長。

## 有　感

百感蒼茫悵有思，鯫生曾忝巨公知。八叉賦就真憐我，一瓣香焚却爲誰？白髮甘心歸故里，黃泉留面見先師。平生最薄樊南李，東閣題詩不再窺。

## 留別及門諸子

祖帳青門握手頻，臨歧猶自語諄諄。皇恩四度持文柄，遠道三年別故人。天上鵷鸞懷舊侶，① 園中桃李待新春。② 明時稽古多榮遇，努力京華莫厭貧。

## 却寄舊寓葛臨溪、姚星岩、王觀光、吳惠叔四子

幾載追隨擁絳紗，祇今雲雨各天涯。新春定有重歸燕，舊圃誰澆手種花？敢道諸君長作客，所憐此日半無家。長安米貴吾曾記，一夕關心鬢欲華。

## 舟泊常州聞湖南撫軍將至

薄暮蕭然且賦詩，冷官風味本如斯。租來淮上船三板，沽得蘭陵酒數卮。寒犬爭偎新撥火，啼鴉亂揀最高枝。一川暝色推篷望，隱隱笳簫送畫旗。

## 夜泊吳江

已是銀蟾挂柳梢，纔收官舫泊塘坳。昏烟欲合孤城閉，遠水微明

---

① 自注："謂桐嶼、雲房諸子。"
② 自注："謂惠叔等。"

小港交。寒鷺多情時近客，栖烏貪睡懶離巢。玲瓏方塔猶相伴，一夜風鈴盡意敲。

### 任邱晤高近亭，因懷邊徵君隨園

草草荒鷄夜未央，挑燈話舊一迴腸。故人踪迹言難盡，行子關河路正長。敢道功名由命數，且憑科第論文章。① 勞君問訊岩中桂，秋雨秋風好在香。②

### 和蒙泉秋感

一灣銀浦淡雲流，長笛蕭條趙倚樓。往日情懷全似夢，頻年飄泊始知愁。風寒大澤魚龍夜，霜捲長天雕鶚秋。惆悵舊來紅葉渡，不堪重棹木蘭舟。

### 即目二首

村落圍流水，人家半夕陽。殘霞明滅處，隱隱下牛羊。
芳草入平林，一綫盤盤路。遥聞牧笛聲，縹緲無尋處。

### 寄贈露園四首

四十年來兩鬢星，蕭條生事太玄經。長楊羽獵無心賦，載酒何人問草亭？

松火談詩夜唱酬，當年小宋憶同游。王維早貴襄陽老，俱是開元第一流。

豐草長林老杜陵，名場偶逐少年登。騎驢日日長安市，才有新詩上左丞。

獵獵驚風雪打圍，蔣侯城畔射生歸。短衣匹馬何人識？長嘯高原看落暉。

---

① 自注："數歲任邱科甲最盛。"
② 自注："桂岩在任邱。"

### 書贈毛副戎

雄心老去漸頹唐，醉臥將軍古戰場。半夜醒來吹鐵笛，滿天明月滿林霜。

### 題陳氏韞玉《西齋遺稿》

孤墳葬去一枝紅，烟草年年泣曉風。怪得詞人多命薄，香閨也被作詩窮。

### 又悼田白岩中儀

身後無兒感鄧攸，烏絲零落付誰收？行人多少山陽恨，夜静河聲入驛樓。

### 富春至嚴陵山水甚佳

濃似春雲淡似烟，參差緑到大江邊。斜陽流水推篷坐，翠色隨人欲上船。

烟水蕭疏總畫圖，若非米老定倪迂。何須更説江山好？破屋荒林亦自殊。

### 釣臺有感

巋然指點釣臺高，隱士留名亦偶遭。一樣清風辭漢主，更無詞客問牛牢。①

### 再題《桐陰觀弈圖》

壬午七月，屬沈雲浦作《桐陰觀弈圖》，意謂不預其勝負而已，猶有勝負者存也。後讀王半山詩曰："莫將戲事擾真情，且可隨緣道我贏。戰罷兩奩收黑白，一枰何處有虧成？"乃悟并勝負亦幻象。癸丑五月，偶然檢視，題此二詩。然半山能言之而不能行，予則僅能知

---

① 自注："牛牢亦光武故人，屢徵不出，與子陵無異，然不甚傳。"

之耳。因附識以志予愧。

桐陰觀弈偶傳神，已悵流光近四旬。今日鬖鬖頭欲白，畫中又是少年人。

一枰何處有成虧？世事如棋老漸知。畫裏兒童今長大，可能早解半山詩。

### 忻州刺史守愚汪君重修元遺山先生墓詩

中州文獻迹猶新，寒食年年細草春。一種風流堪溯處，當塗今葬謫仙人。

平生忠憤寄荒丘，五百年來片石留。勵俗懷賢無限意，欲將棠蔭比松楸。

### 自題《桐陰觀弈圖》

不斷丁丁落子聲，紋楸終日幾輸贏？道人閑坐桐陰看，一笑涼風木末生。

### 德州夜坐，悼懷亡友李秋崖國柱成二絕句

爲吊才江馬暫停，昭陵一哭竟冥冥。① 定知地下埋憂處，芳草春深尚不青。

寒聲不斷大河流，月色無情亦帶愁。憔悴詩魂如見夢，故人今夜宿陵州。

### 雄縣題館舍壁

蟹舍漁莊認舊游，兩行衰柳入雄州。主人重見頭如雪，彈指流光廿八秋。

獵獵寒颸旆影斜，行人爭看使臣車。石藍衫子雙丫髻，憶共漁童折藕花。

---

① 自注："李洞上主司詩曰：'公道此時如不得，昭陵慟哭一生休。'洞字才江。"

## 寄懷蔣春農舍人

北風吹雪滿船頭，別後江山幾度秋。爲問如今三徑裏，何人來往似羊求？

## 斷碑硯歌爲裘漫士先生作①

神物不受劫火燔，姚江之硯今猶存。摩挲題識已可敬，況復東坡居士留手痕。斑斑墨綉閱幾姓？觚棱刓缺塵埃昏。一朝天遣入公手，文綈重襲如璵璠。兩公卓犖天下士，平生學問皆與洛閩殊淵源。古來豪杰各有見，安能一一俱以繩尺論？黃龍紫鳳自上瑞，寧知摩天浴海尚有鵬與鯤？輸攻墨守各師説，宋明兩代紛嚚喧。惟公曠世具巨眼，掃除門戶存公言。②乃知此硯出有意，將以乞公一字爲平反。中間莘老頗異趣，當年調笑王孫猿。姓名偶得挂石角，有如蒼蠅附驥千里奔。公能置之不論不議列，想見胸中雲夢八九吞。我從侍坐睹法物，凛然再拜不敢捫。竊爲此硯慶所遇，流連諏嘆不覺其詞繁。有形自古無不盡，惟有文章之壽不隨萬物歸其根。千秋萬世石可泐，此銘此贊永永留乾坤。

---

① 自注："斷碑者，宋熙寧四年，蘇文忠公爲孫吳興作《墨妙亭詩》石刻也，存十二字，凡四行，行三字。曰'鐙他年'、曰'憶賀監'、曰'時須服'、曰'孫莘老'，高廣各三寸，長四寸，王文成公得之，以背面作硯。左刻'守仁'二楷字，右刻篆書'陽明山人'四字，側刻分書'驛丞署尾硯'五字，蓋明正德元年，文成謫貴州龍場時物也。漫士先生既爲之贊且銘矣，屬作長歌紀事。"

② 自注："公銘有'吾於東坡，不師其經濟，而師其文章；吾於陽明，不師其學術，而師其事功'語。"

# 文

## 欽定《四庫全書》告成恭進表

臣等奉敕編纂《四庫全書》，告成，謹奉表上進者。伏以天璣甄度，書林占五緯之祥；帝鏡懸光，藝苑定千秋之論。立綱維於鼇極，涵列雲珠；媲刪述於龍蹲，契昭虹玉。理符心矩，絜三古以垂謨；道叶神樞，匯九流而證聖。治資鑒古，德洽敷文。臣等誠歡誠忭，稽首頓首上言：

竊惟神霄九野，太清耀東壁之星；懸圃三成，上帝擴西昆之府。文章有象，翠媯遂吐其天苞；繪畫成形，白阜肇圖其地絡。書傳倉頡，初徵雨粟之祥；籙授黃神，始貯靈蘭之典。洞庭秘聞，稽大禹所深藏；柱下業編，付老聃以世守。秦操金策，聖籍雖焚；漢理珠囊，遺經故在。儒生密寶，惟孔鮒之承家；謁者旁求，見陳農之奉使。蝌文以後，篇章自是滋多；麟閣所儲，條目於焉漸備。杖吹藜火，夜讎《別錄》之編；衣染爐香，坐校《中經》之簿。王仲寶區其流別，定新志之九條；阮孝緒撮其叢殘，括舊傳之五部。勘書妙畫，世摹展氏之圖；捲幔飛仙，史載隋宮之迹。唐武德訖乎天寶，鈿軸彌增；宋景祐繼以淳熙，牙簽再錄。南征俘玉，元遷三館之櫥；北極營都，明運十艘之檀。莫不前徵邃古，丹壺溯合雒之踪；毖發空林，青簡扛頻斯之篆。西州片札，辨點漆於將磨；南雍殘文，檢穿絲於已斷。竹編未朽，名認師春；瓠本猶携，稿存班固。爬羅纖碎，或得諸玉枕石函；掇拾畸零，均給以螺丸麻紙。精鏐廣購，一篇增十匹之酬；華襦重縰，三品別兩廂之等。凡以窮搜放失，獵文林辨囿之精；互鏡瑕瑜，立聖域賢關之訓。結德輿而輻輳，軌順經塗；傃學海以沿波，源通道筏。然而掇餘易匱，四千卷既丐殘膏；鶩廣彌蕪，百兩篇更珍贗鼎。丹青失實，或貽誚於王充；朱紫相淆，孰齊踪於鄭默！甚乃別風淮雨，惜奇字而偏留；或如許綠紂紅，踵駁文而莫悟。蘭臺庋貯，多如賄改漆經；棗板摹傳，遂至誤尊閣本。故《秘書總目》，鄭夾漈復議校讎；而《文苑英華》，彭叔夏重加辨證。從未有重熙累洽，雯華懸紫極之庭；稽古崇儒，册府闢丹宸之館。彌綸宙合，識大識小之無遺；榮鏡登閎，傳信傳疑之有準。金模特建，寶思周融如今日者也。

欽惟皇帝陛下，瑞席蘿圖，神凝松棟。播威棱於十曲，響震靈夔；洽文德於四溟，兆開神鷟。帝媯歌咏，已題九萬瓊笺；臣向編摩，更緝三千寶牘。博收竹素，仍沿天祿之名；珍比琳琅，永付長恩之守。乃猶尋端竟委，溯支絡於詞源；緯地經天，探精微於義海。昭陽韶歲，特紬翰府之藏；永樂遺編，俯檢文樓之帙。例取諸吳興《韻海》，割裂雖多；體宏於孟蜀書林，搜羅終富。榛楛宜剪，命刊削其讕言；瀝液堪珍，敕比排其墜簡。焦銅漆斷，重膠百衲之琴；古壘銅斑，合鑄九金之鼎。復以羽陵蠹剩，或有存留；宛委藏餘，不無佚漏。十行丹詔，遍徵汲古之家；七錄緗囊，廣啓獻書之路。逸經斷策，出自大航；雜卦殘篇，發從老屋。錦帆捩舵，孟家東洛之船；玉軑飛鈴，吳氏西齋之軸。鱗排玉字，多王榮之所未聞；笋束金繩，率張華之所莫識。光明繭紙，朱題芸帙之名；蟠屈鸞章，紫認槐廳之印。紅梨隔院，曹司對設於東西；青鏤濡香，品第詳分其甲乙。天潢演派，光連太史之河；卿月澄暉，彩接文昌之宿。總司序錄，叨楊億之華資；分預校讎，列任宏之清秩。銀袍應召，驤雲路以彈冠；粉署徵才，記仙郎而題柱。懷鉛握槧，學官願效其一長；切綮割圜，博士亦研其九術。遂乃別開書局，特分署於龍墀；增置鈔胥，競抽豪於虎僕。圖與史并陳左右，粉本鉤摹；隸與蝌兼備古今，絲痕歪匾。曹連什五，各隸屬於寫官；工辨窳良，均稽研於計簿。提綱絜領，董成者職總監修；補闕拾遺，覆勘者官兼詳定。厄器預儲於將作，某几筠簾；傳餐遍給於大官，珉糜珠飣。溫爐圍炭，紋凝鵓鴿之青；朗甕涵冰，色映玻璃之白。花磚入直，地同兜率天宫；蓮炬分行，人到琅嬛福地。瓊箱牒送，全搜縢囊帷蓋之餘；芝殿籤排，共刊木扇金華之謬。程材效技,各一一而使吹;累牘連篇,遂多多而益辦。香霏辟惡,擁書何止百城?潘漬喻縻,削稿寧惟兩屋!譬入衆香之國,目眩瞀於花光;宛游群玉之峰,神愕眙於寶氣。豈但鴻都多士,駭聞見所未曾;實令虎觀諸儒,辨妍媸而莫決。所賴恭承睿鑒,提玉尺以量才;仰稟天裁,握銀華而照物。初披卷軸,共掇零璣;即荷絲綸,務蘄完璧。吳澄易翼,辨顛倒乎陰陽;楊簡詩音,斥混淆乎周漢。稗官剿説,刪馬角之荒唐;譯史傳聞,摘象胥之訛異。醮章祈福,發凡於劉跂之詞;語録參禪,示例於齊忘之記。固已南車指路,陟道岸而衢亨;北斗旋杓,揆文星而度正。洎乎群書大集,品雜金沙;聖訓彌彰,鑒澄珠礫。詁經忌鑿,黜錯簡於龜文;論史從公,溯編年於麟筆。立言秉體,四明之録必刪;贋古誣真,五柳之名宜辨。七籤三藏,汰除釋老之編;五蠹九奸,排斥申韓之術。毒深孔雀,無容校寫其青詞;巧謝璇璣,未許增添其錦字。小山艷曲,削香奩脂盝之篇;金谷新詞,刊酒肆歌樓之句。凡皆詞臣之奏進,誤點丹黃;一經聖主之品題,立分白黑。至於銅籤報夜,紫殿勤披;玉案開緘,丹毫親咏。五家《易》説歧途,附闢其傳燈;四氏《書》箋餘緒,兼詳乎括地。前車後鑒,陳風雅於經筵;斜上旁行,寓《春秋》於《世本》。廬陵處士,特申僭上之防;安定門人,大著尊王之義。王元杰名同讞獄,為雲谷之重儓;洪咨夔迹類探囊,竊玉川之餘瀋。四箴誤注,寧知顔巷之心?二佛同稱,轉隘尼山之量。六經作繪,全收諸楊甲圖中;七緯成編,知出自莊周書後。五音分配,篆文互備其形聲;二史交參,奇字各通其假借。古香薾蒻,細辨班書;碎腋穿連,重刊薛史。清流肇釁,示鑒戒於東林;正統明尊,存綱常於西蜀。派沿涑水,袁朱之新例兼存;俗記扶餘,班范之訛傳并訂。黨碑再勒,嗟捐盜而開門;權焰彌張,嗤教星而替月。西湖游迹,殊憐野老之藏名;北使賓筵,深陋詞臣之校射。宋鈔僅剩,搜舊志於臨安;金刻稀聞,寶遺文於貞觀。或攻或守,徒從十鑒之兵謀;相勝相生,未信五行之德運。建炎政草,愧彼中興;至正刑章,斥其左袒。李尊洛學,辨道命於天原;酈注桑書,剖源流於地理。史腴詳摘,有逾漢雋之精;經笥懸探,更勝曹倉之富。至於孔庭舊語,首定儒宗;蔡帳秘文,嚴排异說。范祖禹之帝學，具有淵源；曾公亮之《武經》，姑存崖略。橫戈危蝶，節取陳規；握策靈臺，參徵蘇頌。算窮杪忽，九章研鮑澣之藏；術雜縱橫，十卷稽趙蕤之撰。楚中隱士，互權韓柳之評；婺郡名賢，不廢呂唐之學。臚登識記，衍《洪範》而原非；妄議井田，托《周官》而更誤。《錢唐遺事》，深譏首鼠於宋元；《曲洧舊聞》，微憾操戈於洛蜀。紬聰有取，旁通方朔之言；指佞無難，慎聽韓非之説。陳思《書苑》，列筆陣而成圖；馬總《意林》，挈詞條而擢秀。黃伯思之博洽，石墨精研；孫逢吉之淹通，雲龍遙溯。多知舊事，病歌舞之銷金；一洗清波，笑詞章之諛墓。《太平御覽》，徒粉飾乎嘉名；《困學紀聞》，偶抨彈其迂論。晚唐小史，入厨寧取乎卮言；南宋枝談，按鞫深嫌其曲筆。十七卷騷人舊製，更證以草木之名；二百年吏部清吟，特賞其烟霞之氣。兼推韓杜，續來鳳觜之膠。并采郊祁，擬以棠華之句。文恭著作，先歐尹而孤行；忠肅風裁，抗蘇程而角立。勤王留守，呼北渡者凡三；殉節侍郎，壯南朝者惟一。學如和叔，原不限以宗朱；詩到儀卿，乃轉嫌其入墨。讀書秘閣，明詹初論古之非；從宦金淵，賞仇遠耽吟之癖。楊維楨取其辨統，而頌莽則當誅；劉宗周閔其完忠，而吠堯爲可恕。凡兹獨斷，咸禀睿裁；懿此同情，實乎公義。苞千齡而建極，道出於天；綜百氏以歸型，言衷諸聖。權衡筆削，事通乎春賞秋刑；絜度方圓，法本乎乾規坤矩。是以儀璘懸耀，揆景凫趨；鏞棧先鳴，聆音麋集。鯨鐘方警，啟蓬館以晨登；鶴籥嚴關，焚蘭以夜繼。披文計數，寧止於萬七千篇；按月程功，務德夫四十五日。裁縫無迹，先成綴白之裘；傳寫相爭，齊炙汗青之竹。架羅黃卷，積盈有似於添籌；几擁烏皮，刊謬時防其掃葉。畢昇活版，漸看字是排成；曾鞏官書，已見序稱校上。加以乾行至健，七旬之念典彌勤；離照無遺，一字之褒譏恒審。梁驪練士，庚陲遞初寫之函；雲輅巡方，乙夜展重修之卷。至三至再，戒玉楮之遲雕；數萬數千，摘金根之屢誤。坤原爲釜，兼搜刊板之訛；芊或作羊，細檢鈔書之謬。毫釐不漏，戡旁添待補之戈；塗點必嚴，羅上辨續加之网。削除不盡，時飭以妄下雌黃；輪郭空存，常指其竟同曳白。明周纖芥，共欽睿照無遺；報乏微涓，彌覺愧心生奮。

若夫考勤校惰，督課雖詳；荷寵邀榮，恩慈實渥。風雲得路，先登或列於九官；雨露均滋，中考亦賜以一級。柏梁聯句，聽鳳律之新聲；芸署題名，踵麟臺之故事。墨勻蝶翅，祖帖雙鉤；帙簽龍紋，天書五色。猩毛擢穎，膩魚子之華箋；龍尾雕紋，融麝煤之芳氣。銀匜翠管，細縈百和之香；錦段香羅，交映五明之扇。綉囊委佩，鋌貯朱提；珍毳豐茸，帕裹白氎。雕盤列飣，果分西域之甘；華俎嘗新，瓜騰東陵之種。自天宣賜，多非夢寐所期；無地酬恩，惟以文章爲報。周賅始末，擬勒長編；別采英華，先爲縮本。曩長庚之紀歲，慶叶嵩呼；屬太乙之占祥，象符奎聚。八年敬繕，挹古今四庫之精；兩部分儲，合大小二山之數。惟全書之浩博，實括群言；合衆手以經營，倏逾數載。香薰蘭櫝，方粗就而未終；閣聳雲楣，已先成以有待；文河疏瀹，初如江別爲三；筆海朝宗，繼乃瀆增以四。望洋無際，慮創始之爲難；登岸有期，幸觀成之可冀。較刪繁之別帙，又閱兩年；勒總匯之鴻裁，已盈一部。插簽分帙，次按乎甲乙丙丁；列架臚函，色別其赤青白黑。經崇世教，貴實徵而賤虛談；史繫人心，削誣詞而存公論。選諸子百家之粹，博收而不悖聖賢；懲十人九集之非，嚴汰而寧拘門戶！上沿虞夏，咸挹海以求珠；下采元明，各披沙而見寶。六千籤璋分圭合，延閣儲珍；二百卷部次州居，崇文列目。釋名訓義，因李肇之解題；考异參同，近歐陽之集古。事稽其實，循文防誤於樹萱；詞取其詳，求益非同於買菜。人無全美，比量其尺短寸長；語或微疵，辨白其玉瑕珠纇。一經采錄，真同鯉上龍門；附載姓名，亦使蠅隨驥尾。元元本本，總歸聖主之持衡；是是非非，盡掃迂儒之膠柱。至其盈箱積案，或汗漫而難尋；復以提要鈎玄，期簡明而易覽。譬諸典謨紀事，別行小序之一篇；類乎金石成書，先列諸碑之十卷。分綱列目，見義例之有條；按籍披圖，信源流之大備。水四瀛而山五岳，倖此壯觀；前千古而後萬年，無斯巨帙。蓋非常之製作，天如留待於今；而希有之遭逢，人乃躬當其盛。叨司校錄，實忝光榮。

臣等功謝囊螢，識同窺豹。鑽研文字，未能脉望之逢仙；延緩歲時，僅類蝌蚪通之食墨。仰蒙訓示，得聞六藝之源；曲荷寬容，許假十年之限。百夫決拾，望學的而知歸；一簣成山，營書岩而幸就。欣陳寶笈，對軒鏡之澄光；恭進瑤階，同義圖之永寶。從此依模範狀，若疊矩而重規；因之循軌知途，益輕車而熟路。先難後易，一隅可得而反三；謀始圖終，百里勉行乎半九。精心刊誤，八行細檢朱絲；協力鳩工，萬指齊磨烏玉。連綿告蕆，仁看四奏天閶；迅速先期，不待六更歲籥。人文成化，帝機運經緯之功；皇極敷言，王路示會歸之準。觚棱雲構，巍峨乎銀榜璇題；方策星羅，珍貴乎金膏水碧。曰淵、曰源、曰津、曰溯，長流萬古之江河；紀世、紀運、紀會、紀元，恒耀九霄之日月。并五經以垂訓，道通乎丹書綠字之先；合六幕以同文，治超於玄律蒼牙之上。

臣等無任瞻天仰聖，踴躍歡忭之至，謹奉表恭進以聞。

## 奏爲酌改考試《春秋》出題用傳條例以勸經學事①

奏爲酌改《春秋》用傳之例恭請訓定事。查考試《春秋》，向用胡安國傳，而胡傳一書中多有經無傳。臣等細查，通部可以出題之處，不過數十，即如本年鄉試竟有一題而五省同出者，其三四省相同，不一而足。士子不讀全經不知本事，但記數十破題便敷入試之用。且胡安國當宋南渡時，不附和議，作是書以諷高宗而斥秦檜，其人品自屬剛正，而借經立説，與孔子之意不相比附。恭讀聖祖仁皇帝《欽定春秋傳說匯纂》，駁胡傳者數十百條，皇上御製文曾辟其說，而科場所用，以重複相同之題、習偏謬失當之論，殊覺無謂，應請嗣後《春秋》題俱以《左傳》本事爲文，參用公羊、穀梁之説。在三傳親承聖教，既較三千年後儒家之論爲得其真，而士子不讀《左傳》不能成文，亦足以勸經學而俾文風。是否有當，伏乞聖鑒訓示施行。

再，來年會試伊邇，請以下科鄉試爲始。合并聲明，謹奏。乾隆五十七年十二月十八日。

## 《唐人試律説》序

詩至試律而體卑，雖極工，論者弗尚也。然同源別派，其法實與

---

① 此文《紀文達公遺集》佚，見中國第一歷史檔案館藏奏摺，檔號：03-1183-101。

詩通。度曲倚歌，固非古樂，要不能廢五音也。邇來選本至夥，大抵箋注故實，供初學者之剽竊。初學樂於剽竊，亦遂紛然争購之。於鈔襲誠便矣，如詩法何？

今歲夏，棗强李生清彥、寧津侯生希班、延慶郭生埔及余姊子馬葆善，從余讀書閱微草堂，偶取其案上唐試律，粗爲別白，舉其大凡，諸子不鄙余言，集而録之，積爲一册。因略爲點勘，而告之曰：余於此事，亦所謂揣骨聽聲者也。然竊聞師友之緒論曰：爲試律者，先辨體，題有題意，詩以發之，不但如應制諸詩，惟求華美，則襞積之病可免矣。次貴審題，批窾導窽，務中理解，則塗飾之病可免矣。次命意、次布格、次琢句，而終之以煉氣、煉神。氣不煉，則雕鏤工麗，僅爲土偶之衣冠；神不煉，則意言并盡，興象不遠，雖不失尺寸，猶凡筆也。大抵始於有法，而終於以無法爲法。始於用巧，而終於以不巧爲巧。此當寢食古人，培養其根柢，陶鎔其意境，而後得其神明變化、自在流行之妙，不但求之試律間也。若夫入門之規矩，則此一册書，略見大意矣。

是書也，體例略仿《瀛奎律髓》，爲詩不及七八十首，采諸説不過三兩家，借以論詩，不求備也。詩無倫次，隨説隨録，不更編也。其詞質而不文，煩而不殺，取示初學，非著書也。持論頗刻核，欲初學知所别擇，非與古人爲難也。管窺之見，不過如此，如欲考據故實，則有諸家之書在。

## 《後山集鈔》序

《後山集》二十卷，其門人彭城魏衍所編也。近雲間趙氏刊行之，顧衍記詩四百六十五篇，編六卷；文一百四十篇，編十四卷。今本乃詩七百六十五篇，編八卷，文一百七十一篇，編九卷。又衍記詩話、談叢，各自爲集，而今本談叢四卷，詩話一卷，又理究一卷，長短句一卷，皆入集中，則此本又非魏氏手録之舊矣。

壬午六月，從座師錢茶山先生借閱，令院吏毛循鈔之。循本士人，所鈔不甚誤，而原本訛脱太甚，九卷以後，尤不勝乙。因雜取各書所録後山作，鉤稽考證，粗正十之六七，乃略可讀，因得究其大意。考江西詩派，以山谷、後山、簡齋配享工部，謂之"一祖三宗"。而左袒西崑者，則掊擊抉摘，身無完膚，至今呶呶相詬厲。平心而論，其五言古，劖削堅苦，出入於郊、島之間，意所孤詣，殆不可攀；其生硬杈丫，則不免江西惡習。七言古多郊昌黎，而間雜以涪翁之格，語健而不免粗氣，勁而不免直喜。以拗折爲長，而不免少開合變動之妙。篇什特少，亦自知非所長耶！五言律蒼堅瘦勁，實逼少陵，其間意僻語澀者，亦往往自露本質。然胎息古人，得其神髓而不自掩其性情，此後山所以善學杜也。七言律崟崎磊落，矯矯獨行，惟語太率而意太竭者，是其短。五七言絕，則純爲少陵遣興之體，合格者十不一二矣。大抵絕不如古，古不如律，律又七言不如五言，棄短取長，要不失爲北宋巨手。向來循聲附和，譽者務掩其所短，毀者并没其所長，不亦顛耶！其古文之在當日，殊不擅名，然簡嚴密栗，可參置於昌黎、半山之間，雖師子固、友子瞻，而面目精神迥不相襲，似較其詩爲過之。顧世不甚傳，則爲諸巨公盛名所掩也。

　　余雅愛其文，謂不在李翱、孫樵下。又念其詩珠礫混雜，徒爲論者所藉口。因嚴爲刪削，録成一編，非曰管窺之見，可以進退古人，亦欲論後山者，核其是非長短之實，勿徒以門户詬争，哄然佐鬥，是則區區之志焉耳。

## 《玉溪生詩説》序①

　　世之習義山詩者，類取其一二尖新塗澤之作，轉相仿效，而毀義山者，因之指摘掊擊，以西崑爲厲禁，反復聚訟，非一日矣。皆緣不知義山之爲義山，而隨聲附和，哄然佐鬥，贊與毀皆無當也。

　　夫深山大澤，有龍虎焉。不見其噓而成雲，嘯而生風，而執其敗鱗殘革以詫人，以爲龍虎如是。人見其敗鱗殘革也，亦以爲龍虎不過如是而鄙之，以爲不足奇，可謂之知龍虎哉！獨吴江朱氏箋注一序，推見至隱，可謂知言。然其書以箋注爲主，例須全收，未暇别擇。余幼而學詩，即喜觀是集，每欲嚴爲澄汰，鈔録一編。牽率人事，因循

---

① 此文《紀文達公遺集》佚，見紀昀《玉溪生詩説》，光緒十三年刻本。

未果也。秋冬以來，居憂多暇，因整理舊業，編纂成書。於流俗傳誦尖新塗澤之作，大半弃置；而當時習氣所漸，流於飛卿、長吉一派者，亦概爲屏却。去瑕取瑜，寧刻毋濫。覆而閲之，真有所謂曲江老人相視而笑者，何至争妍鬥巧，如世所云云哉！詩凡若干，具録於左。間采諸家之評，而附以愚意。其所以去取之義，及愚意之有所未盡者，别爲或問一卷附之。意主説詩，不專箋注，故題曰"玉溪生詩説"。又以朱氏一序冠之篇首，俾讀者知義山之宗旨，亦有以見此書之宗旨焉。

## 《瀛奎律髓刊誤》序

文人無行，至方虚谷而極矣。周草窗之所記，蓋幾幾不忍卒讀也。而所選《瀛奎律髓》，乃至今猶傳其書，非盡無可取，而騁其私意，率臆成編，其選詩之大弊有三：一曰矯語古淡，一曰標題句眼，一曰好尚生新。

夫古質無如漢氏，冲淡莫過陶公。然而抒寫性情，取裁風雅，樸而實綺，清而實腴，下逮王孟儲韋，典型具在。虚谷乃以生硬爲高格，以枯槁爲老境，以鄙俚粗率爲雅音，名爲尊奉工部，而工部之精神面目迥相左也。是可以爲古談乎！"朱華冒緑池"，始見子建；"悠然見南山"，亦曰淵明。響字之説，古人不廢。暨乎唐代，鍛煉彌工。然其興象之深，微寄托之高遠，則固則别有在也。虚谷置其本原而拈其末節，每篇標舉一聯，每句標舉一字，將率天下之人而致力於是，所謂"温柔敦厚"之旨，蔑如也。所謂"文外曲致""思表纖旨"，亦茫如也。後來纖仄之學，非虚谷階之厲也耶！贊皇論文謂"譬如日月，終古常見而光景常新"，人生境遇不同，寄托各異，心靈浚發，其變無窮，初不必刻鏤瑣事以爲巧，捃摭僻字以爲异也。虚谷以長江、武功一派，標爲寫景之宗。一蟲一魚一草一木，規規然摹其性情，寫其形狀，務求爲前人所未道，而按以作詩之意，則不必相涉也。騷雅之本旨，果若是耶？是皆江西一派，先入爲主，變本加厲，遂偏駁而不知返也。至其論詩之弊，一曰黨援：堅持一祖三宗之説，一字一句莫敢异議，雖茶山之粗野，居仁之淺滑，誠齋之頹唐，宗派苟同，無不袒庇，而晚唐昆體、江湖、四靈之屬，則吹索不遺餘力，是門户之見，非是非之公也。一曰攀附：元祐之正人，洛閩之道學，不論其詩之工拙，一概引之以自重，本爲詩品，置而論人，是依附名譽之私，非别裁僞體之道也。一曰矯激，鐘鼎山林，各隨所遇，亦各行所安。巢、由之遁，不必定賢於皋、夔，沮溺之耕，不必果高於洙泗。論人且爾，況於論詩！乃詞涉富貴，則排斥立加；語類幽栖，則吹嘘備至。不問人之賢否，并不論其語之真僞，是直詭語清高以自掩其穢行耳，又豈論詩之道耶！凡此數端，皆足以疑誤後生，瞀亂詩學，不可不亟加刊正。然其書行世有年，村塾既奉爲典型，莫敢訾議，而知詩法者，又往往不屑論之，繆種益蔓延而不已。惟海虞馮氏嘗有批本，曾於門人姚考工左垣家借鈔，顧虛谷左祖江西、二馮，又左祖晚唐，冰炭相激，負氣詬争，遂并其精確之論，無不深文以詆之，矯枉過直，亦未免轉惑後人。

因於暇日，細爲點勘，别白是非，各於句下箋之，命曰"瀛奎律髓刊誤"。雖一知半解，未必邃窺作者之本源，且卷帙浩繁，抵牾亦難自保。而平心以論，無所愛憎於其間，方氏之僻、馮氏之激，或庶乎其免耳。

## 《冰甌草》序

詩本性情者也，人生而有志，志發而爲言，言出而成歌咏，協乎聲律，其大者和其聲以鳴國家之盛，次亦足抒憤寫懷，舉日星河岳、草秀珍舒、鳥啼花放有觸乎情，即可以宕其性靈，是詩本乎性情者然也，而究非性情之至也。夫在天爲道，在人爲性，性動爲情，情之至由於性之至，至性至情不過本天而動，而天下之凡有性情者，相與感發於不自知，咏嘆於不容已，於此見性情之所通者大，而其機自有真也。彼至性至情充塞於兩間蟠際不可澌滅者，孰有過於忠孝節義哉！

予嘗慕古人三管之紀，每遇事有關於忠孝節義者，輒流連不置。今夏，客從上黨來，持《冰甌草》一册，乞予言以弁簡端。是册也，乃咏胡母杜節婦也。節婦及筓，矢《柏舟》操，終養雙親，繼續二嗣，行建名立，榮叨旌典，坊成，遠近作詩以歌之，洵騷壇盛事也。

予觀其苦節自貞，矢死靡忒，乃天下至情人。孝道允克，義方無忝，乃天下至性人。約略生平，有聲有光，可歌可泣，其噪藝林而諧金石者，眞性情之感人者深，以維持世道人心於不替，豈第揚風扢雅，供几席間吟哦已哉！

因憶歲己卯，奉命典試三晉，入其境，見士敦節操，女尚貞良，未嘗不嘆陶唐遺風未遠，心焉儀之。而胡氏子弟客游瀛海間者，又多恂恂雅飭，益徵母教不衰。不容以不斐辭，爰搦筆而爲之序。至詩之分葩競艷，异曲同工，要皆發乎情思，抒乎性靈，讀者自得於諷誦間，無俟予之曉曉也夫。

## 《愛鼎堂遺集》序

三古以來，文章日變。其間有氣運焉，有風尚焉。史莫善於班、馬，而班、馬不能爲《尚書》《春秋》；詩莫善於李、杜，而李、杜不能爲三百篇。此關乎氣運者也。至風尚所趨，則人心爲之矣。其間异同得失，縷數難窮。大抵趨風尚者三途：其一，厭故喜新；其一，巧投時好；其一，循聲附和，隨波而浮沉。變風尚者二途：其一，乘將變之勢，鬥巧爭長；其一，則於積壞之餘，挽狂瀾而反之正。若夫不沿頹敝之習，亦不欲黨同伐异，啓門戶之爭，孑然獨立，自爲一家，以待後人之論定，則又於風尚之外，自爲一途焉。明二百餘年，文體亦數變矣，其初，金華一派，蔚爲大宗，由三楊以逮茶陵，未失古格，然日久相沿，群以庸濫膚廓爲臺閣之體，於是乎北地、信陽出焉，太倉、歷下又出焉，是皆一代之雄才也。及其弊之以詰屈聲牙爲高古，以抄撮餖飣爲博奧，餘波四溢，滄海橫流，歸太僕齗齗爭之，弗勝也。公安、竟陵乘間突起，么弦側調，僞體日增，而泛濫不可收拾矣。

汝陽傅莊毅公，當群言淆亂之時，獨稽古研精，學有根柢，深知文章正變之源流，徒以國步方難，急需幹濟，務其大者、遠者，不遑與詞章之士爭筆墨之短長，而案牘之餘，不廢著作，莫不吐言天拔，蟬脫塵囂，非所謂我用我法，不隨風尚爲轉移者歟！蓋公天下性孤介，遇義所不可爲者，雖觸忤權貴不少避。言，心聲也，其人不諧時趨，其文亦不諧時趨，固其所矣。公著書凡三十餘種，明季兵燹，率多散佚。惟《秦蜀幽勝録》《修玉録》僅著録《四庫全書》中，遺集□十□卷亦多殘闕，今公六世孫翰林檢討□□先生掇拾編録，勒爲□卷，命長君韓城令□□校正刊刻，以播世德之清芬，不以余爲弇陋，屬余爲序。余慨夫有明末造，社論沸騰，凡屬搢紳，幾於人人有集，類以龐雜詭僻之文，轉相標榜。末學膚受，俯拾殘剩，亦遂可依附取名，莫不謂枚馬復生，買董再出，韓歐而下弗屑也。迄今一二百年，或覆醬瓿，或化塵埃。而公之遺集，乃巋然獨存，豈非毅然自爲，不隨流俗爲俯仰，剛正之氣足以自傳歟！又何必規規然趨風尚，規規然變風尚哉！

## 《冶亭詩介》序

冶亭宗伯以所編《詩介》示余，人不求備，詩不求多，蓋唐人《河岳英靈集》例也。

適客至，共讀。客慨然曰："美哉，七子之餘響乎！"余曰："子於七子有歉耶？夫文章、格律，與世俱變者也，有一變必有一弊，弊極而變又生焉，互相激互相救也。唐以前毋論矣，唐末詩猥瑣，宋、楊、劉變而典麗，其弊也靡。歐、梅再變而平暢，其弊也率。蘇、黄三變而恣逸，其弊也肆。范、陸四變而工穩，其弊也襲。四靈五變，理賈島、姚合之緒餘，刻畫纖微，至江湖末派，流爲鄙野，而弊極焉。元人變爲幽艷，昌谷、飛卿遂爲一代之圭臬，詩如詞矣。鐵崖矯枉過直，變爲奇詭，無復中聲。明林子羽輩倡唐音，高青邱輩講古調，彬彬然始歸於正。三楊以後，臺閣體興，沿及正、嘉，善學者爲李茶陵，不善學者遂千篇一律，塵飯土羹。北地、信陽挺然崛起，倡爲復古之説，文必宗秦漢，詩必宗漢魏、盛唐，踔厲縱横，鏗鏘震耀，風氣爲之一變，未始非一代文章之盛也。久而至於後七子，剿襲摹擬，漸成窠臼，其間橫軼而出者，公安變以纖巧，竟陵變以冷峭，雲間變以繁縟，如塗塗附無以相勝也。國初變而學北宋，漸趨板實，故漁洋以清空縹緲之音，變易天下之耳目，其實亦仍從七子舊派，神明運化而出之。趙秋谷掊擊百端，漁洋不怒，吴修齡目以'清秀李于鱗'，則銜之終身，以一言中其隱微也。故七子之詩雖不免浮聲，而終爲正軌，吐其糟粕，咀其精英，可由是而盛唐、而漢魏。惟襲其面貌，學步邯鄲，乃至如馬首之絡，篇篇可移，如土偶之衣冠，雖繪畫而無生氣耳。冶亭此集，大旨以新城之超妙，而益以飴山之劖刻，誠得七子佳處而毫不染其流弊者。如以七子末派，并其初祖而疑之，則學杜者杈丫，學李者輕剽，亦將疑李杜乎哉！"客憮然而去。

會冶亭索余爲序，因書以質於冶亭，然歟否歟？冶亭諒有以教我也。

## 郭茗山詩集序

鍾嶸以後，詩話冗雜如牛毛，而要其本旨，不出聖人之一語——《書》稱"詩言志"是也。蓋志者，性情之所之，亦即人品學問之所見。富貴之場不能爲幽冷之句，躁競之士不能爲恬淡之詞，强而爲之，必不工，即工，亦終有毫厘差。阮亭先生論詩絕句有曰："風懷澄澹推韋柳，佳處多從五字求。解識無聲弦指妙，柳州那得并蘇州！"豈非柳州猶役役功名，蘇州則掃地焚香、泊然高寄乎！飴山老人持"詩中有人"之說，亦是意焉耳。

龍溪郭茗山先生，耽書嗜古，不爲俗學，嘗舉於鄉，亦嘗爲學官，然識度夷曠，蕭然有松石間意，不必不仕進，亦不必定仕進，卒投老山林，以吟咏自適。其所吟咏，不必有意不求工，如《擊壤集》之率易，《濂洛風雅》之迂腐；亦不必刻意求工，如武功一派，體物於纖微；如西昆一派，鏤心於組織。就其近似者言之，茶山、劍南之間，拔戟自成一隊，殆相當矣。余督閩學三年，聞永福黃丈莘田時稱先生，顧適當先生解官時，竟弗及一見。乾隆癸丑，與伊子墨卿話及，墨卿始與先生之子鰲雲携先生集來，求余是正。余披閱再四，嘆所見殆過所聞。鰲雲遂錄其菁華，編爲此集。乙卯夏，鰲雲將謀剞劂，并乞余序以弁首。先生往矣，誦其篇章，把其遙情深致，宛然坐對几席間，雖謂之親見先生可也。後之讀者，因先生之詩，以想見先生，諒亦如余今日也。詩者，性情之所之，與人品學問之所見，殆不誣乎！

## 《香亭文稿》序

孫樵謂"文章如面",諒哉斯言!夫天下之人,同是耳目口鼻也,而百千萬億之中,曾無一二貌相肖,即偶一二相肖,而審諦細微,亦必有終不肖者,豈物物而雕刻耶!氣化而成形,萬物一太極,故同禀一氣則同形,一物一太極,故各分一氣則各貌,皆自然而然耳,豈如模造面具,一一毫厘畢肖哉!心之成文,亦猶氣之成形也。才力之殊,無論矣,即學問不殊,而所見有淺深,則文亦有淺深,故同一明道,而聖人之言、賢人之言、大儒之言,吾黨能辨。同一說法,而佛語、菩薩語、祖師語,彼教亦能辨。自前明正德、嘉靖間,李空同諸人始以摹擬秦漢爲倡,於是人人皆秦漢,而人人之秦漢實同一音。茅鹿門諸人以摹擬八家爲倡,於是人人皆八家,而人人之八家又同一音。模造面具,其斯之謂歟!久而自厭,漸闢別途。於是鍾伯敬諸人,以冷峭幽渺求神致於一字一句之間。陳臥子諸人,更沿溯六朝,變爲富麗,左右佩劍相笑不休。數百年來,變態百出。實則惟此四派,迭爲盛衰而已。夫爲文不根柢古人,是僞規矩也;爲文而刻畫古人,是手執規矩不能自爲方圓也。孟子有言"梓匠輪輿,能與人規矩,不能使人巧",是雖非爲論文設,而千古論文之奧,具是言矣。夫巧者,心所爲,心所以能巧,則非心之自能爲。學不正則雜,學不博則陋,學不精則膚,雜而兼以陋且膚,是惡能生巧!即恃聰明以爲巧,亦巧其所巧,非古人之所謂巧也。惟根本六經,而旁參以史、子、集,使理之疑似、事之經權,了然於心,脫然於手,縱橫伸縮,惟意所如,而自然不悖於道。其爲巧也,不有不期然而然者乎!

余不能爲古文,而少長京師,頗聞前輩之緒論,持以商榷,率斷斷寡合。今老矣,名心久盡,不復措意於是事,益絶口不談。不期無意之中,得香亭侍郎所見與余合,讀其文,於古人不必求肖,亦不必求不肖,於今人不必求不同,亦不必求同,其思表纖旨,文外曲致,言短而味長,言止而意不盡,與言在此而意在彼者,恒使人黯然有思,睪然高望。余嘗泛舟嚴瀨,浮嵐掩映,清波見底,一樵一漁一花一草,皆寥蕭有世外意,以爲勝西湖金碧山水,故有"何須更說江山好，破屋荒林亦自殊"之句，今於香亭之文，殆作如是觀矣。會香亭自編文集成，因書夙所共談者以爲序。

## 《月山詩集》序

詩必窮而後工，殆不然乎！上下二千年間，宏篇巨製，豈皆出山澤之癯耶？然謂"窮而後工"者，亦自有説。夫通聲氣者鶩標榜，居富貴者多酬應，其間爲文造情，殆亦不少。自不及閑居恬適，能翛然自抒其胸臆，亦勢使然矣。惟是文章如面，各肖其人，同一坎坷不偶，其心狹隘而刺促，則其詞亦幽鬱而憤激，"東野窮愁死不休，高天厚地一詩囚"，遺山所論，未嘗不中其失也。其心澹泊而寧静，則其詞脱灑軼俗，自成山水之清音。元次山《篋中》一集，品在令狐楚《御覽詩》上，前人固有定論矣。

乾隆乙卯，余纂《八旗通志》，仿《漢書·藝文志》例，搜求四庫之遺籍，隋珠和璧，多得諸蠹簡之中。桂圃侍郎因以家藏先公《月山詩集》見示，其吐言天拔，如空山寂歷，孤鶴長鳴，以爲世外幽人，巖栖谷飲，不食人間烟火者，而固天潢之貴族也。其寄懷夷曠，如春氣盎盎，而草長鶯飛，水流花放，以爲別有自得之樂，不復與寵辱爲緣者。而固命途坎壈，盛年坐廢者也。此其所見爲何如、所養爲何如耶？斯真窮而後工，又能不累於窮，不以酸惻激烈爲工者，温柔敦厚之教，其是之謂乎！三古以來，放逐之臣，黄馘牖下之士，不知其凡幾，其托詩以抒哀怨者，亦不知其凡幾。平心而論，要當以不涉怨尤之懷，不傷忠孝之旨，爲詩之正軌。昌黎《送東野序》稱"不得其平則鳴"，乃一時有激之言，非篤論也。後之窮而求工於詩者，以是集爲法可矣。會侍郎將付剞劂，屬余爲序，因推公之志，而抒其大旨如右。

## 《袁清愨公詩集》序

余兩女皆適袁曙海臬使子，以臬使交最契也。其得交於臬使，則以臬使兄清愨公故。憶自乾隆戊辰至甲戌，清愨公方宦京師，與秦學士澗泉、盧學士紹弓、張編修松坪、周舍人篔溪、陳舍人筠亭、王舍人縠原、左舍人羹塘、丁舍人藥圃、錢詹事辛楣及余與從兄戀園，均以應禮部試，結爲文社，率半月而一會，商榷制義，往往至宵分。中間暇日，又往往彼此過從，或三四人，或五六人，看花命酒，日夕留連，時以詩句相倡和。一時朋友之樂，殆無以加也。數年間，十二人中成進士者七，各從仕宦，相晤遂稍稀。又數年升沉聚散，所遇不齊，舊雨凋零，宴游閑寂，惟清慤公與余尚時相見。及公入參樞密，出督畿輔，以遠嫌之故，書問并疏，至公華屋丘山，而故友十殁七八矣。然追懷曩昔，儼然如昨日事也。

嘉慶丙辰，公次子繼勤編公詩集爲四卷，陲寄京師，乞余爲序。余啓讀之，宛然月下風前，與公拈韵之日，中懷根觸，百感蒼茫，能勿老淚縱橫哉！公遭際聖朝，揚歷中外，以經濟立功名，以操守勵風節，載在國史，光耀汗青，豈復藉月露風云與詞客爭長短？然詩以言志，古聖所云，心術學問，皆於是見。公詩和平溫厚，無叫囂激烈之語；平正通達，無纖仄詭俊之意。即流連花月，賦咏禽魚，亦皆天趣盎然，無枯槁蕭索之氣，所謂"仁義之人，其言藹如"者耶！公爲漁洋山人之孫婿，漁洋拈"不著一字，盡得風流"之旨，以妙悟醫鈍根，而飴山老人顧執"詩中有人"之説，以抵瑕而蹈隙，左右佩劍，彼此互譏，論者謂合二家相濟，乃適相成，是亦掃除門户之見也。公詩不愧爲王氏婿，而讀公之詩，慨然遠想，可見其人，亦足以兼攝趙氏法，其殆蟬蛻是非之外，而毫無畦町於中者乎！是亦足見公心矣。曩與公論詩，嘗持此議，公不以爲非，每持以告人，或不盡相許。今序公詩，附著此意於篇末，"知音者希"之感又輾轉余懷矣。

## 《雲林詩鈔》序

揚雄有言"詩人之賦麗以則，辭人之賦麗以淫"，爲賦言也，其義則該乎詩矣。風人、騷人，邈哉邈矣，非後人所能擬議也。而流別所自，正變遞乘。分支於三百篇者，爲兩漢遺音；沿波於屈宋者，爲六朝綺語。上下二千餘年，刻骨鏤心，千匯萬狀，大約皆此兩派之變相耳。末流所至，一則標新領異，盡態於江西；一則抽秘騁妍，弊極於玉臺、香奩諸集。左右齗齗，更相笑也。余謂西河卜子傳《詩》

於尼山者也，大序一篇，確有授受——不比諸篇小序，爲經師遞有加增——其中"發乎情，止乎禮義"二語，實探風雅之大原。後人各明一義，漸失其宗。一則知止乎禮義，而不必其發乎情，流而爲金仁山濂洛風雅一派，使嚴滄浪輩激而爲"不涉理路""不落言詮"之論。一則知發乎情，而不必其止乎禮義，自陸平原"緣情"一語，引入歧途，其究乃至於繪畫橫陳，不誠已甚，與夫陶淵明詩時有莊論，然不至如明人道學詩之迂拙也。李、杜、韓、蘇諸集，豈無艷體？然不至如晚唐人詩之纖且褻也。酌乎其中，知必有道焉。

光禄雲林先生，早年貢成均，領鄉薦，而屢躓於禮闈。中年登第通籍，服官郎署，介介自持，以古儒者自策勵。晚年遭逢聖主，知遇方深，而先生遽遘東萊之末疾，不竟其用，論者惜焉。平生寡所嗜好，亦不甚喜通交游，惟偶有所感，輒發於詩。今就養京邸，優游多暇，乃自訂舊詩爲幾卷，令子秉綬——余甲辰所取士也——持以求序於余。余反覆雒誦，覺先生之學問性情，如相對語，蓋不惟香奩、玉臺之辭，萬萬不以入翰墨，即他所吟咏，亦皆以温柔敦厚之旨，而出以一唱三嘆之雅音。陸機云："理扶質以立幹，文垂條以結繁。"先生其殆兼之乎！是真詩人之詩，而非辭人之詩矣。余因序先生詩，輒舉大序"發情""止義"二語以起例，亦以後人或流於一偏，而雲林詩得性情之正爲可貴也。

## 《二樟詩鈔》序

詩至少陵而詣極，然唐人自李義山外罕學杜，元結、殷璠以下，選當代之詩者，亦無一家錄及杜，其故莫詳也。至於南宋，始以少陵爲一祖，而黄山谷、陳後山、陳簡齋爲三宗，於是江西體盛，而吕紫微宗派圖作焉。故江西者，少陵之流别也。所列二十七家，人盡江西，詩亦不盡似杜，并不盡似黄、陳，蓋黄、陳因杜詩而荸甲新意，吕紫微諸家，又沿黄、陳而極其變態，各運心思，各爲面貌，而精神則同出一源，故不立學杜之名，而别得杜文外之意，异乎嘉隆七子規規摹杜之形似，宏音亮節，實爲塵飯土羹也。劉知幾論史家學古，有"貌同而心异"、有"貌异而心同"，可以比例推矣。至嘉定以後，陸放翁《劍南》一集，爲宋季大宗，其學實出於曾氏，故趙庚夫題《茶山集》有曰："新於月出初三夜，淡比湯煎第一泉。咄咄逼人門弟子，劍南已見祖燈傳。"放翁作茶山墓志，又稱其詩宗杜甫、黃庭堅，是陸出於曾，曾出於江西之明證。特源遠流長，論者不復上溯耳。

鐵樓先生生於江西，而詩格出入於劍南，初官於滇，近縮綬分符於畿輔，凡仕宦之所閱歷，道途之所游覽，以及家庭之離合，朋友之酬酢，意有所觸，輒寄諸吟咏。其詞俊逸清新，其旨則温柔敦厚，雖不斤斤作黃陳體，亦不斤斤作杜體，其遙接江西之派，則灼然無疑也。先生與余未相識，而與余門人陳子質齋交最厚，不以余爲謭劣，介質齋求序於余。余初學詩，從玉溪集入，後頗涉獵於蘇黃，於江西宗派亦略窺涯涘。嘗有場屋爲余駁放者，謂余詆諆江西派，意在煽構聞者，或惑焉。及余所編《四庫書總目》出，始知所傳爲蜚語，群疑乃釋。今因先生是集，爲著其詩格之所自，且明余於江西一派，未有異同也，故不辭而爲之序。

## 田侯松岩詩序

同一書也，而晋法與唐法分；同一畫也，而南宋與北宋分。其源一而其流別也。流別既分，則一派之中自有一派之詣極，不相攝亦不相勝也，惟詩亦然。兩漢之詩，緣事抒情而已。至魏而宴游之篇作，至晋宋而游覽之什盛，故劉彦和謂"莊老告退，山水方滋"也。然其時門户未分，但一時自爲一風氣，一人自出一機軸耳。鍾嶸《詩品》陰分三等，各溯根源，是爲詩派之濫觴。張爲創立《主客圖》，乃明分畦畛。司空圖分爲二十四品，乃辨別蹊徑，判若鴻溝，雖無美不收，而大旨所歸，則在清微妙遠之一派，自陶、謝以下，逮乎王、孟、韋、柳者是也。至嚴羽《滄浪詩話》始獨標"妙悟"爲正宗，所謂"如空中音""如相中色""如鏡中花""如水中月""如羚角無迹可尋"，即司空圖所謂"不著一字，盡得風流"也。沿及有明，惟徐昌穀、高叔嗣傳其衣鉢，王敬美謂"數百年後，李、何或有廢興，高、徐必無絶響"，斯言當矣。虞山二馮顧詆滄浪爲囈語，雖防微杜漸，欲戒浮聲，未免排之過當。執肴蒸折俎爲古禮，而欲廢蒓羹；取朱弦疏越爲雅樂，而盡除清笛。不能謂其説無理，然實則究不可行，況"課虚無以責有，叩寂寞而求音"，陸平原言之；"思君如流水，既是即目清""晨登隴首，羌無故實"，鍾記室言之；"山沓水匝，樹雜雲合；目既往還，心亦吐納；春日遲遲，秋風颯颯；情往似贈，興來如答"，劉舍人亦言之。則此論不倡自儀卿也。飴山老人堅執馮説，而漁洋山人獨篤信而不移，其亦有由歟？

田侯松岩以高閥世胄，性耽吟咏，扈從灤陽之日，退食多暇，屢以詩商榷於余。余讀之，即景抒情，清思杳杳，昔人稱高蘇門詩如"空山鼓琴，沉思忽往；木葉盡脱，石氣自青"，稱漁洋山人詩"筆墨之外，自有性靈；登覽之餘，別深懷抱；一吟一咏，仿佛遇之"。此在脱屣軒冕、耽思泉石者，已不可多得。而侯承藉世蔭，日出於紫霄丹地之間，吐納烟霞，呼吸沆瀣，隨其意象，天籟自鳴，此其胸次寥蕭，又加山林之士一等矣。愛玩不置，爲題數行於紙末，俟還京之日，當更借侯全集讀之，以快所欲睹也。

## 《清艷堂詩》序

人心之靈秀發爲文章，猶地脉之靈秀融結而爲山水。燕趙秦隴之山水，渾厚雄深；吳越之山水，清柔秀削；巴蜀之山水，峭拔險巇；湖湘之山水，幽深明静；閩粤之山水，嶔崎繚曲；滇黔之山水，莽蒼鬱律。千態萬狀，無一相同，而其爲名勝則一也。蘇李之詩天成，曹劉之詩閎博，嵇阮之詩妙遠，陶謝之詩高逸，沈范之詩工麗，陳張之詩高秀，沈宋之詩宏整，李杜之詩高深，王孟之詩淡静，高岑之詩悲壯，錢郎之詩婉秀，元白之詩樸實，温李之詩綺縟，千變萬化，不名一體，而其抒寫性情則一也。帝嬀有言曰："詩言志""歌永言"。揚雄有言曰："言，心聲也；文；心畫也。"故善爲詩者，其思浚發於性靈，其意陶鎔於學問，凡物色之感於外，與喜怒哀樂之動於中者，兩相薄而發爲歌咏，如風水相遭，自然成文，如泉石相舂，自然成響。劉勰所謂"情往似贈，興來如答"，蓋即此意。豈步步趨趨、摹擬刻畫、寄人籬下者所可擬哉！

思玄主人喜爲詩，觸機勃發，天籟自鳴，不求苟同於古人，而自無不同；不求苟异於古人，而自然能异。陳簡齋《墨梅詩》曰："意足不求顏色似，前身相馬九方皋。"昀每一長吟，輒悠然作天際想。此真心之靈秀發爲文章，非尋章摘句者所可擬矣。春秋方富，進猶未已，昀焉能測其所至哉！

## 《挹綠軒詩集》序

《書》稱"詩言志"，《論語》稱"思無邪"，子夏《詩》序兼括其旨曰："發乎情，止乎禮義。"詩之本旨盡是矣。其間觸目起興，借物寓懷，如楊柳雨雪之類，爲後人所長吟而遠想者，情景之相生，天然湊泊，非六義之根柢也。然風會所趨，質文遞變，如食本療饑，而陸海窮究其滋味；衣本禦寒，而纂組漸鬥其工巧。於是乎咏物之作起於建安，游覽之篇沿於典午。至陶謝而標其宗，至王孟韋柳而參其妙，至蘇黃而極其變，自唐至今，遂傳爲詩學之正脉，不復能全宗三百篇矣。飴山老人作《談龍錄》，力主"詩中有人"之説，固不爲無見，要其冥心妙悟、興象玲瓏、情景交融、有餘不盡之致，超然於畦封之外者，滄浪所論，與風人之旨固未嘗相背馳也。

邁仁先生幼嗜吟，出入禁闥數十年，夙夜勤勞，未嘗輟業，所著《挹綠軒詩集》，上溯漢魏，下挹唐宋，性情真至，文詞爾雅，隨事抒懷，不屑屑以鏤金錯采爲工，而天葩獨秀，一洗庸音，讀之醰醰有餘味。雖遭遇聖明，夙蒙眷注，無抑塞不平之氣，以發其奇逸縱橫。又生長京華，足迹所及者近，未能涉歷名山大川，以開拓其胸次，而俯仰千古之思，周覽四海之志，筆墨間往往遇之。即偶然閑適之作，亦一丘一壑，具有遠致。讀之使人穆然以思，所謂詩家之正脉，其在斯乎！又何必十首秦吟始爲接踵《小雅》哉？會先生索余作序，因略述詩家正變之由，以告世之務講《濂洛風雅》者。

## 《鏤冰詩鈔》序

畿輔詩人，惟任邱龐雪崖先生名最著，其時漁洋山人以談詩奔走天下，士莫不攀附門墻，借齒牙餘論。惟益都趙飴山先生齟齬相争，至今"不著一字"之說與"詩中有人"之說，斷斷然不相下也。雪崖與德州田山薑先生，則不相攻擊，亦不相附和。故漁洋說部於山薑有微詞，於雪崖僅稱其"切防美人笑跛者，春來不過平原門"一二小詩。殆門戶之見，賢者亦不免歟！顧山薑作《叢碧山房集序》，僅許為香山、劍南之遺，殊不甚推重。雪崖刊以弁首，亦不以為嫌。賢者之所見，至今又莫能測也。嘗竊論之，山薑以雄杰之才，上規八代，而學問奧博，又足以副之，故其詩沉博絕麗，縱橫一時，其視雪崖，固猶齊晋之霸視秉禮之弱魯也，故不肯折服，亦不敢凌鑠，姑取其近似者稱之云爾。雪崖詩平易近人，而法律謹嚴，情景融洽，故優柔蘊藉，往往一唱三嘆，有餘不盡，得風人言外之旨，譬以白陸，白陸未始非正聲也，受而不辭，殆以是矣。雪崖以後，北士之續其響者，惟景州李露園、曹麗天，任邱邊隨園、李廉衣，獻縣戈芥舟，寥寥數人。惜其遺集皆在存亡間，不甚著也。

余初從同年毛其人家，識其外舅易州單公，為人侃侃有直氣，而恂恂有儒者風，心頗重之，初不知其工詩也。單公歿後，其同里趙君象庵執其《鏤冰詩鈔》屬余刊定，將授梓。余受讀之，與雪崖詩如出一轍。蓋兩家均上溯三唐，下薄兩宋，務得性情之正。雪崖則天分稍弱，而研煉較深，單公則揮灑自如，而神骨遒上。要其合作，均可以相視而笑也。龐公往矣，余不及見，無所憾。單公則相識三十年，竟未知其詩，今始知之，已不及與談。鄉黨之中，有是作者，乃徒於楮墨之間，恬吟密咏，慨然想見其為人，是則余之所深歎者。若公則蓄寶希聲，文章之價自在，固不以余之早知與否為詩品之輕重也。

## 《鶴街詩稿》序

在心為志，發言為詩，古之風人特自寫其悲愉，旁抒其美刺而已。心靈百變，物色萬端，逢所感觸，遂生寄托。寄托既遠，興象彌深，於是緣情之什漸化為文章，如食本以養生，而八珍五鼎，緣以講滋味；衣本以禦寒，而纂組錦繡，緣以講工巧。相沿而至，莫知其然，而亦遂相沿不可廢，故體格日新，宗派日別，作者各以其才力學問智角賢爭，詩之變態，遂至於隸首不能算。然自漢魏以至今日，其源流正變勝負得失，雖相競者非一日，而撮其大概，不過擬議、變化之兩途。從擬議之說最著者，無過青邱，仿漢魏似漢魏，仿六朝似六朝，仿唐似唐，仿宋似宋，而問青邱之體裁如何，則莫能舉也。從變化之說最著者，無過鐵崖，怪怪奇奇不能方物，而卒不能解"文妖"之目，其亦勞而鮮功乎！余嘗謂古人爲詩，似難尚易，今人爲詩，似易實難。余自早歲受書，即學歌咏，中間奮其意氣，與天下勝流相倡和，頗不欲後人。今年將八十，轉瑟縮不敢著一語。平生吟稿，亦不敢自存。蓋閱歷漸深，檢點得意之作，大抵古人所已道，其馳騁自喜，又往往皆古人所撝呵。撚鬚擁被，徒自苦耳。

嘉慶辛酉，童鶴街侍郎以疾卒於學使任，其嗣君以余與鶴街相契久，舉其平生詩稿四卷，乞序於余。余久不爲詩，亦不甚索觀人詩，久且不與人論詩，故不知鶴街有是集。今觀所作，一一能抒其性情，戛戛獨造，不落因陳之窠臼，而意境遥深，隱合温柔敦厚之旨，亦不僨古人之規矩，其鮮華秀拔，神骨天成，不強回筆端，作樸素之貌，而自然不入於纖麗，是真能自言其志，毅然自爲一家矣。惜余四十餘年，日與游而不相知，徒於風流頓盡之後，撫其遺文，慨然遠想，如見故人也。

有詩如此，自足以傳，原不必借余爲玄晏，所以不辭而序之者，余嘗謂太冲求序於玄晏，而千百年後，玄晏不甚以文章著，轉賴序《三都賦》一事，傳爲美談。余於鶴街，儻亦如斯乎！

## 《詩教堂詩集》序

"詩"之名始見《虞書》，"詩言志"之旨亦即見《虞書》，孔子刪《詩》傳諸子夏，子夏之小序，誠不免漢儒之附益，其大序一篇，出自聖門之授受，反覆申明，仍不出言志之意，則詩之本義可知矣。故後來沿作，千變萬化，而終以人品心術爲根柢，人品高則詩格高，心術正則詩體正。陶詩無雕琢之工，亦無巧麗之句，而論者謂"如絳雲在霄，舒捲自如"。李、杜齊名，後人不敢置優劣，而忠愛悱惻，温柔敦厚，醉心於杜者究多，豈非人品心術之不同歟？

嘉慶丙辰，余典會試，得武陵趙子慎畛，嘗自言幼而孤露，賴舅氏王君孝承以成立，因以王君往來訓誨之書札，裝潢成卷，乞余題跋。余讀之，持論嚴正，慮事深遠，而委婉提撕，委曲周至，若惟恐趙子立志立身之不定，又恐趙子徒知立志立身，而乖僻不達世務者。粹然儒者之言，與矜心作意，鶩名講學者迥異，因爲附識其卷末。趙子以余能知王君，復以所著《詩教堂集》乞余爲序。集凡六卷，曰研農草、曰郵簽集、曰閩海二集、曰庫篷獨倡集、曰松濤園草、曰南陔書屋鈔、曰夫江草，而附以詩餘。蓋暮年精自沙汰之本，故其中可傳者多。其間清空縹緲之詞、沉博絶麗之作，亦有觸景寄懷，溢爲奇崛之氣者，而自標"全集"之名，則統謂之"詩教"。夫兩漢以後，百代爭鳴，多不知詩之有教，亦多不知詩可立教。故晉宋歧而玄談，歧而山水，此教外別傳者也。大抵與教無裨，亦無所損。齊梁以下，變而綺麗，遂多綺羅脂粉之篇，濫觴於《玉臺新咏》，而弊極於《香奩集》。風流相尚，詩教之決裂久矣。有宋諸儒起而矯之，於是《文章正宗》作於前，《濂洛風雅》起於後，借咏歌以談道學，固不失無邪之宗旨，然不言人事而言天性，與理固無所礙，而於"興觀群怨""發乎情止乎禮義"者，則又大相徑庭矣。王君之詩，不爲巉岩陡絶之論，亦不爲奇怪惶惑之態，而和平溫厚，能不失聖人立教之遺意，其斯爲人品高則詩格高，心術正則詩體正歟！惜余未挹其風采，末由一論詩教也。

### 《曹綺莊先生遺稿》序

夫聞風知悦，華林無不折之芳；蓄寶希聲，玉水有必彰之驗。叢滋楚畹，恒見佩於騷人；璞孕荊山，終自登於清廟。是則然矣。然而芷蘭并采，或遺未發之馨香；圭璧咸陳，亦有不雕之瑊玏。霜摧風敗，一生空谷長埋；土蝕苔封，終古連城莫識。斯非幽人所爲太息，而志士所爲深悲者歟！

綺莊先生，河間景州人也。早年豪宕，踪迹東山；中歲幽憂，栖遲南畝。廿七後甫能力學，大似於老泉；五十時始解爲詩，僅先於常侍。傳魯人之訓故，初遇申培（申蒼嶺先生）；吟楚客之江山，更偕宋玉（宋蒙泉前輩）。沉思怫鬱，幾於態變風雲；妙悟希微，遂已句成冰雪。擢肝鏤腎，窮意象之欲生；出脅穿心，挾形神以俱往。譬諸禪學，直如香象渡河；擬以書家，可比怒猊抉石。加以遭家坎壈，哀時命之不猶；觸緒纏綿，畔牢愁其誰語！美人香草，時爲托意之詞；秋蟀春鵾，大有緣情之什。憂多歡寡，劇憐貞曜先生；才秀人微，終作襄陽處士。當其長愁養病，惟寓於詩；究以不樂損年，竟瀕於死。嗟乎！洪河西導，昆侖通星宿之源；巨浸東浮，渤澥聚尾閭之勢。迢迢九派，間氣常鍾；落落千秋，風流代挺。毛博士傳經而後，六義彰明；張平子作相以來，四愁傳諷。懷珠握璧，歷代相承；摘艷薰香，於今彌盛。吾邱一老，初崛起於燕南（龐雪崖先生）；瀛海諸賢，遂連翩於冀北。邊徵君（趙珍）之浩唱，雪柱冰車；李明府（嵹山）之深情，風琴雅管；文園（李太史前輩）則雲霞异色，卓爾不群；芥舟（戈太史前輩）則山水清音，翛然自遠。莫不早登祿籍，得身依簪組之班；即或高卧衡門，亦名動公卿之座。同時雅契，競看東野雲龍；一代清風，爭識北山猿鶴。先生乃哦詩窮巷，抱病明時。文章不光於廟廊，姓氏不出於州里。有情捐弃，獨看舍北之松；無路遭逢，空感江南之橘。黃泉賷恨，長夜茫茫；白首攻文，壯心鬱鬱。較數子者，不其悲歟！昀生同桑梓，僅得神交；誼結金蘭，早經心許。龍文虎脊，屢披四杰之篇（蒙泉前輩選"廣川四子"詩，爲金谷村、李蕗原、李秋崖及先生）；鳳舉鴻軒，謬附五君之末（蕗原作《擬五君咏》，爲金谷村、申蒼嶺、李秋崖、先生暨余）。托序文於玄晏，感激生前；撫遺稿於相如，凄涼歿後。江河萬古，誰當吟杜甫之詩；烟草一丘，我欲吊方干之墓。

## 記李守敬事

明末，河間被兵。曾伯祖鎮番公年尚幼，爲兵士繫以去。至章邱，乘夜逸出，比曉，悵悵無所適。忽一人諦視良久，曰："若非四官耶？勿畏。我，故若家雇工李守敬也。"詢及家事，相持泣。泣已，扶之行。沿途乞食，食不足，則守敬自忍飢。行三四日，鎮番公疲，不能步，則拾得破獨輪車輦之，崎嶇寇盜間，瀕危者數。月餘，抵河間。河間已墟，聞太恭人避兵在景城，則又輦之景城，然後叩首嗚咽去。酬以金，不受也。嗚呼！義矣。

或曰：守敬本崔莊人，性簡傲，傭工輒爲人所逐，故流落他縣。然當患難中，不負其心如此，可多得歟！

## 艾孝子傳[①]

寶坻王泗和，余姻家也，嘗示余《書艾孝子事》一篇，曰：艾子誠，寧河艾鄰村人，父文仲，木工也，偶與人鬥，擊之踣，誤以爲死，懼而逃，雖其妻莫知所往，第仿佛傳聞出山海關云。是時，其妻有娠，兩月生子誠，文仲不知有子，子誠幼鞠於母，亦不知有父也。迨稍有知識，乃問父所在，母泣，語以故，子誠自是惘惘如有失，恒絮問其父之年齒狀貌及先世之名字、姻婭之姓氏里居，亦莫測其意，姑一一告之。比長，或欲妻以女，子誠固辭曰："烏有父流離而子安處室家者？"始知其有志尋父，以母在不欲遠離耳。然文仲久無音耗，子誠又生平未出里閈，天地茫茫，何從踪迹？皆未信其果能往，子誠亦未嘗言及，惟力作以養母。越二十年，母以疾卒，營葬畢，遂治裝裹糧赴遼東。有阻以存亡難定者，子誠泫然曰："苟相遇，生則共返，没則負骨歸；苟不相遇，願老死道途間，不生還矣。"衆揮涕送之。

子誠出關后，念避罪亡命必潛踪於僻地，凡深山窮谷、險阻幽隱之處，無不物色。久而資斧既竭，行乞以糊口，凡二十載，終無悔心。一日，於馬家城山中遇老父，哀其窮餓，呼與語，詢得其故，爲之感泣，引至家，款以酒食。俄有梓人携具入，計其年與父相等，子誠心動，諦審其貌，與母所説略同，因牽裾泣述父出亡年月，并屢述家世及戚黨，冀其或是。梓人駭且悲，似欲相認，而疑其在家未有子。子誠具陳始末，乃歔然相持哭。蓋文仲輾轉逃避，乃至是地，已閱四十餘年，又變姓名爲王友義，故尋訪無迹，至是始相遇也。老父感其孝，爲謀歸計，而文仲流落久，多逋欠，滯不能行。子誠踉蹌奔歸，質田宅，貸親黨，得百金以往，竟奉父歸，年七十以壽終。子誠

---

① 此文《紀文達公遺集》佚，見丁符九《寧河縣志》卷十二《撰述》，光緒六年刻本。

得父之後，始娶妻，今有四子，皆勤儉能治生。

　　昔文安王原尋親萬里之外，子孫至今爲望族。子誠與相似，天殆將昌其家乎！子誠佃種余田，所居去余別業僅二里，余重其爲人，因問其詳而書其大略如右，俾學士大夫知隴畝間有是人也。時癸丑重陽後二日。按：子誠求父多年，無心忽遇，與宋朱壽昌尋母事同，皆若神助，非人力所能爲。然精誠之至，故哀感幽明，雖謂之人力亦可也。

## 書劉石庵相國臨王右軍帖後

　　詩文晚境多頹唐，書畫則晚境多高妙。倪迂寫竹似蘆石，田翁題咏之筆每侵畫位，脫略畦封，獨以神運，天機所觸，別趣橫生，幾幾乎不自覺也。石庵今歲八十四，余今歲亦八十，相交之久，無如我二人者。余不能書，而喜聞石庵論書，蓋其始點規畫矩，余見之，久而擬議變化，擺脫蹊徑，余亦見之。今則手與筆忘，心與手忘，雖石庵不自知，亦不能自言矣。此所臨摹，以臨摹爲寄焉耳，勿以似不似求之。

## 書陸青來中丞家書後

　　乾隆戊午，余與陳光祿楓崖讀書董文恪公家，續而至者爲竇總憲元調、劉侍郎補山、蔡殿撰季實、劉觀察西野、李進士應弦，及陸中丞青來。課誦之暇，輒雜坐斯與堂東廂，以文藝相質正。諸君各意氣飛揚，不可一世。青來獨落落穆穆，不甚與人較短長。或花晨月夕，小酌以息勞苦，談笑鋒起，青來危坐微笑而已。然文恪公頗器許青來。後相次登第從仕宦，多躋顯達，惟青來以清操勁節，爲當代所稱。文恪公常曰："人品自一事，功名自一事，此世俗之見也。礪人品而建功名，乃真功名。有功名而不失人品，乃真人品。"若青來者，可謂不負師言矣。

　　余少好嘲弄，往往戲侮青來，青來不爲忤。嘗私語季滄洲曰（滄洲名灝，杭州人。學畫於文恪公，文恪公晚年工整之筆，多其代作）："曉嵐易喜易怒，其淺處在此，其真處亦在此也。"余聞之，有知己之感，故與青來尤相善。今青來久逝，余亦衰頹，回憶當年，宛如隔世。忽於令子處見青來家書十三通，平生心事，隱隱具在筆楮間。其於家庭之間，一字不苟尚如是。後之覽者，益可以見其平生矣。人往風微，老成凋謝，徘徊四顧，遠想慨然。若斯人者，豈易數數覯哉！

## 日華書院碑記

教民之道，因其勢則行之易，拂其勢則行之難。故凋瘵之區，其民方僬焉不給朝夕，其道宜議養，使枵腹而談仁義，是迫以坐槁也，勢不可行。鷙悍之俗，其民方囂凌格鬥而未已，其道宜明刑，使無所懲艾，而迂談詩禮，是硝石之病而藥以參苓也，勢亦不可行。

獻縣於河間爲大邑，土地沃衍，而人多敦本重農，故其民無甚富，亦無甚貧，皆力足以自給。又風氣質樸，小民多謹愿畏法，富貴之家，尤不敢逾尺寸。或遇雀鼠之訟，惴惴焉如臨戰陣，是較凋瘵之區、鷙悍之俗，其施教皆易。然自前明以來，雖科第衣冠蟬聯不絕，終不能與海內勝流角立而分壇坫，其故何歟？蓋謀生之念多，則其力不專；自守之念多，則其願易足。或弃去不惜，或少有所就，不復多求，半塗之廢，固事理之必然也。乾隆四十三年，莆田黃公來宰吾邑，乃慨然有志於學校，謂《書》稱"既富方穀"，而《記》稱"忠信之人，可以學禮"，獻邑物阜而俗淳，足以興教，而囿於所習，弗竟業。是猶子弟有可教之資，而父兄弗董以成也，其責在司牧。從前莅斯土者，借鄉校爲郵舍，久而竟郵舍視之，是有名而無實。且膏火無所出，師席久虛，生徒散絕，亦無怪無以善其後。乃割俸於城東北隅買隙地，建講堂學舍四十餘間，又置腴田四頃餘，拔邑人子弟之聰穎者，延天津邵君玉清爲之師，邑人踴躍以趨。庚子鄉試，預選者七人，爲向來之所未有。爲其事必有其功，殆信然歟！

邵君爲余壬午所取士，既主斯席，乞余文以記其事。余，邑人也，嘗病族黨之中，人人可以讀書，而不卒業者十之五六，又嘗愧在里閈之中稍爲先達，而不能獎勸後進，使繼日華弦誦之遺風。黃公乃能振興文教，釋余心之所歉，是不可不勒諸貞珉，以垂久遠，用不辭而爲之記。若夫窮經汲古、努力殫心、不囿於小成、不雜以歧務，以勉副循良善俗之意，是在邑之髦俊。余尤拭目望之。

## 與余存吾太史書

昀再拜啓存吾太史閣下：

承示《戴東原事略》，具見表章古學之深心。所舉著書大旨，亦具得作者本意。惟中有一條，略須商榷。東原與昀交二十餘年，主昀家前後幾十年，凡所撰録，不以昀爲弇陋，頗相質證，無不犁然有當於心者。獨《聲韵考》一編，東原計昀必異論，竟不謀而付刻，刻成昀乃見之，遂爲平生之遺憾。蓋東原研究古義，務求精核，於諸家無所偏主。其堅持成見者，則在不使外國之學勝中國，不使後人之學勝古人。故於等韵之學，以孫炎反切爲鼻祖，而排斥神珙反紐爲元和以後之説。夫神珙爲元和中人，固無疑義。然《隋書·經籍志》明載梵書"以十四字貫一切音"，漢明帝時，與佛經同入中國，實在孫炎以前百餘年。且志爲唐人所撰，遠有端緒，非宋以後臆揣者比。安得以等韵之學歸諸神珙，反謂爲孫炎之末派旁支哉！東原博極群書，此條不應不見。昀嘗舉此條詰東原，東原亦不應不記。而刻是書時，仍諱而不言，務伸己説，遂類西河毛氏之所爲，是亦通人之一蔽也。若姑置此書不言，而括其與江慎修論古音者爲一條，則東原平生著作，遂粹然無瑕，似亦愛人以德之一端。昀於東原交不薄，嘗自恨當時不能與力争，失朋友規過之義。故今日特布腹心於左右，祈刊改此條，勿彰其短，以盡平生相與之情。芻蕘之言是否可采，惟高明詳裁之。

## 與朝鮮洪耳溪書

紀昀頓首奉書耳溪先生執事前：

因東琛入獻，得接容輝。見道氣深醇，峙立爻閒，如霜林獨鶴，已驚爲丰采迥殊。迨承謙抱，不鄙昀之不文，以大集見示，文章爾雅，訓詞深厚。公餘雒誦，宛然與君子面談。嘆有德有言，理誠不謬。昀才鈍學疏，本未窺作者之門徑，徒以聞諸師友者，謂文章一道，傳自古人，自應守古人之規矩，可以神而明之，不可以偭而改之。是以暖暖姝姝，守一先生之言，不欲以側調么弦，新聲別奏。今統觀雅製，實愜素心，是眞异地之同調矣。不揣弇陋，竟爲徐無黨之續，先生亦許以賞音，是我二人彼此以知己相許也。夫人不相知，日接膝而邈若山河；苟其相知，則千萬載如旦夕，千萬里如庭除。清風朗月，儻一相思，但展卷微哦，即可作故人對語矣。

前兩接手書，俱已裝潢成軸，付小孫樹馨收貯，兹拜讀華藻，亦并付珍弆。此孫尚能讀書，俾知兩老人如是之神交，亦將來佳話也。兹因鄭同知歸輗之便，附上水蛙硯一方，上有拙銘，白瑪瑙搔背一件，郎窑（康熙中御窑，今百年矣）水中丞一件，葛雲瞻茶注一件（宜興之名工），各繫以小詩，先生置之几右，時一摩挲，亦足關遠想也。臨楮馳溯不備。

## 再與朝鮮洪耳溪書

昀拜啓耳溪先生閣下：

晋人有言，非惟能言人不得，并索解人亦不得。文章契合，自古難矣。今於海外得先生之文，昀讀之，雖不甚解，而似有所解。俯讀先生來書，亦似以昀爲粗能解者，是昀能略知先生，先生又能深知昀也。迢迢溟渤，封域各殊，豈非天假之緣歟！別期在邇，後會無期，此日不向先生一言，又何日能傾倒情愫耶！

嘗謂文章一道，旁門至多，旁門自以爲正脉者尤多，其在當時，旁門自恐其不勝，必多方以爭之。守正脉者，大都孤直淡泊之士，聲氣必不如其廣，作用必不如其巧。故旁門恒勝，正脉恒微。自宋以來，兩派遂如陰陽晝夜之并行不能絶一。先生生於海隅，獨挺然追古作者，豈非豪杰之士不汩於流俗、不惑於异學者哉！然韋布寒儒，閉門學古，各尊所聞而已。有主持文柄之責者，則當爲振興斯道計。先生身爲國相，又爲儒宗，願謹持此義，以導東國之學者。登高之呼，必皆響應，久而互相傳習，使文章正脉，別存一支於滄海之外，豈非盛事歟！若夫風雲月露之詞，脂粉綺羅之句，知先生必不尚。至於摹擬詰屈以爲古奥，如歷下之頽波，捋扯典籍以炫博洽，如雲間之末派，皆自稱古學，實皆僞體，所謂"金玉其外，而敗絮其中"者也。

尤願先生勿崇奬之，則先生有功於海東大矣。

敢抒所知，希爲采擇，臨楮縷縷，不盡欲言。

## 答朝鮮洪耳溪書①

紀昀頓首頓首敬啓耳溪先生閣下：

闊別久矣，回憶如朝夕間事，蓋無時不悵懷玄度，不但朗月清風間也。客歲十月，曾寄小詩二首奉懷，歲暮貢使入京，詢知與領時憲書官，中途相遇，知歲前尚未塵清觀也。

令侄侍讀寄到華札及大作《字說》《雜文》，喜滄溟以外，尚念及故人，深爲慰藉。寒夜篝燈，細披著述，真不啻對作十日談矣。《雜文》刊落浮華，獨存精液，信學深則識定，識定則語必中窾，故文簡而理足，此自讀書老境，非可勉強而至者。《字說》以深湛之思，溯治官察民之本意，不求同於古人，亦不求異於古人，因所固有而得其當無，有此一編，始知書契所繫之大。其尤當理者，在不全爲之說，亦不強爲之說。荆公《字說》今無傳本，惟《周禮新義》中散見之，以其未注《考工記》，宋人采其《字說》補成之。此一篇所載尤詳，反覆觀之，亦非并無可取。宋人所以交攻之者，一以元祐之門戶，一以必欲全爲之說，遂不免強爲之說，致相軋者置所長而專攻所短，遂爲後世之口實。先生此書，有其長而無其短，此由氣質學問粹駁不同，信先生之所養深也。高郵王給事懷祖，東原高足也，於小學最有淵源。昨以示之，渠深珮服，知弟非阿所好矣。

弟今年七十有五，學問粗浮，不敢自信。凡有詩文，大抵隨手置之，不甚存稿。近小孫樹馨始略爲撝拾抄錄，未知將來能成帙否。倘其成帙，定當奉寄一本刊正也。別簡所言西洋教事，此輩九萬里航海而來，前者甫死，替者續至，其志必欲行其教於中國，而究之萬萬無行理。彼所以能行於吕宋者，吕宋人惟利是嗜，故爲所餌。中國則聖賢之教素明，誰肯毀父母之神主，絕祖宗之祭祀，以天主爲父母祖宗

---

① 此文《紀文達公遺集》佚，見洪良浩《耳溪先生集》卷十五《與紀尚書書》附，景仁文化社《韓國文集叢刊》本，1997年，第267—268頁。標題爲輯校者加。

哉？此是彼法第一義，即是彼法第一礙。故人曰西洋人巧點，弟直謂其謀所必不成，真一大愚而已矣。其書入中國者，秘閣皆有。除其演算法書外，餘皆僻駁而存目，已列入《四庫總目》。印本新出，先生諒尚未見，今抄錄數篇呈閱。至其法出於古法，先生所見，灼然不誣，亦發其凡於《四庫總目·周髀》條下，一并抄錄呈閱，見此理中外相同也。

臨風馳溯，書不盡言。時因譯史，冀接德音，統惟鑒照不備。紀昀頓首敬啓耳溪先生閣下，戊午正月廿七日。

## 與朝鮮洪薰谷書

紀昀頓首致書薰谷世講侍史：

前在都門，數聆麈論，風流文采，照映一時，對之使人心折。嘗謂爲大臣之子，難於寒素；爲名父之子，難於恒流。世禄之家，易於登進，然少習富貴之晏安，長逐冠蓋之交游，雖諳練掌故，習知政事，誠如贊皇之所云，究不免疏闊詩書，馳驅聲利。而吾兄能恪承庭訓，沉浸翰墨，歷踐清華。專對之才，聞於上國，使人有烏衣王謝之目，其難能者一。士族子作諗痴符，不知其幾。而韓昶之改金根，白老之無文性，嗤點至今，豈非以昌黎、樊南爲之父耶！令尊大人以一代詞宗，領袖東國，與中華作者相頡頏，此所謂極盛難爲繼也。而吾兄善讀父書，傳其家學，如超宗之有鳳毛，叔黨之稱小坡，其難能者二。故昀與尊大人談，恒爽然意消；與吾兄談，亦爽然意消。奉別以後，群紀兼懷，蓋非無故而然矣。昨接手書，兼承朋錫，海天廖闊，遠想邈然，雋品高門，諒不久即登清要。惟冀使車西上，更一睹清光，作竟日談耳。

敬因羽便，附侯興居，臨楮縷縷不備。

## 朝議大夫睿智陳公暨元配馮太恭人墓志銘①

先祖母陳太恭人弃世早，故先大夫鞠於外氏，先叔復娶於陳，不

---

① 此文《紀文達公遺集》佚，見薛鳳鳴《獻縣志》卷十八，上海書店 2006 年版，第 467—469 頁。

忘母族也。雍正壬子，先叔母卒，舅祖母郭太恭人復以先母張太恭人爲義女，故昀亦嘗寄養舅祖家，時睿智公年甫冠，馮太夫人亦新于歸，朝夕撫摩昀，視猶子姪，迄今四十七八年。童子時嬉游之地，一一如目前也。乾隆丙辰，隨先大人官京師，每歸里應試，必謁公及馮太夫人，視之仍如髫齔時。後南北宦游，乙酉仲春，再歸里拜謁，則公及馮太夫人皆蒼顔矣，絮絮談舊事，悵惘者久之。公卒以丙戌，馮太夫人卒以丁酉，適昀皆在京師，未奉帷一哭，意恒欿欿。己亥春，公冢孫澐等將舉葬事，以行狀屬昀銘，嗟乎！昀何等行狀始能銘哉！

　　嘗聞之先大夫曰，陳氏先世馬邑人，始祖諱得新，明初乃遷於獻，二世諱友林，三世諱英，四世諱思義，五世諱大川，并以耕讀世其家，六世諱瓚，明嘉靖丁未進士，歷官南京户部尚書，卒贈太子太保，謚簡肅，官户部左侍郎時，祖父如其官，陳氏於是始盛。七世諱志，武舉人，蔭錦衣衛千户；八世諱經略，廩膳生；九世諱令俶，候選州同，先祖母陳太恭人，即公長女也；十世諱穎孫，候選通判，覃恩貤贈朝議大夫、户部陝西司員外郎加二級，是爲公父。昀生晚，不及見，然猶及見公母郭太恭人。公無兄弟，又早孤，郭太恭人愛之甚，然督教不少假借，公亦刻意自立，幼即凝重如成人，不幸遘耳疾，不能竟舉子業，然通書史、明大義，家庭宗族咸雍睦無間言。馮太夫人亦河間舊族女，具有家法，能以禮佐公，公既絶意仕進，乃專志治生，家日以裕。馮太夫人尤以勤儉爲一家先，猶憶壬子、癸丑間，昀隨郭太恭人寢樓上，公居樓之東，每晚必俟郭太恭人寢乃還室，或夜半睡醒，必聞公與馮太夫人摒擋家事。甫辨色，已聞呼諸役夫治糞鋤、灌菜瓜，次呼僕婢理庖湢，理諸雜務，聞郭太恭人啓扉聲已，并立户外問安矣，率日以爲常。時昀猶無知，意謂天下人皆必如是。由今思之，此景豈數數見哉！

　　先大夫嘗謂昀曰，士大夫奢蕩相高，非長子孫之道，至於鄙嗇以自肥，一切骨肉親戚泛泛如陌路，亦非長子孫之道。睿智自奉極淡泊，而族有貧者必周之，有死者必葬之，有争者必出己貲以排解之，其欲讀書而不能者，又立社學以教之，未嘗惜也；舅氏子窘於生計，日贍之爲常；姊有遺孤，窘於生計，亦日贍之爲常，且爲納資入國學，未嘗惜也；河城有橋久圮，行旅病涉，獨修復之，未嘗惜也；佃戶負債四五百金，一旦盡焚其券，未嘗惜也；簡肅公墓碑石表歲久漸欹頹，不謀衆族而獨修之，未嘗惜也；此其意量居何等，豈屑屑守財者所知耶！先太恭人亦嘗語昀婦曰，吾親串皆巨族，治家各有法度，然無如爾五表叔母者，其治家嚴而有恩，勤而不瑣，儉而能中禮，每入其室，覺和氣藹然，而百事自有條理，此吾所學之不至者也，汝輩識之。嗟乎！先大夫、先太恭人皆不輕有許可者，此必有深契於心者矣。

　　公諱聰，睿智其字，候選州同，覃恩贈朝議大夫、户部陝西司員外郎加二級，生於康熙五十年十一月二十五日，卒於乾隆三十一年十月二十六日；馮太夫人，河間廩膳生諱師愷女，誥贈太恭人，生於康熙五十二年四月初十日，卒於乾隆四十二年四月初六日。子四：長鳳書，生員，早卒；次鸞書，候選布政司經歷；次鶌舉，官户部陝西司員外郎；次鶴冲，歲貢生。女六：長適交河監生王毓松，次適深州漢中府知府田自勵，次適安平監生門煋，次適昀從弟布政司經歷旭，次適大城生員劉德華，次適深州監生李世寶。孫四：長澐，生員；次沛，次漳，次澄。孫女六，曾孫一，錫齡。

　　銘曰：勤儉者家昌，忠厚者澤長。猗歟典型，克式於鄉。貞石不磨，永播爾芬芳。

## 皇清誥封中憲大夫江南常鎮通道原任遵化州學正竹岩邊公暨配謝孟恭人合葬墓志銘①

　　雍正丁未，詔舉孝友端方之士，任邱竹岩邊公應是選，授任縣訓導。乙卯，調補京學。乾隆戊午，舉鄉試。己未，以失察解官。丙寅，復任涿州訓導。癸酉，遷遵化州學正。癸未，請老歸。歸十八年，卒於家。蓋一生宦迹未出黌舍中也。然鄉黨重公乃或在通顯者上。蓋公積學篤行，自康熙甲午入縣學，洎雍正癸卯選拔入太學，前

---

① 此文《紀文達公遺集》佚，見馬合意藏乾隆刻本《皇清誥封中憲大夫江南常鎮通道原任遵化州學正竹岩邊公暨配謝孟恭人合葬墓志銘》。

後十餘年中，皆授徒自給，經師、人師毅然兼任，未嘗苟於營脩脯。迨其官任縣學也，士風樸遬，舊無綴名鄉試榜者。公日會諸生，口講指畫，如鄉塾之課童子，而不受其贄。有孫生、陳生、王生者，貧不自贍，乃轉割俸以周之，於是梁爾珣、葛清、李書升等先後登科第。迨調京學，諸生追送數百里，灑涕而別者踵相接也。京學文物故最盛，而五方萃處，或相習於佻巧，公課之如在任縣時，而時時勖以篤實，有以利交者，皆謝弗納。其官涿州也，清釐冒籍，人不可干以私。諸生有骨肉相訟者，公委曲解之。有楊氏女，未婚守節，力作以養姑舅，年二十七而歿，有司格於年例不請旌。公曰："儒官而預民社事，是為越職，越職吾不敢，若節孝請旌，例由儒學上達，當達不達，是為廢職，廢職吾亦不敢也。"再四申請，卒得旌。其官遵化也，山僧或托詞以箕斂，公申明國法，戒諸生無為所惑，奸萌遂折。人謂公杜漸防微，所全者大。嘗奉檄勘災，裹糧自隨，雖一飯無所擾。有袖金求居間於州牧者，拒弗納，而亦不俯仰隨州牧，州牧初相齟齬，久乃帖然心伏曰："公，正人也。"其莅官行己，一一不苟，率如此。夫儒官一席，率以冗散視之，不自尊重，亦遂不自愛惜。然深維設官之制，有是事乃命是職，未有無其事而虛置一職者。上自卿相，下至掾吏，一切律以官箴，亦未有以祿簿秩卑視為無足重輕任其狼藉者，常人溺於所見，故甘自菲薄耳。賢人君子立身具有本末，則為所當為，不為其所不當為，要津冷署豈有殊哉！人之重公，固不在其官而在不失其官也。或言公在遵化時，州判朱啟元者罷官後，貧病流離，一家五口皆垂斃，公周其乏，且百計資之歸。又聞公自揚州返，出公子霽峰餘俸置義倉，分贍同姓，人尤以為厚德。然自公視之，朋友盡朋友之分，宗族盡宗族之分，貧盡貧之分，富盡富之分，猶身為儒官盡儒官之分而已。

公諱中寶，字識珍，晚年或自書曰適畛，竹岩其別號也。曾祖諱塈，官安慶府知府。祖諱之鉉，官福州府同知。父諱汝元，增廣生，貤贈中憲大夫、江蘇常鎮通道。原配謝恭人，候選教諭諱裕桐女，生一女，早卒。繼配孟恭人，縣學生諱錞女，勤儉宜家，出於天性，拮据操作，無所怨尤，故能成公狷潔之操。迨就養江南，紅橋、平山之勝，無所遊覽，嘗曰："吾所樂聞者，讀書聲、紡績聲，不樂作山水游也。"與公可謂同志同德矣。公生於康熙丁丑九月十四日，卒於乾隆庚子十一月二十三日，壽八十有四。謝恭人生於康熙丙子十二月初三日，卒於雍正甲辰三月十九日，年二十有九。孟恭人生於康熙癸未十月初一日，卒於乾隆庚子三月二十三日，壽七十有八。子二：長即霽峰，名廷掄，乾隆丁丑進士，官至兩淮都轉鹽運使；次廷搢，早卒。孫三：长士堪，乾隆戊子舉人，官石首縣知縣；次士培，乾隆己亥副榜貢生；次士圿。皆霽峰所出，而士培今爲廷搢後。曾孫二：鍾穎，鍾碩，皆士堪所出也。女四人：長適廩生高賈樸，次適太學生元晟，三適乾隆庚寅副榜貢生官新河縣教諭高英祥，四適太學生齊敏勛。孫女二人：長適庠生高爲霈，次適舒廷治。曾孫女三，未字。霽峰將以辛丑年九月奉公及孟恭人柩，同謝恭人合葬於舊阡，詣京師請昀爲銘。昀於公宦游異地，平生僅得識一面，然與霽峰至契，知公及恭人爲深，爰不辭而爲之銘曰：

昔肇眕生，文雄一世，公與連枝，難兄難弟。我銘幽宅，不陳文藝，士先器識，詞章其次。公宦不達，亨於晚歲，人曰榮膴，陰德所致。我銘幽宅，不陳富貴，爲善求報，非公所志。潔己之操，守官之義，鎸諸樂石，我詞不愧。

# 附録　河間七子資料

## 傳　記

### 隨園徵士邊君傳①

　　君諱連寶，字趙珍，改肇畛，別號隨園，姓邊氏，世爲任邱望族。君爲贈奉政大夫諱汝元公季子。生禀宿慧，六齡隨父入塾，侍食既，私懷一餺飥歸，獻於母曰："兒今日聽懷橘事，願效之。"既長，博聞强記，爲帖括文，耻雷同，學大士、大力。康熙己亥，補博士弟子員，辛丑餼於庠。雍正乙卯，受知學使錢公陳群，充拔貢生。明年乾隆改元，開博學鴻詞科，錢公舉君應詔，試不中。越十五年，朝廷徵經學之儒，錢公再舉之。是時天下共舉三十九人，君獨以疾辭不赴。其學子登科列仕宦者數十人，而君歷鄉試十三次，凡五薦而罷。遂決意進取，益肆力於古學，所著古體文、《隨園詩》《病餘草》《病餘續草》《絶筆草》各若干卷，其評選手定者則有《五言正味集》《杜律啓蒙》《管子腋》《考訂〈蘇詩施注〉》等帙。

　　君身如癯鶴，眉目疏秀，鬚離離若可數，頷秃而無髭。性簡介，不喜見俗士。論事侃侃，持義理不移。少嗜酒，四十頭童如髡，隨身一茶鐺，晚號茗禪居士。空齋晏坐，宛然一老僧，然不好釋氏書。與河間戈濤最友善。君詩出入昌黎、東野、香山、玉川間，才力縱恣，雄起北地，凡燕、齊千里内宗漁洋修飾描畫家，見君皆震攝不敢抗。

---

① 蔣士銓《忠雅堂文集》卷四，嘉慶刻本。

濤爲人負才尚氣，立朝矯矯自許，於詩文慎許可，顧心折於公。嘗爲公撰生傳，傾倒駿邁，爲時傳誦。濤既死，君屛交游，惟與兄竹岩詩酒唱酬而已。竹岩名中寶，君同懷第四兄也，由鄉貢四任學博，廉謹端恪，性和粹，與君怳爽异，然白頭友愛如髫齔時。竹岩子廷掄，起家兵部，出守徐州，歷常鎮道，轉兩淮鹽運使。竹岩就養江南，偕君往游，窮大江南北名勝。篋輿畫舫中，二老歌吟弗輟，旗亭僧壁，傳寫殆遍。君詩益奇橫，跌宕自喜，編《南游塤篪集》。歸一載卒，壽七十四歲。前一夕尚作詩，有"銜杯直到蓋棺後，搜句不忘屬纊時"句。又口占寄別竹岩，有"百年終有限，一面已無期"句，逸情至性可概也。聞君五十餘，隨兩兄奉母，時爲孺子戲。歲除日，母例以錢數十緡散兒孫，君持錢搖之鏗鏗然，或與孩稚輩竄易多寡，佯爲啼笑，以博親歡。又看鏡忽大笑曰："吾有白髮，可以入詩矣。"其天真爛漫類如此。子廷徵，邑庠生，亦有文，能守君遺經云。

太史氏曰：詩人以功業行實光明於時者豈少哉？然不得志，闡繹優游，以自見其抑塞磊落者，又何叢叢也！夫甘節之士，生於承平，苟攖富貴，將失其真矣。徵君雖以韋布老，而文詞斑然耀於世，安可謂之不幸也夫？嗚呼！

## 劉炳傳①

劉炳字殿虎，號嘯谷。少勤學，家中藏書甚富，無不潛心究討，衣不解帶者十餘年。乾隆壬戌成進士，入詞林。所爲詩賦，華贍博洽，爲同館所推重。己巳，以京察上考，出知九江府。在官數年，民懷其德。去官後，兩袖清風，仍以教讀爲業。凡名家制義，皆披閱刊訂，承其指授者多掇高科。著有《嘯谷詩草》。

## 戈岱傳②

戈岱字東長，又字青喬，號椒崛，別號醉菊居士。增廣生，乾隆

---

① 鮑承燾：《任邱續志》卷上《人物志》，成文出版社1966年版，第163—164頁。
② 景州《戈氏族譜》卷三下，戈夢杰藏光緒二十七年刻本。

戊午科舉人，壬戌科進士，翰林院編修改授福建道監察御史。丁酉科福建鄉試主考官，提督廣西通省學政，加一級，記錄六次，誥授奉直大夫，例授奉政大夫。

## 李中簡傳①

　　李中簡字廉衣，直隸任邱人。少受知於督學錢陳群，與沈陽戴亨講論詩法。乾隆十三年成進士，改翰林院庶吉士，散館授編修。二十一年，充山東鄉試正考官。二十二年，入直上書房，尋擢中允，遷侍講。二十四年，提督雲南學政。二十八年，升侍講學士，充日講起居注官。三十三年，充湖南鄉試正考官。三十五年，充湖北鄉試正考官。三十六年，提督山東學改，以挂吏議罷官，賞給編修。乞疾歸。

　　中簡博學工詩文，在詞館時與同里朱筠兄弟及紀昀齊名，然杜門著述，不標榜聲氣。交獻縣戈濤，以古道相勖勵，濤死爲修總服禮。其爲學本之孝弟，以厲文行。視學所至，必察土風，便宜陳奏。刊布應讀書目，以教諸生。詩五古宗漢魏盛唐，七古專學大蘇。陸燿嘗稱其詠懷古風諸什，溫柔敦厚，原本忠孝，尤徵學養之粹。紀昀懷人詩云："廉衣振高節，神龍誰得控？"又云："古道良足希，一官非所重。"其推挹如此。趙懷玉師事之。卒年六十一。著有《應制詩》二卷、《賦頌》二卷、《就樹軒詩》十七卷、《雜體文》六卷。

## 邊繼祖傳②

　　邊繼祖字佩文，號秋崖。九歲失怙，母以十指供塾師脩脯。晚歸，侍讀母側，母紡未輟，不敢寢。一日讀罷，覓食於庋，母問，以覓錐對，恐不得食傷母心也。十九領鄉薦，二十九入詞林。充丙子順天鄉試同考官，庚辰、己丑、乙未會試同考官。壬午，貴州正主考；庚寅，浙江副主考。廣東、湖北學政，上書房行走。所上《水圍賦》《觀海元音》及恭和御制詩，皆蒙溫旨嘉獎。皇次孫賜詩曰："詩壓

---

①　《清史列傳》卷七十二《文苑傳》三，中華書局1988年版，8—9頁。
②　鮑承燾：《任邱續志》卷上《人物志》，第161—162頁。

錢劉十才子，學宗濂洛五先生。"士林艷稱之。官至侍讀學士。著有《澄懷園詩稿》。

## 戈濤傳①

戈濤字芥舟，直隸獻縣人。少穎异，讀書志氣激發，慨然與古人哀樂。然性介特，不爲苟同。從瀋陽戴亨學詩，受知於督學錢陳群。弱冠舉於鄉，任河南嵩縣知縣，緣事解官。②游京師五年，學益老，名益立，薦經學。乾隆十六年成進士，改翰林院庶吉士，散館授編修。十八年，充江西鄉試副考官；二十一年，充雲南鄉試正考官；尋遷御史，轉刑科給事中；三十三年，充福建鄉試正考官。官御史時，數上封事，會京察，當事欲置一等，辭曰："御史言事，職也，豈可以此階榮進哉！"聞者服其言而止。

擇交尤嚴，以文章道義相切劘者，邊連寶、李中簡一二人而已。詩格律嚴整，綺語、理語皆所切戒，於唐宋諸大家實能登堂而嚌其胾，陶梁謂畿輔詩人以濤爲巨擘。古文師魏禧，疏宕有奇氣。著有《坳堂詩集》十卷、《畿輔通志》③《坳堂雜著》《戈氏族譜》《獻縣志》。

## 紀昀傳④

紀昀字曉嵐，直隸獻縣人。乾隆十九年進士，改庶吉士，散館授編修，再遷左春坊左庶子。京察，授貴州都匀府知府，高宗以昀學問優，加四品銜留庶子，尋擢翰林院侍讀學士。前兩淮鹽運使盧見曾得罪，昀爲姻家，漏言奪職，戍烏魯木齊。釋還，上幸熱河，迎鑾密雲，試詩以土爾扈特全部歸順爲題，稱旨，復授編修。三十八年，開《四庫全書》館，大學士劉統勛舉昀及郎中陸錫熊爲總纂，從《永樂大典》中搜輯散逸，盡讀諸行省所進書，論次爲提

---

① 《清史列傳》卷七十二《文苑傳》三，中華書局1988年版，第8—9頁。
② 按："任河南嵩縣知縣，緣事解官"者爲戈濤父戈錦，此誤。
③ 按：《畿輔通志》非戈濤著作，此誤載。
④ 《清史稿》卷三百二十。

要，上之。擢侍讀，上復命輯《簡明書目》，坐子汝傳積逋被訟，下吏議，上寬之。旋遷翰林院侍讀學士。建文淵閣藏書，命充直閣事，累遷兵部侍郎。《四庫全書》成，表上，上曰："表必出昀手。"命加賚，遷左都御史，再遷禮部尚書，復爲左都御史。畿輔災，饑民多就食京師。故事，五城設飯廠，自十月至三月，昀疏請自六月中旬始廠，日煮米三石，十月加煮米二石，仍以三月止，從之。復遷禮部尚書，仍署左都御史。疏請鄉會試《春秋》罷胡安國傳，以《左傳》本事爲文，參用《公》《穀》，從之。嘉慶元年，移兵部尚書，復移左都御史。二年，復遷禮部尚書。疏請婦女遇强暴，雖受污，仍量予旌表。十年，協辦大學士，加太子少保。卒，賜白金五百治喪，謚文達。

昀學問淵通，撰《四庫全書提要》，進退百家，鉤深摘隱，各得其要指，始終條理，蔚爲巨觀。懲明季講學之習，宋五子書功令所重，不敢顯立异同，而於南宋以後諸儒，深文詆諆，不無門户出入之見云。

# 序　跋

## 蔣士銓《邊隨園遺集序》①

韓公於孟郊，歐公於梅聖俞，皆嘆美其才，以不獲公卿之薦爲惜。於是士之負技能者，恒苦援引不及；苟至於及矣，求其克稱者，十或一二焉。而守身務本之儒，遂欿然不敢自信，有甘於窮餓弗悔者。豈致用之懷有异哉？蓋以所立爲患耳。隨園先生兩膺大臣薦舉，一就一不就。豈不謂鴻詞所求者文章之士耳，應之可也；經學惟老師宿儒當之，吾豈其人歟？乃勿應。嗚呼！果其文之弗中乎式，而學之弗至於道乎？抑有所以求其可傳於世者在耶？今讀先生之詩，而後知

---

① 蔣士銓著、邵海清校：《忠雅堂集校箋·忠雅堂文集》卷一，上海古籍出版社1993年版，第2001—2003頁。

所得者深，其取舍之殊乎流俗也！

　　夫詩上通乎道德，下止乎禮義，放其言之文，君子以興；循其道之序，聖人以成。此非半山之言歟？自俗説尚摹擬襲取之術，但求工於聲律字句間，而昧其咏歌之本，性情日偷，粉飾益僞，界畫時代，割據宗門，不知古人外异中同，猶之書家肥瘦好醜雖殊，而筆鋒腕力則一也。甚至榮辱撓其外，得喪戕其內，雖極於妍麗，歐公所謂草木榮華之飄風，鳥獸好音之過耳，極心力之勞，遲速之間，同歸泯滅，是可嘆也。

　　昔褚季雅曰："北人學問，淵綜廣博。"孫安國曰："南人學問，清通簡要。"支遁又曰："北人看書，如顯處視月；南人學問，如牖中窺日。"予皆否之。夫學無常師，人貴自立，何南北之足云。河間自獻王修學好古，四方儒者皆從而游，經生之業宜乎弗墜。詩人自劉文房振起瀛海，作者代興，亦未失緒。然則先生之膺兩舉者，又何异哉？今觀其詩，脱絕町畦，戛然獨造，才識遒衍，氣力宏放，不名一家，而其言有物，誠有合乎《風》《騷》之旨。然君之所得，尚有伏而不見者，豈特盡於此詩而已。

　　今河間作者，詞林前輩，予所識者，李廉衣、戈芥舟兩公。而芥舟傾倒於先生者尤至。先生來游江南，最善予。嘗記其言曰："僕如孫樵，天付窮骨，宜安守拙。入貢士列，十黜有司，知己日懈，朋徒日離。然抉文倒魄，洗剔精魂，澄拓襟慮，字字磨校，以牢知音。雖悴如凍灰，癯如槁柴，老死不易。若柳州所云，婁君無有者，僕庶幾焉。非惡富貴而逃之，自度不堪其勞耳。"嗚呼！予乃知先生所以求其傳於後世者，故有在也。

　　先生人品志趣，別見本傳。予獨不能已於先生者，方從其游，遽哭其死，遂序其遺編。一轉瞬間，而交游零落如此，反觀身世存亡，盛衰之際，悲何若耶！先生兄子霽峰都轉既鎸其集，以先生視予甚厚，予又知先生之深，屬一語爲弁。因極論列之，先生或以爲然歟？

## 李憲成《隨園病餘草序》①

歐陽子之序梅詩也，曰愈窮則愈工，千古以爲知言。余謂詩非讀書窮理，雖極感憤悲怨之情，博山巔水涯之趣，亦祇同艷詞俚曲争能耳。然一入理障書魔，又必沾泥帶水，此宋人轉遜晋人也。

吾邑徵君邊公，縱橫理窟，馳騁書庫，矯若游龍，飛行自在，而字裏行間遂無不各載一隨園而出。其遇之窮，所不待言，其詩之工，夫豈因窮而至乎？或有少之者，謂亂頭粗服，未免矯枉過正。是又不然，夫神韵家粉飾爲工，丰裁格調，亦自艷冶可人，而性情究歸何有？惟絀神韵而專恃性情，既真既摯，其中自有一種雄秀氣味芬人齒頰，是恃性情實未嘗無神韵也。嗚乎！先生學行兼優，聞風興起者日凡幾輩，余嘗心切景仰，苦不能親入其門。每得一詩，便愛玩不忍釋手。去歲冬，得先生全稿，披讀數過，不覺情興勃勃，因書所見於左。

乾隆乙酉夏四月望日，邑晚李憲成書於竹青軒之南窗下。

## 任蘭枝《肇畛先生文稿序》②

河間邊生以文詞聲雄北方，年四十餘矣，猶困士籍，凡知生者無不惜其才而嘆其遇也。古者於文衷理以根之，畜學以裕之，研思以深之，致功以極之。是以及其成也，燦然以有章，其試而得於有司也，足以爲法式而可傳久。近世士少師承，徼速化，用博科目，而文弊乃甚，以其謬得者多而效之者方益衆也。生乎獨欲以所聞於古者，希有合於時，其相軋而齟齬焉亦宜。雖然，孟子論王良羞稱詭遇，韓吏部之言譽不爲喜，毀不爲怒。且夫時數得失非可勉强，若取其是、去其否，持終身勿變，斯固君子之所自守也。

初，余未知生，臨川李巨來侍郎數爲余言生奇才。既而試天下貢士於廷，余與侍郎共司之。侍郎得一卷，大加稱賞，余亦覽而异焉，

---

① 邊連寶：《隨園病餘草》，北京大學圖書館藏鈔本。
② 邊連寶：《肇畛先生文稿》，嘉慶二十二年刻本。

因署第一。及發視，則生名，一時相賀，以爲暗中摸索得之如文湛持之於陳大士也。余既思見生久，而後且十年，生始謁余，執所業以來，因得盡觀之，而歎生於爲文采有殊乎近日之士也。而其連落不得，不以無聊困窮而徙而他慕，余尤善生之能不失其守，而且望其益造焉以愈進而極深也。方在漢時，李、蔡人下中，乃以軍功侯。李將軍才氣無雙，顧數奇獨不侯。然廣聲稱至今，而蔡竟無聞焉。抑公孫次卿通《春秋》，數舉數廢，老矣卒對策高第，爲名卿。生以其才其勿終陃如廣而將如次卿，倘知生者共許而待者乎？生尚勉之矣。

乾隆乙丑季春，溧陽友生任蘭枝香谷氏序。

## 邊士培《肇畛先生文稿序》①

先叔祖肇畛公以淹雅著名當世，所著詩、古文、時文各有專集藏家塾。先大夫任兩淮運使時，爲刊詩集，行世已久，讀公詩者猶以不獲見公文爲憾。培每念公一生功力於詩、古文最深，固嘗以時文爲餘事。第文章一道視乎所學，溺於時，既無古之非時；深於古，既無時之非古。公之時文，在公爲時文，在讀者則猶古文也。暇時取藏稿覆閱，古文篇帙頗富，持擇維艱，擬丐當代巨眼審定，續謀問世。時文有公晚年自訂本，因先付剞劂，用示世之讀公詩而思見公文者。見公之學寢饋於古，即時文亦與揣摩家迥异，則於公之古文亦可略見一斑矣。

嘉慶二十二年歲次丁丑仲春上浣，侄孫士培謹識於琅槐官署。

## 陳步瀛《南游塤篪集序》②

余自束髮受書，即聞任邱邊竹岩、隨園兩先生以詩文齊名三輔。嗣與竹岩先生長君霽峰同舉於鄉，又同官樞部，益悉兩先生友愛性成，至老愈篤，輒爲嚮往不置。

霽峰出守彭城，竹岩公時來舍就養，隨園公則屢請未赴也。歲辛

---

① 邊連寶：《肇畛先生文稿》，嘉慶二十二年刻本。
② 邊中寶、邊連寶合撰：《南游塤篪集》，乾隆刻本。

卯，霽峰觀察常鎮，復專使往迎。隨園先生聞東南山水之勝，遂欣然與竹岩并轡南行。既抵潤州，瀛適在官署，獲陪兩先生談宴，惜以冗迫遽返里門，未及盡讀其著作也。

今年春，霽峰遷兩淮鹽運使，瀛道過廣陵，兩先生乃出其唱和詩，曰《南游塤篪集》，囑爲之序。余受而讀之，竹岩則直舉胸情，絕去雕飾，古質深厚，有次山《篋中》之遺風。隨園則豪快奔放，寄托深遠，長篇短什，觸緒紛來，與竹岩先生不同其章節而同其意匠，所謂"波瀾各殊，體源無二"者也。

夫世之伯仲聯吟者，類多少年共學之作；及出處殊途，音塵闊絕，風雨對床，至形諸夢想；即幸而幅巾藜杖，共守田園，又無名山大川以發抒其志氣，是以巨製名篇寂然不作。惟兩先生以香山洛社之年，嗣花萼連珠之響，彩箋共擘，玉翣同持，往復纏綿，藹然見於筆墨之外。而霽峰又善體兩大人之心，使不爲離索之音，而爲倡酬之什。軟輿畫榜，照耀林泉，翠巘銀濤，風亭月觀，皆若争奇競秀，奔走效伎於兩先生杖履之前。則其感榮譽而樂天倫者，豈獨嗣玉局之游踪，步廬陵之高躅歟？瀛雖未與勝游，而循覽是編，既慕兩先生之高風，又喜霽峰之克承其志，遂踴躍而書其端，以爲世之讀是集者告焉，是爲序。

乾隆壬辰三月上浣，江寧年小侄陳步瀛拜撰。

## 陸燿《嘉樹山房詩集序》[1]

吾邱學士李廉衣先生，早負盛名，自其登第之日，闈牘一出，傳誦藝林。而其心所服膺，爲同郡芥舟戈侍御，侍御世所目爲耿介絕俗者。先生與之論交杵臼之間，至於既爲陳人，猶切切追念不置，此其於取友一端，爲能生死不相背負矣。

先生既登詞館，并入内廷，世人望之如祥麟威鳳，攀溯無從，而先生閟抑聲華，未嘗以文字標榜赫赫，衒人耳目。余在京師，僅一邂

---

① 李中簡：《李文園先生全集·詩集》卷首，《清代詩文集彙編》348冊，第353—354頁。

迩於馮吏部星實寓齋，殊落落難合也。及先生視學山左，余方守郡濟南，乃始各嘆相知之晚。嗣是郵筒往復，幾欲以芥舟相比。余雖不敢承命，然亦私幸其見收於先生爲可喜也。

甲午夏，寄其所著《嘉樹山房詩》屬序。余受而讀之，凡應奉、酬贈諸作亦既和聲鳴盛，爲高岡之翽鳳，乃於滇、於楚、於齊魯，皇華原隰，歷志土風，令人如身游其境而目擊其狀，信乎其工於詞矣！至如咏懷、古風諸什，温柔敦厚，原本忠孝，益嘆先生志趣之正與學養之粹，宜其爲耿介絶俗芥舟之友而無愧哉！顧以先生之人之詩而問序於余，余則何敢？先生貽書，謂生平不以詩文輕示知交，亦不漫然索序，君寧得靳此一言乎？既屢辭不獲，乃書其交游行事以復於先生。余雖未交芥舟，芥舟有知，必且首肯於地下也。

乾隆甲午六月下浣，朗夫陸燿書。

### 孫星衍《嘉樹山房文集序》①

自前明以制藝取士，而經義變爲八比，海内人才畢力科舉之業，別名一切撰述爲古文詞。或不能舉其體格，或以浮詞虚調號稱古文正傳，而根柢之學墜焉。國朝知其弊，曾一罷八比文，又設經學、鴻博諸科收羅俊彦，其時作者應運彬彬，質有其文矣。

任邱李廉衣先生諱中簡，家聲著直北。高祖某、曾祖某，俱以卲德入祀鄉賢。祖父某，不仕，居鄉有陰德。先生童齓英偉，遂志篤學，年十二補博士弟子。錢太傅文端公校士直隸，賞异之，始自力爲詩古文辭。年廿八，進士高第，由詞館入内廷，與修國史。擢右中允，轉左，再擢侍讀，督學滇南。晉侍講學士，充日講官，督學山左。兩以公過罷職，俱奉旨授編修，旋因督學時失察冒籍降調，以病乞退。凡一充總裁，三充主考，五充鄉、會試分校官。先生在詞館，與同里朱笥河先生兄弟及紀曉嵐大宗伯齊名相切劘，一時文譽冠冕海内，然杜門著述，未嘗標榜聲氣。交於戈侍御濤，以古道相勖厲，死

---

① 李中簡：《李文園先生全集·文集》卷首，《清代詩文集彙編》348 册，第 354—356 頁。

爲修服總禮。故其爲學本之孝弟，以厲文行。不喜空談理學，以爲講學之病在轉相師者，略文行而求深於理，理有兩端而無形可質，故有門户之見而教術以弊。其訓士，以有本之學爲有用之才，飭以窮經讀史，以爲古人鄉舉里選，餘力而後學文，後人設科求才，因文可以見道。讀時文，以爲時文聲調愈諧，機法愈熟，此與剿襲者無異也。其校文，能摸索於糊名易書之中，以應古人"敷奏以言"之意，以爲佳士必不苟於立言，可以言語例行誼、責事功也。其論文，則病其辭有枝葉與奇邪不經之作，以爲秦漢以來，儒者言天，侈陳報施；凡好爲奇邪之文，受陰禍最深，則力爲懇切愷悌有用之文，其陰騭亦最大。生平植學砥行，大端類此。

先生之文，宏深肅括，穆然有扶世翼教之深心。其於歸震川、方靈皋尚言其得失，或以爲規摹太似，或以爲運掉凌空，蓋於此事三折肱焉。今世所傳誦先生應舉之牘，不足窺見一班也。然先生以文學侍從臣受知遇至深，視學所至，必察士風便安，陳奏章程，刊布應讀書目，以教諸生，可爲盡職。乃以公過屢罷退，未竟其用。及家居恬淡，蒔花灌蔬，以畢餘年，又遭親屬死亡憂患，生平撰著至與老屋俱毁，可不謂之數奇與！然先生沒後，子若孫皆以守丞報國，有廉吏聲。嗣子春舟司馬又輯先生遺文，得於煨燼之餘，并購獲友人弆藏之迹，編爲六卷，俾晚生後學得窺名臣言行，他日列《文苑》以傳不朽。又，先生造次必於儒術之效，所謂有用之文必有陰隲及後也。

春舟司馬與家君同歲舉於鄉，星衍年家子又忝館後學，不敢以不文辭，爲述其梗概如此。

館後學陽湖孫星衍撰。

## 許兆椿《嘉樹山房文集序》①

嘉慶七年春，座主廉衣先生《嘉樹山房集》刻既成，伯子栗夫司馬寄兆椿檢校之。兆椿受而讀焉，敬卒業，因復於栗夫曰：弟子之於

---

① 李中簡：《李文園先生全集·文集》卷首，《清代詩文集彙編》348 册，第 356—357 頁。

先生有訓焉，終其身服膺之弗敢忘。其著爲詩歌文章，賡揚朝廷，傳播天下，則凡有耳目者共睹聞焉，非待門人小子稱述而尊頌之也。然登泰岱者，或極其高，或窮其奧，或得半而輒止，雖各得其所見之一端，而樵夫牧豎周流天門、日觀之間歷有年所，則引而詢泰山之勝，賢士大夫莫樵牧若者，其習久則所見真也。

兆椿出先生門下三十三年矣。先生早侍講幄，再躓再起。以文學受知遇，出督學政，入司衡校，恒以育英才、拔國士爲國家急。然官不登三品，壽不越七十，教澤洽於庠序，而政化未布於蒼黎，徒本此通經致用之實，流露於語言文字之間。詞潔而義宏，氣充而理達，嚴重典實，肅然穆然。舉世所尚，掇緝隱僻以矜奇，梳櫛字句以鳴古，標榜附和、求末遺本而無益於用者，不足以當先生之一盼。是則先生之詩之文，固有德者之言，《易》所云"修辭立其誠"者，而非庸儒俗士之所克幾及也！

兆椿年少時，幸奉先生教，人事悠忽，無所成就。老與栗夫同官江南，又未能推先生經術之醇以達於政事，俯仰門墙，顏有忝焉。然不敢脂韋淟涊，媚人以求合，剝民以肥己，區區之心則自承教於先生始。世之讀斯集者，其毋河漢斯言也夫！

壬戌之秋七月既望，受業雲夢許兆椿謹序。

### 仲振奎《嘉樹山房文集跋》①

奎年二十有二始游京師，即仰文園先生名如泰山北斗，將修贄以謁，而先生以試差出都，不果所願。嗣後南轅北轍，終未能一識先生面，何緣之慳也！及年四十八，乃游哲嗣春舟先生廣陵司馬幕，得先生全集而讀之，慨然欽盛名之不朽，而先生下世已二十年矣。

辛酉春，春舟先生將梓父之全集而行之，以校讎見委，更得往復數過。其法清而筆健，氣厚而理醇，所以上契乎古人而出入乎漢魏唐宋者，識者自能辨之，非末學所敢議，而先生之意氣品概，亦庶幾遇之矣。夫士生百世下，緬仰前徽，心嚮往之，不得已也。今奎幸生先

---

① 李中簡：《李文園先生全集·文集》卷末，《清代詩文集彙編》348 冊，第 357 頁。

生之世，而迄不獲一登龍門，瞻望風采，把卷歌吟，以自附於私淑艾之列，高山景行之思，其何日忘之也乎！刻成，春舟先生再四督序，固辭不可，敢綴卮言，用塵集末。

吳州後學仲振奎敬跋。

## 朱珪《嘉樹山房詩序》①

明七子言："詩必盛唐，天寶以下無足觀。"弘治時七子則慶陽李空同居其冠，嘉靖間七子則歷城李滄溟為之魁，論者謂模擬剽竊得少陵之似而失其真云。夫詩者心之聲，豈有定格哉？《國風》《雅》《頌》不本於皋之載歌，夔之以咏；漢魏六朝之詩不本於三百篇，故明七子拘於唐之格，反失乎唐之音，然後知詩之道在才不在格也。

秀水錢文端公，視畿輔學政時，按瀛州，稱得士，有懷瀛州七子詩，予同年友李文園先生居其一。文園以乾隆甲子舉鄉魁，戊辰成進士，官庶常，授編修，擢中允；再遷詞垣，擢侍講，晉升侍講學士，充日講起居注官，內廷行走。分校京兆試者再，校禮部試者三，典試山東、湖南、湖北，督學滇南、山左，文望震一時。其為詩不尚格調，其才清，其體嚴，其韻正，蓋與空同、滄溟迥乎異矣。辛未、丁丑恭逢南巡，己卯、辛卯恭逢西師大捷，南師克勒烏圍，皆有詩。他如應制恭紀，都俞吁俞，咏歌升平，詩成若干卷，分上、下，皆可作賡揚《卷阿》觀矣。及其編次十有八卷，自乙丑至辛丑三十七載，知潤色休明、倡酬寅好、揮毫寄興、即事書懷之作，豈梁珠之特寸許，實夏璧之堪尺量也，又可作康成年表讀矣！乃有耳而目之者，止知先生之纂《明史·本紀》，衡文半天下，以文望著，尚未得三復斯編，兼知先生以詩才顯也。惟先生不欲效明七子樹壇建幟以誇耀於時故也。今公子栗夫出其父《嘉樹山房集稿》，將以付梓，索予言以弁卷端，其不秘久必宣之理也夫。

盤陀老人序。嘉慶二年丁巳菊月書於安徽撫署。

---

① 李中簡：《李文園先生全集》卷首，道光間重印本。

## 翁方綱《坳堂詩集序》[1]

  司空表聖生於王官谷，元遺山在汾晉，王漁洋在濟南，皆北地詩家之秀而皆能知神韻之所以，然今人顧專目漁洋言"神韻"者何哉？

  獻縣戈芥舟《坳堂詩集》，不蹈格調之滯習，亦不必以神韻例之。顧其稿有任邱邊連寶一序，極口詆斥神韻之非，甚至目漁洋爲"神韻家"，彼蓋未熟觀古人集，不知神韻之所以然，惟口熟漁洋詩，輒專目爲神韻家而肆議之。且又聞其嘗注杜詩，其注杜吾未見也，第就此序舉杜詩"浣花溪裏花饒笑"二句、"巡檐索共梅花笑"二句，謂杜集中祇此二處是神韻，不通極矣。

  "神韻"者，非風致情韻之謂也。今人不知，妄謂漁洋詩近於風致情韻，此大誤也。神韻乃詩中自具之本然，自古作家皆有之，豈自漁洋始乎！古人蓋皆未言之，至漁洋乃明著之耳。漁洋所以拈舉"神韻"者，特爲明朝李、何一輩之貌襲者言之，此特亦偶舉其一端，而非神韻之全旨也。詩有於高古渾樸見神韻者，亦有於風致見神韻者，不能執一以論也。如"巡檐索共梅花笑"二句，則是於情致見神韻也。若"浣花溪裏花饒笑"，"笑"字則不如此，此乃竊笑、取笑之"笑"，與笑樂之"笑"不同，且此二句亦與情致不同。彼舉眼但見二處皆有"笑"字，遂誤混而言之，可乎？即觀此語，則所謂注杜者，其謬更何待言！而以此序坳堂詩其可乎？芥舟昔爲邊君作序，亦何嘗無稍憾漁洋之意？然而不害者，芥舟之意先舉信陽以影出漁洋，則切合矣。

  愚曩者固已於藐姑神人之喻，微覺漁洋儗不於倫矣。漁洋又嘗謂杜《吹笛》一篇爲大復所本，即此類也。"神韻"者，本極超詣之理，非可執迹求之，而漁洋猶未免於滯迹也。芥舟詩正妙在不滯迹，雖不滯迹，亦不踐迹，觀者聊以存其真可矣。故削去邊君序而爲之說如此。

---

[1] 翁方綱：《復初齋文集》卷三，《續修四庫全書》第1455冊，第376—377頁。

## 翁方綱《坳堂集序》①

乾隆辛未，予始從香樹錢先生論詩，先生於北方學者首推宋蒙泉、戈芥舟二君。時蒙泉與吾同年紀曉嵐鄰居，芥舟與曉嵐同里，故予知二君詩最早。及予授館職，甲戌夏，詔擇翰林十人於院廨校勘《文選》，芥舟與予同研席者匝月。其後，癸酉秋，芥舟副董文恪典試江西，文恪奉命於出闈後手繪匡廬，芥舟同游，得詩一卷，歸而快讀之，雖相知如蒙泉、曉嵐，未有若此暢愜者也。蒙泉出膺外任，其集未克全讀，即曉嵐同唱酬者數十年，而其詩不肯自錄成帙，今所刻者，其孫所補輯耳。惟芥舟詩文集匯成卷。

癸卯，芥舟子廷模執贄吾門，求其遺集而未克寫竣，今又三十餘年矣。吾婿寶樹，君猶子也，始以所寫坳堂詩十卷、文十卷來視予，所見匡廬諸作已刪其半。婿曰："及今不爲之序，則吾北方詩家知者益少。"予於曉嵐集未及爲之序，而芥舟之服膺陶、杜，與曉嵐之服習後山微有差別，此意非深喻甘辛者不能傳也。其文亦多有關政教風化之大端，非僅摘藻爲務者，故不辭而綴言於簡後，亦俾吾婿與其族人善體交勉之。

## 劉權之《紀文達公遺集序》②

從來大家之文，無意求工而機趣環生，總由成竹在胸，故能揮灑如意，所謂風行水上，自成文章也。雖廟堂著作，辭尚體要，而理足以貫之。

吾師紀文達公天資超邁，目數行下，掇巍科，入翰苑，當時即有昌黎北斗、永叔洪河之目。厥後高文典冊，多爲人捉刀，然隨手散失，并不存稿。總謂盡係古人之糟粕，將來何必災梨禍棗爲？及在翰林署齋戒，始於敬一亭上得《永樂大典》；朱竹垞尋訪不獲已，云"李自成襯馬蹄矣"，不知埋藏灰塵中幾三百餘年也。數月中，每於

---

① 翁方綱：《復初齋文集》卷四，《續修四庫全書》第1455冊，第388頁。
② 紀昀：《紀文達公遺集》卷首，《續修四庫全書》1435冊，第201—202頁。

值宿之暇，翻閱一過，已記誦大半。乾隆三十七年，朱笥河學士奏聞，高宗純皇帝敕輯《永樂大典》，并搜羅遺書，特命吾師總纂，《四庫全書》總目俱經一手裁定，故所存者惟此獨全。

權之甲午典試江左，曾贈一水波硯，銘云："風水淪漣，波折天然。此文章之化境，吾聞之於老泉。"讀此銘，吾師之爲文可知矣。茲公孫香林西曹克紹家聲，敬將平日檢存者付梓壽世，得文集十六卷、經進詩八卷、古今體詩六卷、館課詩一卷、《我法集》一卷。以權之年甫弱冠，計偕北上，即猥荷鑒賞，得廁弟子行者最久，屬權之爲序。憶受知後，立雪程門，時多聞緒論。吾師是再來人，曾有未經目之書，即知有某人序、某人跋，開卷絲毫不爽。是慧悟夙成，文其餘事也。然才力宏富，絕不矜奇好异，總以清氣運之。譬滿屋散錢，逐手入串。李杜之光焰、燕許之手筆，盡歸腕下，衷然一代文宗也。雖吉光片羽，想懷鉛握槧之士得之，不啻珍寶，可久奉爲標準。權之何敢以嫭陋辭？

嘉慶十七年，歲次壬申孟秋月，賜進士出身、經筵講官、太子少保、體仁閣大學士、受業劉權之拜撰。

## 阮元《紀文達公遺集序》[①]

我朝賢俊蔚興，人文鬱茂，鴻才碩學肩比踵接。至於貫徹儒籍，旁通百家，修率情性，津逮後學，則河間紀文達公足以當之。

夫山川之靈，篤生偉人，恒間世一出。河間獻縣在漢爲獻王封國，史稱獻王"修學好古，實事求是"，所得書皆古文先秦舊書。被服儒術，六藝具舉，對三雍、獻雅樂、答詔策，文約指明，學者宗之。後二千餘年，而公生其地，起家甲科，歷躋清要。高宗純皇帝命輯《四庫全書》，公總其成。凡六經傳注之得失，諸史記載之異同，子集之支分派別，罔不抉奧提綱，溯源徹委。所撰定《總目》提要，多至萬餘種，考古必衷諸是，持論務得其平。光稽古之聖治，傳於無窮，準諸獻王之寫定《周官》《尚書》《禮》《禮記》《孟子》《老

---

① 紀昀：《紀文達公遺集》卷首，《續修四庫全書》1435 册，第 202—203 頁。

子》，厥功尤茂焉。國家舉大典禮，恭進頌册，恭和聖製、御製諸作，皆從心所發，雍容揄揚，有穆如之風。公受兩朝知遇，有所疏奏，皆平徹閑雅，足爲對揚軌儀。請試士子《春秋》文，以左氏傳立論，輔以公羊、穀梁二傳，而廢胡氏傳，尤爲有功經學。他所著撰，體物披文，不襲時俗。所爲詩，直而不伉，婉而不佻，抒寫性靈，醞釀深厚。未嘗規模前人，罔不與古相合，蓋公鑒於文家得失者深矣。

公著述甚富，不自裒集，故多散佚。公之孫香林比部勤爲搜輯者數年，得詩、文集各十六卷，梓以行世。屬序於元，元以科名出公門生門下，初入都，公見元所撰書，稱許之。自入詞館，聞公議論益詳。蓋公之學在於辨漢宋儒術之是非，析詩文流派之正僞，主持風會，非公不能。至於此集，雖非公所自勒，然亦足以覘全量矣。

嘉慶十七年九月，揚州阮元序於德州督漕舟次。

## 陳鶴《紀文達公遺集序》①

古之君子所爲既没而言立者，非必皆致意於文詞也。天地民物之理洞然於胸中，而不爲窈冥恍惚之辭以欺世，其於朝章國故則知之悉而言之詳，而又以其好善之誠述一時之賢人君子，不苟同、不虚美，俾足以傳信於後惟然，故無意於文而其文之傳也益遠。

我師河間紀文達公，以學問文章著聲公卿間四十餘年，國家大著作非公莫屬。其在翰林校理《四庫全書》七萬餘卷，《提要》一書詳述古今學術源流、文章體裁异同分合之故，皆經公論次，方著於錄。嘗語人，自校理秘書，縱觀古今著述，知作者固已大備，後之人竭其心思才力，要不出古人之範圍，其自謂過之者，皆不知量之甚者也。故生平未嘗著書，間爲人作序、記、碑表之屬，亦隨即弃擲，未嘗存稿。

竊嘗考有宋之世，詞臣撰述若《太平御覽》《册府元龜》《文苑英華》最稱繁富，而纂修諸臣或無專集之可紀，獨歐陽文忠公作《唐書》，司馬文正公作《通鑒》，而其文皆裒然爲集，則以二公之學

---

① 紀昀：《紀文達公遺集》卷首，《續修四庫全書》1435 册，第 203—204 頁。

問、文章固加人一等也。公雖不欲以文詞自名，而名之播於世者久，故自公之存，而館閣詩賦、《南行雜詠》、試帖、《我法集》并爲世所傳誦。碑志文字，請求者踵相接，公孫刑部郎中樹馨手自輯錄，積久成帙。公薨四年，而樹馨居同知府君之喪，乃盡發向時所錄及已梓行者，詩、賦、箴、銘、贊、頌、序、記、碑表、志銘、行狀，類而次之，總若干篇，爲若干卷，題曰"紀文達公遺集"。後之人博觀之《提要》，而約求之此集，於以知公之生平，實有同於歐陽、司馬而遠媲乎古之立言者，其在斯乎！其在斯乎！

受業陳鶴謹撰。

## 詩　話

錢陳群《瀛海舟次寄懷邊徵君連寶劉太守炳戈編修岱李編修中簡邊檢討繼祖戈庶常濤紀孝廉昀七子皆河間郡人》："七載衡文地，星旌指近畿。非予樹桃李，此郡本芳菲。諸子驤皇路，邊生隱少微。偶然成出處，終見受恩暉。聖主憐衰病，勞人暫息歸。一從叨祖席，且自賦初衣。鏡識吟詩瘦，心知得道肥。有時成獨賞，握手已先違。大雅誰當繼，由來見者希。相期各努力，聊以答依依。"①

張大復《故翰林院侍讀學士任邱李公中簡》："瀛渤本同郡，後來方殊科。屈指數前輩，紛若指上螺。就中稱七子，邊劉紀與戈（邊隨園徵君、秋崖學士、劉殿虎太守、紀曉嵐相公，戈芥舟、東長二侍御并公，當時目爲"河間七子"）。或識或不識，矞若瞻羲娥。"②

李宗昉《紀文達公傳略》附《年譜補鈔事略》："錢文端公致政歸，瀛海舟次賦寄懷河間七子詩，有'七載衡文地，星旌指近畿。非

---

① 錢陳群：《香樹齋詩續集》卷三，《清代詩文集匯編》261 册，第 258 頁。
② 張大復：《因樹山房詩鈔》卷下，《清代詩文集匯編》799 册，第 746 頁。

予樹桃李，此郡本芳菲'之句，七子者，邊徵君連寶、劉太守炳、戈侍御岱、李學士中簡、邊學士繼祖、戈給諫濤及公也。文端甄選名流，其回樵李也，猶念公與諸子不置如此。"①

崔旭《念堂詩話》："錢香樹先生目邊隨園連寶、劉嘯谷炳、戈東長岱、李廉衣中簡、邊秋崖繼祖、戈芥舟濤、紀曉嵐昀爲'河間七子'"。②

法式善《存素堂文集》（續集）卷一《試墨齋詩集序》："我畿輔之地，沿燕趙遺風，悲歌慷慨，使酒挾劍，奇氣鬱勃，皆能搖撼星斗，鏤刻腎肝也。朱文正、紀文達兩相公，朱竹君、翁覃溪兩學士，王芥子、李文園、邊秋崖、戈芥舟諸先輩，余皆獲侍其杖履，聞所議論，東南人士無不奉爲依歸。生平著述，膾炙人口，惜無人發凡起例，勒成卷帙。"③

徐世昌《晚晴簃詩話》："（隨園）生平與河間戈芥舟最相契，詩以冷峭爲主，以摹擬爲戒，宗旨相同。"④

徐世昌《晚晴簃詩話》："廉衣在詞館，與朱笥河石君、紀曉嵐、戈芥舟諸君相切劘，文譽蔚起。典試督學、分校鄉會試無虛歲。王倫之變，諸生有從逆者，廉衣正督學山左，坐謫。生平三授編修，復挂吏議鎸秩去。詩清新遒上，五古源出子壽、伯玉，七古專學大蘇，近體兼效中晚唐。"⑤

---

① 李宗昉：《聞妙香室文》卷十四，《清代詩文集彙編》530 册，第 690 頁。
② 崔旭：《念堂詩話》卷四，張寅彭主編《清詩話三編》，上海古籍出版社 2014 年版，第 4440 頁。
③ 法式善：《存素堂文集》，《續修四庫全書》1476 册，第 738 頁。
④ 徐世昌：《晚晴簃詩話》卷六十八，《續修四庫全書》1630 册，第 457 頁。
⑤ 徐世昌：《晚晴簃詩匯》卷八十，《續修四庫全書》1630 册，第 645 頁。

陶梁《紅豆樹館詩話》："乾隆中，畿輔詩人盛於河間，一郡而必以芥舟先生爲巨擘。其論詩也，綺語、理語、剽竊語、靡弱語皆所切戒，故所作格律峻整、氣力磅礴，於高、岑、李、杜、王、孟、韓、蘇諸家均登其堂而嚌其胾焉。官給事時，有所劾奏，侃侃持論不少撓。擇交尤嚴，以文章道義相切劘者，邊徵君隨園、李學士廉衣一二人而已。古文師魏冰叔，書法張得天尚書，零縑片楮，邑人尚多藏弆云。"①

徐世昌《晚晴簃詩話》："芥舟初以孝廉試令汴中，知嵩縣，緣事解官。辛未以經學徵，是歲即登第。自詞館入諫垣，屢上封事，號敢言。擇交甚嚴，與友善者，邊隨園、李廉衣一二人而已。其卒，廉衣爲制朋友之服。詩格律謹嚴，氣勢浩瀚，兼有高、岑、王、孟、蘇、陸諸家勝概。"②

---

① 陶梁：《國朝畿輔詩傳》卷三十八，《續修四庫全書》1681 冊，第 480 頁。
② 徐世昌：《晚晴簃詩匯》卷八十，《續修四庫全書》1630 冊，第 655 頁。

# 後　　記

　　"河間七子"是學者錢陳群兩任順天學政時（1735—1741），於直隸河間府遴選的七個得意門生。乾隆中，畿輔詩人盛於河間，"七子"是河間詩人的翹楚。但北人質樸，不尚標榜，即使在當時，盛名之下，他們的詩文集也依然在存亡之間，以至於聲光不顯於後世。民國時，有佚名所輯之《河間七子詩鈔》，該書大體未出《國朝畿輔詩傳》的範圍，因文獻不足，以邊中寶當邊繼祖，以戈源當戈岱，儘管名實未符，流傳不廣，但於"河間七子"之名的存續之功未可盡泯。

　　我們在整理邊連寶、戈濤、李中簡詩文資料時，有感於他們砥礪名節的行爲，便有意將"河間七子"這個群體做一個勾稽，以備鄉邦文獻。詩文存者，擇其優者錄之；佚者，無論體裁工拙，并輯而存之。日積月累，錙銖必較。幾年來，這些材料藏之篋笥，淵潛自珍，是河北大學"燕趙文化學科群"項目的資助，讓它們得以順利出版。受客觀條件所限，現在的這個輯本，依然未盡如人意，但就目前能夠見到的資料來看，祇能如此。我們真誠地希望此後有更多的關于"七子"的資料面世，從而出現更好的"河間七子"詩文的版本。

　　感謝蔣寅先生的序文、朱惠民前輩的題籤爲本書增重，感謝編輯王琪女士的辛勤校對以及摯友鄭衛明君的奔走協助。在資料搜集過程中，我們得以瞻仰冀中公私藏家所存的多種"河間七子"手澤，——河間籍友人揭靜波先生更把珍藏多年的"七子"之一戈濤的書法楹聯慨然相贈——讓人感到真賞尚存，斯文未墜。二百餘年後的我們，能參與鄉賢著述的編輯，幸何如之！

庚子春輯校者謹識